Золотой теленок

The Golden Little Calf

Илья Ильф, Евгений Петров

il'ya il'f and Yevgeniy Petrov

Золотой теленок
Copyright © JiaHu Books 2014
First Published in Great Britain in 2013 by Jiahu Books – part of
Richardson-Prachai Solutions Ltd, 34 Egerton Gate, Milton Keynes, MK5
7HH
ISBN: 978-1-78435-046-8
Visit us at: jiahubooks.co.uk

Обычно по поводу нашего обобществленного литературного хозяйства к нам обращаются с вопросами вполне законными, но весьма однообразными: "Как это вы пишете вдвоем? "

Сначала мы отвечали подробно, вдавались в детали, рассказывали даже о крупной ссоре, возникшей по следующему поводу: убить ли героя романа "12 стульев" Остапа Бендера или оставить в живых? Не забывали упомянуть о том, что участь героя решилась жребием. В сахарницу были положены две бумажки, на одной из которых дрожащей рукой был изображен череп и две куриные косточки. Вынулся череп-и через полчаса великого комбинатора не стало. Он был прирезан бритвой.

Потом мы стали отвечать менее подробно. О ссоре уже не рассказывали. Еще потом перестали вдаваться в детали. И, наконец, отвечали совсем уже без воодушевления:

-- Как мы пишем вдвоем? Да-так и пишем вдвоем. Как братья Гонкуры. Эдмонд бегает по редакциям, а Жюль стережет рукопись, чтобы не украли знакомые. И вдруг единообразие вопросов было нарушено.

-- Скажите, -- спросил нас некий строгий гражданин из числа тех, что признали советскую власть несколько позже Англии и чуть раньше Греции, - скажите, почему вы пишете смешно? Что за смешки в реконструктивный период? Вы что, с ума сошли?

После этого он долго и сердито убеждал нас в том, что сейчас смех вреден.

-- Смеяться грешно? - говорил он. -- Да, смеяться нельзя! И улыбаться нельзя! Когда я вижу эту новую жизнь, эти сдвиги, мне не хочется улыбаться, мне хочется молиться!

-- Но ведь мы не просто смеемся, - возражали мы. - Наша цель-сатира именно на тех людей, которые не понимают реконструктивного периода.

-- Сатира не может быть смешной, - сказал строгий товарищ и, подхватив под руку какого-то кустарябаптиста, которого он принял за стопроцентного пролетария, повел его к себе на квартиру.

Повел описывать скучными словами, повел вставлять в шеститомный роман под названием: "А паразиты никогда! "

Все рассказанное-не выдумка. Выдумать можно было бы и посмешнее.

Дайте такому гражданину-аллилуйщику волю, и он даже на мужчин наденет паранджу, а сам с утра будет играть на трубе гимны и псалмы, считая, что именно таким образом надо помогать строительству социализма.

И все время, покуда мы сочиняли "Золотого теленка", над нами

реял лик строгого гражданина.

-- А вдруг эта глава выйдет смешной? Что скажет строгий гражданин?

И в конце концов мы постановили:

а) роман написать по возможности веселый,

б) буде строгий гражданин снова заявит, что сатира не должна быть смешной, - просить прокурора республики привлечь помянутого гражданина к уголовной ответственности по статье, карающей за головотяпство со взломом.

И. ИЛЬФ. Е. ПЕТРОВ

Переходя улицу, оглянись по сторонам
(Правило уличного движения)

ГЛАВА I. О ТОМ, КАК ПАНИКОВСКИЙ НАРУШИЛ КОНВЕНЦИЮ

Пешеходов надо любить. Пешеходы составляют большую часть человечества. Мало того-лучшую его часть. Пешеходы создали мир. Это они построили города, возвели многоэтажные здания, провели канализацию и водопровод, замостили улицы и осветили их электрическими лампами. Это они распространили культуру по всему свету, изобрели книгопечатание, выдумали порох, перебросили мосты через реки, расшифровали египетские иероглифы, ввели в употребление безопасную бритву, уничтожили торговлю рабами и установили, что из бобов сои можно изготовить сто четырнадцать вкусных питательных блюд.

И когда все было готово, когда родная планета приняла сравнительно благоустроенный вид, появились автомобилисты.

Надо заметить, что автомобиль тоже был изобретен пешеходами. Но автомобилисты об этом как-то сразу забыли. Кротких и умных пешеходов стали давить. Улицы, созданные пешеходами, перешли во власть автомобилистов. Мостовые стали вдвое шире, тротуары сузились до размера табачной бандероли. И пешеходы стали испуганно жаться к стенам домов.

-- В большом городе пешеходы ведут мученическую жизнь. Для них ввели некое транспортное гетто. Им разрешают переходить улицы только на перекрестках, то есть именно в тех местах, где движение сильнее всего и где волосок, на котором обычно висит жизнь пешехода, легче всего оборвать.

В нашей обширной стране обыкновенный автомобиль, предназначенный, по мысли пешеходов, для мирной перевозки людей и грузов, принял грозные очертания братоубийственного снаряда. Он выводит из строя целые шеренги членов профсоюзов и их семей. Если пешеходу иной раз удается выпорхнуть из-под серебряного носа машины -- его штрафует милиция за нарушение правил уличного катехизиса.

И вообще авторитет пешеходов сильно пошатнулся. Они, давшие миру таких замечательных людей, как Гораций, Бойль, Мариотт, Лобачевский, Гутенберг и Анатоль Франс, принуждены теперь кривляться самым пошлым образом, чтобы только напомнить о своем существовании. Боже, боже, которого в сущности нет, до чего ты, которого на самом деле-то и нет, довел пешехода!

Вот идет он из Владивостока в Москву по сибирскому тракту,

держа в одной руке знамя с надписью: "Перестроим быт текстильщиков", и перекинув через плечо палку, на конце которой болтаются резервные сандалии "Дядя Ваня" и жестяной чайник без крышки. Это советский пешеход-физкультурник, который вышел из Владивостока юношей и на склоне лет у самых ворот Москвы будет задавлен тяжелым автокаром, номер которого так и не успеют заметить.

Или другой, европейский могикан пешеходного движения. Он идет пешком вокруг света, катя перед собой бочку. Он охотно пошел бы так, без бочки; но тогда никто не заметит, что он действительно пешеход дальнего следования, и про него не напишут в газетах. Приходится всю жизнь толкать перед собой проклятую тару, на которой к тому же (позор, позор!) выведена большая желтая надпись, восхваляющая непревзойденные качества автомобильного масла "Грезы шофера". Так деградировал пешеход.

И только в маленьких русских городах пешехода еще уважают и любят. Там он еще является хозяином улиц, беззаботно бродит по мостовой и пересекает ее самым замысловатым образом в любом направлении.

Гражданин в фуражке с белым верхом, какую по большей части носят администраторы летних садов и конферансье, несомненно принадлежал к большей и лучшей части человечества. Он двигался по улицам города Арбатова пешком, со снисходительным любопытством озираясь по сторонам. В руке он держал небольшой акушерский саквояж. Город, видимо, ничем не поразил пешехода в артистической фуражке.

Он увидел десятка полтора голубых, резедовых и бело-розовых звонниц; бросилось ему в глаза облезлое американское золото церковных куполов. Флаг трещал над официальным зданием.

У белых башенных ворот провинциального кремля две суровые старухи разговаривали по-французски, жаловались на советскую власть и вспоминали любимых дочерей. Из церковного подвала несло холодом, бил оттуда кислый винный запах. Там, как видно, хранился картофель.

-- Храм спаса на картошке, - негромко сказал пешеход.

Пройдя под фанерной аркой со свежим известковым лозунгом: "Привет 5-й окружной конференции женщин и девушек", он очутился у начала длинной аллеи, именовавшейся Бульваром Молодых Дарований.

-- Нет, -- сказал он с огорчением, -- это не Рио-деЖанейро, это гораздо хуже.

Почти на всех скамьях Бульвара Молодых Дарований сидели одинокие девицы с раскрытыми книжками в руках. Дырявые тени падали на страницы книг, на голые локти, на трогательные челки.

Когда приезжий вступил в прохладную аллею, на скамьях произошло заметное движение. Девушки, прикрывшись книгами Гладкова, Элизы Ожешко и Сейфуллиной, бросали на приезжего трусливые взгляды. Он проследовал мимо взволнованных читательниц парадным шагом и вышел к зданию исполкома - цели своей прогулки.

В эту минуту из-за угла выехал извозчик. Рядом с ним, держась за пыльное, облупленное крыло экипажа и размахивая вздутой папкой с тисненой надписью "Musique", быстро шел человек в длиннополой толстовке. Он что-то горячо доказывал седоку. Седок, пожилой мужчина с висячим, как банан, носом, сжимал ногами чемодан и время от времени показывал своему собеседнику кукиш. В пылу спора его инженерская фуражка, околыш которой сверкал зеленым диванным плюшем, покосилась набок. Обе тяжущиеся стороны часто и особенно громко произносили слово "оклад". Вскоре стали слышны и прочие слова.

-- Вы за это ответите, товарищ Талмудовский! -- крикнул длиннополый, отводя от своего лица инженерский кукиш.

-- А я вам говорю, что на такие условия к вам не поедет ни один приличный специалист, -- ответил Талмудовский, стараясь вернуть кукиш на прежнюю позицию.

-- Вы опять про оклад жалованья? Придется поставить вопрос о рвачестве.

-- Плевал я на оклад! Я даром буду работать! -- кричал инженер, взволнованно описывая кукишем всевозможные кривые. Захочу-и вообще уйду на пенсию. Вы это крепостное право бросьте. Сами всюду пишут: "Свобода, равенство и братство", а меня хотят заставить работать в этой крысиной норе.

Тут инженер Талмудовский быстро разжал кукиш и принялся считать по пальцам:

-- Квартира-свинюшник, театра нет, оклад... Извозчик! Пошел на вокзал!

-- Тпру-у! -- завизжал длиннополый, суетливо забегая вперед и хватая лошадь под уздцы. - Я, как секретарь секции инженеров и техников... Кондрат Иванович! Ведь завод останется без специалистов... Побойтесь бога... Общественность этого не допустит, инженер Талмудовский... У меня в портфеле протокол.

И секретарь секции, расставив ноги, стал живо развязывать тесемки своей "Musique".

Эта неосторожность решила спор. Увидев, что путь свободен, Талмудовский поднялся на ноги и что есть силы закричал:

-- Пошел на вокзал!

-- Куда? Куда? -- залепетал секретарь, устремляясь за экипажем.
-- Вы--дезертир трудового фронта!

Из папки "Musique" вылетели листки папиросной бумаги с какими-то лиловыми "слушали-постановили".

Приезжий, с интересом наблюдавший инцидент, постоял с минуту на опустевшей площади и убежденным тоном сказал:

-- Нет, это не Рио-де-Жанейро. Через минуту он уже стучался в дверь кабинета предисполкома.

-- Вам кого? - спросил его секретарь, сидевший за столом рядом с дверью. -- Зачем вам к председателю? По какому делу?

Как видно, посетитель тонко знал систему обращения с секретарями правительственных, хозяйственных и общественных организаций. Он не стал уверять, что прибыл по срочному казенному делу.

-- По личному, - сухо сказал он, не оглядываясь на секретаря и засовывая голову в дверную щель. - К вам можно?

И, не дожидаясь ответа, приблизился к письменному столу:

-- Здравствуйте, вы меня не узнаете? Председатель, черноглазый большеголовый человек в синем пиджаке и в таких же брюках, заправленных в сапоги на высоких скороходовских каблучках, посмотрел на посетителя довольно рассеянно и заявил, что не узнает.

-- Неужели не узнаете? А между тем многие находят, что я поразительно похож на своего отца.

-- Я тоже похож на своего отца, -- нетерпеливо сказал председатель. -- Вам чего, товарищ?

-- Тут все дело в том, какой отец, - грустно заметил посетитель. -- Я сын лейтенанта Шмидта.

Председатель смутился и привстал. Он живо вспомнил знаменитый облик революционного лейтенанта с бледным лицом и в черной пелерине с бронзовыми львиными застежками. Пока он собирался с мыслями, чтобы задать сыну черноморского героя приличествующий случаю вопрос, посетитель присматривался к меблировке кабинета взглядом разборчивого покупателя

Когда-то, в царские времена, меблировка присутственных мест производилась по трафарету. Выращена была особая порода казенной мебели: плоские, уходящие под потолок шкафы, деревянные диваны с трех дюймовыми полированными сиденьями, столы на толстых бильярдных ногах и дубовые парапеты, отделявшие присутствие от внешнего беспокойного мира. За время революции эта порода мебели почти исчезла, и секрет ее выработки был утерян. Люди забыли, как нужно обставлять помещения должностных лиц, и в служебных кабинетах показались предметы, считавшиеся до сих пор неотъемлемой принадлежностью частной квартиры. В учреждениях появились пружинные адвокатские диваны с зеркальной полочкой для семи фарфоровых слонов,

которые якобы приносят счастье горки для посуды, этажерочки, раздвижные кожаные кресла для ревматиков и голубые японские вазы. В кабинете председателя арбатовского исполкома, кроме обычного письменного стола, прижились два пуфика, обитых полопавшимся розовым шелком, полосатая козетка, атласный экран с Фузи-Ямой и вишней в цвету и зеркальный славянский шкаф грубой рыночной работы.

"А шкафчик-то типа "Гей, славяне! " -- подумал посетитель. -- Тут много не возьмешь. Нет, это не Рио-деЖанейро".

-- Очень хорошо, что вы зашли, -- сказал, наконец, председатель. - Вы, вероятно, из Москвы?

-- Да, проездом, -- ответил посетитель, разглядывая козетку и все более убеждаясь, что финансовые дела исполкома плохи. Он предпочитал исполкомы, обставленные новой шведской мебелью ленинградского древтреста.

Председатель хотел было спросить о цели приезда лейтенантского сына в Арбатов, но неожиданно для самого себя жалобно улыбнулся и сказал:

-- Церкви у нас замечательные. Тут уже из Главнауки приезжали, собираются реставрировать. Скажите, а вы-то сами помните восстание на броненосце "Очаков"?

-- Смутно, смутно, -- ответил посетитель. -- В то героическое время я был еще крайне мал. Я был дитя.

-- Простите, а как ваше имя?

-- Николай... Николай Шмидт.

-- А по батюшке?

-- Ах, как нехорошо! " -- подумал посетитель, который и сам не знал имени своего отца.

-- Да-а, -- протянул он, уклоняясь от прямого ответа, теперь многие не знают имен героев. Угар нэпа. Нет того энтузиазма, Я собственно попал к вам в город совершенно случайно. Дорожная неприятность. Остался без копейки.

Председатель очень обрадовался перемене разговора. Ему показалось позорным, что он забыл имя очаковского героя.

"Действительно, - думал он, с любовью глядя на воодушевленное лицо героя, - глохнешь тут за работой. Великие вехи забываешь".

-- Как вы говорите? Без копейки? Это интересно.

-- Конечно, я мог бы обратиться к частному лицу, - сказал посетитель, - мне всякий даст, но, вы понимаете, это не совсем удобно с политической точки зрения. Сын революционера -- и вдруг просит денег у частника, у нэпмана...

Последние слова сын лейтенанта произнес с надрывом. Председатель тревожно прислушался к новым интонациям в голосе

посетителя. "А вдруг припадочный? -- подумал он, -- хлопот с ним не оберешься".

-- И очень хорошо сделали, что не обратились к частнику, -- сказал вконец запутавшийся председатель.

Затем сын черноморского героя мягко, без нажима перешел к делу. Он просил пятьдесят рублей. Председатель, стесненный узкими рамками местного бюджета, смог дать только восемь рублей и три талона на обед в кооперативной столовой "Бывший друг желудка".

Сын героя уложил деньги и талоны в глубокий карман поношенного серого в яблоках пиджака и уже собрался было подняться с розового пуфика, когда за дверью кабинета послышался топот и заградительный возглас секретаря.

Дверь поспешно растворилась, и на пороге ее показался новый посетитель.

-- Кто здесь главный? -- спросил он, тяжело дыша и рыская блудливыми глазами по комнате.

-- Ну, я, -- сказал председатель.

-- Здоров, председатель, -- гаркнул новоприбывший, протягивая лопатообразную ладонь. -- Будем знакомы. Сын лейтенанта Шмидта.

-- Кто? - спросил глава города, тараща глаза.

-- Сын великого, незабвенного героя лейтенанта Шмидта, -повторил пришелец,

-- А вот же товарищ сидит-- сын товарища Шмидта, Николай Шмидт.

И председатель в полном расстройстве указал на первого посетителя, лицо которого внезапно приобрело сонное выражение.

В жизни двух жуликов наступило щекотливое мгновение. В руках скромного и доверчивого председателя исполкома в любой момент мог блеснуть длинный неприятный меч Немезиды. Судьба давала только одну секунду времени для создания спасительной комбинации. В глазах второго сына лейтенанта Шмидта отразился ужас.

Его фигура в летней рубашке "Парагвай", штанах с матросским клапаном и голубоватых парусиновых туфлях, еще минуту назад резкая и угловатая, стала расплываться, потеряла свои грозные контуры и уже решительно не внушала никакого уважения. На лице председателя появилась скверная улыбка.

И вот, когда второму сыну лейтенанта уже казалось, что все потеряно и что ужасный председательский гнев свалится сейчас на его рыжую голову, с розового пуфика пришло спасение.

-- Вася! - закричал первый сын лейтенанта Шмидта, вскакивая. -- Родной братик! Узнаешь брата Колю?

И первый сын заключил второго сына в объятия.

-- Узнаю! -- воскликнул прозревший Вася. - Узнаю брата Колю!

Счастливая встреча ознаменовалась такими сумбурными ласками и столь необыкновенными по силе объятиями, что второй сын черноморского революционера вышел из них с побледневшим от боли лицом. Брат Коля на радостях помял его довольно сильно.

Обнимаясь, оба брата искоса поглядывали на председателя, с лица которого не сходило уксусное выражение. Ввиду этого спасительную комбинацию тут же на месте пришлось развить, пополнить бытовыми деталями и новыми, ускользнувшими от Истпарта подробностями восстания моряков в 1905 году. Держась за руки, братья опустились на козетку и, не спуская льстивых глаз с председателя, погрузились в воспоминания.

-- До чего удивительная встреча! -- фальшиво воскликнул первый сын, взглядом приглашая председателя, примкнуть к семейному торжеству.

-- Да, -- сказал председатель замороженным голосом. -Бывает, бывает.

Увидев, что председатель все еще находится в лапах сомнения, первый сын погладил брата по рыжим. как у сеттера, кудрям и ласково спросил:

-- Когда же ты приехал из Мариуполя, где ты жил у нашей бабушки?

-- Да, я жил, - пробормотал второй сын лейтенанта, -- у нее.

-- Что же ты мне так редко писал? Я очень беспокоился.

-- Занят был, -- угрюмо ответил рыжеволосый. И, опасаясь, что неугомонный брат сейчас же заинтересуется, чем он был занят (а занят он, был преимущественно тем, что сидел в исправительных домах различных автономных республики областей), второй сын лейтенанта Шмидта вырвал инициативу и сам задал вопрос:

-- А ты почему не писал?

-- Я писал, - неожиданно ответил братец, чувствуя необыкновенный прилив веселости, -- заказные письма посылал. У меня даже почтовые квитанции есть.

И он полез в боковой карман, откуда действительно вынул множество лежалых бумажек, но показал их почему-то не брату, а председателю исполкома, да и то издали.

Как ни странно, но вид бумажек немного успокоил председателя, и воспоминания братьев стали живее. Рыжеволосый вполне освоился с обстановкой и довольно толково, хотя и монотонно, рассказал содержание массовой брошюры "Мятеж на Очакове". Брат украшал его сухое изложение деталями, настолько живописными, что председатель, начинавший было уже успокаиваться, снова навострил уши.

Однако он отпустил братьев с миром, и они выбежали на улицу,

чувствуя большое облегчение. За углом исполкомовского дома они остановились.

-- Кстати, о детстве, -- сказал первый сын, -- в детстве таких, как вы, я убивал на месте. Из рогатки.

-- Почему? - радостно спросил второй сын знаменитого отца.

-- Таковы суровые законы жизни. Или, короче выражаясь, жизнь диктует нам свои суровые законы. Вы зачем полезли в кабинет? Разве вы не видели, что председатель не один?

-- Я думал...

-- Ах, вы думали? Вы, значит, иногда думаете? Вы мыслитель. Как ваша фамилия, мыслитель? Спиноза? Жан Жак Руссо? Марк Аврелий?

Рыжеволосый молчал, подавленный справедливым обвинением.

-- Ну, я вас прощаю. Живите. А теперь давайте познакомимся. Как-никак-мы братья, а родство обязывает. Меня зовут Остап Бендер. Разрешите также узнать вашу первую фамилию.

-- Балаганов, -- представился рыжеволосый, -- Шура Балаганов.

-- О профессии не спрашиваю, - учтиво сказал Бендер, -- но догадываюсь. Вероятно, что-нибудь интеллектуальное? Судимостей за этот год много?

-- Две, -- свободно ответил Балаганов.

-- Вот это нехорошо. Почему вы продаете свою бессмертную душу? Человек не должен судиться. Это пошлое занятие. Я имею в виду кражи. Не говоря уже о том, что воровать грешно, -- мама наверно познакомила вас в детстве с такой доктриной, -- это к тому же бесцельная трата сил и энергии.

Остап долго еще развивал бы свои взгляды на жизнь, если бы его не перебил Балаганов.

-- Смотрите, -- сказал он, указывая на зеленые глубины Бульвара Молодых Дарований. -- Видите, вон идет человек в соломенной шляпе?

-- Вижу, - высокомерно сказал Остап. - Ну и что же? Это губернатор острова Борнео?

-- Это Паниковский, - сказал Шура. - Сын лейтенанта Шмидта.

По аллее, в тени августейших лип, склонясь немного набок, двигался немолодой уже гражданин. Твердая соломенная шляпа с рубчатыми краями боком сидела на его голове. Брюки были настолько коротки, что обнажали белые завязки кальсон. Под усами гражданина, подобно огоньку папиросы, пылал золотой зуб.

-- Как, еще один сын? - сказал Остап. -- Это становится забавным.

Паниковский подошел к зданию исполкома, задумчиво описал у входа восьмерку, взялся за поля шляпы обеими руками и правильно

установил ее на голове, обдернул пиджак и, тяжело вздохнув, двинулся внутрь.

-- У лейтенанта было три сына, - заметил Бендер, -- два умных, а третий дурак. Его нужно предостеречь.

-- Не надо, - сказал Балаганов, -- пусть знает в другой раз, как нарушать конвенцию.

-- Что это за конвенция такая?

-- Подождите, потом скажу. Вошел, вошел!

-- Я человек завистливый, - сознался Бендер, - но тут завидовать нечему. Вы никогда не видели боя быков? Пойдем посмотрим.

Сдружившиеся дети лейтенанта Шмидта вышли из-за угла и подступили к окну председательского кабинета.

За туманным, немытым стеклом сидел председатель. Он быстро писал. Как у всех пишущих, лицо у него. было скорбное. Вдруг он поднял голову. Дверь распахнулась, и в комнату проник Паниковский. Прижимая шляпу к сальному пиджаку, он остановился около стола и долго шевелил толстыми губами. После этого председатель подскочил на стуле и широко раскрыл рот. Друзья услышали протяжный крик.

Со словами "все назад" Остап увлек за собою Балаганова. Они побежали на бульвар и спрятались за деревом.

-- Снимите шляпы, -- сказал Остап, -- обнажите головы. Сейчас состоится вынос тела.

Он не ошибся. Не успели еще замолкнуть раскаты и переливы председательского голоса, как в портале исполкома показались два дюжих сотрудника. Они несли Паниковского. Один держал его за руки, а Другой за ноги.

-- Прах покойного, -- комментировал Остап, -- был вынесен на руках близкими и друзьями.

Сотрудники вытащили третье глупое дитя лейтенанта Шмидта на крыльцо и принялись неторопливо раскачивать. Паниковский молчал, покорно глядя в синее небо.

-- После непродолжительной гражданской панихиды... - начал Остап.

В ту же самую минуту сотрудники, придав телу Паниковского достаточный размах и инерцию, выбросили его на улицу.

-- ... тело было предано земле, - закончил Бендер. Паниковский шлепнулся на землю, как жаба. Он быстро поднялся и, кренясь набок сильнее прежнего, побежал по Бульвару Молодых Дарований с невероятной быстротой.

-- Ну, теперь расскажите, - промолвил Остап, - каким образом этот гад нарушил конвенцию и какая это была конвенция.

Хлопотливо проведенное утро окончилось. Бендер и Балаганов, не сговариваясь, быстро пошли в сторону от исполкома. По главной улице на раздвинутых крестьянских ходах везли длинный синий рельс. Такой звон и пенье стояли на главной улице, будто возчик в рыбачьей брезентовой прозодежде без не рельс, а оглушительную музыкальную ноту. Солнце ломилось в стеклянную витрину магазина наглядных пособий, где над глобусами, черепами и картонной, весело раскрашенной печенью пьяницы дружески обнимались два скелета. В бедном окне мастерской штемпелей и печатей наибольшее место занимали эмалированные дощечки с надписями: "Закрыто на обед", "Обеденный перерыв от 2 до 3 ч. дня", "Закрыто на обеденный перерыв", просто "Закрыто", "Магазин закрыт" и, наконец, черная фундаментальная доска с золотыми буквами: "Закрыто для переучета товаров". По-видимому, эти решительные тексты пользовались в городе Арбатове наибольшим спросом. На все прочие явления жизни мастерская штемпелей и печатей отозвалась только одной синей табличкой: "Дежурная няня".

Затем, один за другим, расположились подряд три магазина духовых инструментов, мандолин и басовых балалаек. Медные трубы, развратно сверкая, возлежали на витринных ступеньках, обтянутых красным коленкором. Особенно хорош был бас-геликон. Он был так могуч, так лениво грелся на солнце, свернувшись в кольцо, что его следовало бы содержать не в витрине, а в столичном зоопарке, где-нибудь между слоном н удавом, И чтобы в дни отдыха родители водили к нему детей и говорили бы: "Вот, деточка, павильон геликона. Геликон сейчас спит. А когда проснется, то обязательно станет трубить". И чтобы дети смотрели на удивительную трубу большими чудными глазами.

В другое время Остап Бендер обратил бы внимание и на свежесрубленные, величиной в избу, балалайки, и на свернувшиеся от солнечного жара граммофонные пластинки, и на пионерские барабаны, которые своей молодцеватой раскраской наводили на мысль о том, что пуля -- дура, а штык -- молодец, -- но сейчас ему было не до того. Он хотел есть.

-- Вы, конечно, стоите на краю финансовой пропасти? -спросил он Балаганова.

-- Это вы насчет денег? -- сказал Шура. -- Денег у меня нет уже целую неделю.

-- В таком случае вы плохо кончите, молодой, человек, -наставительно сказал Остап. -- Финансовая пропасть-самая глубокая из всех пропастей, в нее можно падать всю жизнь. Ну ладно, не горюйте. Я всетаки унес в своем клюве три талона на обед.

Председатель исполкома полюбил меня с первого взгляда.

Но молочным братьям не удалось воспользоваться добротой главы города. На дверях столовой "Бывший друг желудка" висел большой замок, покрытый "е то ржавчиной, не то гречневой кашей.

-- Конечно, -- с горечью сказал Остап, -- по случаю учета шницелей столовая закрыта навсегда. Придется отдать свое тело на растерзание частникам.

-- Частники любят наличные деньги, -- возразил Балаганов глухо.

-- Ну, ну, не буду вас мучить. Председатель осыпал меня золотым дождем на сумму в восемь рублей. Но имейте в виду, уважаемый Шура, даром я вас питать не намерен. За каждый витамин, который я вам скормлю, я потребую от вас множество мелких услуг. Однако частновладельческого сектора в городе не оказалось, и братья пообедали в летнем кооперативном саду, где особые плакаты извещали граждан о последнем арбатовском нововведении в области народного питания:

ПИВО ОТПУСКАЕТСЯ ТОЛЬКО ЧЛЕНАМ ПРОФСОЮЗА

-- Удовлетворимся квасом, - сказал Балаганов.

-- Тем более, - добавил Остап, - что местные квасы изготовляются артелью частников, сочувствующих советской власти. А теперь расскажите, чем провинился головорез Паниковский. Я люблю рассказы о мелких жульничествах.

Насытившийся Балаганов благодарно взглянул на своего спасителя и начал рассказ. Рассказ длился часа два и заключал в себе чрезвычайно интересные сведения.

Во всех областях человеческой деятельности. предложение труда и спроса на него регулируются специальными органами. Актер поедет в Омск только тогда, когда точно выяснит, что ему нечего опасаться конкуренции и что на его амплуа холодного любовника или "кушать подано" нет других претендентов. Железнодорожников опекают родные им учкпрофсожи, заботливо публикующие в газетах сообщения о том, что безработные багажные раздатчики не могут рассчитывать на получение работы в пределах Сызрано-Вяземской дороги, илистом, что Средне-Азиатская дорога испытывает нужду в четырех барьерных сторожихах. Эксперт-товаровед помещает объявление в газете, и вся страна узнает, что есть на свете эксперттоваровед с десятилетним стажем, то семейным обстоятельствам меняющий службу в Москве на работу в провинции.

Все регулируется, течет по расчищенным руслам, совершает свой кругооборот в полном соответствии с законом и под его защитой.

И один лишь рынок особой категории жуликов, именующих себя детьми лейтенанта Шмидта, находился в хаотическом

состоянии. Анархия раздирала корпорацию детей лейтенанта. Они не могли извлечь из своей профессии тех выгод, которые, несомненно, могли им принести минутное знакомство с администраторами, хозяйственниками и общественниками, людьми по большей части удивительно доверчивыми.

По всей стране, вымогая и клянча, передвигаются фальшивые внуки Карла Маркса, несуществующие племянники Фридриха Энгельса, братья Луначарского, кузины Клары Цеткин или на худой конец потомки знаменитого анархиста князя Кропоткина.

От Минска до Берингова пролива и от Нахичевани на Араксе до земли Франца-Иосифа входят а исполкомы, высаживаются на станционные платформы и озабоченно катят на извозчиках родственники великих людей. Они торопятся. Дел у них много.

Одно время предложение родственников все же превысило спрос, и на этом своеобразном рынке наступила депрессия. Чувствовалась необходимость в реформах. Постепенно упорядочили свою деятельность внуки Карла Маркса, кропоткинцы, энгельсовцы и им подобные, за исключением буйной корпорации детей лейтенанта Шмидта, которую на манер польского сейма, вечно раздирала анархия. Дети подобрались какие-то грубые, жадные, строптивые и мешали друг другу собирать в житницы.

Шура Балаганов, который считал себя первенцем лейтенанта, не на шутку обеспокоился создавшейся конъюнктурой. Все чаще и чаще ему приходилось сталкиваться с товарищами по корпорации, совершенно изгадившими плодоносные поля Украины и курортные высоты Кавказа, где он привык прибыльно работать.

-- И вы убоялись возрастающих трудностей? - насмешливо спросил Остап.

Но Балаганов не заметил иронии. Попивая лиловый квас, он продолжал свое повествование.

Выход из этого напряженного положения был один-конференция. Над созывом ее Балаганов работал всю зиму. Он переписывался с конкурентами, ему лично знакомыми. Незнакомым. передавал приглашение через попадавшихся на пути внуков Маркса. И вот, наконец, ранней весной 1928 года почти все известные дети лейтенанта Шмидта собрались в московском трактире, у Сухаревой башни. Кворум был велик -- у лейтенанта Шмидта оказалось тридцать сыне вей в возрасте от восемнадцати до пятидесяти двух лет и четыре дочки, глупые, немолодые и некрасивые,

В краткой вступительной речи Балаганов выразил надежду, что братья найдут общий язык и выработают, наконец, конвенцию, необходимость которой диктует сама жизнь.

По проекту Балаганова весь Союз Республик следовало разбить на тридцать четыре эксплуатационных участка, по числу

собравшихся. Каждый участок передается в долгосрочное пользование одного дитяти. Никто из членов корпорации не имеет права переходить границы и вторгаться на чужую территорию с целью заработка.

Против новых принципов работы никто не возражал, если не считать Паниковского, который уже тогда заявил, что проживет и без конвенции. Зато при разделе страны разыгрались безобразные сцены. Высокие договаривающиеся стороны перегрались в первую же минуту и уже не обращались друг к другу иначе как с добавлением бранных эпитетов. Весь спор произошел из-за дележа участков.

Никто не хотел брать университетских центров. Никому не нужны были видавшие виды Москва, Ленинград и Харьков.

Очень плохой репутацией пользовались также далекие, погруженные в пески восточные области. Их обвиняли в незнакомстве с личностью лейтенанта Шмидта.

-- Нашли дураков! -- Визгливо кричал Паниковский. -- Вы мне дайте Среднерусскую возвышенность, тогда я подпишу конвенцию.

-- Как? Всю возвышенность? - заявил Балаганов. -- А не дать ли тебе еще Мелитополь впридачу? Или Бобруйск?

При слове "Бобруйск" собрание болезненно застонало. Все соглашались ехать в Бобруйск хоть сейчас. Бобруйск считался прекрасным, высококультурным местом.

-- Ну, не всю возвышенность, -- настаивал жадный Паниковский, -- хотя бы половину. Я, наконец, семейный человек, у меня две семьи. Но ему не дали и половины.

После долгих криков решено было делить участки по жребию. Были нарезаны тридцать четыре бумажки, и на каждую из них нанесено географическое название. Плодородный Курск и сомнительный Херсон, малоразработанный Минусинск и почти безнадежный Ашхабад, Киев, Петрозаводск и Чита-все республики, все области лежали в чьей-то заячьей шапке с наушниками и ждали хозяев.

Веселые возгласы, глухие стоны и ругательства сопровождали жеребьевку.

Злая звезда Паниковского оказала свое влияние на исход дела. Ему досталось Поволжье. Он присоединился к конвенции вне себя от злости.

-- Я поеду, -- кричал он, -- но предупреждаю: если плохо ко мне отнесутся, я конвенцию нарушу, я перейду границу!

Балаганов, которому достался золотой арбатовский участок, встревожился и тогда же заявил, что нарушения эксплуатационных норм не потерпит.

Так или иначе, дело было упорядочено, после чего тридцать

сыновей и четыре дочери лейтенанта Шмидта выехали в свои районы на работу.

-- И вот вы, Бендер, сами видели, как этот гад нарушил конвенцию, -- закончил свое повествование Шура Балаганов. - Он давно ползал по моему участку, только я до сих пор не мог его поймать.

Против ожидания рассказчика, дурной поступок Паниковского не вызвал со стороны Остапа осуждения. Бендер развалился на стуле, небрежно глядя перед собой.

На высокой задней стене ресторанного сада были нарисованы деревья, густолиственные и ровные, как на картинке в хрестоматии. Настоящих деревьев в саду не было, но тень, падающая от стены, давала живительную прохладу и вполне удовлетворяла граждан. Граждане были, по-видимому, поголовно членами союза, потому что пили одно только пиво и даже ничем не закусывали.

К воротам сада, непрерывно ахая и стреляя, подъехал зеленый автомобиль, на дверце которого была выведена белая дугообразная надпись: "Эх, прокачу! " Ниже помещались условия прогулок на веселой машине. В час-три рубля. За конец-по соглашению. Пассажиров в машине не было.

Посетители сада тревожно зашептались. Минут пять шофер просительно смотрел через садовую решетку и, потеряв, видно, надежду заполучить пассажира, вызывающе крикнул:

-- Такси свободен! Прошу садиться! Но никто из граждан не выразил желания сесть в машину "Эх, прокачу! " И даже самое приглашение шофера подействовало на них странным образом. Они понурились и старались не смотреть в сторону машины. Шофер покачал головой н медленно отъехал. Арбатовцы печально смотрели ему вслед. Через пять минут зеленый автомобиль бешено промчался мимо сада в обратном направлении. Шофер подпрыгивал на своем сиденье и что-то неразборчиво кричал. Машина была пуста по-прежнему. Остап проводил ее взглядом и сказал:

-- Так вот. Балаганов, вы пижон. Не обижайтесь. Этим я хочу точно указать то место, которое вы занимаете под солнцем.

-- Идите к черту! -- грубо сказал Балаганов.

-- Вы все-таки обиделись? Значит, по-вашему, должность лейтенантского сына это не пижонство?

-- Но ведь вы же сами сын лейтенанта Шмидта! -- вскричал Балаганов.

-- Вы пижон, -- повторил Остап. -- И сын пижона. И дети ваши будут пижонами. Мальчик! То, что произошло сегодня утром, - это даже не эпизод, а так, чистая случайность, каприз художника. Джентльмен в поисках десятки. Ловить на такие мизерные шансы не в моем характере. И что это за профессия такая, прости господи! Сын

лейтенанта Шмидта! Ну, год еще, ну, два. А дальше что? Дальше ваши рыжие кудри примелькаются, и вас просто начнут бить.

-- Так что же делать? -- забеспокоился Балаганов. -- Как снискать хлеб насущный?

-- Надо мыслить, -- сурово сказал Остап. - Меня, например, кормят идеи. Я не протягиваю лапу за кислым исполкомовским рублем. Моя наметка пошире. Вы, я вижу, бескорыстно любите деньги. Скажите, какая сумма вам нравится?

-- Пять тысяч, -- быстро ответил Балаганов.

-- В месяц?

-- В год.

-- Тогда мне с вами не по пути. Мне нужно пятьсот тысяч. И по возможности сразу, а не частями.

-- Может, все-таки возьмете частями? - спросил мстительный Балаганов.

Остап внимательно посмотрел на собеседника и совершенно серьезно ответил:

-- Я бы взял частями. Но мне нужно сразу. Балаганов хотел было пошутить по поводу и этой фразы, но, подняв глаза на Остапа, сразу осекся. Перед ним сидел атлет с точным, словно выбитым на монете, лицом. Смуглое горло перерезал хрупкий белый шрам. Глаза сверкали грозным весельем.

Балаганов почувствовал вдруг непреодолимое желание вытянуть руки по швам. Ему даже захотелось откашляться, как это бывает с людьми средней ответственности при разговоре с кем-либо из вышестоящих товарищей. И действительно, откашлявшись, он смущенно спросил:

-- Зачем же вам так много денег... и сразу?

-- Вообще-то мне нужно больше, -- сказал Остап, - пятьсот тысяч -- это мой минимум, пятьсот тысяч полновесных ориентировочных рублей, Я хочу уехать, товарищ Шура, уехать очень далеко, в Рио-де-Жанейро.

-- У вас там родственники? - спросил Балаганов.

-- А что, разве я похож на человека, у которого могут быть родственники?

-- Нет, но мне...

-- У меня нет родственников, товарищ Шура, -- я один на всем свете. Был у меня папа, турецкий подданный, да и тот давно скончался в страшных судорогах. Не в этом дело. Я с детства хочу в Рио-де-Жанейро. Вы, конечно, не знаете о существовании этого города.

Балаганов скорбно покачал головой. Из мировых очагов культуры он, кроме Москвы, знал только Киев, Мелитополь и Жмеринку. И вообще он был убежден, что земля плоская.

Остап бросил на стол лист, вырванный из книги.

-- Это вырезка из "Малой советской энциклопедии". Вот тут что написано про Рио-де-Жанейро: "1360 тысяч жителей... " так... "значительное число мулатов... у обширной бухты Атлантического океана... " Вот, вот! "Главные улицы города по богатству магазинов и великолепию зданий не уступают первым городам мира". Представляете себе, Шура? Не уступают! Мулаты, бухта, экспорт кофе, так сказать, кофейный демпинг, чарльстон под названием "У моей девочки есть одна маленькая штучка" и... о чем говорить! Вы сами видите, что происходит. Полтора миллиона человек, и все поголовно в белых штанах. Я хочу отсюда уехать. У меня с советской властью возникли за последний год серьезнейшие разногласия. Она хочет строить социализм, а я не хочу. Мне скучно строить социализм. Теперь вам ясно, для чего мне нужно столько денег?

-- Где же вы возьмете пятьсот тысяч? -- тихо спросил Балаганов.

-- Где угодно, -- ответил Остап. -- Покажите мне только богатого человека, и я отниму у него деньги.

-- Как? Убийство? -- еще тише спросил Балаганов и бросил взгляд на соседние столики, где арбатовцы поднимали заздравные фужеры.

-- Знаете, - сказал Остап, - вам не надо было подписывать так называемой сухаревской конвенции. Это умственное упражнение, как видно, сильно вас истощило. Вы глупеете прямо на глазах. Заметьте себе, Остап Бендер никогда никого не убивал. Его убивали- это было. Но сам он чист перед законом. Я, конечно, не херувим. У меня нет крыльев, но я чту Уголовный кодекс. Это моя слабость.

-- Как же вы думаете отнять деньги?

-- Как я думаю отнять? Отъем или увод денег варьируется в зависимости от обстоятельств. У меня лично есть четыреста сравнительно честных способов отъема. Но не в способах дело. Дело в том, что сейчас нет богатых людей, И в этом ужас моего положения. Иной набросился бы, конечно, на какое-нибудь беззащитное госучреждение, но это не в моих правилах. Вам известно мое уважение к Уголовному кодексу. Нет расчета грабить коллектив. Дайте мне индивида побогаче. Но его нет, этого индивидуума.

-- Да что вы! - воскликнул Балаганов. - Есть очень богатые люди.

-- А вы их знаете? -- немедленно сказал Остап. - Можете вы назвать фамилию и точный адрес хотя бы одного советского миллионера? А ведь они есть, они должны быть. Раз в стране бродят какие-то денежные знаки, то должны же быть люди, у которых их много. Но как найти такого ловчилу?

Остап даже вздохнул. Видимо, грезы о богатом индивидууме давно волновали его.

-- Как приятно, - сказал он задумчиво, - работать с легальным миллионером в хорошо организованном буржуазном государстве со старинными капиталистическими традициями. Там миллионер -- популярная фигура. Адрес его известен. Он живет В особняке, гденибудь в Рио-де-Жанейро. Идешь прямо к нему на прием и уже в передней, после первых же приветствий, отнимаешь деньги. И все это, имейте в виду, по-хорошему, вежливо: "Алло, сэр, не волнуйтесь. Придется вас маленько побеспокоить. Ол-райт. Готово". И все. Культура! Что может быть проще? Джентльмен в обществе джентльменов делает свой маленький бизнес. Только не надо стрелять в люстру, это лишнее. А у нас... боже, боже!.. В. какой холодной стране мы живем! У нас все скрыто, все в подполье. Советского миллионера не может найти даже Наркомфин с его сверхмощным налоговым аппаратом. А миллионер, может быть, сидит сейчас в этом так называемом летнем саду за соседним столиком и пьет сорокакопеечное пиво "Тип-Топ". Вот что обидно!

-- Значит, вы думаете, -- спросил Балаганов потоля, -- что если бы нашелся такой вот тайный миллионер, то?...

-- Не продолжайте. Я знаю, что вы хотите сказать. Нет, не то, совсем не то. Я не буду душить его подушкой или бить вороненым наганом по голове. И вообще ничего дурацкого не будет. Ах, если бы только найти индивида! Уж я так устрою, что он свои деньги мне сам принесет, на блюдечке с голубой каемкой.

-- Это очень хорошо. -- Балаганов доверчиво усмехнулся. -Пятьсот тысяч на блюдечке с голубой каемкой.

Он поднялся и стал кружиться вокруг столика. Он жалобно причмокивал языком, останавливался, раскрывал даже рот, как бы желая что-то произнести, но, ничего не сказав, садился и снова вставал. Остап равнодушно следил за эволюциями Балаганова.

-- Сам принесет? -- спросил вдруг Балаганов скрипучим голосом. -- На блюдечке? А если не принесет? А где это Рио-де-Жанейро? Далеко? Не может того быть, чтобы все ходили в белых штанах. Вы это бросьте, Бендер. На пятьсот тысяч можно и у нас хорошо прожить.

-- Бесспорно, бесспорно, - весело сказал Остап, - прожить можно. Но вы не трещите крыльями без повода. У вас же пятисот тысяч нет.

На безмятежном, невспаханном лбу Балаганова обозначилась глубокая морщина. Он неуверенно посмотрел на Остапа и промолвил:

-- Я знаю такого миллионера. С лица Бендера мигом сошло все оживление. Лицо его сразу же затвердело и снова приняло медальные очертания.

-- Идите, идите, - сказал он, - я подаю только по субботам, нечего тут заливать.

-- Честное слово, мосье Бендер...

-- Слушайте, Шура, если уж вы окончательно перешли на французский язык, то называйте меня не мосье, а ситуайен, что значит-гражданин. Кстати, адрес вашего миллионера?

-- Он живет в Черноморске.

-- Ну, конечно, так и знал. Черноморск! Там даже в довоенное время человек с десятью тысячами назывался миллионером. А теперь... могу себе представить! Нет, это чепуха!

-- Да нет же, дайте мне сказать. Это настоящий миллионер. Понимаете, Бендер, случилось мне недавно сидеть в тамошнем допре...

Через десять минут молочные братья покинули летний кооперативный сад с подачей пива. Великий комбинатор чувствовал себя в положении хирурга, которому предстоит произвести весьма серьезную операцию. Все готово. В электрических кастрюльках парятся салфеточки и бинты, сестра милосердия в белой тоге неслышно передвигается по кафельному полу, блестят медицинский фаянс и никель, больной лежит на стеклянном столе, томно закатив глаза к потолку, в специально нагретом воздухе носится запах немецкой жевательной резинки. Хирург с растопыренными руками подходит к операционному столу, принимает от ассистента стерилизованный финский нож и сухо говорит больному: "Ну-с, снимайте бурнус".

-- У меня всегда так, -- сказал Бендер, блестя глазами, -миллионное дело приходится начинать при ощутительной нехватке денежных знаков. Весь мой капитал, основной, оборотный и запасный, исчисляется пятью рублями.. -- Как, вы сказали, фамилия подпольного миллионера?

-- Корейко, -- ответил Балаганов.

-- Да, да, Корейко. Прекрасная фамилия. И вы утверждаете, что никто не знает о его миллионах.

-- Никто, кроме меня и Пружанского. Но Пружанский, ведь я вам говорил, будет сидеть в тюрьме еще года три. Если б вы только видели, как он убивался и плакал, когда я выходил на волю. Он, видимо, чувствовал, что мне не надо было рассказывать про Корейко.

-- То, что он открыл свою тайну вам, это чепуха. Не из-за этого он убивался и плакал. Он, вероятно, предчувствовал, что вы расскажете всю эту историю мне. А это действительно бедному Пружанскому прямой убыток. К тому времени, когда Пружанский выйдет из тюрьмы, Корейко будет находить утешение только в пошлой пословице: "Бедность не порок".

Остап скинул свою летнюю фуражку и, помахав ею в воздухе, спросил:

-- Есть у меня седые волосы?

Балаганов подобрал живот, раздвинул носки на ширину

ружейного приклада и голосом правофлангового ответил:

-- Никак нет!

-- Значит, будут. Нам предстоят великие бои. Вы тоже поседеете, Балаганов. Балаганов вдруг глуповато хихикнул:

-- Как вы говорите? Сам принесет деньги на блюдечке с голубой каемкой?

-- Мне на блюдечке, -- сказал Остап, -- а вам на тарелочке.

-- А как же Рио-де-Жанейро? Я тоже хочу в белых штанах.

-- Рио-де-Жанейро -- это хрустальная мечта моего детства, -- строго ответил великий комбинатор, -- не касайтесь ее своими лапами. Ближе к делу. Выслать линейных в мое распоряжение. Частям прибыть в город Черноморск в наикратчайший срок. Форма одежды караульная. Ну, трубите марш! Командовать парадом буду я!

ГЛАВА III. БЕНЗИН ВАШ-ИДЕИ НАШИ

За год до того как Паниковский нарушил конвенцию, проникнув в чужой эксплуатационный участок, в городе Арбатове появился первый автомобиль. Основоположником автомобильного дела был шофер по фамилии Козлевич.

К рулевому колесу его привело решение начать новую жизнь. Старая жизнь Адама Козлевича была греховна. Он беспрестанно нарушал Уголовный кодекс РСФСР, а именно статью 162-ю, трактующую вопросы тайного похищения чужого имущества (кража).

Статья эта имеет много пунктов, но грешному Адаму был чужд пункт "а" (кража, совершенная без применения каких-либо технических средств). Это было для него слишком примитивно. Пункт "д", карающий лишением свободы на срок до пяти лет, ему тоже не подходил. Он не любил долго сидеть в тюрьме. И так как с детства его влекло к технике, то он всею душою отдался пункту "в" (тайное похищение чужого имущества, совершенное с применением технических средств или неоднократно, или по предварительному сговору с другими лицами, на вокзалах, пристанях, пароходах, вагонах и в гостиницах).

Но Козлевичу не везло. Его ловили и тогда, когда он применял излюбленные им технические средства, и тогда, когда он обходился без них. Его ловили на вокзалах, пристанях, на пароходах и в гостиницах. В вагонах его тоже ловили. Его ловили даже тогда, когда он в полном отчаянии начинал хватать чужую собственность по предварительному сговору с другими лицами.

Просидев в общей сложности года три, Адам Козлевич пришел к той мысли, что гораздо удобнее заниматься открытым накоплением своей собственности, чем тайным похищением чужой.

Эта мысль внесла успокоение в его мятежную душу. Он стал примерным заключенным, писал разоблачительные стихи в тюремной газете "Солнце всходит и заходит" и усердно работал в механической мастерской исправдома. Пенитенциарная система оказала на него благотворное влияние. Козлевич, Адам Казимирович, сорока шести лет, происходящий из крестьян б. Ченстоховского уезда, холостой, неоднократно судившийся, вышел из тюрьмы честным человеком.

После двух лет работы в одном из московских гаражей он купил по случаю такой старый автомобиль, что появление его на рынке можно было объяснить только ликвидацией автомобильного музея. Редкий экспонат был продан Козлевичу за сто девяносто рублей. Автомобиль почему-то продавался вместе с искусственной пальмой в зеленой кадке. Пришлось купить и пальму. Пальма была еще туда-сюда, но с машиной пришлось долго возиться: выискивать на базарах недостающие части, латать сиденья, заново ставить электрохозяйство. Ремонт был увенчан окраской машины в ящеричный зеленый цвет. Порода машины была неизвестна, но Адам Казимирович утверждал, что это "лорен-дитрих". В виде доказательства он приколотил к радиатору автомобиля медную бляшку с лорен-дитриховской фабричной маркой. Оставалось приступить к частному прокату, о котором Козлевич давно мечтал.

В тот день, когда Адам Казимирович собрался впервые вывезти свое детище в свет, на автомобильную биржу, произошло печальное для всех частных шоферов событие. В Москву прибыли сто двадцать маленьких черных, похожих на браунинги таксомоторов "рено". Козлевич даже и не пытался с ними конкурировать. Пальму он сдал на хранение в извозчичью чайную "Версаль" и выехал на работу в провинцию.

Арбатов, лишенный автомобильного транспорта, понравился шоферу, и он решил остаться в нем навсегда.

Адаму Казимировичу представилось, как трудолюбиво, весело и, главное, честно он будет работать на ниве автопроката. Представлялось ему, как ранним арктическим утром дежурит он у вокзала в ожидании московского поезда. Завернувшись в рыжую коровью доху и подняв на лоб авиаторские консервы, он дружелюбно угощает носильщиков папиросами. Где-то сзади жмутся обмерзшие извозчики. Они плачут от холода и трясут толстыми синими юбками. Но вот слышится тревожный звон станционного колокола. Это-повестка. Пришел поезд. Пассажиры выходят на вокзальную площадь и с довольными гримасами останавливаются перед машиной. Они не ждали, что в арбатовское захолустье уже проникла идея автопроката. Трубя в рожок, Козлевич мчит пассажиров в Дом крестьянина.

Работа есть на весь день, все рады воспользоваться услугами

механического экипажа. Козлевич и его верный "лорен-дитрих" - непременные участники всех городских свадеб, экскурсий и торжеств. Но больше всего работы-летом. По воскресеньям на машине Козлевича выезжают за город целые семьи. Раздается бессмысленный смех детей, ветер дергает шарфы и ленты, женщины весело лопочут, отцы семейство уважением смотрят на кожаную спину шофера и расспрашивают его о том, как обстоит автомобильное дело в Североамериканских соединенных штатах (верно ли, в частности, то, что Форд ежедневно покупает себе новый автомобиль?).

Так рисовалась Козлевичу его новая чудная жизнь в Арбатове. Но действительность в кратчайший срок развалила построенный воображением Адама Казимировича воздушный замок со всеми его башенками, подъемными мостами, флюгерами и штандартом.

Сначала подвел железнодорожный график. Скорые и курьерские поезда проходили станцию Арбатов без остановки, с ходу принимая жезлы и сбрасывая спешную почту. Смешанные поезда приходили только дважды в неделю. Они привозили народ все больше мелкий: ходоков и башмачников с котомками, колодками и прошениями. Как правило, смешанные пассажиры машиной не пользовались. Экскурсий и торжеств не было, а на свадьбы Козлевича не приглашали. В Арбатове под свадебные процессии привыкли нанимать извозчиков, которые в таких случаях вплетали в лошадиные гривы бумажные розы и хризантемы, что очень нравилось посаженым отцам.

Однако загородных прогулок было множество. По они были совсем не такими, о каких мечтал Адам Казимирович. Не было ни детей, ни трепещущих шарфов, ни веселого лепета.

В первый же вечер, озаренный неяркими керосиновыми фонарями, к Адаму Казимировичу, который весь день бесплодно простоял на Спасо-Кооперативной площади, подошли четверо мужчин. Долго и молчаливо они вглядывались в автомобиль. Потом один из них, горбун, неуверенно спросил:

-- Всем можно кататься?

-- Всем, - ответил Козлевич, удивляясь робости арбатовских граждан. -- Пять рублей в час.

Мужчины зашептались. До шофера донеслись странные вздохи и слова: "Прокатимся, товарищи, после заседания? А удобно ли? По рублю двадцати пяти на человека не дорого. Чего ж неудобного?.. "

И впервые поместительная машина приняла в свое коленкоровое лоно арбатовцев. Несколько минут пассажиры молчали, подавленные быстротой передвижения, горячим запахом бензина и свистками ветра. Потом, томимые неясным предчувствием, они тихонько затянули: "Быстры, как волны, дни

нашей жизни". Козлевич взял третью скорость. Промелькнули мрачные очертания законсервированной продуктовой палатки, и машина выскочила в поле, на лунный тракт.

"Что день, то короче к могиле наш путь", -- томно выводили пассажиры. Им стало жалко самих себя, стало обидно, что они никогда не были студентами. Припев они исполнили громкими голосами:

"По рюмочке, по маленькой, тирлим-бом-бом, тирлим-бом-бом".

-- Стой! - закричал вдруг горбун. - Давай назад! Душа горит.

В городе седоки захватили много белых бутылочек и какую-то широкоплечую гражданку. В поле разбили бивак, ужинали с водкой, а потом без музыки танцевали польку-кокетку.

Истомленный ночным приключением, Козлевич весь день продремал у руля на своей стоянке. А к вечеру явилась вчерашняя компания, уже навеселе, снова уселась в машину и всю ночь носилась вокруг города. На третий день повторилось то же самое. Ночные пиры веселой компании, под предводительством горбуна, продолжались две недели кряду. Радости автомобилизации оказали на клиентов Адама Казимировича странное влияние: лица у них опухли и белели в темноте, как подушки. Горбун с куском колбасы, свисавшим изо рта, походил на вурдалака.

Они стали суетливыми и в разгаре веселья иногда плакали. Один раз бедовый горбун подвез на извозчике к автомобилю мешок рису. На рассвете рис повезли в деревню, обменяли там на самогон-первач и в этот день в город уже не возвращались. Пили с мужиками на брудершафт, сидя на скирдах. А ночью зажгли костры и плакали особенно жалобно.

В последовавшее затем серенькое утро железнодорожный кооператив "Линеец", в котором горбун был заведующим, а его веселые товарищи-членами правления и лавочной комиссии, закрылся для переучета товаров. Каково же было горькое удивление ревизоров, когда они не обнаружили в магазине ни муки, ни перца, ни мыла хозяйственного, ни корыт крестьянских, ни текстиля, ни рису. Полки, прилавки, ящики и кадушки -- все было оголено. Только посреди магазина на полу стояли вытянувшиеся к потолку гигантские охотничьи сапоги сорок девятый номер, на желтой картонной подошве, и смутно мерцала в стеклянной будке автоматическая касса "Националь", никелированный дамский бюст которой был усеян разноцветными кнопками. А к Козлевичу на квартиру прислали повестку от народного следователя: шофер вызывался свидетелем по делу кооператива "Линеец".

Горбун и его друзья больше не являлись, и зеленая машина три дня простояла без дела. Новые пассажиры, подобно первым,

являлись под покровом темноты. Они тоже начинали с невинной прогулки за город, но мысль о водке возникала у них, едва только машина делала первые полкилометра. По-видимому, арбатовцы не представляли себе, как это можно пользоваться автомобилем в трезвом виде, и считали автотелегу Козлевича гнездом разврата, где обязательно нужно вести себя разухабисто, издавать непотребные крики и вообще прожигать жизнь. Только тут Козлевич понял, почему мужчины, проходившие днем мимо его стоянки, подмигивали друг другу и нехорошо улыбались.

Все шло совсем не так, как предполагал Адам Казимирович. По ночам он носился с зажженными фарами мимо окрестных рощ, слыша позади себя пьяную возню и вопли пассажиров, а днем, одурев от бессонницы, сидел у следователей и давал свидетельские показания. Арбатовцы прожигали свои жизни почему-то на деньги, принадлежавшие государству, обществу и кооперации. И Козлевич против своей воли снова погрузился в пучину Уголовного кодекса, в мир главы третьей, назидательно говорящей о должностных преступлениях.

Начались судебные процессы. И в каждом из них главным свидетелем обвинения выступал Адам Казимирович. Его правдивые рассказы сбивали подсудимых с ног, и они, задыхаясь в слезах и соплях, признавались во всем. Он погубил множество учреждений. Последней его жертвой пало филиальное отделение областной киноорганизации, снимавшее в Арбатове исторический фильм "Стенька Разин и княжна". Весь филиал упрятали на шесть лет, а фильм, представлявший узкосудебный интерес, был передан в музей вещественных доказательств, где уже находились охотничьи ботфорты из кооператива "Линеец".

После этого наступил крах. Зеленого автомобиля стали бояться, как чумы. Граждане далеко обходили Спасо-Кооперативную площадь, на которой Козлевич водрузил полосатый столб с табличкой: "Биржа автомобилей". В течение нескольких месяцев Адам не заработал ни копейки и жил на сбережения, сделанные им за время ночных поездок.

Тогда он пошел на жертвы. На дверце автомобиля он вывел белую и на его взгляд весьма заманчивую надпись: "Эх, прокачу! "-и снизил цену с пяти рублей в час до трех. Но граждане и тут не переменили тактики. Шофер медленно колесил по городу, подъезжал к учреждениям и кричал в окна:

-- Воздух-то какой! Прокатимся, что ли? Должностные лица высовывались на улицу и под грохот ундервудов отвечали:

-- Сам катайся. Душегуб!

-- Почему же душегуб? - чуть не плача, спрашивал Козлевич.

-- Душегуб и есть, - отвечали служащие, - под выездную сессию

подведешь.

-- А вы бы на свои катались! - запальчиво кричал шофер. На собственные деньги.

При этих словах должностные лица юмористически переглядывались и запирали окна. Катанье в машине на свои деньги казалось им просто глупым.

Владелец "Эх, прокачу! " рассорился со всем городом. Он уже ни с кем не раскланивался, стал нервным и злым. Завидя какого-нибудь совслужа в длинной кавказской рубашке с баллонными рукавами, он подъезжал к нему сзади и с горьким смехом кричал:

-- Мошенники! А вот я вас сейчас под показательный подведу! Под сто девятую статью.

Совслуж вздрагивал, индифферентно оправлял на себе поясок с серебряным набором, каким обычно украшают сбрую ломовых лошадей, и, делая вид, что крики относятся не к нему, ускорял шаг. Но мстительный Козлевич продолжал ехать рядом и дразнить врага монотонным чтением карманного уголовного требника:

-- "Присвоение должностным лицом денег, ценностей или иного имущества, находящегося в его ведении в силу его служебного положения, карается... "

Совслуж трусливо убегал, высоко подкидывал зад, сплющенный от долгого сидения на конторском табурете.

-- "... лишением свободы, - кричал Козлевич вдогонку, -на срок до трех лет".

Но все это приносило шоферу только моральное удовлетворение. Материальные дела его были нехороши. Сбережения подходили к концу. Надо было принять какое-то решение. Дальше так продолжаться не могло. В таком воспаленном состоянии Адам Казимирович сидел однажды в своей машине, с отвращением глядя на глупый полосатый столбик "Биржа автомобилей". Он смутно понимал, что честная жизнь не удалась, что автомобильный мессия прибыл раньше срока и граждане не поверили в него. Козлевич был так погружен в свои печальные размышления, что даже не заметил двух молодых людей, уже довольно долго любовавшихся его машиной.

-- Оригинальная конструкция, -- сказал, наконец, один из них, -- заря автомобилизма. Видите, Балаганов, что можно сделать из простой швейной машины Зингера? Небольшое приспособление-и получилась прелестная колхозная сноповязалка.

-- Отойди, - угрюмо сказал Козлевич.

-- То есть как это "отойди"? Зачем же вы поставили на своей молотилке рекламное клеймо "Эх, прокачу! "? Может быть, мы с приятелем желаем совершить деловую поездку? Может быть, мы желаем именно эх-прокатиться?

В первый раз за арбатовский период жизни на лице мученика автомобильного дела появилась улыбка. Он выскочил из машины и проворно завел тяжело застучавший мотор.

-- Пожалуйте, - сказал он, - куда везти?

-- На этот раз-никуда, - заметил Балаганов, - денег нету. Ничего не поделаешь, товарищ механик, бедность.

-- Все равно садись! - закричал Козлевич отчаянно. -Подвезу даром. Пить не будете? Голые танцевать не будете при луне? Эх! Прокачу!

-- Ну что ж, воспользуемся гостеприимством, -- сказал Остап, усевшись рядом с шофером. - У вас, я вижу, хороший характер. Но почему вы думаете, что мы способны танцевать в голом виде?

-- Тут есть такие, -- ответил шофер, выводя машину на главную улицу, - государственные преступники.

Его томило желание поделиться с кем-нибудь своим горем. Лучше всего, конечно, было бы рассказать про свои страдания нежной морщинистой маме. Она бы пожалела. Но мадам Козлевич давно уже скончалась от горя, когда узнала, что сын ее Адам начинает приобретать известность как вор-рецидивист. И шофер рассказал новым пассажирам всю историю падения города Арбатова, под развалинами которого барахтался сейчас его зеленый автомобиль.

-- Куда теперь ехать? -- с тоской закончил Козлевич. -Куда податься?

Остап помедлил, значительно посмотрел на своего рыжего компаньона и сказал:

-- Все ваши беды происходят оттого, что вы правдоискатель. Вы просто ягненок, неудавшийся баптист. Печально наблюдать в среде шоферов такие упадочнические настроения. У вас есть автомобиль -- и вы не знаете, куда ехать. У нас дела похуже -у нас автомобиля нет. Но мы знаем, куда ехать. Хотите, поедем вместе?

-- Куда? -- спросил шофер.

-- В Черноморск, -- сказал Остап. -- У нас там небольшое интимное дело. И вам работа найдется. В Черноморске ценят предметы старины и охотно на них катаются. Поедем.

Сперва Адам Казимирович только улыбался, словно вдова, которой ничего уже в жизни не мило. Но Бендер не жалел красок. Он развернул перед смущенным шофером удивительные дали и тут же раскрасил их в голубой и розовый цвета.

-- А в Арбатове вам терять нечего, кроме запасных цепей. По дороге голодать не будете. Это я беру на себя. Бензин ваш -идеи наши.

Козлевич остановил машину и, все еще упираясь, хмуро сказал:

-- Бензину мало.

-- На пятьдесят километров хватит?

-- Хватит на восемьдесят.

-- В таком случае все в порядке. Я вам уже сообщил, что в идеях и мыслях у меня недостатка нет. Ровно через шестьдесят километров вас прямо на дороге будет поджидать большая железная бочка с авиационным бензином. Вам нравится авиационный бензин?

-- Нравится, -- застенчиво ответил Козлевич. Жизнь вдруг показалась ему легкой и веселой. Ему захотелось ехать в Черноморск немедленно.

-- И эту бочку, -- закончил Остап, -- вы получите совершенно бесплатно. Скажу более. Вас будут просить, чтобы вы приняли этот бензин.

-- Какой бензин? -- шепнул Балаганов. -- Что вы плетете?

Остап важно посмотрел на оранжевые веснушки, рассеянные по лицу молочного брата, и так же тихо ответил:

-- Людей, которые не читают газет, надо морально убивать на месте. Вам я оставляю жизнь только потому, что надеюсь вас перевоспитать.

Остап не разъяснил, какая связь существует между чтением газет и большой бочкой с бензином, которая якобы лежит на дороге.

-- Объявляю большой скоростной пробег Арбатов-Черноморск открытым, -- торжественно сказал Остап. -- Командором пробега назначаю себя. Водителем машины зачисляется... как ваша фамилия? Адам Козлевич. Гражданин Балаганов утверждается бортмехаником с возложением на такового обязанностей прислуги за все. Только вот что, Козлевич: надпись "Эх, прокачу! " надо немедленно закрасить. Нам не нужны особые приметы.

Через два часа машина со свежим темно-зеленым пятном на боку медленно вывалилась из гаража и в последний раз покатила по улицам города Арбатова. Надежда светилась в глазах Козлевича. Рядом с ним сидел Балаганов. Он хлопотливо перетирал тряпочкой медные части, ревностно выполняя новые для него обязанности бортмеханика. Командор пробега развалился на рыжем сиденье, с удовлетворением поглядывая на своих новых подчиненных.

-- Адам! -- закричал он, покрывая скрежет мотора. -- Как зовут вашу тележку?

-- "Лорен-дитрих" -- ответил Козлевич.

-- Ну, что это за название? Машина, как военный корабль, должна иметь собственное имя. Ваш "лорендитрих" отличается замечательной скоростью и благородной красотой линий. Посему предлагаю присвоить машине название - "Антилопа-Гну". Кто против? Единогласно.

Зеленая "Антилопа", скрипя всеми своими частями, промчалась по внешнему проезду Бульвара Молодых Дарований и вылетела на

рыночную площадь.

Там взору экипажа "Антилопы" представилась странная картина. С площади, по направлению к шоссе, согнувшись, бежал человек с белым гусем под мышкой. Левой рукой он придерживал на голове твердую соломенную шляпу. За ним с криком бежала большая толпа. Убегавший часто оглядывался назад, и на его благообразном актерском лице можно было разглядеть выражение ужаса.

-- Паниковский бежит! -- закричал Балаганов.

-- Вторая стадия кражи гуся, -- холодно заметил Остап. -Третья стадия начнется после поимки виновного. Она сопровождается чувствительными побоями.

О приближении третьей стадии Паниковский, вероятно, догадывался, потому что бежал во всю прыть. От страха он не выпускал гуся, и это вызывало в преследователях сильное раздражение.

-- Сто шестнадцатая статья, -- наизусть сказал Козлевич. -- Тайное, а равно открытое похищение крупного скота у трудового земледельческого и скотоводческого населения.

Балаганов захохотал. Его тешила мысль, что нарушитель конвенции получит законное возмездие.

Машина выбралась на шоссе, прорезав галдящую толпу.

-- Спасите! - закричал Паниковский, когда "Антилопа" с ним поровнялась.

-- Бог подаст, -- ответил Балаганов, свешиваясь за борт.

Машина обдала Паниковского клубами малиновой пыли..

-- Возьмите меня! - вопил Паниковский из последних сил, держась рядом с машиной. - Я хороший.

Голоса преследователей сливались в общий недоброжелательный гул.

-- Может, возьмем гада? -- спросил Остап.

-- Не надо, - жестоко ответил Балаганов, -- пусть в другой раз знает, как нарушать конвенции.

Но Остап уже принял решение.

-- Брось птицу! -- закричал он Паниковскому и, обращаясь к шоферу, добавил: - Малый ход.

Паниковский немедленно повиновался. Гусь недовольно поднялся с земли, почесался и как ни в чем не бывало пошел обратно в город.

-- Влезайте, -- предложил Остап, -- черт с вами! Но больше не грешите, а то вырву руки с корнем.

Паниковский, перебирая ногами, ухватился за кузов, потом налег на борт животом, перевалился в машину, как купающийся в лодку, и, стуча манжетами, упал на дно.

-- Полный ход, - скомандовал Остап. - Заседание продолжается.

Балаганов надавил грушу, и из медного рожка вырвались старомодные, веселые, внезапно обрывающиеся звуки:

Матчиш прелестный танец. Та-ра-та... Матчиш прелестный танец. Та-ра-та...

И "Антилопа-Гну" вырвалась в дикое поле, навстречу бочке с авиационным бензином.

ГЛАВА IV. ОБЫКНОВЕННЫЙ ЧЕМОДАНИШКО

Человек без шляпы, в серых парусиновых брюках, кожаных сандалиях, надетых по-монашески на босу ногу, и белой сорочке без воротничка, пригнув голову, вышел из низенькой калитки дома номер шестнадцать. Очутившись на тротуаре, выложенном голубоватыми каменными плитами, он остановился и негромко сказал:

-- Сегодня пятница. Значит, опять нужно идти на вокзал.

Произнеся эти слова, человек в сандалиях быстро обернулся. Ему показалось, что за его спиной стоит гражданин с цинковой мордой соглядатая. Но Малая Касательная улица была совершенно пуста.

Июньское утро еще только начинало формироваться. Акации подрагивали, роняя на плоские камни холодную оловянную росу. Уличные птички отщелкивали какую-то веселую дребедень. В конце улицы, внизу за крышами домов, пылало литое, тяжелое море. Молодые собаки, печально оглядываясь и стуча когтями, взбирались на мусорные ящики. Час дворников уже прошел, час молочниц еще не начинался.

Был тот промежуток между пятью и шестью часами, когда дворники, вдоволь намахавшись колючими метлами, уже разошлись по своим шатрам, в городе светло, чисто и тихо, как в государственном банке. В такую минуту хочется плакать и верить, что простокваша на самом деле полезнее и вкуснее хлебного вина; но уже доносится далекий гром: это выгружаются из дачных поездов молочницы с бидонами. Сейчас они бросятся в город и на площадках черных лестниц затеют обычную свару с домашними хозяйками. На миг покажутся рабочие с кошелками и тут же скроются в заводских воротах. Из фабричных труб грянет дым. А потом, подпрыгивая от злости, на ночных столиках зальются троечным звоном мириады будильников (фирмы "Павел Буре" -потише, треста точной механики -- позвончее), и замычат спросонок советские служащие, падая с высоких девичьих кроваток. Час молочниц окончится, наступит час служилого люда.

Но было еще рано, служащие еще спали под своими фикусами. Человек в сандалиях прошел весь город, почти никого не встретив на

пути. Он шел под акациями, которые в Черноморске несли некоторые общественные функции: на одних висели синие почтовые ящики с ведомственным гербом (конверт и молния), к другим же были прикованы жестяные лоханочки с водою для собак.

На Приморский вокзал человек в сандалиях прибыл в ту минуту, когда оттуда выходили молочницы. Больно ударившись несколько раз об их железные плечи, он подошел к камере хранения ручного багажа и предъявил квитанцию. Багажный смотритель с неестественной строгостью, принятой только на железных дорогах, взглянул на квитанцию и тут же выкинул предъявителю его чемодан. Предъявитель, в свою очередь, расстегнул кожаный кошелечек, со вздохом вынул оттуда десятикопеечную монету и положил ее на багажный прилавок, сделанный из шести старых, отполированных локтями рельсов.

Очутившись на вокзальной площади, человек в сандалиях поставил чемодан на мостовую, заботливо оглядел со всех сторон и даже потрогал рукою его белый портфельный замочек. Это был обыкновенный чемоданишко, состряпанный из дерева и оклеенный искусственной фиброй.

В таких вот чемоданишках пассажиры помоложе содержат нитяные носки "Скетч", две перемены толстовок, один волосодержатель, трусики, брошюру "Задачи комсомола в деревне" и три крутых сдавленных яйца. Кроме того, в углу обязательно находится комок грязного белья, завернутый в газету "Экономическая жизнь". Пассажиры постарше хранят в таком чемодане полный пиджачный костюм и отдельно к нему брюки из клетчатой материи, известной под названием "Столетье Одессы", подтяжки на роликах, домашние туфли с язычками, флакон тройного одеколона и белое марсельское одеяло. Надо заметить, что и в этом случае в углу имеется кое-что, завернутое в "Экономическую жизнь". Но это уже не грязное белье, а бледная вареная курица.

Удовлетворившись беглым осмотром, человек в сандалиях подхватил чемодан и влез в белый тропический вагон трамвая, доставивший его на другой конец города-к Восточному вокзалу. Здесь его действия были прямо противоположны тому, что он проделал только что на Приморском вокзале. Он сдал свой чемодан на хранение и получил квитанцию от великого багажного смотрителя.

Совершив эти странные эволюции, хозяин чемодана покинул вокзал как раз в то время, когда на улицах уже появились наиболее примерные служащие. Он вмешался в их нестройные колонны, после чего костюм его потерял всякую оригинальность. Человек в сандалиях был служащим, а служащие в Черноморске почти все одевались по неписаной моде: ночная рубашка с закатанными выше

локтей рукавами, легкие сиротские брюки, те же сандалии или парусиновые туфли. Никто не носил шляп и картузов. Изредка только попадалась кепка, а чаще всего черные, дыбом поднятые патлы, а еще чаще, как дыня на баштане, мерцала загоревшая от солнца лысина, на которой очень хотелось написать, химическим карандашом какое-нибудь слово.

Учреждение, в котором служил человек в сандалиях, называлось "Геркулес" и помещалось в бывшей гостинице. Вертящаяся стеклянная дверь с медными пароходными поручнями втолкнула его в большой вестибюль из розового мрамора. В заземленном лифте помещалось бюро справок. Оттуда уже выглядывало смеющееся женское лицо. Пробежав по инерции несколько шагов, вошедший остановился перед стариком швейцаром в фуражке с золотым зигзагом на околыше и молодецким голосом спросил:

-- Ну что, старик, в крематорий пора?

-- Пора, батюшка, - ответил швейцар, радостно улыбаясь, -в наш советский колумбарий.

Он даже взмахнул руками. На его добром лице отразилась полная готовность хоть сейчас, предаться огненному погребению.

В Черноморске собирались строить крематорий с соответствующим помещением для гробовых урн, то есть колумбарием, и это новшество со стороны кладбищенского подотдела почему-то очень веселило граждан. Может быть, смешили их новые слова-крематорий и колумбарий, а может быть, особенно забавляла их самая мысль о том, что человека можно сжечь, как полено, -- но только они приставали ко всем старикам и старухам в трамваях и на улицах с криками: "Ты куда, старушка, прешься? В крематорий торопишься? " Или: "Пропустите старичка вперед, ему в крематорий пора". И удивительное дело, идея огненного погребения старикам очень понравилась, так что веселые шутки вызывали у них полное одобрение. И вообще разговоры о смерти, считавшиеся до сих пор неудобными и невежливыми, стали котироваться в Черноморске наравне с анекдотами из еврейской и кавказской жизни и вызывали всеобщий интерес.

Обогнув помещавшуюся в начале лестницы голую мраморную девушку, которая держала в поднятой руке электрический факел, и с неудовольствием взглянув на плакат: "Чистка "Геркулесе" начинается. Долой заговор молчания и круговую поруку", служащий поднялся на второй этаж. Он работали финансовосчетном отделе. До начала занятий оставалось еще пятнадцать минут, но за своими столами уже сидели Сахарков, Дрейфус, Тезоименицкий, Музыкант, Чеважевская, Кукушкинд, Борисохлебский и Лапидусмладший. Чистки они нисколько не боялись, в чем не; однократно заверяли

друг друга, нов последнее время почему-то стали приходить на службу как можно раньше. Пользуясь немногими минутами свободного времени, они шумно переговаривались между собой. Голоса их гудели в огромном зале, который в былое время был гостиничным рестораном. Об этом напоминали потолок в резных дубовых кессонах и расписные стены, где с ужасающими улыбками кувыркались менады, наяды и дриады.

-- Вы слышали новость, Корейко? -- спросил вошедшего Лапидус-младший. -- Неужели не слышали? Ну? Вы будете поражены.

-- Какая новость?.. Здравствуйте, товарищи! -- произнес Корейко. - Здравствуйте, Анна Васильевна!

-- Вы даже себе представить не можете! -- с удовольствием сказал Лапидус-младший. -- Бухгалтер Берлага попал в сумасшедший дом.

-- Да что вы говорите? Берлага? Ведь он же нормальнейший человек!

-- До вчерашнего дня был нормальнейший, а с сегодняшнего дня стал ненормальнейшим, - вступил в разговор Борисохлебский. -- Это факт. Мне звонил его шурин. У Берлаги серьезнейшее психическое заболевание, расстройство пяточного нерва.

-- Надо только удивляться, что у нас у всех нет еще расстройства этого нерва, - зловеще заметил старик Кукушкинд, глядя на сослуживцев сквозь овальные никелированные очки.

-- Не каркайте, -- сказала Чеважевская. -- Вечно он тоску наводит.

-- Все-таки жалко Берлагу, - отозвался Дрейфус, повернувшись на своем винтовом табурете лицом к обществу.

Общество молчаливо согласилось с Дрейфусом. Один только Лапидус-младший загадочно усмехнулся. Разговор перешел на тему о поведении душевнобольных; заговорили о маньяках, рассказано было несколько историй про знаменитых сумасшедших.

-- Вот у меня, -- воскликнул Сахарков, -- был сумасшедший дядя, который воображал себя одновременно Авраамом, Исааком и Иаковом! Представляете себе, какой шум он поднимал!

-- Надо только удивляться, - жестяным голосом сказал старик Кукушкинд, неторопливо протирая очки полой пиджака, -надо только удивляться, что мы все еще не вообразили себя Авраамом, -- старик засопел. - Исааком...

-- И Иаковом? -- насмешливо спросил Сахарков.

-- Да! И Яковом! - внезапно завизжал Кукушкинд. - И Яковом! Именно Яковом. Живешь в такое нервное время... Вот когда я работал в банкирской конторе "Сикоморский и Цесаревич", тогда не было никакой чистки.

При слове "чистка" Лапидус-младший встрепенулся, взял

Корейко об руку и увел его к громадному окну, на котором разноцветными стеклышками были выложены два готических рыцаря.

-- Самого интересного про Берлагу вы еще не знаете, зашептал он. - Берлага здоров, как бык.

-- Как? Значит, он не в сумасшедшем доме?

-- Нет, в сумасшедшем. Лапидус тонко улыбнулся.

-- В этом весь трюк: Он просто испугался чистки и решил пересидеть тревожное время. Притворился сумасшедшим. Сейчас он, наверно, рычит и хохочет. Вот ловкач! Даже завидно!

-- У него, что же, родители не в порядке? Торговцы? Чуждый элемент?

-- Да и родители не в порядке и сам он, между нами говоря, имел аптеку. Кто же мог знать, что будет революция? Люди устраивались, как могли, кто имел аптеку, а кто даже фабрику. Я лично не вижу в этом ничего плохого. Кто мог знать?

-- Надо было знать, -- холодно сказал Корейко.

-- Вот я и говорю, -- быстро подхватил Лапидус, - таким не место в советском учреждении.

И, посмотрев на Корейко расширенными глазами, он удалился к своему столу.

Зал уже наполнился служащими, из ящиков были вынуты эластичные металлические линейки, отсвечивающие селедочным серебром, счеты с пальмовыми косточками, толстые книги, разграфленные розовыми и голубыми линиями, и множество прочей мелкой и крупной канцелярской утвари. Тезоименицкий сорвал с календаря вчерашний листок, -- начался новый день, и кто-то из служащих уже впился молодыми зубами в длинный бутерброд с бараньим паштетом.

Уселся за свой стол и Корейко. Утвердив загорелые локти на письменном столе, он принялся вносить записи в контокоррентную книгу.

Александр Иванович Корейко, один из ничтожнейших служащих "Геркулеса", был человек в последнем приступе молодости -- ему было тридцать восемь лет. На красном сургучном лице сидели желтые пшеничные брови и белые глаза. Английские усики цветом тоже походили на созревший злак. Лицо его казалось бы совсем молодым, если бы не грубые ефрейторские складки, пересекавшие щеки и шею. На службе Александр Иванович вел себя как сверхсрочный солдат: не рассуждал, был исполнителен, трудолюбив, искателен и туповат.

-- Робкий он какой-то, - говорил о нем начальник финсчета, -- какой-то уж слишком приниженный, преданный какой-то чересчур. Только объявят подписку на заем, как он уже лезет со своим

месячным окладом. Первым подписывается-- А весь оклад-то -- сорок шесть рублей. Хотел бы я знать, как он существует на эти деньги...

Была у Александра Ивановича удивительная особенность. Он мгновенно умножал и делил в уме большие трехзначные и четырехзначные числа. Но это не освободило Корейко от репутации туповатого парня.

-- Слушайте, Александр Иванович, - спрашивал сосед, -сколько будет восемьсот тридцать шесть на четыреста двадцать три?

-- Триста пятьдесят три тысячи шестьсот двадцать восемь, -- отвечал Корейко, помедлив самую малость.

И сосед не проверял результата умножения, ибо знал, что туповатый Корейко никогда не ошибается.

-- Другой бы на его месте карьеру сделал, - говорили и Сахарков, и Дрейфус, и Тезоименицкий, и Музыкант, и Чеважевская, и Борисохлебский, и Лапидус-младший, и старый дурак Кукушкинд, и даже бежавший в сумасшедший дом бухгалтер Берлага, -- а этот-- шляпа! Всю жизнь будет сидеть на своих сорока шести рублях.

И, конечно, сослуживцы Александра Ивановича, да и сам начальник финсчета товарищ Арников, и не только он, но даже Серна Михайловна, личная секретарша начальника всего "Геркулеса" товарища Полыхаева, - ну, словом, все были бы чрезвычайно удивлены, если б узнали, что Александр Иванович Корейко, смиреннейший из конторщиков, еще только час назад перетаскивал зачем-то с одного вокзала на другой чемодан, в котором лежали не брюки "Столетье Одессы", не бледная курица и не какие-нибудь "Задачи комсомола в деревне", а десять миллионов рублей в иностранной валюте и советских денежных знаках.

В 1915 году мещанин Саша Корейко был двадцатитрехлетним бездельником из числа тех, которых по справедливости называют гимназистами в отставке. Реального училища он не окончил, делом никаким не занялся, шатался до бульварам и прикармливался у родителей. От военной службы его избавил дядя, делопроизводитель воинского начальника, и поэтому он без страха слушал крики полусумасшедшего газетчика:

-- Последние телеграммы! Наши наступают! Слава богу! Много убитых и раненых! Слава богу!

В то время Саша Корейко представлял себе будущее таким образом: он идет по улице -- и вдруг у водосточного желоба, осыпанного цинковыми звездами, под самой стенкой находит 1вишневый, скрипящий, как седло, кожаный бумажник. В бумажнике очень много денег, две тысячи пятьсот рублей... А дальше все будет чрезвычайно хорошо.

Он так часто представлял себе, как найдет деньги, что даже точно знал, где это произойдет. На улице Полтавской Победы, в

асфальтовом углу, образованном выступом дома, у звездного желоба. Там лежит он, кожаный благодетель, чуть присыпанный сухим цветом акаций, в соседстве со сплющенным окурком. На улицу Полтавской Победы Саша ходил каждый день, но, к крайнему его удивлению, бумажника не было. Он шевелил мусор гимназическим стеком и тупо смотрел на висевшую у парадного хода эмалированную дощечку -- "Податной инспектор Ю. М. Соловейский". И Саша ошалело брел домой, валился на красный плюшевый диван и мечтал о богатстве, оглушаемый ударами сердца и пульсов. Пульсы были маленькие, злые, нетерпеливые.

Революция семнадцатого года согнала Корейко с плюшевого дивана. Он понял, что может сделаться счастливым наследником незнакомых ему богачей. Он почуял, что по всей стране валяется сейчас великое множество беспризорного золота, драгоценностей, превосходной мебели, картин и ковров, шуб и сервизов. Надо только не упустить минуты и побыстрее схватить богатство.

Но тогда он был еще глуп и молод. Он захватил большую квартиру, владелец которой благоразумно уехал на французском пароходе в Константинополь, и открыто в ней зажил. Целую неделю он врастал в чужой богатый быт исчезнувшего коммерсанта, пил найденный в буфете мускат, закусывая его пайковой селедкой, таскал на базар разные безделушки и был немало удивлен, когда его арестовали.

Он вышел из тюрьмы через пять месяцев. От мысли своей сделаться богачом он не отказался, но понял, что дело это требует скрытности, темноты и постепенности. Нужно было надеть на себя защитную шкуру, и она пришла к Александру Ивановичу в виде высоких оранжевых сапог, бездонных синих бриджей и долгополого френча работника по снабжению продовольствием.

В то беспокойное время все сделанное руками человеческими служило хуже, чем раньше: дома не спасали от холода, еда не насыщала, электричество зажигалось только по случаю большой облавы на дезертиров и бандитов, водопровод подавал воду только в первые этажи, а трамваи совсем не работали. Все же силы стихийные стали злее и опаснее: зимы были холодней, чем прежде, ветер был сильнее, и простуда, которая раньше укладывала человека в постель на три дня, теперь в те же три дня убивала его. И молодые люди без определенных занятий кучками бродили по улицам, бесшабашно распевая песенку о деньгах, потерявших свою цену:

Залетаю я в буфет, Ни копейки денег нет, Разменяйте десять миллио-нов...

Александр Иванович с беспокойством видел, как деньги, которые он наживал с великими ухищрениями, превращаются в ничто.

Тиф валил людей тысячами. Саша торговал краденными из склада медикаментами. Он заработал на тифе пятьсот миллионов, но денежный курс за месяц превратил их в пять миллионов. На сахаре он заработал миллиард. Курс превратил эти деньги в порошок.

В этом периоде одним из наиболее удачных его дел было похищение маршрутного поезда с продовольствием, шедшего на Волгу. Корейко был комендантом поезда. Поезд вышел из Полтавы в Самару, но до Самары не дошел, а в Полтаву не вернулся. Он бесследно исчез по дороге. Вместе с ним пропал Александр Иванович.

ГЛАВА V. ПОДЗЕМНОЕ ЦАРСТВО

Оранжевые сапоги вынырнули в Москве в конце 1922 года. Над сапогами царила зеленоватая бекеша на золотом лисьем меху. Поднятый барашковый воротник, похожий с изнанки на стеганое одеяло, защищал от мороза молодецкую харю с севастопольскими полубаками. На голове Александра Ивановича помещалась прелестная курчавая папаха.

А в Москве в ту пору уже бегали новые моторы с хрустальными фонарями, двигались по улицам скоробогачи в котиковых ермолочках и в шубках, подбитых узорным мехом "лира". В моду входили остроносые готические штиблеты и портфели с чемоданными ремнями и ручками. Слово "гражданин" начинало теснить привычное слово "товарищ", и какие-то молодые люди, быстро сообразившие, в чем имеешь заключается радость жизни, уже танцевали в ресторанах уанстеп "Дикси" и даже фокстрот "Цветок солнца". Над городом стоял крик лихачей, и в большом доме Наркоминдела портной Журкевич день и ночь строчил фраки для отбывающих за границу советских дипломатов.

Александр Иванович с удивлением увидел, что его одеяние, считавшееся в провинции признаком мужественности и богатства, здесь, в Москве, является пережитком старины и бросает невыгодную тень на его обладателя.

Через два месяца на Сретенском бульваре открылось новое заведение под вывеской "Промысловая артель химических продуктов "Реванш", Артель располагала двумя комнатами. В первой висел портрет основоположника социализма -- Фридриха Энгельса, под которым, невинно улыбаясь, сидел сам Корейко в сером английском костюме, продернутом красной шелковой ниткой. Исчезли оранжевые ботфорты и грубые полубаки. Щеки Александра Ивановича были хорошо выбриты. В задней комнате находилось производство. Там стояли две дубовые бочки с манометрами и водомерными стеклами, одна -- на полу, другая -- на антресолях. Бочки были соединены тонкой клистирной трубкой, по которой,

деловито журча, бежала жидкость. Когда вся жидкость переходила из верхнего сосуда в нижний, в производственное помещение являлся мальчик в валенках. Не по-детски вздыхая, мальчик вычерпывал ведром жидкость из нижней бочки, тащил ее на антресоли и вливал в верхнюю бочку. Закончив этот сложный производственный процесс, мальчик уходил в контору греться, а из клистирной трубки снова неслось всхлипыванье: жидкость совершала свой обычный путь -из верхнего резервуара в нижний.

Александр Иванович и сам точно не знал, какого рода химикалии вырабатывает артель "Реванш". Ему было не до химикалий. Его рабочий день и без того был уплотнен. Он переезжал из банка в банк, хлопоча о ссудах для расширения производства. В трестах он заключал договоры на поставку химпродуктов и получал сырье по твердой цене. Ссуды он тоже получал. Очень много времени отнимала перепродажа полученного сырья на госзаводы по удесятеренной цене, и поглощали множество энергии валютные дела на черной бирже, у подножия памятника героям Плевны.

По прошествии года банки и тресты возымели желание узнать, насколько благотворно отразилась на развитии промартели "Реванш" оказанная ей финансовая и сырьевая помощь и не нуждается ли здоровый частник еще в каком-либо содействии. Комиссия, увешанная учеными бородами, прибыла в артель "Реванш" на трех пролеточках. В пустой конторе председатель комиссии долго вглядывался в равнодушное лицо Энгельса и стучал - палкой по еловому прилавку, вызывая руководителей и членов артели. Наконец, дверь производственного помещения растворилась, и перед глазами комиссии предстал заплаканный мальчик с ведром в руке.

Из разговора с юным представителем "Реванша" выяснилось, что производство находится на полном ходу и что хозяин уже неделю не приходит. В производственном помещении комиссия пробыла недолго. Жидкость, так деловито журчавшая в клистирной кишке, по вкусу, цвету и химическому содержанию напоминала обыкновенную воду, каковой в действительности и являлась. Удостоверив этот невероятный факт, председатель комиссии сказал "гм" и посмотрел на членов, которые тоже сказали "гм". Потом председатель с ужасной улыбкой взглянул на мальчика и спросил:

-- А кой тебе годик?

-- Двенадцатый миновал, - ответил - мальчик. И залился такими рыданиями, что члены комиссии, толкаясь, выбежали на улицу и, разместившись на пролеточках, уехали в полном смущении. Что же касается артели "Реванш", то все операции ее были занесены в банковские и трестовские книги на "Счет прибылей и убытков", и именно в тот раздел этого счета, который ни словом не упоминает о прибылях, а целиком посвящен убыткам.

В тот самый день, когда комиссия вела многозначительную беседу с мальчиком в конторе "Реванша", Александр Иванович Корейко высадился из спального вагона прямого сообщения в небольшой виноградной республике, отстоявшей от Москвы на три тысячи километров.

Он растворил окно в номере гостиницы и увидел городок в оазисе, с бамбуковым водопроводом, с дрянной глиняной крепостью, городок, отгороженный от песков тополями и полный азиатского, шума.

На другой же день он узнал, что республика начала строить электрическую станцию. Узнал он также, что денег постоянно не хватает и постройка, от которой зависит будущность республики, может остановиться.

И здоровый частник решил помочь республике. Он снова погрузился в оранжевые сапоги,, надел тюбетейку и, захватив пузатый портфель, двинулся в управление строительством.

Его встретили неособенно ласково; но он вел себя весьма достойно, ничего не просил для себя и напирал главным образом на то, что идея электрификации отсталых окраин чрезвычайно близка его сердцу.

-- Вашему строительству, -- говорил он, -- не хватает денег. Я их достану.

И он предложил организовать при строительстве электростанции доходное подсобное предприятие.

-- Что может быть проще! Мы будем продавать открытки с видами строительства, и это принесет те средства, в которых так нуждается постройка. Запомните: вы ничего не будете давать, вы будете только получать.

Александр Иванович решительно рубил воздух ладонью, слова его казались убедительными, проект был верный и выгодный. Заручившись договором, по которому он получал четвертую часть всех барышей с открыточного предприятия, Корейко начал работать.

Сперва понадобились оборотные средства. Их пришлось взять из денег, ассигнованных на постройку станции. Других денег в республике не было.

-- Ничего, -- утешал он строителей, - запомните: с этой минуты вы будете только получать.

Александр Иванович верхом на лошади проинспектировал ущелье, где уже возвышались бетонные параллелепипеды будущей станции, и одним взглядом оценил живописность порфировых скал. За ним на Линейке прикатили в ущелье фотографы. Они окружили строительство суставчатыми, голенастыми штативами, спрятались под черные шали и долго щелкали затворами, Когда все было заснято, один из фотографов спустил шаль и рассудительно сказал:

-- Лучше, конечно, было бы строить эту станцию левее, на фоне монастырских руин, там гораздо живописнее.

Для печатания открыток решено было как можно скорее выстроить собственную типографию. Деньги, как и в первый раз, были взяты из строительных средств. Поэтому на электрической станции пришлось свернуть некоторые работы. Но все утешались тем, что барыши от нового предприятия позволят нагнать упущенное время.

Типографию строили в том же ущелье, напротив станции. И вскоре неподалеку от бетонных параллелепипедов станции появились бетонные параллелепипеды типографии. Постепенно бочки с цементом, железные прутья, кирпич и гравий перекочевали из одного конца ущелья в другой. Затем легкий переход через ущелье совершили и рабочие-на новой постройке больше платили.

Через полгода на всех железнодорожных остановках появились агенты-распространители в полосатых штанах. Они торговали открытками, изображавшими скалы виноградной республики, среди которых шли грандиозные работы. В летних садах, театрах, кино, на пароходах и курортах барышни-овечки вертели застекленные барабаны благотворительной лотереи. Лотерея была беспроигрышная, -- каждый выигрыш являл собою открытку с видом электрического ущелья.

Слова Корейко сбылись, - доходы притекали со всех сторон. Но Александр Иванович не выпускал их из своих рук. Четвертую часть он брал себе по договору, столько же присваивал, ссылаясь на то, что еще не от всех агентских караванов поступала отчетность, а остальные средства употреблял на расширение благотворительного комбината.

-- Нужно быть хорошим хозяином, - тихо говорил он, -сначала как следует поставим дело, тогда-то появятся настоящие доходы.

К этому времени экскаватор "Марион", снятый с электростанции, рыл глубокий котлован для нового типографского корпуса. Работа на электростанции прекратилась. Строительство обезлюдело. Возились там одни лишь фотографы и мелькали черные шали.

Дело расцвело, и Александр Иванович, с лица которого не сходила честная советская улыбка, приступил к печатанию открыток с портретами киноартистов.

Как водится, однажды вечером на тряской машине приехала полномочная комиссия. Александр Иванович не стал мешкать, бросил прощальный взгляд на потрескавшийся фундамент электростанции, на грандиозное, полное света здание подсобного предприятия и задал стрекача.

-- Гм! - сказал председатель, ковыряя палкой в трещинах

фундамента. -- Где же электростанция?

Он посмотрел на членов комиссии, которые в свою очередь сказали "гм". Электростанции не было.

Зато в здании типографии комиссия застала работу в полном разгаре. Сияли лиловые лампы, и плоские печатные машины озабоченно хлопали крыльями. Три из них выпекали ущелье в одну краску, а из четвертой, многокрасочной, словно карты из рукава шулера, вылетали открытки с портретами Дугласа Фербенкса в черной полумаске на толстой самоварной морде, очаровательной Лиа де Путти и славного малого с вытаращенными глазами, известного под именем Монти Бенкса.

И долго еще после этого памятного вечера в ущелье под открытым небом шли показательные процессы. А Александр Иванович прибавил к своему капиталу полмиллиона рублей.

Его маленькие злые пульсы по-прежнему нетерпеливо бились. Он чувствовал, что именно сейчас, когда старая хозяйственная система сгинула, а новая только начинает жить, можно составить великое богатство. Но уже знал он, что открытая борьба за обогащение в Советской стране немыслима. И с улыбкой превосходства он глядел на одиноких нэпманов, догнивающих под вывесками:

"Торговля товарами камвольного треста Б. А. Лейбедев", "Парча и утварь для церквей и клубов" или "Бакалейная лавка Х. Робинзон иМ. Пьятница".

Под нажимом государственного пресса трещит финансовая база и Лейбедева, и Пьятницы, и владельцев музыкальной лжеартели "Там бубна звон".

Корейко понял, что сейчас возможна только подземная торговля, основанная на строжайшей тайне. Все кризисы, которые трясли молодое хозяйство, шли ему на пользу, все, на чем государство теряло, приносило ему доход. Он прорывался в каждую товарную брешь и уносил оттуда свою сотню тысяч. Он торговал хлебопродуктами, сукнами, сахаром, текстилем-всем. И он был один, совершенно один со своими миллионами. В разных концах страны нашего работали большие и малые пройдохи, но они не знали, на кого работают. Корейко действовал только через подставных лиц. И лишь сам знал длину цепи, по которой шли к нему деньги.

Ровно в двенадцать часов Александр Иванович отодвинул в сторону контокоррентную книгу и приступил к завтраку. Он вынул из ящика заранее очищенную сырую репку и, чинно глядя вперед себя, съел ее. Потом он проглотил холодное яйцо всмятку. Холодные яйца всмятку--еда очень невкусная, и хороший, веселый человек никогда их не станет есть. Но Александр Иванович не ел, а питался. Он не завтракал, а совершал физиологический процесс введения в

организм должного количества жиров, углеводов и витаминов.

Все геркулесовцы увенчивали свой завтрак чаем, Александр Иванович выпивал стакан кипятку вприкуску. Чай возбуждает излишнюю деятельность сердца, а Корейко дорожил своим здоровьем.

Обладатель десяти миллионов походил на боксера, расчетливо подготовляющего свой триумф. Он подчиняется специальному режиму, не пьет и не курит, старается избегать волнений, тренируется и рано ложится спать-все для того, чтобы - в назначенный день выскочить на сияющий ринг счастливым победителем. Александр Иванович хотел быть молодым и-свежим в тот день, когда все возвратится к старому и он сможет выйти из подполья, безбоязненно раскрыв свой обыкновенный чемоданишко. В том, что старое вернется, Корейко никогда не сомневался. Он берег себя для капитализма.

И чтобы никто не разгадал его второй и главной жизни, он вел нищенское существование, стараясь не выйти за пределы сорокашестирублевого жалованья, которое получал за жалкую и нудную работу в финсчетном отделе, расписанном менадами, дриадами и наядами.

ГЛАВА VI. "АНТИЛОПА-ГНУ"

Зеленый ящик с четырьмя жуликами скачками понесся по дымной дороге.

Машина подвергалась давлению таких же сил стихии, какие испытывает на себе пловец, купающийся в штормовую погоду. Ее внезапно сбивало налетавшим ухабом, втягивало в ямы, бросало со стороны на сторону и обдавало красной закатной пылью.

-- Послушайте, студент, -- обратился Остап к новому пассажиру, который уже оправился от недавнего потрясения и беззаботно сидел рядом с командором, - как же вы посмели нарушить сухаревскую конвенцию, этот почтенный пакт, утвержденный трибуналом Лиги наций?

Паниковский притворился, что не слышит, и даже отвернулся в сторону.

-- И вообще, -- продолжал Остап, -- у вас нечистая хватка. Только что мы были свидетелями отвратительной сцены. За вами гнались арбатовцы, у которых вы увели гуся.

-- Жалкие, ничтожные люди! - сердито забормотал Паниковский.

-- Вот как! -- сказал Остап. -- А себя вы считаете, очевидно, врачом-общественником? Джентльменом? Тогда вот что: если вам, как истому джентльмену, взбредет на мысль делать записи на

манжетах, вам придется - писать мелом.

-- Почему? - раздраженно спросил новый пассажир.

-- Потому что они у вас совершенно черные. Не от грязи ли?

-- Вы жалкий, ничтожный человек! -- быстро заявил Паниковский.

-- И это вы говорите мне, своему спасителю? - кротко спросил Остап, - Адам Казимирович, остановите на минутку вашу машину. Благодарю вас. Шура, голубчик, восстановите, пожалуйста, статус-кво.

Балаганов не понял, что означает "статус-кво". Но он ориентировался на интонацию, с какой эти слова были произнесены. Гадливо улыбаясь, он принял Паниковского под мышки, вынес из машины и посадил на дорогу.

-- Студент, идите назад, в Арбатов, - сухо сказал Остап, -- там вас с нетерпением ожидают хозяева гуся. А нам грубиянов не надо. Мы сами грубияны. Едем.

-- Я больше не буду! -- взмолился Паниковский. - Я нервный!

-- Встаньте на колени, -- сказал Остап. Паниковский так поспешно опустился на колени, словно ему подрубили ноги.

-- Хорошо! -- сказал Остап. -- Ваша поза меня удовлетворяет. Вы приняты условно, до первого нарушения дисциплины, с возложением на вас обязанностей прислуги за все.

"Антилопа-Гну" приняла присмиревшего грубияна и покатила дальше, колыхаясь, как погребальная колесница.

Через полчаса машина свернула на большой Новозайцевский тракт и, не уменьшая хода, въехала в село. У бревенчатого дома, на крыше которого росла сучковатая и кривая радиомачта, собрался народ. Из толпы решительно выдвинулся мужчина без бороды. В руке безбородый держал листок бумаги.

-- Товарищи, -- сердито крикнул он, -- считаю торжественное заседание открытым! Позвольте, товарищи, считать эти аплодисменты... Он, видимо, заготовил речь и уже заглядывал в бумажку, но, заметив, что машина не Останавливается, не стал распространяться.

-- Все в Автодор! -- поспешно сказал он, глядя на поравнявшегося с ним Остапа. -- Наладим серийное производство советских автомашин. Железный конь идет на смену крестьянской лошадке.

И уже вдогонку удаляющемуся автомобилю, покрывая поздравительный гул толпы, выложил последний лозунг:

-- Автомобиль -- не роскошь, а средство передвижения.

За исключением Остапа, все антилоповцы были несколько обеспокоены торжественной встречей. Ничего не понимая, они вертелись в машине, как воробышки в гнезде. Паниковский, который

вообще не любил большого скопления честных людей в одном месте, опасливо присел на корточки, так что глазам селян представилась только лишь грязная соломенная крыша его шляпы. Но Остап ничуть не смутился. Он снял фуражку с белым верхом и на приветствия отвечал гордым наклонением головы то вправо, то влево.

-- Улучшайте дороги! -- закричал он на прощание. - Мерси за прием!

И машина снова очутилась на белой дороге, рассекавшей большое тихое поле.

-- Они за нами не погонятся? -- озабоченно спросил Паниковский. -- Почему толпа? Что случилось?

-- Просто люди никогда не видели автомобиля, - сказал Балаганов.

-- Обмен впечатлениями продолжается, -- отметил Бендер. -Слово за водителем машины. Ваше мнение, Адам Казимирович?

Шофер подумал, пугнул звуками матчиша собаку, сдуру выбежавшую на дорогу, и высказал предположение, что толпа собралась по случаю Храмового праздника.

-- Праздники такого рода, -- разъяснил водитель "Антилопы", -- часто бывают у селян.

-- Да, - сказал Остап. - Теперь я ясно вижу, что попал в общество некультурных людей, то есть босяков без высшего образования. Ах, дети, милые дети лейтенанта Шмидта, почему вы не читаете газет? Их нужно читать. Они довольно часто сеют разумное, доброе, вечное.

Остап вынул из кармана "Известия" и громким голосом прочел экипажу "Антилопы" заметку об автомобильном пробеге Москва -Харьков -- Москва.

-- Сейчас, -- самодовольно сказал он, -- мы находимся на линии автопробега, приблизительно в полутораста километрах впереди головной машины. Полагаю, что вы уже догадались, о чем я говорю?

Нижние чины "Антилопы" молчали. Паниковский расстегнул пиджак и почесал голую грудь под грязным шелковым галстуком.

-- Значит, вы не поняли? Как видно, в некоторых случаях не помогает даже чтение газет. Ну хорошо, выскажусь более подробно, хотя это и не в моих правилах. Первое: крестьяне приняли "Антилопу" за головную машину автопробега. Второе: мы не отказываемся от этого звания, более того -- мы будем обращаться ко всем учреждениям и лицам с просьбой оказать нам надлежащее содействие, напирая именно на то, что мы головная машина. Третье... Впрочем, хватит с вас и двух пунктов. Совершенно ясно, что некоторое время мы продержимся впереди автопробега, снимая пенки, сливки и тому подобную сметану с этого высококультурного начинания.

Речь великого комбинатора произвела огромное впечатление.

Козлевич бросал на командора преданные взгляды. Балаганов растирал ладонями свои рыжие вихры и заливался смехом. Паниковский, в предвкушении безопасной наживы, кричал "ура".

-- Ну, хватит эмоций, - сказал Остап, -- Ввиду наступления темноты объявляю вечер открытым. Стоп!

Машина остановилась, и усталые антилоповцы сошли на землю. В поспевающих хлебах кузнечики ковали свое маленькое счастье. Пассажиры уже уселись в кружок у самой дороги, а старая "Антилопа" все еще кипятилась: иногда сам по себе потрескивал кузов, иногда слышалось в моторе короткое бряканье.

Неопытный Паниковский развел такой большой костер, что казалось -- горит целая деревня. Огонь, сопя, кидался во все стороны. Покуда путешественники боролись с огненным столбом, Паниковский, пригнувшись, убежал в поле и вернулся, держа в руке теплый кривой огурец. Остап быстро вырвал его из рук Паниковского, говоря:

-- Не делайте из еды культа.

После этого он съел огурец сам. Поужинали колбасой, захваченной из дому хозяйственным Козлевичем, и заснули под звездами.

-- Ну-с, -- сказал на рассвете Остап Козлевичу, приготовьтесь как следует. Такого дня, какой предстоит сегодня, ваше механическое корыто еще не видело и никогда не увидит.

Балаганов схватил цилиндрическое ведро с надписью "Арбатовский родильный дом" и побежал за водой на речку.

Адам Казимирович поднял капот машины, посвистывая, запустил руки в мотор и стал копаться в его медных кишечках.

Паниковский оперся спиной на автомобильное колесо и, пригорюнившись, не мигая, смотрел на клюквенный солнечный сегмент, появившийся над горизонтом. У Паниковского оказалось морщинистое лицо со множеством старческих мелочей: мешочков, пульсирующих жилок и клубничных румянцев. Такое лицо бывает у человека, который прожил долгую порядочную жизнь, имеет взрослых детей, пьет по утрам здоровый кофе "Желудин" и пописывает в учрежденской стенгазете под псевдонимом "Антихрист".

-- Рассказать вам, Паниковский, как вы умрете? неожиданно сказал Остап. Старик вздрогнул и обернулся.

-- Вы умрете так. Однажды, когда вы вернетесь в пустой, холодный номер гостиницы "Марсель" (это будет где-нибудь в уездном городе, куда занесет вас профессия), вы почувствуете себя плохо. У вас отнимется нога. Голодный и небритый, вы будете лежать на деревянном топчане, и никто к вам не придет. Паниковский, никто вас не пожалеет. Детей вы не родили из экономии, а жен бросали. Вы

будете мучиться целую неделю. Агония ваша будет ужасна. Вы будете умирать долго, и это всем надоест. Вы еще не совсем умрете, а бюрократ, заведующий гостиницей, уже напишет отношение в отдел коммунального хозяйства о выдаче бесплатного гроба... Как ваше имя и отчество?

-- Михаил Самуэлевич, -- ответил пораженный Паниковский.

-- ... о выдаче бесплатного гроба для гражданина М. С. Паниковского. Впрочем, не надо слез, годика два вы еще протянете. Теперь -- к делу. Нужно позаботиться о культурно-агитационной стороне нашего похода.

Остап вынул из автомобиля свой акушерский саквояж и положил его на траву.

-- Моя правая рука, -- сказал великий комбинатор, похлопывая саквояж по толстенькому колбасному боку. -- Здесь все, что только может понадобиться элегантному гражданину моих лет и моего размаха.

Бендер присел над чемоданчиком, как бродячий китайский фокусник над своим волшебным мешком, и одну за другой стал вынимать различные вещи. Сперва он вынул красную нарукавную повязку, на которой золотом было вышито слово "Распорядитель". Потом на траву легла милицейская фуражка с гербом города Киева, четыре колоды карт с одинаковой рубашкой и пачка документов с круглыми сиреневыми печатями.

Весь экипаж "Антилопы-Гну"с уважением смотрел на саквояж. А оттуда появлялись все новые предметы.

-- Вы -- голуби, -- говорил Остап, -- вы, конечно, никогда не поймете, что честный советский паломникпилигрим вроде меня не может обойтись без докторского халата.

Кроме халата, в саквояже оказался и стетоскоп.

-- Я не хирург, -- заметил Остап. -- Я невропатолог, я психиатр. Я изучаю души своих пациентов. И мне почему-то всегда попадаются очень глупые души.

Затем на свет были извлечены: азбука для глухонемых, благотворительные открытки, эмалевые нагрудные знаки и афиша с написано:

Приехал Жрец

(Знаменитый бомбейский брамин-йог) сын Крепыша

Любимец Рабиндраната Тагора ИОКАНААН МАРУСИДЗЕ

(Заслуженный артист союзных республик) Номера по опыту Шерлока Холмса. Индийский факир. Курочка невидимка. Свечи с Атлантиды. Адская палатка. Пророк Самуил отвечает на вопросы публики. Материализация духов и раздача слонов. Входные билеты от 50 к. до 2 р.

Грязная, захватанная руками чалма появилась вслед за афишей.

-- Этой забавой я пользуюсь очень редко, -- сказал Остап. -- Представьте себе, что на жреца больше всего ловятся такие передовые люди, как заведующие железнодорожными клубами. Работа легкая, но противная. Мне лично претит быть любимцем Рабиндраната Тагора. А пророку Самуилу задают одни и те вопросы: "Почему в продаже нет животного масла? " или: "Еврей ли вы? "

В конце концов Остап нашел то, что искал: жестяную лаковую коробку с медовыми красками в фарфоровых ванночках и две кисточки.

-- Машину, которая идет в голове пробега, нужно украсить хотя бы одним лозунгом, -- сказал Остап.

И на длинной полоске желтоватой бязи, извлеченной из того же саквояжа, он вывел печатными буквами коричневую надпись:
АВТОПРОБЕГОМ-ПО БЕЗДОРОЖЬЮ И РАЗГИЛЬДЯЙСТВУ!
Плакат укрепили над автомобилем на двух хворостинах. Как только машина тронулась, плакат выгнулся под напором ветра и приобрел настолько лихой вид, что не могло быть больше сомнений в необходимости грохнуть автопробегом по бездорожью, разгильдяйству, а заодно, может быть, даже и по бюрократизму. Пассажиры "Антилопы" приосанились. Балаганов напялил на свою рыжую голову кепку, которую постоянно таскал в кармане. Паниковский вывернул манжеты на левую сторону и выпустил их из-под рукавов на два сантиметра. Козлевич заботился больше о машине, чем о себе. Перед отъездом он вымыл ее водой, и на неровных боках "Антилопы" заиграло солнце. Сам командор весело щурился и задирал спутников.

-- Влево на борту деревня! -- крикнул Балаганов, полочкой приставив ладонь ко лбу. -- Останавливаться будем?

-- Позади нас, -- сказал Остап, -- идут пять первоклассных машин. Свидание с ними не входит в наши планы. Нам надо поскорей снимать сливки. Посему остановку назначаю в городе Удоеве. Там нас, кстати, должна поджидать бочка с горючим. Ходу, Казимирович.

-- На приветствия отвечать? -- озабоченно спросил Балаганов.

-- Отвечать поклонами и улыбками. Ртов прошу не открывать. Не то вы черт знает чего наговорите.

Деревня встретила головную машину приветливо. Но обычное гостеприимство здесь носило довольно странный характер. Видимо, деревенская общественность была извещена о том, что кто-то проедет, но кто проедет и с какой целью -- не знала. Поэтому на всякий случай были извлечены все изречения и девизы, изготовленные за последние несколько лет. Вдоль улицы стояли школьники с разнокалиберными старомодными плакатами: "Привет Лиге Времени и ее основателю, дорогому товарищу Керженцеву", "Не боимся буржуазного звона, ответим на ультиматум Керзона", "Чтоб

дети наши не угасли, пожалуйста, организуйте ясли".

Кроме того, было множество плакатов, исполненных преимущественно церковнославянским шрифтом, с одним и тем же приветствием: "Добро пожаловать! ".

Все это живо пронеслось мимо путешественников. На этот раз они уверенно размахивали шляпами. Паниковский не удержался и, несмотря на запрещение, вскочил и выкрикнул невнятное, политически безграмотное приветствие. Но за шумом мотора и криками толпы никто ничего не разобрал.

-- Гип, гип, ура! -- закричал Остап. Козлевич открыл глушитель, и машина выпустила шлейф синего дыма, от которого зачихали бежавшие за автомобилем собаки.

-- Как с бензином? -- спросил Остап. -- До Удоева хватит? Нам только тридцать километров сделать. А там -- все отнимем.

-- Должно хватить, - с сомнением ответил Козлевич.

-- Имейте в виду, -- сказал Остап, строго оглядывая свое войско, -- мародерства не допущу. Никаких нарушений закона. Командовать парадом буду я. Паниковский и Балаганов сконфузились.

-- Все, что нам надо, удоевцы отдадут сами. Вы это сейчас увидите. Заготовьте место для хлеб-соли.

Тридцать километров "Антилопа" пробежала за полтора часа. Последний километр Козлевич очень суетился, поддавал газу и сокрушенно крутил головою. Но все усилия, а также крики и понукания Балаганова ни к чему не привели. Блестящий финиш, задуманный Адамом Казимировичем, не удался из-за нехватки бензина. Машина позорно остановилась посреди улицы, не дойдя ста метров до кафедры, убитой хвойными гирляндами в честь отважных автомобилистов.

Собравшиеся с громкими криками бросились навстречу прибывшему из мглы веков "лорен-дитриху". Тернии славы сейчас же впились в благородные лбы путников. Их грубо вытащили из машины и принялись качать с таким ожесточением, будто они были утопленниками и их во что бы то ни стало нужно было вернуть к жизни.

Козлевич остался у машины, а всех остальных повели к кафедре, где по плану намечен был летучий трехчасовой митинг. К Остапу протиснулся молодой человек шоферского типа и спросил:

-- Как остальные машины?

-- Отстали, -- равнодушно ответил Остап. -- Проколы, поломки, энтузиазм населения. Все это задерживает.

-- Вы в командорской машине? -- не отставал шофер-любитель. -- Клептунов с вами?

-- Клептунова я снял с пробега, -- сказал Остап недовольно.

-- А профессор Песочников? На "паккарде"?

-- На "паккарде".

-- А писательница Вера Круц? -- любопытствовал полушофер. -- Вот бы на нее посмотреть! На нее и на товарища Нежинского. Он тоже с вами?

-- Знаете, -- сказал Остап, -- я утомлен пробегом.

-- А вы на "студебеккере"?

-- Можете считать нашу машину "студебеккером", -- сказал Остап злобно, -- но до сих пор она называлась "лорен-дитрих". Вы удовлетворены? Но шофер-любитель удовлетворен не был.

-- Позвольте, -- воскликнул он с юношеской назойливостью, -- но ведь в пробеге нет никаких "лорен-дитрихов"! Я читал в газете, что идут два "паккарда", два "фиата" и один "студебеккер".

-- Идите к чертовой матери со своим "студебеккером"! -заорал Остап. -- Кто такой Студебеккер? Это ваш родственник Студебеккер? Папа ваш Студебеккер? Чего вы прилипли к человеку? Русским языком ему говорят, что "студебеккер" в последний момент заменен "лорен-дитрихом", а он морочит голову! "Студебеккер! "

Юношу уже давно оттеснили распорядители, а Остап долго еще взмахивал руками и бормотал:

-- Знатоки! Убивать надо таких знатоков! "Студебеккер" ему подавай!

Председатель комиссии по встрече автопробега протянул в своей приветственной речи такую длинную цепь придаточных предложений, что не мог из них выкарабкаться в течение получаса. Все это время командор пробега провел в большом беспокойстве. С высоты кафедры он следил за подозрительными действиями Балаганова и Паниковского, которые слишком оживленно шныряли в толпе. Бендер делал страшные глаза и в конце концов своей сигнализацией пригвоздил детей лейтенанта Шмидта к одному месту.

-- Я рад, товарищи, -- заявил Остап в ответной речи, -нарушить автомобильной сиреной патриархальную тишину города Удоева. Автомобиль, товарищи, не роскошь, а средство передвижения. Железный конь идет на смену крестьянской лошадке. Наладим серийное производство советских автомашин. Ударим автопробегом по бездорожью и разгильдяйству. Я кончаю, товарищи. Предварительно закусив, мы продолжим наш далекий путь.

Пока толпа, недвижимо расположившаяся вокруг кафедры, внимала словам командора, Козлевич развил обширную деятельность. Он наполнил бак бензином, который, как и говорил Остап, оказался высшей очистки, беззастенчиво захватил в запас три больших бидона горючего, переменил камеры и протекторы на всех четырех колесах, захватил помпу и даже домкрат. Этим он совершенно опустошил как базисный, так и операционный склады

удоевского отделения Автодора.

Дорога до Черноморска была обеспечена материалами. Не было, правда, денег. Но это командора не беспокоило. В Удоеве путешественники прекрасно пообедали.

-- О карманных деньгах не надо думать, -- сказал Остап, они валяются на дороге, и мы их будем подбирать по мере надобности.

Между древним Удоевым, основанным в 794 году, и Черноморском, основанным в 1794 году, лежали тысяча лет и тысяча километров грунтовой и шоссейной дороги.

За эту тысячу лет на магистрали Удоев-Черное море появлялись различные фигуры.

Двигались по ней разъездные приказчики с товарами византийских торговых фирм. Навстречу им из гудящего леса выходил Соловей-разбойник, грубый мужчина в каракулевой шапке. Товары он отбирал, а приказчиков выводил в расход. Брели по этой дороге завоеватели со своими дружинами, проезжали мужики, с песнями тащились странники.

Жизнь страны менялась с каждым столетием. Менялась одежда, совершенствовалось оружие, были усмирены картофельные бунты. Люди научились брить бороды. Полетел первый воздушный шар. Были изобретены железные близнецы-пароход и паровоз. Затрубили автомашины.

А дорога осталась такой же, какой была при Соловье-разбойнике.

Горбатая, покрытая вулканической грязью или засыпанная пылью, ядовитой, словно порошок от клопов, протянулась отечественная дорога мимо деревень, городков, фабрик и колхозов, протянулась тысячеверстной западней. По ее сторонам, в желтеющих, оскверненных травах, валяются скелеты телег и замученные, издыхающие автомобили.

Быть может, эмигранту, обезумевшему от продажи газет среди асфальтовых полей Парижа, вспоминается российский проселок очаровательной подробностью родного пейзажа: в лужице сидит месяц, громко молятся сверчки и позванивает пустое ведро, подвязанное к мужицкой телеге.

Но месячному свету дано уже другое назначение. Месяц сможет отлично сиять на гудронных шоссе. Автомобильные сирены и клаксоны заменят симфонический звон крестьянского ведерка. А сверчков можно будет слушать в специальных заповедниках; там будут построены трибуны, и граждане, подготовленные вступительным словом какого-нибудь седого сверчковеда, смогут вдосталь насладиться пением любимых насекомых.

ГЛАВА VII. СЛАДКОЕ БРЕМЯ СЛАВЫ

Командор пробега, водитель машины, бортмеханик и прислуга за все чувствовали себя прекрасно.

Утро было прохладное. В жемчужном небе путалось бледное солнце. В травах кричала мелкая птичья сволочь.

Дорожные птички "пастушки" медленно переходили дорогу перед самыми колесами автомобиля. Степные горизонты источали такие бодрые запахи, что, будь на месте Остапа какой-нибудь крестьянский писатель-середнячок из группы "Стальное вымя", не удержался бы он, вышел бы из машины, сел бы в траву и тут же на месте начал бы писать на листах походного блокнота новую повесть, начинающуюся словами: "Инда взопрели озимые. Рассупонилось солнышко, расталдыкнуло свои лучи по белу светушку. Понюхал старик Ромуальдыч свою портянку и аж заколдобился... "

Но Остап и его спутники были далеки от поэтических восприятий. Вот уже сутки они мчались впереди автопробега. Их встречали музыкой и речами. Дети били для них в барабаны. Взрослые кормили их обедами и ужинами, снабжали заранее заготовленными авточастями, а в одном посаде поднесли хлеб-соль на дубовом резном блюде с полотенцем, вышитым крестиками. Хлеб-соль лежала на дне машины, между ногами Паниковского. Он все время отщипывал от каравая кусочки и в конце концов проделал в нем мышиную дыру. После этого брезгливый Остап выкинул хлеб-соль на дорогу. Ночь антилоповцы провели в деревушке, окруженные заботами деревенского актива. Они увезли оттуда большой кувшин топленого молока и сладкое воспоминание об одеколонном запахе сена, на котором спали.

-- Молоко и сено, -- сказал Остап, когда "Антилопа" на рассвете покидала деревню, -- что может быть лучше! Всегда думаешь; "Это я еще успею. Еще много будет в моей жизни молока и сена". А на самом деле никогда этого больше не будет. Так и знайте: это была лучшая ночь в нашей жизни, мои бедные друзья. А вы этого даже не заметили.

Спутники Бендера смотрели на него с уважением. Их приводила в восторг открывшаяся перед ними легкая жизнь.

-- Хорошо жить на свете! -- сказал Балаганов. - Вот мы едем, мы сыты. Может быть, нас ожидает счастье...

-- Вы в этом твердо уверены? -- спросил Остап. - Счастье ожидает нас на дороге? Может быть, еще машет крылышками от нетерпения? "Где, -- говорит оно, -- адмирал Балаганов? Почему его так долго нет? " Вы псих, Балаганов! Счастье никого не поджидает. Оно бродит по стране в длинных белых одеждах, распевая детскую песенку: "Ах, Америка -- это страна, там гуляют и пьют без закуски".

Но эту наивную детку надо ловить, ей нужно поправиться, за ней нужно ухаживать. А у вас, Балаганов, с этой деткой романа не выйдет. Вы оборванец. Посмотрите, на кого вы похожи! Человек в вашем костюме никогда не добьется счастья. Да и вообще весь экипаж "Антилопы" экипирован отвратительно. Удивляюсь, как это нас еще принимают за участников автопробега!

Остап с сожалением оглядел своих спутников и продолжал:

-- Шляпа Паниковского меня решительно смущает. Вообще он одет с вызывающей роскошью. Этот драгоценный зуб, эти кальсонные тесемочки, эта волосатая грудь под галстуком... Проще надо одеваться, Паниковский! Вы -- почтенный старик. Вам нужны черный сюртук и касторовая шляпа. Балаганову подойдут клетчатая ковбойская рубаха и кожаные краги. И он сразу же приобретет вид студента, занимающегося физкультурой. А сейчас он похож на уволенного за пьянство матроса торгового флота, О нашем уважаемом водителе я не говорю. Тяжелые испытания, ниспосланные судьбой, помешали ему одеться сообразно званию. Неужели вы не видите, как подошли бы к его одухотворенному, слегка испачканному маслом лицу кожаный комбинезон и хромовый черный картуз? Да, детушки, вам надо экипироваться.

-- Денег нет, -- сказал Козлевич, оборачиваясь.

-- Шофер прав, - любезно ответил Остап, - денег действительно нет. Нет этих маленьких металлических кружочков, кои я так люблю. "Антилопа-Гну" скользнула с пригорка. Поля продолжали медленно вращаться по обе стороны машины. Большая рыжая сова сидела у самой дороги, склонив голову набок и глупо вытаращив желтые незрячие глаза. Встревоженная скрипом "Антилопы" птица выпустила крылья, вспарила над машиной и вскоре улетела по своим скучным совиным делам. Больше ничего заслуживающего внимания на дороге не произошло.

-- Смотрите! - закричал вдруг Балаганов. - Автомобиль!

Остап на всякий случай распорядился убрать плакат, увещевавший граждан ударить автопробегом по разгильдяйству. Покуда Паниковский выполнял приказ, "Антилопа" приблизилась к встречной машине.

Закрытый серый "кадилак", слегка накренившись, стоял у края дороги. Среднерусская природа, отражавшаяся в его толстых полированных стеклах, выглядела чище и красивее, чем была в действительности. Коленопреклоненный шофер снимал покрышку с переднего колеса. Над ним в ожидании томились три фигуры в песочных дорожных пальто.

-- Терпите бедствие? -- спросил Остап, вежливо приподнимая фуражку.

Шофер поднял напряженное лицо и, ничего не ответив, снова

углубился в работу.

Антилоповцы вылезли из своего зеленого тарантаса. Козлевич несколько раз обошел кругом чудесную машину, завистливо вздыхая, присел на корточки рядом с шофером и вскоре завел с ним специальный разговор. Паниковский и Балаганов с детским любопытством разглядывали пассажиров, из которых двое имели весьма надменный заграничный вид. Третий, судя по одуряющему калошному запаху, исходившему от его резинотрестовского плаща, был соотечественник.

-- Терпите бедствие? -- повторил Остап, деликатно прикоснувшись к резиновому плечу соотечественника и в то же время устремив задумчивый взгляд на иностранцев.

Соотечественник раздраженно заговорил о лопнувшей шине, но его бормотание пролетело мимо ушей Остапа. На большой дороге, в ста тридцати километрах от ближайшего окружного центра, в самой середине Европейской России прогуливались у своего автомобиля два толстеньких заграничных цыпленка. Это взволновало великого комбинатора.

-- Скажите, -- перебил он, -- эти двое не из Рио-деЖанейро?

-- Нет, - ответил соотечественник, - они из Чикаго. А я-переводчик из "Интуриста".

-- Чего же они здесь делают, на распутье, в диком древнем поле, вдалеке от Москвы, от балета "Красный мак", от антикварных магазинов и знаменитой картины художника Репина "Иван Грозный убивает своего сына"? Не понимаю! Зачем вы их сюда завезли?

-- А ну их к черту! -- со скорбью сказал переводчик. Третий день уже носимся по деревням, как угорелые. Замучили меня совсем. Много я имел дела с иностранцами, но таких еще не видел, -- и он махнул рукой в сторону своих румяных спутников. -- Все туристы как туристы, бегают по Москве, покупают в кустарных магазинах деревянные братины. А эти двое отбились. Стали по деревням ездить.

-- Это похвально, -- сказал Остап. -- Широкие массы миллиардеров знакомятся с бытом новой, советской деревни.

Граждане города Чикаго важно наблюдали за починкой автомобиля. На них были серебристые шляпы, замороженные крахмальные воротнички и красные матовые башмаки.

Переводчик с негодованием посмотрел на Остапа и воскликнул:

-- Как же! Так им и нужна новая деревня! Деревенский самогон им нужен, а не деревня!

При слове "самогон", которое переводчик произнес с ударением, джентльмены беспокойно оглянулись и стали приближаться к разговаривающим.

-- Вот видите! - сказал переводчик. - Слова этого спокойно

слышать не могут.

-- Да. Тут какая-то тайна, - сказал Остап, - или извращенные вкусы. Не понимаю, как можно любить самогон, когда в нашем отечестве имеется большой выбор благородных крепких напитков.

-- Все это гораздо проще, чем вам кажется, -- сказал переводчик. -- Они ищут рецепт приготовления хорошего самогона.

-- Ну, конечно! - закричал Остап. - Ведь у них "сухой закон". Все понятно... Достали рецепт?.. Ах, не достали? Ну, да. Вы бы еще на трех автомобилях приехали! Ясно, что вас принимают за начальство. Вы и не достанете рецепта, смею вас уверить. Переводчик стал жаловаться на иностранцев:

-- Поверите ли, на меня стали бросаться: расскажи да расскажи им секрет самогона. А я не самогонщик. Я член союза работников просвещения. У меня в Москве старуха мама.

-- А. вам очень хочется обратно в Москву? К маме? Переводчик жалобно вздохнул.

-- В таком случае заседание продолжается, - промолвил Бендер. -- Сколько дадут ваши шефы за рецепт? Полтораста дадут?

-- Дадут двести, - зашептал переводчик. - А у вас, в самом деле, есть рецепт?

-- Сейчас же вам продиктую, то есть сейчас же по получении денег. Какой угодно: картофельный, пшеничный, абрикосовый, ячменный, из тутовых ягод, из гречневой каши. Даже из обыкновенной табуретки можно гнать самогон. Некоторые любят табуретовку. А то можно простую кишмишовку или сливянку. Одним словом-любой из полутораста самогонов, рецепты которых мне известны.

Остап был представлен американцам. В воздухе долго плавали вежливо приподнятые шляпы. Затем приступили к делу.

Американцы выбрали пшеничный самогон, который привлек их простотой выработки. Рецепт долго записывали в блокноты. В виде бесплатной премии Остап сообщил американским ходокам наилучшую конструкцию кабинетного самогонного аппарата, который легко скрыть от посторонних взглядов в тумбе письменного стола. Ходоки заверили Остапа, что при американской технике изготовить такой аппарат не представляет никакого труда. Остап со своей стороны заверил американцев, что аппарат его конструкции дает в день ведро прелестного ароматного первача.

-- О! - закричали американцы. Они уже слышали это слово в одной почтенной семье из Чикаго. И там о "pervatsch'e" были даны прекрасные референции. Глава этого семейства был в свое время с американским оккупационным корпусом в Архангельске, пил там "pervatsch" и с тех пор не может забыть очаровательного ощущения, которое он при этом испытал.

В устах разомлевших туристов грубое слово "первач" звучало нежно и заманчиво.

Американцы легко отдали двести рублей и долго трясли руку Бендера. Паниковскому и Балаганову тоже удалось попрощаться за руку с гражданами заатлантической республики, измученными "сухим законом". Переводчик на радостях чмокнул Остапа в твердую щеку н просил захаживать, присовокупив, что старуха мама будет очень рада. Однако адреса почему-то не оставил.

Сдружившиеся путешественники расселись но своим машинам. Козлевич на прощанье сыграл матчиш, и под его веселые звуки автомобили разлетелись в противоположные стороны.

-- Видите, - сказал Остап, когда американскую машину заволокло пылью, - все произошло так, как я вам говорил. Мы ехали. На дороге валялись деньги. Я их подобрал. Смотрите, они даже не запылились. И он затрещал пачкой кредиток.

-- Собственно говоря, хвастаться нечем, комбинация простенькая. Но опрятность, честность -- вот что дорого. Двести рублей. В пять минут. И я не только не нарушил законов, но даже сделал приятное. Экипаж "Антилопы" снабдил денежным довольствием. Старухе маме возвратил сына-переводчика. И, наконец, утолил духовную жажду граждан страны, с которой мы, как-никак, имеем торговые связи.

Подходило время обеда. Остап углубился в карт"у пробега, вырванную им из автомобильного журнала, и возвестил приближение города Лучанска.

-- Город очень маленький, - сказал Бендер, - это плохо. Чем меньше город, тем длиннее приветственные речи. Посему попросим у любезных хозяев города обед на первое, а речи на второе. В антракте я снабжу вас вещевым довольствием. Паниковский? Вы начинаете забывать свои обязанности. Восстановите плакат на прежнем месте.

Понаторевший в торжественных финишах Козлевич лихо осадил машину перед самой трибуной. Здесь Бендер ограничился кратким приветствием. Условились перенести митинг на два часа. Подкрепившись бесплатным обедом, автомобилисты в приятнейшем расположении духа двинулись к магазину готового платья. Их окружали любопытные. Антилоповцы с достоинством несли свалившееся на них сладкое бремя славы. Они шли посреди улицы, держась за руки и раскачиваясь, словно матросы в чужеземном порту. Рыжий Балаганов, и впрямь похожий на молодого боцмана, затянул морскую песню.

Магазин "Платье мужское, дамское и детское" помещался под огромной вывеской, занимавшей весь двухэтажный дом. На вывеске были намалеваны десятки фигур: желтолицые мужчины с тонкими усиками, в шубах с отвернутыми наружу хорьковыми полами, дамы с

муфтами в руках, коротконогие дети в матросских костюмчиках, комсомолки в красных косынках и сумрачные хозяйственники, погруженные по самые бедра в фетровые сапоги.

Все это великолепие разбивалось о маленькую бумажку, прилепленную к входной двери магазина:

ШТАНОВ НЕТ

-- Фу, как грубо, - сказал Остап, входя, - сразу видно, что провинция. Написала бы, как пишут в Москве: "Брюк нет", прилично и благородно. Граждане довольные расходятся по домам.

В магазине автомобилисты задержались недолго. Для Балаганова нашлась ковбойская рубашка в просторную канареечную клетку и стетсоновская шляпа с дырочками. Козлевичу пришлось довольствоваться обещанным хромовым картузом и такой же тужуркой, сверкающей, как прессованная икра. Долго возились с Паниковским. Пасторский долгополый сюртук и мягкая шляпа, которые, по замыслу Бендера, должны были облагородить внешность нарушителя конвенции, отпали в первую же минуту. Магазин мог предложить только костюм пожарного: куртку с золотыми насосами в петлицах, волосатые полушерстяные брюки и фуражку с синим кантом. Паниковский долго прыгал перед волнистым зеркалом.

-- Не понимаю, - сказал Остап, - чем вам не нравится костюм пожарного? Оно все-таки лучше, чем костюм короля в изгнании, который вы теперь носите. А ну, поворотитесь-ка, сынку! Отлично! Скажу вам прямо. Это подходит вам больше, чем запроектированные мною сюртук и шляпа. На улицу вышли в новых нарядах.

-- Мне нужен смокинг, -- сказал Остап, -- но здесь его нет. Подождем до лучших времен.

Остап открыл митинг в приподнятом настроении, не подозревая о том, какая гроза надвигается на пассажиров "Антилопы". Он острил, рассказывал смешные дорожные приключения и еврейские анекдоты, чем чрезвычайно расположил к себе публику. Конец речи он посвятил разбору давно назревшей автопроблемы.

-- Автомобиль, -- воскликнул он трубным голосом, -- не роскошь, а...

В эту минуту он увидел, что председатель комиссии по встрече принял из рук подбежавшего мальчика телеграмму.

Произнося слова: "не роскошь, а средство передвижения", Остап склонился влево и через плечо председателя заглянул в телеграфный бланк. То, что он прочел, поразило его. Он думал, что впереди еще целый день. Его сознание мгновенно зарегистрировало ряд деревень и городов, где "Антилопа" воспользовалась чужими материалами и средствами.

Председатель еще шевелил усами, силясь вникнуть в содержание депеши, а Остап, на полуслове спрыгнувший с трибуны, уже продирался сквозь толпу. "Антилопа" зеленела на перекрестке. К счастью, пассажиры сидели на местах и, скучая, дожидались того момента, когда Остап велит перетаскивать в машину дары города. Это обычно бывало после митинга.

Наконец, до председателя дошел смысл телеграммы.

Он поднял глаза и увидел убегающего командора.

-- Это жулики! - закричал он страдальчески. Он всю ночь трудился над составлением приветственной речи, и теперь его авторское самолюбие было уязвлено.

-- Хватай их, ребята!

Крик председателя достиг ушей антилоповцев. Они нервно засуетились. Козлевич пустил мотор и одним махом взлетел на свое сиденье. Машина прыгнула вперед, не дожидаясь Остапа. Впопыхах антилоповцы даже не сообразили, что оставляют своего командора в опасности.

-- Стой! -- кричал Остап, делая гигантские прыжки. -Догоню -- всех уволю!

-- Стой! -- кричал председатель.

-- Стой, дурак! - кричал Балаганов Козлевичу. - Не видишь-шефа потеряли!

Адам Казимирович нажал педали, "Антилопа" заскрежетала и остановилась. Командор кувыркнулся в машину с отчаянным криком: "Полный ход! " Несмотря на разносторонность и хладнокровие своей натуры, он терпеть не мог физической расправы. Обезумевший Козлевич перескочил на третью скорость, машина рванулась, и в открывшуюся дверцу выпал Балаганов. Все это произошло в одно мгновение. Пока Козлевич снова тормозил, на Балаганова уже пала тень набегающей толпы. Уже протягивались к нему здоровеннейшие ручищи, когда задним ходом подобралась к нему "Антилопа" и железная рука командора ухватила его за ковбойскую рубаху.

-- Самый полный! - завопил Остап. И тут жители Лучанска впервые поняли преимущество механического транспорта перед гужевым. Машина забренчала всеми своими частями и быстро унеслась, увозя от справедливого наказания четырех правонарушителей.

Первый километр жулики тяжело дышали. Дороживший своей красотой Балаганов рассматривал в карманное зеркальце малиновые царапины на лице, полученные при падении. Паниковский дрожал в своем костюме пожарного. Он боялся мести командора. И она пришла немедленно.

-- Это вы погнали машину, прежде чем я успел сесть? спросил

командор грозно.

-- Ей-богу... -- начал Паниковский.

-- Нет, нет, не отпирайтесь! Это ваши штуки. Значит, вы еще и трус к тому же? Я попал в одну компанию с вором и трусом? Хорошо! Я вас разжалую. До сих пор вы в моих глазах были брандмейстером. Отныне -- вы простой топорник.

И Остап торжественно содрал с красных петличек Паниковского золотые насосы.

После этой процедуры Остап познакомил своих спутников с содержанием телеграммы.

-- Дело плохо. В телеграмме предлагается задержать зеленую машину, идущую впереди автопробега. Надо сейчас же свернуть куда-нибудь в сторону. Хватит с нас триумфов, пальмовых ветвей и бесплатных обедов на постном масле. Идея себя изжила. Свернуть мы можем только на Гряжское шоссе. Но до него еще часа три пути. Я уверен, что горячая встреча готовится во всех ближайших населенных пунктах. Проклятый телеграф всюду понапихал свои столбы с проволоками.

Командор не ошибся.

Дальше на пути лежал городок, названия которого антилоповцы так никогда и не узнали, но хотели бы узнать, чтобы помянуть его при случае недобрым словом. У самого же входа в город дорога была преграждена тяжелым бревном. "Антилопа" повернула и, как слепой щенок, стала тыкаться в стороны в поисках. обходной дороги. Но ее не было.

-- Пошли назад! -- сказал Остап, ставший очень серьезным.

И тут жулики услышали очень далекое комариное пенье моторов. Как видно, шли машины настоящего автопробега. Назад двигаться было нельзя, и антилоповцы снова кинулись вперед.

Козлевич нахмурился и быстрым ходом подвел машину к самому бревну. Граждане, стоявшие вокруг, испуганно отхлынули в разные стороны, ожидая катастрофы. Но Козлевич неожиданно уменьшил ход и медленно перевалил через препятствие. Когда "Антилопа" проезжала город, прохожие сварливо ругали седоков, но Остап даже не отвечал.

К Гряжскому шоссе "Антилопа" подошла под все "усиливающийся рокот невидимых покуда автомобилей. Едва успели свернуть с проклятой магистрали и в наступившей темноте убрать машину за пригорок, как раздались взрывы и пальба моторов и в столбах света показалась головная машина. Жулики притаились в траве у самой дороги и, внезапно потеряв обычную наглость, молча смотрели на проходящую колонну.

Полотнища ослепительного света полоскались на дороге. Машины мягко скрипели, пробегая мимо поверженных

антилоповцев. Прах летел из-под колес. Протяжно завывали клаксоны. Ветер метался во все стороны. В минуту все исчезло, и только долго колебался и прыгал в темноте рубиновый фонарик последней машины.

Настоящая жизнь пролетела мимо, радостно трубя и сверкая лаковыми крыльями.

Искателям приключений остался только бензиновый хвост. И долго еще сидели они в траве, чихая и отряхиваясь.

-- Да, -- сказал Остап, -- теперь я и сам вижу, что автомобиль не роскошь, а средство передвижения. Вам не завидно, Балаганов? Мне завидно.

ГЛАВА VIII. КРИЗИС ЖАНРА

В четвертом часу затравленная "Антилопа" остановилась над обрывом. Внизу на тарелочке лежал незнакомый город. Он был нарезан аккуратно, как торт. Разноцветные утренние пары носились над ним. Еле уловимый треск и легчайшее посвистывание почудилось спешившимся антилоповцам. Очевидно, это храпели граждане. Зубчатый лес подходил к городу. Дорога петлями падала с обрыва.

-- Райская долина, - сказал Остап, - Такие города приятно грабить рано утром, когда еще не печет солнце. Меньше устаешь,

-- Сейчас как раз раннее утро, - заметил Паниковский, льстиво заглядывая в глаза командора.

-- Молчать, золотая рота! -- закричал Остап. -- Вот неугомонный старик! Шуток не понимает.

-- Что делать с "Антилопой"? -- спросил Козлевич.

-- Да, -- сказал Остап, -- в город на этой зеленой лоханке теперь не въедешь. Арестуют. Придется встать на путь наиболее передовых стран. В Рио-де-Жанейро, например, краденые автомобили перекрашивают в другой цвет. Делается это из чисто гуманных побуждений-дабы прежний хозяин не огорчался, видя, что на его машине разъезжает посторонний человек. "Антилопа" снискала себе кислую славу, ее нужно перекрестить.

Решено было войти в город пешим порядком и достать красок, а для машины подыскать надежное убежище за городской чертой.

Остап быстро пошел по дороге вдоль обрыва и вскоре увидел косой бревенчатый домик, маленькие окошечки которого поблескивали речною синевой. Позади домика стоял сарай, показавшийся подходящим для сокрытия "Антилопы".

Пока великий комбинатор размышлял о том, под каким предлогом удобнее всего проникнуть в домик и сдружиться с его обитателями, дверь отворилась и на крыльцо выбежал почтенный

господин в солдатских подштанниках с черными жестяными пуговицами. На бледных парафиновых щеках его помещались приличные седые бакенбарды. Подобная физиономия в конце прошлого века была бы заурядной. В то время большинство мужчин выращивало на лице такие вот казенные, верноподданные волосяные приборы. Но сейчас, когда под бакенбардами не было ни синего вицмундира, ни штатского орденка с муаровой ленточкой, ни петлиц с золотыми звездами тайного советника, это лицо казалось ненатуральным.

-- О, господи, - зашамкал обитатель бревенчатого домика, протягивая руки к восходящему солнцу. - Боже, боже! Все те же сны! Те же самые сны!

Произнеся эту жалобу, старик заплакал и, шаркая ногами, побежал по тропинке вокруг дома. Обыкновенный петух, собиравшийся в эту минуту пропеть в третий раз, вышедший для этой цели на середину двора, кинулся прочь; сгоряча он сделал несколько поспешных шагов и даже уронил перо, но вскоре опомнился, вылез на плетень и уже с этой безопасной позиции сообщил миру о наступлении "утра. Однако в голосе его чувствовалось волнение, вызванное недостойным поведением хозяина домика.

-- Снятся, проклятые, - донесся до Остапа голос старика.

Бендер удивленно разглядывал странного человека с бакенбардами, которые можно найти теперь разве только на министерском лице швейцара консерватории.

Между тем необыкновенный господин завершил свой круг и снова появился у крыльца. Здесь он помедлил и со словами: "Пойду попробую еще раз", - скрылся за дверью.

-- Люблю стариков, - прошептал Остап, - с ними никогда не соскучишься. Придется подождать результатов таинственной пробы. Ждать Остапу пришлось недолго. Вскоре из домика послышался плачевный вой, и, пятясь задом, как Борис Годунов в последнем акте оперы Мусоргского, на крыльцо вывалился старик.

-- Чур меня, чур! - воскликнул он с шаляпинскими интонациями в голосе. -- Все тот же сон! А-а-а!

Он повернулся и, спотыкаясь о собственные ноги, пошел прямо на Остапа. Решив, что пришло время действовать, великий комбинатор выступил из-за дерева и подхватил бакенбардиста в свои могучие объятия.

-- Что? Кто? Что такое? - закричал беспокойный старик. -Что?

Остап осторожно разжал объятия, схватил старика за руку и сердечно ее потряс.

-- Я вам сочувствую! -- воскликнул он.

-- Правда? -- спросил хозяин домика, приникая к плечу Бендера.

-- Конечно, правда, -- ответил Остап. -- Мне самому часто снятся сны.

-- А что вам снится?

-- Разное.

-- А какое все-таки? - настаивал старик.

-- Ну, разное. Смесь. То, что в газете называют "Отовсюду обо всем" или "Мировой экран". Позавчера мне, например, снились похороны микадо, а вчера -- юбилей Сущевской пожарной части.

-- Боже! -- произнес старик. -- Боже! Какой вы счастливый человек! Качкой счастливый! Скажите, а вам никогда не снился какой-нибудь генерал-губернатор или... даже министр?

Бендер не стал упрямиться.

-- Снился, -- весело сказал он. -- Как же. Генералгубернатор. В прошлую пятницу. Всю ночь снился. И, помнится, рядом с ним еще полицмейстер стоял в узорных шальварах.

-- Ах, как хорошо! - сказал старик. - А не снился ли вам приезд государя-императора в город Кострому?

-- В Кострому? Было такое сновиденье. Позвольте, когда же это?.. Ну да, третьего февраля сего года. Государь-император, а рядом с ним, помнится, еще граф Фредерикс стоял, такой, знаете, министр двора.

-- Ах ты господи! -- заволновался старик. -- Что ж это мы здесь стоим? Милости просим ко мне. Простите, вы не социалист? Не партиец?

-- Ну, что вы! - добродушно сказал Остап. - Какой же я партиец? Я беспартийный монархист. Слуга царю, отец солдатам. В общем, взвейтесь, соколы, орлами, полно горе горевать...

-- Чайку, чайку не угодно ли? -- бормотал старик, подталкивая Бендера к двери.

В домике оказалась одна комната с сенями. На стенах висели портреты господ в форменных сюртуках. Судя по петлицам, господа эти служили в свое время по министерству народного просвещения. Постель имела беспорядочный вид и свидетельствовала о том, что хозяин проводил на ней самые беспокойные часы своей жизни.

-- И давно вы живете таким анахоретом? - спросил Остап.

-- С весны, - ответил старик. - Моя фамилия Хворобьев. Здесь, думал я, начнется новая жизнь. А ведь что вышло? Вы только поймите...

Федор Никитич Хворобьев был монархистом и ненавидел советскую власть. Эта власть была ему противна. Он, когда-то попечитель учебного округа, принужден был служить заведующим методологическопедагогическим сектором местного Пролеткульта. Это вызывало в нем отвращение.

До самого конца своей службы он не знал, как расшифровать

слово "Пролеткульт", и от этого презирал его еще больше. Дрожь омерзения вызывали в нем одним своим видом члены месткома, сослуживцы и посетители методологическо-педагогического сектора. Он возненавидел слово "сектор". О, этот сектор! Никогда Федор Никитич, ценивший все изящное, а в том числе и геометрию, не предполагал, что это прекрасное математическое понятие, обозначающее часть площади криволинейной фигуры, будет так опошлено.

На службе Хворобьева бесило многое: заседания, стенгазеты, займы. Но и дома он не находил успокоения своей гордой душе. Дома тоже были стенгазеты, займы, заседания. Знакомые говорили исключительно о хамских, по мнению Хворобьева, вещах: о жалованье, которое они называли зарплатой, о месячнике помощи детям и о социальной значимости пьесы "Бронепоезд".

Никуда нельзя было уйти от советского строя. Когда огорченный Хворобьев одиноко прогуливался по улицам города, то и здесь из толпы гуляющих вылетали постылые фразы:

-- ... Тогда мы постановили вывести его из состава правления...

-- ... А я так и сказал: на ваше РКК примкамера есть, примкамера!

И, тоскливо поглядывая на плакаты, призывающие граждан выполнить пятилетку в четыре года, Хворобьев с раздражением повторял:

-- Вывести! Из состава! Примкамера! В четыре года! Хамская власть!

Когда методологическо-педагогический сектор перешел на непрерывную неделю и вместо чистого воскресенья днями отдыха Хворобьева стали какие-то фиолетовые пятые числа, он с отвращением исхлопотал себе пенсию и поселился далеко за городом. Он поступил так для того, чтобы уйти от новой власти, которая завладела его жизнью и лишила покоя.

По целым дням просиживал монархист-одиночка над обрывом и, глядя на город, старался думать о приятном: о молебнах по случаю тезоименитства какойнибудь высочайшей особы, о гимназических экзаменах и о родственниках, служивших по министерству народного просвещения. Но, к удивлению, мысли его сейчас же перескакивали на советское, неприятное.

"Что-то теперь делается в этом проклятом Пролеткульте? "-думал он.

После. Пролеткульта вспоминались ему совершенно уже возмутительные эпизоды: демонстрации первомайские и октябрьские, клубные семейные вечера с лекциями и пивом, полугодовая смета методологического сектора.

"Все отняла у меня советская власть, - думал бывший

попечитель учебного округа, -- чины, ордена, почет и деньги в банке. Она подменила даже мои мысли. Но есть такая сфера, куда большевикам не проникнуть, - это сны, ниспосланные человеку богом. Ночь принесет мне успокоение. В своих снах я увижу то, что мне будет приятно увидеть".

В первую же после этого ночь бог прислал Федору Никитичу ужасный сон. Снилось ему, что он сидит в учрежденском коридоре, освещенном керосиновой лампочкой. Сидит и знает, что его с минуты на минуту должны вывести из состава правления. Внезапно открывается железная дверь, и оттуда выбегают служащие с криком: "Хворобьева нужно нагрузить! " Он хочет бежать, но не может.

Федор Никитич проснулся среди ночи. Он помолился богу, указав ему, что, как видно, произошла досадная неувязка и сон, предназначенный для ответственного, быть может, даже партийного товарища, попал не по адресу. Ему, Хворобьеву, хотелось бы увидеть для начала царский выход из Успенского собора.

Успокоенный, он снова заснул, но вместо лица обожаемого монарха тотчас же увидел председателя месткома товарища Суржикова.

И уже каждую ночь Федора Никитича с непостижимой методичностью посещали одни и те же выдержанные советские сны. Представлялись ему: членские взносы, стенгазеты, совхоз "Гигант", торжественное открытие первой фабрики-кухни, председатель общества друзей кремации и большие советские перелеты.

Монархист ревел во сне. Ему не хотелось видеть друзей кремации. Ему хотелось увидеть крайнего правого депутата Государственной думы Пуришкевича, патриарха Тихона, ялтинского градоначальника Думбадзе или хотя бы какого-нибудь простенького инспектора народных училищ. Но ничего этого не было. Советский строй ворвался даже в сны монархиста.

-- Все те же сны! -- заключил Хворобьев плачущим голосом. -- Проклятые сны!

-- Ваше дело плохо, - сочувственно сказал Остап, -- как говорится, бытие определяет сознание. Раз вы живете в Советской стране, то и сны у вас должны быть советские.

-- Ни минуты отдыха, - жаловался Хворобьев. - Хоть что-нибудь. Я уже на все согласен. Пусть не Пуришкевич. Пусть хоть Милюков. Все-таки человек с высшим образованием и монархист в душе. Так нет же! Все эти советские антихристы.

-- Я вам помогу, - сказал Остап. - Мне приходилось лечить друзей и знакомых по Фрейду. Сон-это пустяки. Главное-это устранить причину сна. Основной причиной является самое существование советской власти. Но в данный момент я устранять ее не могу. У меня просто нет времени. Я, видите ли, турист-спортсмен,

сейчас мне надо произвести небольшую починку своего автомобиля, так что разрешите закатить его к вам в сарай. А насчет причины вы не беспокойтесь. Я ее устраню на обратном пути. Дайте только пробег окончить.

Одуревший от тяжелых снов монархист охотно разрешил милому и отзывчивому молодому человеку воспользоваться сараем. Он набросил поверх сорочки пальто, надел на босу ногу калоши и вышел вслед за Бендером во двор.

-- Так, значит, можно надеяться? -- спрашивал он, семеня за своим ранним гостем.

-- Не сомневайтесь, - небрежно отвечал командор, - как только советской власти не станет, вам сразу станет как-то легче. Вот увидите!

Через полчаса "Антилопа" была спрятана у Хворобьева и оставлена под надзором Козлевича и Паниковского. Бендер в сопровождении Балаганова отправился в город за красками.

Молочные братья шли навстречу солнцу, пробираясь к центру города. На карнизах домов прогуливались серые голуби. Спрыснутые водой деревянные тротуары были чисты и прохладны.

Человеку с неотягченной совестью приятно в такое утро выйти из дому, помедлить минуту у ворот, вынуть из кармана коробочку спичек, на которой изображен самолет с кукишем вместо пропеллера и подписью "Ответ Керзону", полюбоваться на свежую пачку папирос и закурить, спугнув кадильным дымом пчелу с золотыми позументами на брюшке.

Бендер и Балаганов подпали под влияние утра, опрятных улиц и бессребреников-голубей. На время им показалось, что совесть их ничем не отягчена, что все их любят, что они женихи, идущие на свидание с невестами.

Внезапно дорогу братьям преградил человек со складным мольбертом и полированным ящиком для красок в руках. Он имел настолько взбудораженный вид, словно бы только что выскочил из горящего здания, успев спасти из огня лишь мольберт и ящик.

-- Простите, -- звонко сказал он, -- тут только что должен был пройти товарищ Плотский-Поцелуев. Вы его не встретили? Он здесь не проходил?

-- Мы таких никогда не встречаем, -- грубо сказал Балаганов.

Художник толкнул Бендера в грудь, сказал "пардон" и устремился дальше.

-- Плотский-Поцелуев? -- ворчал великий комбинатор, который еще не завтракал. -- У меня самого была знакомая акушерка по фамилии Медуза-Горгонер, и я не делал из этого шума, не бегал по улицам с криками: "Не видали ли вы часом гражданки МедузыГоргонер? Она, дескать, здесь прогуливалась". Подумаешь!

Плотский-Поцелуев!

Не успел Бендер закончить своей тирады, как прямо на него выскочили два человека с черными мольбертами и полированными этюдниками. Это были совершенно различные люди. Один из них, как видно, держался того взгляда, что художник обязательно должен быть волосатым, и по количеству растительности на лице был прямым заместителем Генриха Наваррского в СССР. Усы, кудри и бородка очень оживляли его плоское лицо. Другой был просто лыс, и голова у него была скользкая и гладкая, как стеклянный абажур.

-- Товарища Плотского... -- сказал заместитель Генриха Наваррского, задыхаясь.

-- Поцелуева, - добавил абажур.

-- Не видели? -- прокричал Наваррский.

-- Он здесь должен прогуливаться, - объяснил абажур.

Бендер отстранил Балаганова, который раскрыл было рот для произнесения ругательства, и с оскорбительной вежливостью сказал:

-- Товарища Плотского мы не видели, но если указанный товарищ вас действительно интересует, то поспешите. Его ищет какой-то трудящийся, по виду художник-пушкарь.

Сцепляясь мольбертами и пихая друг друга, художники бежали дальше. В это время из-за угла вынесся извозчичий экипаж. В нем сидел толстяк, у которого под складками синей толстовки угадывалось потное брюхо. Общий вид пассажира вызывал в памяти старинную рекламу патентованной мази, начинавшуюся словами: "Вид голого тела, покрытого волосами, производит отталкивающее впечатление". Разобраться в профессии толстяка было нетрудно. Он придерживал рукою большой стационарный мольберт. В ногах у извозчика лежал полированный ящик, в котором, несомненно, помещались краски.

-- Алло! -- крикнул Остап. -- Вы ищете Поцелуева?

-- Так точно, -- подтвердил жирный художник, жалобно глядя на Остапа.

-- Торопитесь! Торопитесь! Торопитесь! - закричал Остап. -- Вас обошли уже три художника. В чем тут дело? Что случилось?

Но лошадь, гремя подковами по диким булыжникам, уже унесла четвертого представителя изобразительных искусств.

-- Какой культурный город! -- сказал Остап. -- Вы, вероятно, заметили, Балаганов, что из четырех встреченных нами граждан четверо оказались художниками. Любопытно.

Когда молочные братья остановились перед москательной лавкой, Балаганов шепнул Остапу:

-- Вам не стыдно?

-- Чего? -- спросил Остап.

-- Того, что вы собираетесь платить за краску живыми

деньгами?

-- Ах, вы об этом, - сказал Остап. - Признаюсь, немного стыдно. Глупое положение, конечно. Но что ж делать? Не бежать же в исполком и просить там красок на проведение "Дня жаворонка". Они-то дадут, но ведь мы потеряем целый день.

Сухие краски в банках, стеклянных цилиндрах, мешках, бочонках и прорванных бумажных пакетах имели заманчивые цирковые цвета и придавали москательной лавке праздничный вид.

Командор и борт-механик придирчиво стали выбирать краски.

-- Черный цвет-слишком траурно, - говорил Остап. -Зеленый тоже не подходит: это цвет рухнувшей надежды. Лиловый-нет. Пусть в лиловой машине разъезжает начальник угрозыска. Розовый -- пошло, голубой -- банально, красный -слишком верноподданно. Придется выкрасить "Антилопу" в желтый цвет. Будет ярковато, но красиво.

-- А вы кто будете? Художники? -- спросил продавец, подбородок которого был слегка запорошен киноварью.

-- Художники, -- ответил Бендер, -- баталисты и маринисты.

-- Тогда вам не сюда нужно, - сказал продавец, снимая с прилавка пакеты и банки.

-- Как не сюда! -- воскликнул Остап. - А куда же?

-- Напротив.

Приказчик подвел друзей к двери и показал рукой на вывеску через дорогу. Там была изображена коричневая лошадиная голова и черными буквами по голубому фону выведено: "Овес и сено".

-- Все правильно, - сказал Остап, - твердые и мягкие корма для скота. Но при чем же тут наш брат -- художник? Не вижу никакой связи.

Однако связь оказалась-и очень существенная. Остап ее обнаружил уже в самом начале объяснения приказчика.

Город всегда любил живопись, и четыре художника, издавна здесь обитавшие, основали группу "Диалектический станковист". Они писали портреты ответственных работников и сбывали их в местный музей живописи. С течением времени число незарисованных ответработников сильно уменьшилось, что заметно снизило заработки диалектических станковистов. Но это было еще терпимо. Годы страданий начались с тех пор, когда в город приехал новый художник, Феофан Мухин.

Первая его работа вызвала в городе большой шум. Это был портрет заведующего гостиничным трестом. Феофан Мухин оставил станковистов далеко позади. Заведующий гостиничным трестом был изображен не масляными красками, не акварелью, не углем, не темперой, не пастелью, не гуашью и не свинцовым карандашом. Он был сработан из овса. И когда художник Мухин перевозил на

извозчике картину в музей, лошадь беспокойно оглядывалась и ржала.

С течением времени Мухин стал употреблять также и другие злаки.

Имели громовой успех портреты из проса, пшеницы и мака, смелые наброски кукурузой и ядрицей, пейзажи из риса и натюрморты из пшена.

Сейчас он работал над групповым портретом. Большое полотно изображало заседание окрплана. Эту картину Феофан готовил из фасоли и гороха. Но в глубине души он оставался верен овсу, который сделал ему карьеру и сбил с позиций диалектических станковистов.

-- Овсом оно, конечно, способнее! - воскликнул Остап. - А Рубене-то с Рафаэлем дураки-маслом старались. Мы тоже дураки, вроде Леонардо да Винчи. Дайте нам желтой эмалевой краски.

Расплачиваясь с разговорчивым продавцом, Остап спросил:

-- Да, кстати, кто такой Плотский-Поцелуев? А то мы, знаете, не здешние, не в курсе дела.

-- Товарищ Поцелуев -- известный работник центра, наш горожанин. Теперь из Москвы в отпуск приехал.

-- Все понятно, - сказал Остап. - Спасибо за информацию. До свидания!

На улице молочные братья завидели диалектических станковистов. Все четверо, с лицами грустными и томными, как у цыган, стояли на перекрестке. Рядом с ними торчали мольберты, составленные в ружейную пирамиду.

-- Что, служивые, плохо? - спросил Остап. - Упустили Плотского-Поцелуева?

-- Упустили, -- застонали художники. -- Из рук ушел.

-- Феофан перехватил? -- спросил Остап, обнаруживая хорошее знакомство с предметом.

-- Уже пишет, халтурщик, -- ответил заместитель Генриха Наваррского. -- Овсом. К старой манере, говорит, перехожу. Жалуется, лабазник, на кризис жанра.

-- А где ателье этого деляги? -- полюбопытствовал Остап. Хочется бросить взгляд.

Художники, у которых было много свободного времени, охотно повели Остапа и Балаганова к Феофану Мухину. Феофан работал у себя в садике, на открытом воздухе. Перед ним на табуретке сидел товарищ Плотский, человек, видимо, робкий. Он, не дыша, смотрел на художника, который, как сеятель на трехчервонной бумажке, захватывал горстями овес из лукошка и бросал его по холсту. Мухин хмурился. Ему мешали воробьи. Они дерзко подлетали к картине и выклевывали из нее отдельные детали.

-- Сколько вы получите за эту картину? -- застенчиво спросил

Плотский.

Феофан приостановил сев, критически посмотрел на свое произведение и задумчиво ответил:

-- Что ж! Рублей двести пятьдесят музей за нее даст.

-- Однако дорого.

-- А овес-то нынче, - сказал Мухин певуче, - не укупишь. Он дорог, овес-то!

-- Ну, как яровой клин? -- спросил Остап, просовывая голову сквозь решетку садика. -- Посевкампания, я вижу, проходит удачно. На сто процентов! Но - все это чепуха по сравнению с тем, что я видел в Москве. Там один художник сделал картину из волос. Большую картину со многими фигурами, заметьте, идеологически выдержанную, хотя художник и пользовался волосами беспартийных, - был такой грех. Но идеологически, повторяю, картина была замечательно выдержана. Называлась она "Дед Пахом и трактор в ночном". Это была такая строптивая картина, что с ней просто не знали, что делать. Иногда волосы на ней вставали дыбом. А в один прекрасный день она совершенно поседела, и от деда Пахома с его трактором не осталось и следа. Но художник успел отхватить за выдумку тысячи полторы. Так что вы не очень обольщайтесь, товарищ Мухин! Овес вдруг прорастет, ваши картины заколосятся, и вам уже больше никогда не придется снимать урожай.

Диалектические станковисты сочувственно захохотали. Но Феофан не смутился.

-- Это звучит парадоксом, -- заметил он, возобновляя посевные манипуляции.

-- Ладно, -- сообщил Остап, прощаясь, -- сейте разумное, Доброе, вечное, а там посмотрим! Прощайте и вы, служивые. Бросьте свои масляные краски. Переходите на мозаику из гаек, костылей и винтиков. Портрет из гаек! Замечательная идея!

Весь день антилоповцы красили свою машину. К вечеру она стала неузнаваемой и блистала всеми оттенками яичного желтка.

На рассвете следующего дня преображенная "Антилопа" докинула гостеприимный сарай и взяла курс на юг.

-- Жалко, что не удалось попрощаться с хозяином. Но он так сладко спал, что его не хотелось будить. Может, ему сейчас, наконец, снится сон, которого он так долго ожидал: митрополит Двулогий благословляет чинов министерства народного просвещения в день трехсотлетия дома Романовых.

И в ту же минуту сзади, из бревенчатого домика, послышался знакомый уже Остапу плачевный рев.

-- Все тот же сон! - вопил старый Хворобьев. - Боже, боже!

-- Я ошибся, -- заметил Остап. -- Ему, должно быть, приснился не митрополит Двулогий, а широкий пленум литературной группы

"Кузница и усадьба". Однако черт с ним! Дела призывают нас в Черноморск.

ГЛАВА IX. СНОВА КРИЗИС ЖАНРА

Чем только не занимаются люди! Параллельно большому миру, в котором живут большие люди и большие вещи, существует маленький мир с маленькими людьми и маленькими вещами. В большом мире изобретен дизель-мотор, написаны "Мертвые души", построена Днепровская гидростанция и совершен перелет вокруг света. В маленьком мире изобретен кричащий пузырь "уйди-уйди", написана песенка "Кирпичики" и построены брюки фасона "полпред". В большом мире людьми двигает стремление облагодетельствовать человечество. Маленький мир далек от таких. высоких материй. У его обитателей стремление одно -как-нибудь прожить, не испытывая чувства голода.

Маленькие люди торопятся за большими. Они понимают, что должны быть созвучны эпохе и только тогда их товарец может найти сбыт. В советское время, когда в большом мире созданы идеологические твердыни, в маленьком мире замечается оживление. Под все мелкие изобретения муравьиного мира подводится гранитная база "коммунистической" идеологии. На пузыре "уйди-уйди" изображается Чемберлен, очень похожий на того, каким его рисуют в "Известиях". В популярной песенке умный слесарь, чтобы добиться любви комсомолки, в три рефрена выполняет и даже перевыполняет промфинплан. И пока в большом мире идет яростная дискуссия об оформлении нового быта, в маленьком мире уже все готово: есть галстук "Мечта ударника", толстовка-гладковка, гипсовая статуэтка "Купающаяся колхозница" и дамские пробковые подмышники "Любовь пчел трудовых".

В области ребусов, шарад, шарадоидов, логогрифов и загадочных картинок пошли новые веяния. Работа по старинке вышла из моды. Секретари газетных и журнальных отделов "В часы досуга" или "Шевели мозговой извилиной" решительно перестали брать товар без идеологии. И шока 1великая страна шумела, пока строились тракторные заводы и создавались грандиозные зерновые фабрики, старик Синицкий, ребусник по профессии, сидел в своей комнате и, устремив остекленевшие глаза в потолок, сочинял шараду на модное слово "индустриализация".

У Синицкого была наружность гнома. Таких гномов обычно изображали маляры на вывесках зонтичных магазинов. Вывесочные гномы стоят в красных колпаках и дружелюбно подмигивают прохожим, как бы приглашая их поскорее купить шелковый зонтик или трость с серебряным набалдашником в виде собачьей головы.

Длинная желтоватая борода Синицкого опускалась прямо под стол, в корзину для бумаг.

-- Индустриализация, -- горестно шептал он, шевеля бледными, как сырые котлеты, старческими губами.

И он привычно разделил это слово на шарадные части:

-- Индус. Три. Али. За.

Все было прекрасно. Синицкий уже представлял себе пышную шараду, значительную по содержанию, легкую в чтении и трудную для отгадки. Сомнение вызывала последняя часть -- "ция".

-- Что же это за "ция" такая? -- напрягался старик. -- Вот если бы "акция"! Тогда отлично вышло бы: индустриализакция.

Промучившись полчаса и не выдумав, как поступить с капризным окончанием, Синицкий решил, что конец придет сам собой, и приступил к работе. Он начал писать свою поэму на листе, вырванном из бухгалтерской книги с надписью "дебет".

Сквозь белую стеклянную дверь балкона видны были цветущие акации, латаные крыши домов и резкая синяя черта морского горизонта. Черноморский полдень заливал город кисельным зноем.

Старик подумал и нанес на бумагу начальные строки:
Мой первый слог сидит в чалме, Он на Востоке быть обязан.

-- Он на Востоке быть обязан, -- с удовольствием произнес старик.

Ему понравилось то, что он сочинил, трудно было только найти рифмы к словам "обязан" и "чалме". Ребусник походил по комнате и потрогал руками бороду. Вдруг его осенило:
Второй же слог известен мне, Он с цифрою как будто связан.

С "Али" и "За" тоже удалось легко справиться:

В чалме сидит и третий слог, Живет он тоже на Востоке. Четвертый слог поможет бог Узнать, что это есть предлог.

Утомленный последним усилием, Синицкий отвалился на спинку стула и закрыл глаза. Ему было уже семьдесят лет. Пятьдесят из них он сочинял ребусы, шарады, загадочные картинки и шарадоиды. Но никогда еще почтенному ребуснику не было так трудно работать, как сейчас. Он отстал от жизни, был политически неграмотен, и молодые конкуренты легко его побивали. Они приносили в редакции задачи с такой прекрасной идеологической установкой, что старик, читая их, плакал от зависти. Куда ему было угнаться за такой, например, задачей:

ЗАДАЧА -- АРИФМОМОИД

На трех станциях: Воробьево, Грачево и Дроздово было по равному количеству служащих. На станции Дроздово было комсомольцев в шесть раз меньше, чем на двух других вместе взятых, а на станции Воробьево партийцев было на 12 человек больше, чем

на станции Грачево. Но на этой последней беспартийных было на 6 человек больше, чем на первых двух. Сколько служащих было на каждой станции и какова там была партийная и комсомольская прослойка?

Очнувшись от своих горестных мыслей, старик снова взялся за листок с надписью "дебет", но в это время в комнату вошла девушка с мокрыми стрижеными волосами и черным купальным костюмом на плече.

Она молча пошла на балкон, развесила на облупленных перилах сырой костюм и глянула вниз. Девушка увидела бедный двор, который видела уже много лет, -- нищенский двор, где валялись разбитые ящики, бродили перепачканные углем коты и жестянщик с громом чинил ведро. В нижнем этаже домашние хозяйки разговаривали о своей тяжелой жизни.

И разговоры эти девушка слышала не в первый раз, и котов она знала по имени, и жестянщик, как ей показалось, чинил это самое ведро уже много лет подряд. Зося Синицкая вернулась в комнату.

-- Идеология заела, - услышала она бормотание деда, -- а какая в ребусном деле может быть идеология? Ребусное дело...

Зося заглянула в старческие каракули и сейчас же крикнула:

-- Что ты тут написал? Что это такое? "Четвертый слог поможет бог узнать, что это есть предлог". Почему бог? Ведь ты сам говорил, что в редакции теперь не принимают шарад с церковными выражениями.

Синицкий ахнул. Крича: "Где бог, где? Там нет бога", он дрожащими руками втащил на нос очки в белой оправе и ухватился за листок.

-- Есть бог, -- промолвил он печально. -- Оказался... Опять маху дал. Ах, жалко! И рифма пропадает хорошая.

-- А ты вместо "бог" поставь "рок", - сказала Зося.

Но испуганный Синицкий отказался от "рока".

-- Это тоже мистика. Я знаю. Ах, маху дал! Что же это будет, Зосенька?

Зося равнодушно посмотрела на деда и посоветовала сочинить новую шараду.

-- Все равно, -- сказала она, -- слово с окончанием "ция" у тебя не выходит. Помнишь, как ты мучился со словом "теплофикация"?

-- Как же, -- оживился старик, -- я еще третьим слогом поставил "кац" и написал так: "А третий слог, досуг имея, узнает всяк фамилию еврея". Не взяли эту шараду. Сказали: "Слабо, не подходит". Маху дал!

И старик, усевшись за свой стол, начал разрабатывать большой, идеологически выдержанный ребус. Первым долгом он набросал карандашом гуся, держащего в клюве букву "Г", большую и тяжелую, как виселица. Работа ладилась.

Зося принялась накрывать к обеду. Она переходила от буфета с зеркальными иллюминаторами к столу и выгружала посуду. Появились фаянсовая суповая чашка с отбитыми ручками, тарелки с цветочками и без цветочков, пожелтевшие вилки и даже компотница, хотя к обеду никакого компота не предполагалось.

Вообще дела Синицких были плохи. Ребусы и шарады приносили в дом больше волнений, чем денег. С домашними обедами, которые старый ребусник давал знакомым гражданам и которые являлись главной статьей семейного дохода, тоже было плохо. Подвысоцкий и Бомзе уехали в отпуск, Стульян женился на гречанке и стал обедать дома, а Побирухина вычистили из учреждения по второй категории, и он от волнения потерял аппетит и отказался от обедов. Теперь он ходил по городу, останавливал знакомых и произносил одну и ту же полную скрытого сарказма фразу: "Слышали новость? Меня вычистили по второй категории". И некоторые знакомые сочувственно отвечали: "Вот наделали делов эти Маркс и Энгельс! " А некоторые ничего не отвечали, косили на Побирухина огненным глазом и проносились мимо, тряся портфелями. В конце концов из всех нахлебников остался один, да и тот не платил уже неделю, ссылаясь на задержку жалованья.

Недовольно задвигав плечами, Зося отправилась в кухню, а когда вернулась, за обеденным столом сидел последний столовник -- Александр Иванович Корейко.

В обстановке неслужебной Александр Иванович не казался человеком робким и приниженным. Но все же настороженное выражение ни на минуту не сходило с его лица. Сейчас он внимательно разглядывал новый ребус Синицкого. Среди прочих загадочных рисунков был там нарисован куль, из которого сыпались буквы "Т", елка, из-за которой выходило солнце, и воробей, сидящий на нотной строке. Ребус заканчивался перевернутой вверх запятой.

-- Этот ребус трудненько будет разгадать, -- говорил Синицкий, похаживая вокруг столовника. -- Придется вам посидеть над ним!

-- Придется, придется, -- ответил Корейко с усмешкой, -только вот гусь меня смущает. К чему бы такой гусь? А-а-а! Есть! Готово! "В борьбе обретешь ты право свое"?

-- Да, -- разочарованно протянул старик, -- как это вы так быстро угадали? Способности большие. Сразу видно счетовода первого разряда.

-- Второго разряда, -- поправил Корейко. -- А для чего вы этот ребус приготовили? Для печати?

-- Для печати.

-- И совершенно напрасно, -- сказал Корейко, с любопытством поглядывая на борщ, в котором плавали золотые медали жира. Было в этом борще что-то заслуженное, что-то унтер-офицерское. -- "В

борьбе обретешь ты право свое" -- это эсеровский лозунг. Для печати не годится.

-- Ах ты боже мой! - застонал старик. - Царица небесная! Опять маху дал. Слышишь, Зосенька? Маху дал. Что же теперь делать?

Старика успокаивали. Кое-как пообедав, он немедленно поднялся, собрал сочиненные за неделю загадки, надел лошадиную соломенную шляпу и сказал:

-- Ну, Зосенька, пойду в "Молодежные ведомости". Немножко беспокоюсь за алгеброид, но, в общем, деньги я там достану.

В комсомольском журнале "Молодежные ведомости" старика часто браковали, корили за отсталость, но все-таки не обижали, и журнал этот был единственным местом, откуда к старику бежал тоненький денежный ручеек. Синицкий захватил с собой шараду, начинающуюся словами: "Мой первый слог на дне морском", два колхозных лотогрифа и один алгеброид, в котором, путем очень сложного умножения и деления, доказывалось преимущество советской власти перед всеми другими властями.

Когда ребусник ушел, Александр Иванович мрачно принялся рассматривать Зосю. Александр Иванович столовался у Синицких сначала потому, что обеды там были дешевые и вкусные. К тому же основным правилом он поставил себе ни на минуту не забывать о том, что он мелкий служащий. Он любил поговорить о трудности существования в большом городе на мизерное жалованье. Но с некоторых пор цена и вкус обедов потеряли для него то отвлеченное и показательное значение, которое он им придавал. Если бы от него потребовали и он мог сделать это не таясь, то платил бы за обед не шестьдесят копеек, как он это делал теперь, а три или даже пять тысяч рублей.

Александр Иванович, подвижник, сознательно изнурявший себя финансовыми веригами, запретивший себе прикасаться ко всему, что стоит дороже полтинника, и в то же время раздраженный тем, что из боязни потерять миллионы он не может открыто истратить ста рублей, влюбился со всей решительностью, на которую способен человек сильный, суровый и озлобленный бесконечным ожиданием.

Сегодня, наконец, он решил объявить Зосе о своих чувствах и предложить свою руку, где бился пульс, маленький и злой, как хорек, и свое сердце, стянутое сказочными обручами.

-- Да, - сказал он, - такие-то дела, Зося Викторовна.

Сделав это сообщение, гражданин Корейко схватил со стола пепельницу, на которой был написан дореволюционный лозунг: "Муж, не серди свою жену", и стал внимательно в нее вглядываться.

Тут необходимо разъяснить, что нет на свете такой девушки, которая не знала бы по крайней мере за неделю о готовящемся

изъявлении чувств. Поэтому Зося Викторовна озабоченно вздохнула, остановившись перед зеркалом. У нее был тот спортивный вид, который за последние годы приобрели все красивые девушки. Проверив это обстоятельство, она уселась против Александра Ивановича и приготовилась слушать. Но Александр Иванович ничего не сказал. Он знал только две роли: служащего и подпольного миллионера. Третьей он не знал.

-- Вы слышали новость? -- спросила Зося. -- Побирухина вычистили.

-- У нас тоже чистка началась, - ответил Корейко, -многие полетят. Например, Лапидус-младший. Да и Лапидус-старший тоже хорош...

Здесь Корейко заметил, что идет по тропинке бедного служащего. Свинцовая задумчивость снова овладела им.

-- Да, да, - сказал он, - живешь так в одиночестве, не зная наслаждений.

-- Чего, чего не зная? -- оживилась Зося.

-- Не зная женской привязанности, - заметил Корейко спертым голосом.

Не видя никакой поддержки со стороны Зоси, он развил свою мысль.

Он уже стар. То есть не то чтоб стар, но не молод. И даже не то чтоб не молод, а просто время идет, годы проходят. Идут года. И вот это движение времени навевает на него разные мысли. О браке, например. Пусть не думают, что он какой-то такой. Он хороший в общем. Совершенно безобидный человек. Его надо жалеть. И ему даже кажется, что его можно любить. Он не пижон, как другие, и не любит бросать слова на ветер. Почему бы одной девушке не пойти за него замуж?

Выразив свои чувства в такой несмелой форме, Александр Иванович сердито посмотрел на Зосю.

-- А Лапидуса-младшего действительно могут вычистить? спросила внучка ребусника.

И, не дождавшись ответа, заговорила по существу дела.

Она все отлично понимает. Время действительно идет ужасно быстро. Еще так недавно ей было девятнадцать лет, а сейчас уже двадцать. А еще через год будет двадцать один. Она никогда не думала, что Александр Иванович какой-то такой. Напротив, она всегда была уверена, что он хороший. Лучше многих. И, конечно, достоин всего. Но у нее именно сейчас какие-то искания, какие-она еще и сама не знает. В общем, она в данный момент выйти замуж не может. Да и какая жизнь у них может выйти? У нее искания. А у него, если говорить честно и откровенно, всего лишь сорок шесть рублей в месяц. И потом она его еще не любит, что, вообще говоря, очень

важно.

-- Какие там сорок шесть рублей! -- страшным голосом сказал вдруг Александр Иванович, подымаясь во весь рост. -- У меня... мне...

Больше он ничего не сказал. Он испугался. Начиналась роль миллионера, и это могло бы кончиться только гибелью. Страх его был так велик, что он начал даже бормотать что-то о том, что не в деньгах счастье. Но в это время за дверью послышалось чьето сопенье. Зося выбежала в коридор. Там стоял дед в своей большой шляпе, сверкающей соломенными кристаллами. Он не решался войти. От горя борода его разошлась, как веник.

-- Почему так скоро? -- крикнула Зося. -- Что случилось?

Старик возвел на нее глаза, полные слез. Испуганная Зося схватила старика за колючие плечи и быстро потащила в комнату. Полчаса лежал Синицкий на диване и дрожал.

После долгих уговоров дед приступил к рассказу. Все было прекрасно. До самой редакции "Молодежных ведомостей" он добрался без всяких приключений. Заведующий отделом "Умственных упражнений" встретил ребусника чрезвычайно вежливо.

-- Руку подал, Зосенька, - вздыхал старик. - Садитесь, говорит, товарищ Синицкий. И тут-то он меня и огорошил. А ведь наш-то отдел, говорит, закрывают. Новый редактор прибыл и заявил, что наши читатели не нуждаются в умственных упражнениях, а нуждаются они, Зосенька, в специальном отделе шашечной игры. Что ж будет? -- спрашиваю. Да ничего, говорит заведующий, не пойдет ваш материал и только. А шараду мою очень хвалил. Прямо, говорит, пушкинские строки, в особенности это место: "Мой первый слог на дне морском, на дне морском второй мой слог".

Старый ребусник долго еще содрогался на диване и жаловался на засилие советской идеологии.

-- Опять драма! - воскликнула Зося. Она нацепила шляпу и направилась к выходу. Александр Иванович двинулся за ней, хотя понимал, что идти не следовало бы. На улице Зося взяла Корейко под руку:

-- Мы все-таки будем дружить. Правда?

-- Было бы лучше, если бы вы вышли за меня замуж, -откровенно буркнул Корейко.

В раскрытых настежь буфетах искусственных минеральных вод толпились молодые люди без шляп, в белых рубашках с закатанными выше локтя рукавами. Синие сифоны с металлическими кранами стояли на полках. Длинные стеклянные цилиндры с сиропом на вертящейся подставке мерцали аптекарским светом. Персы с печальными лицами калили на жаровнях орехи, и угарный дым манил гуляющих.

-- В кино хочется, - капризно сказала Зося. - Орехов хочется, сельтерской с сиропом.

Для Зоси Корейко был готов на все. Он решился бы даже слегка нарушить свою конспирацию, потратив рублей пять на кутеж. Сейчас в кармане у него в плоской железной коробке от папирос "Кавказ" лежало десять тысяч рублей бумажками, достоинством по двадцать пять червонцев каждая. Но если бы даже он сошел с ума и решился бы обнаружить хотя бы одну бумажку, ее все равно ни в одном кинематографе нельзя было разменять.

-- Зарплату задерживают, -- сказал он в полном отчаянии, выплачивают крайне неаккуратно.

В эту минуту от толпы гуляющих отделился молодой человек в прекрасных сандалиях на босу ногу. Он салютовал Зосе поднятием руки.

-- Привет, привет, -- сказал он, - у меня две контрамарки в кино. Хотите? Только моментально.

И молодой человек в замечательных сандалиях увлек Зосю под тусклую вывеску кино "Камо грядеши", бывш. "Кво-Вадис".

Эту ночь конторщик-миллионер не спал дома. До самого утра он шатался по городу, тупо рассматривал карточки голеньких младенцев в стеклянных витринах фотографов, взрывал ногами гравий на бульваре и глядел в темную пропасть порта. Там переговаривались невидимые пароходы, слышались милицейские свистки и поворачивался красный маячный огонек.

-- Проклятая страна! -- бормотал Корейко. - Страна, в которой миллионер не может повести свою невесту в кино.

Сейчас Зося уже казалась ему невестой. К утру побелевший от бессонницы Александр Иванович забрел на окраину города. Когда он проходил по Бессарабской улице, ему послышались звуки "матчиша". Удивленный, он остановился,

Навстречу ему спускался с горы желтый автомобиль. За рулем, согнувшись, сидел усталый шофер в хромовой тужурке. Рядом с ним дремал широкоплечий малый, свесив набок голову в стетсоновской шляпе с дырочками. На заднем сиденье развалились еще двое пассажиров: пожарный в полной выходной форме и атлетически сложенный мужчина в морской фуражке с белым верхом.

-- Привет первому черноморцу! - крикнул Остап, когда машина с тракторным грохотом проносилась мимо Корейко. -Теплые морские ванны еще работают? Городской театр функционирует? Уже объявили Черноморск вольным городом?

Но Остап не получил ответа. Козлевич открыл глушитель, и "Антилопа" утопила первого черноморца в облаке голубого дыма.

-- Ну, - сказал Остап очнувшемуся Балаганову, - заседание продолжается. Подавайте сюда вашего подпольного Рокфеллера.

Сейчас я буду его раздевать. Ох, уж мне эти принцы и нищие!

* ЧАСТЬ ВТОРАЯ. ДВА КОМБИНАТОРА *

ГЛАВА X. ТЕЛЕГРАММА ОТ БРАТЬЕВ КАРАМАЗОВЫХ

С некоторого времени подпольный миллионер почувствовал на себе чье-то неусыпное внимание. Сперва ничего определенного не было. Исчезло только привычное и покойное чувство одиночества. Потом стали обнаруживаться признаки более пугающего свойства.

Однажды, когда Корейко обычным размеренным шагом двигался на службу, возле самого "Геркулеса" его остановил нахальный нищий с золотым зубом. Наступая на волочащиеся за ним тесемки от кальсон, нищий схватил Александра Ивановича за руку и быстро забормотал:

-- Дай миллион, дай миллион, дай миллион! После этого нищий высунул толстый нечистый язык и понес совершенную уже чепуху. Это был обыкновенный нищий полуидиот, какие часто встречаются в южных городах. Тем не менее Корейко поднялся к себе, в финсчетный зал, со смущенною душой. С этой вот встречи началась чертовщина. В три часа ночи Александра Ивановича разбудили. Пришла телеграмма. Стуча зубами от утреннего холодка, миллионер разорвал бандероль и прочел: "Графиня изменившимся лицом бежит пруду".

-- Какая графиня? - ошалело прошептал Корейко, стоя босиком в коридоре.

Но никто ему не ответил. Почтальон ушел. В дворовом садике страстно мычали голуби. Жильцы спали. Александр Иванович повертел в руках серый бланк. Адрес правильный. Фамилия тоже.

"Малая Касательная 16 Александру Корейко графиня изменившимся лицом бежит пруду".

Александр Иванович ничего не понял, но так взволновался, что сжег телеграмму на свечке.

В семнадцать часов тридцать пять минут того же дня прибыла вторая депеша:

"Заседание продолжается зпт миллион поцелуев". Александр Иванович побледнел от злости и разорвал телеграмму в клочки. Но в эту же ночь принесли еще две телеграммы-молнии. Первая;

"Грузите апельсины бочках братья Карамазовы". И вторая:

"Лед тронулся тчк командовать парадом буду я". После этого с Александром Ивановичем произошел на службе обидный казус. Умножая в уме по просьбе Чеважевской девятьсот восемьдесят пять на тринадцать, он ошибся и дал неверное произведение, чего с ним никогда в жизни не случалось. Но сейчас ему было не до арифметических упражнений. Сумасшедшие телеграммы не

выходили из головы.

-- Бочках, -- шептал он, устремив глаза на старика Кукушкинда. -- Братья Карамазовы. Просто свинство какое-то.

Он пытался успокоить себя мыслью, что это милые шутки каких-то друзей, но эту версию живо пришлось отбросить. Друзей у него не было. Что же касается сослуживцев, то это были люди серьезные и шутили только раз в году-первого апреля. Да и в этот день веселых забав и радостных мистификаций они оперировали только одной печальной шуткой: фабриковали на машинке фальшивый приказ об увольнении Кукушкинда и клали ему на стол. И каждый раз в течение семи лет старик хватался за сердце, что очень всех потешало. Кроме того, не такие это были богачи, чтобы тратиться на депеши.

После телеграммы, в которой неизвестный гражданин уведомлял, что командовать парадом будет именно он, а не кто-либо другой, наступило успокоение. Александра Ивановича не тревожили три дня. Он начал уже привыкать к мысли, что все случившееся нисколько его не касается, когда пришла толстая заказная бандероль. В ней содержалась книга под названием "Капиталистические акулы" с подзаголовком: "Биография американских миллионеров".

В другое время Корейко и сам купил бы такую занятную книжицу, но сейчас он даже скривился от ужаса. Первая фраза была очеркнута синим карандашом и гласила:

"Все крупные современные состояния нажиты самым бесчестным путем".

Александр Иванович на всякий случай решил пока что не наведываться на вокзал к заветному чемодану. Он находился в весьма тревожном расположении духа.

-- Самое главное, - говорил Остап, прогуливаясь по просторному номеру гостиницы "Карлсбад", - это внести смятение в лагерь противника. Враг должен потерять душевное равновесие. Сделать это не так трудно. В конце концов люди больше всего пугаются непонятного. Я сам когда-то был мистиком-одиночкой и дошел до такого состояния, что меня можно было испугать простым финским ножом. Да, да. Побольше непонятного. Я убежден, что моя последняя телеграмма "мысленно вместе" произвела на нашего контрагента потрясающее впечатление. Все это-суперфосфат, удобрение. Пусть поволнуется. Клиента надо приучить к мысли, что ему придется отдать деньги. Его надо морально разоружить, подавить в нем реакционные собственнические инстинкты.

Произнеся эту речь, Бендер строго посмотрел на своих подчиненных. Балаганов, Паниковский и Козлевич чинно сидели в красных плюшевых креслах с бахромой и кистями. Они стеснялись.

Их смущал широкий образ жизни командора, смущали золоченые ламбрекены, ковры, сиявшие яркими химическими колерами, и гравюра "Явление Христа народу". Сами они вместе с "Антилопой" остановились на постоялом дворе и приходили в гостиницу только за получением инструкций.

-- Паниковский, -- сказал Остап, -- вам было поручено встретиться сегодня с нашим подзащитным и вторично попросить у него миллион, сопровождая эту просьбу идиотским смехом?

-- Как только он меня увидел, он перешел на противоположный тротуар, - самодовольно ответил Паниковский.

-- Так. Все идет правильно. Клиент начинает нервничать. Сейчас он переходит от тупого недоумения к беспричинному страху. Я не сомневаюсь, что он вскакивает по ночам в постели и жалобно лепечет: "Мама, мама". Еще немного, самая чепуха, последний удар кисти -- и он окончательно дозреет. С плачем он полезет в буфет и вынет оттуда тарелочку с голубой каемкой...

Остап подмигнул Балаганову. Балаганов подмигнул Паниковскому, Паниковский подмигнул Козлевичу, и хотя честный Козлевич ровно ничего не понял, он тоже стал мигать обоими глазами.

И долго еще в номере гостиницы "Карлсбад" шло дружелюбное перемигивание, сопровождавшееся смешками, цоканьем языком и даже вскакиванием с красных плюшевых кресел.

-- Отставить веселье, - сказал Остап. - Пока что тарелочка с деньгами в руках Корейко, если только она вообще существует, эта волшебная тарелочка,

Затем Бендер услал Паниковского и Козлевича на постоялый двор, предписав держать "Антилопу" наготове.

-- Ну, Шура, - сказал он, оставшись вдвоем с Балагановым, -- телеграмм больше не надо. Подготовительную работу можно считать законченной. Начинается активная борьба. Сейчас мы пойдем смотреть на драгоценного теленочка при исполнении им служебных обязанностей.

Держась в прозрачной тени акаций, молочные братья прошли городской сад, где толстая струя фонтана оплывала, как свеча, миновали несколько зеркальных пивных баров и остановились на углу улицы Меринга. Цветочницы с красными матросскими лицами купали свой нежный товар в эмалированных мисках. Нагретый солнцем асфальт шипел под ногами. Из голубой кафельной молочной выходили граждане, вытирая на ходу измазанные кефиром губы.

Толстые макаронные буквы деревянного золота, составлявшие слово "Геркулес", заманчиво светились. Солнце прыгало по саженным стеклам вертящейся двери. Остап и Балаганов вошли в вестибюль и смешались с толпой деловых людей.

ГЛАВА XI. ГЕРКУЛЕСОВЦЫ

Как ни старались часто сменявшиеся начальники изгнать из "Геркулеса" гостиничный дух, достигнуть этого им так и не удалось. Как завхозы ни замазывали старые надписи, они все-таки выглядывали отовсюду. То выскакивало в торговом отделе слово "Кабинеты", то вдруг на матовой стеклянной двери машинного бюро замечались водяные знаки "Дежурная горничная", то обнаруживались нарисованные на стенах золотые указательные персты с французским текстом "Для дам". Гостиница перла наружу.

Служащие помельче занимались в рублевых номерах четвертого этажа, где останавливались в свое время деревенские батюшки, приезжавшие на епархиальные съезды, или маленькие коммивояжеры с варшавскими усиками. Там еще пахло подмышками и стояли розовые железные умывальники. В номерах почище, куда заезжали бильярдные короли и провинциальные драматические артисты, разместились заведующие секциями, их помощники и завхоз. Здесь уже было получше: стояли платяные шкафы с зеркалами и пол был обшит рыжим линолеумом. В роскошных номерах с ваннами и альковами гнездилось начальство. В белых ваннах валялись дела, а в полутемных альковах висели диаграммы и схемы, наглядно рисовавшие структуру "Геркулеса", а также связь его с периферией. Тут сохранились дурацкие золоченые диванчики, ковры и ночные столики с мраморными досками. В некоторых альковах стояли даже панцирные никелированные кровати с шариками. На них тоже лежали дела и всякая нужная переписка. Это было чрезвычайно удобно, так как бумажки всегда находились под. рукой.

В одном из таких номеров, в номере пятом, останавливался в 1911 году знаменитый писатель Леонид Андреев. Все геркулесовцы это знали, и номер пятый почему-то пользовался в учреждении дурной славой. Со всеми ответственными работниками, устраивавшими здесь свой кабинет, обязательно приключалась какая-нибудь беда. Не успевал номер пятый как следует войти в курс дела, как его уже снимали и бросали на иную работу. Хорошо еще, если без выговора. А то бывало и с выговором, бывало с опубликованием в печати, бывало и хуже, о чем даже упоминать неприятно.

-- Демонский номер, - в один голос утверждали потерпевшие. -- Ну кто мог подозревать?

И на голову писателя, автора страшного "Рассказа о семи повешенных", падали ужаснейшие обвинения, будто бы именно он повинен в том, что т. Лапшин принял на службу шестерых родных братьев-богатырей, что т. Справченко в заготовке древесной коры

понадеялся на самотек, чем эти заготовки и провалил, и что т. Индокитайский проиграл в польский банчок 7384 рубля 03 коп. казенных денег. Как Индокитайский ни вертелся, как ни доказывал в соответствующих инстанциях, что 03 коп. он израсходовал на пользу государства и что он может представить на указанную сумму оправдательные документы, ничто ему не помогло. Тень покойного писателя была неумолима, и осенним вечером Индокитайского повели на отсидку. Действительно, нехороший был этот номер пятый.

Начальник всего "Геркулеса" т. Полыхаев помещался в бывшем зимнем саду, секретарша его Серна Михайловна то, и дело мелькала среди уцелевших пальм и сикомор. Там же стоял длинный, как вокзальный перрон, стол, покрытый малиновым сукном, за которым происходили частые и длительные заседания правления. А с недавнего времени в комнате э 262, где некогда помещалась малая буфетная, засела комиссия по чистке в числе восьми ничем не выдающихся с виду товарищей с серенькими глазами. Приходили они аккуратно каждый день и все читали какие-то служебные бумаженции.

Когда Остап и Балаганов поднимались по лестнице, раздался тревожный звонок, и сразу же из всех комнат выскочили служащие. Стремительность этого маневра напоминала корабельный аврал. Однако это был не аврал, а перерыв для завтрака. Иные из служащих поспешили в буфет, чтобы успеть захватить бутерброды с красной икрой. Иные же делали променад в коридорах, закусывая на ходу.

Из планового отдела вышел служащий благороднейшей наружности. Молодая круглая борода висела на его бледном ласковом лице. В руке он держал холодную котлету, которую то и дело подносил ко рту, каждый раз ее внимательно оглядев.

В этом занятии служащему чуть не помешал Балаганов, желавший узнать, на каком этаже находится финсчетный отдел.

-- Разве вы не видите, товарищ, что я закусываю? -- сказал служащий, с негодованием отвернувшись от Балаганова.

И, не обращая больше внимания на молочных братьев, он погрузился в разглядывание последнего кусочка котлеты. Осмотрев его со всех сторон самым тщательным образом и даже понюхав на прощанье, служащий отправил его в рот, выпятил грудь, сбросил с пиджака крошки и медленно подошел к другому служащему, стоявшему у дверей своего отдела.

-- Ну что, -- спросил он, оглянувшись, -- как самочувствие?

-- Лучше б не спрашивали, товарищ Бомзе, -- ответил тот и, тоже оглянувшись, добавил: - Разве это жизнь? Нет никакого простора индивидуальности. Все одно и то же, пятилетка в четыре года, пятилетка в три года.

-- Да, да, - зашептал Бомзе, - просто ужас какойто! Я с вами совершенно согласен. Именно никакого простора для индивидуальности, никаких стимулов, никаких личных перспектив. Жена, сами понимаете, домашняя хозяйка, и та говорит, что нет стимулов, нет личных перспектив.

Вздохнув, Бомзе двинулся навстречу другому служащему.

-- Ну что, - спросил он, заранее печально улыбаясь, -- как самочувствие?

-- Да вот, - сказал собеседник, - сегодня утром из командировки. Удалось повидать совхоз. Грандиозно. Зерновая фабрика! Вы себе не представляете, голубчик, что такое пятилетка, что такое воля коллектива!

-- Ну, то есть буквально то же самое я говорил только что! -- с горячностью воскликнул Бомзе. - Именно воля коллектива! Пятилетка в четыре года, даже в три-вот стимул, который... Возьмите, наконец, даже мою жену. Домашняя хозяйка -- и та отдает должное индустриализации. Черт возьми, на глазах вырастает новая жизнь!

Отойдя в сторону, он радостно помотал головой. Через минуту он уже держал за рукав кроткого Борисохлебского и говорил:

-- Вы правы, я тоже так думаю. Зачем строить Магнитогорски, совхозы, всякие комбайны, когда нет личной жизни, когда подавляется индивидуальность?

А еще через минуту его глуховатый голос булькал на площадке лестницы:

-- Ну, то есть то же самое я говорил только что товарищу Борисохлебскому. Что плакать об индивидуальности, о личной жизни, когда на наших глазах растут зерновые фабрики, Магнитогорски, всякие комбайны, бетономешалки, когда коллектив...

В течение перерыва Бомзе, любивший духовное общение, успел покалякать с десятком сослуживцев. Сюжет каждой беседы можно было определить по выражению его лица, на котором горечь по поводу зажима индивидуальности быстро переходила в светлую улыбку энтузиаста. Но каковы бы ни были чувства, обуревавшие Бомзе, лицо его не покидало выражение врожденного благородства. И все, начиная с выдержанных товарищей из месткома и кончая политически незрелым Кукушкиндом, считали Бомзе честным и, главное, принципиальным человеком. Впрочем, он и сам был такого же мнения о себе.

Новый звонок, извещавший о конце аврала, вернул служащих в номера. Работа возобновилась.

Собственно говоря, слова "работа возобновилась" не имели отношения к прямой деятельности "Геркулеса", заключавшейся по уставу в различных торговых операциях в области лесо-- и пиломатериалов. Последний год геркулесовцы, отбросив всякую

мысль о скучных бревнах, диктовых листах, экспортных кедрах и прочих неинтересных вещах, предались увлекательнейшему занятию: они боролись за помещение, за любимую свою гостиницу.

Все началось с маленькой бумажки, которую принес в брезентовой разносной книге ленивый скороход из коммунотдела.

"С получением сего, -- значилось в бумажке, - предлагается вам в недельный срок освободить помещение бывш. гостиницы "Каир" и передать со всем бывш. гостиничным инвентарем в ведение гостиничного треста. Вам предоставляется помещение бывш. акц. о-ва "Жесть и бекон". Основание: постановление Горсовета от 12/1929 г. "

Вечером эту бумажку положили на стол перед лицом товарища Полыхаева, сидевшего в электрической тени пальм и сикомор.

-- Как! -- нервно вскричал начальник "Геркулеса". -- Они пишут мне "предлагается"! Мне, подчиненному непосредственно центру! Да что они, с ума там посходили? А?

-- Они бы еще написали "предписывается", -- поддала жару Серна Михайловна. -- Мужланы!

-- Это просто анекдот, -- сказал Полыхаев, мрачно улыбаясь.

Немедленно же бил продиктован ответ самого решительного характера. Начальник "Геркулеса" наотрез отказывался очистить помещение.

-- Будут знать в другой раз, что я им не ночной сторож и никаких "предлагается" мне писать нельзя, - бормотал товарищ Полыхаев, вынув из кармана резиновую печатку со своим факсимиле и в волнении оттиснув подпись вверх ногами.

И снова ленивый скороход, на этот раз геркулесовский, потащился по солнечным улицам, останавливаясь у квасных будок, вмешиваясь во все уличные скандалы и отчаянно размахивая разносной книгой.

Целую неделю после этого геркулесовцы обсуждали создавшееся положение. Служащие сходились на том, что Полыхаев не потерпит такого подрыва своего авторитета.

-- Вы еще не знаете нашего Полыхаева, -- говорили молодцы из финсчета. -- Он мытый-перемытый. Его на голое постановление не возьмешь.

Вскоре после этого товарищ Бомзе вышел из кабинета начальника, держа в руках списочек избранных сотрудников. Он шагал из отдела в отдел, наклонялся над указанной в списке особой и таинственно шептал:

-- Маленькая вечериночка. По три рубля с души. Проводы Полыхаева.

-- Как? -- пугались сотрудники. -- Разве Полыхаев уходит? Снимают?

-- Да нет. Едет на неделю в центр хлопотать насчет помещения. Так смотрите не опаздывайте. Ровно в восемь у меня. Проводы прошли очень весело. Сотрудники преданно смотрели на Полыхаева, сидевшего с лафитничком в руке, ритмично били в ладоши и пели:

-- Пей до дна, пей до дна, пейдодна, пей до дна, пей до дна, пейдодна.

Пели до тех пор, покуда любимый начальник не осушил изрядного количества лафитничков и высоких севастопольских стопок, после чего, в свою очередь, колеблющимся голосом начал песню: "По старой калужской дороге, на сорок девятой версте". Однако никто не узнал, что произошло на этой версте, так как Полыхаев, неожиданно для всех, перешел на другую песню:

Шел трамвай девятый номер, На площадке ктой-то помер, Тянут, тянут мертвеца, Ламца-дрица. Ца-ца.

После отъезда Полыхаева производительность труда в "Геркулесе" слегла понизилась. Смешно было бы работать в полную силу, не зная, останешься ли в этом помещении, или придется со всеми канцпринадлежностями тащиться в "Жесть и бекон". Но еще смешнее было бы работать в полную силу после возвращения Полыхаева. Он вернулся, как выразился Бомзе, на щите, помещение осталось за "Геркулесом", и сотрудники посвящали служебные часы насмешкам над коммунотделом.

Повергнутое учреждение просило отдать хотя бы умывальники и панцирные кровати, но возбужденный успехом Полыхаев даже не ответил. Тогда схватка возобновилась с новой силой. В центр летели жалобы. Опровергать их Полыхаев выезжал лично. Все чаще на квартире Бомзе слышалось победное "пейдодна", и все более широкие слои сотрудников втягивались в работу по борьбе за помещение. Постепенно забывались лесо-- и пиломатериалы. Когда Полыхаев находил вдруг у себя на столе бумажку, касающуюся экспортных кедров или диктовых листов, он так поражался, что некоторое время даже не понимал, чего от него хотят. Сейчас он был поглощен выполнением чрезвычайно важной задачи-переманивал к себе на высший оклад двух особенно опасных коммунотдельцев.

-- Вам повезло, -- говорил Остап своему спутнику. -- Вы присутствуете при смешном событии -- Остап Бендер идет по горячему следу. Учитесь! Мелкая уголовная сошка, вроде Паниковского, написала бы Корейко письмо: "Положите во дворе под мусорный ящик шестьсот рублей, иначе будет плохо"-и внизу пририсовала бы крест, череп и свечу. Соня Золотая Ручка, достоинств которой я отнюдь не желаю умалить, в конце концов прибегла бы к обыкновенному хипесу, что принесло бы ей тысячи полторы. Дело женское. Возьмем, наконец, корнета Савина. Аферист выдающийся. Как говорится, негде пробы ставить. А что сделал бы он? Приехал бы

к Корейко на квартиру под видом болгарского царя, наскандалил бы в домоуправлении и испортил бы все дело. Я же, как видите, не тороплюсь. Мы сидим в Черноморске уже неделю, а я только сегодня иду на первое свидание... Ага, вот и финсчетный зал! Ну, бортмеханик, покажите мне больного. Ведь вы специалист по Корейко.

Они вошли в гогочущий, наполненный посетителями зал, и Балаганов повел Бендера в угол, где за желтой перегородкой сидели Чеважевская, Корейко, Кукушкинд и Дрейфус. Балаганов уже поднял руку, чтобы указать ею миллионера, когда Остап сердито шепнул:

-- Вы бы еще закричали во всю глотку: "Вот он, богатей! Держите его!" Спокойствие. Я угадаю сам. Который же из четырех?

Остап уселся на прохладный мраморный подоконник и, по-детски болтая ногами, принялся рассуждать:

-- Девушка не в счет. Остаются трое: красномордый подхалим с белыми глазами, старичок боровичок в железных очках и толстый барбос серьезнейшего вида. Старичка боровичка я с негодованием отметаю. Кроме ваты, которой он заткнул свои мохнатые уши, никаких ценностей у него не имеется. Остаются двое: барбос и белоглазый подхалим. Кто же из них Корейко? Надо подумать.

Остап вытянул шею и стал сравнивать кандидатов. Он так быстро вертел головой, словно следил за игрой в теннис, провожая взглядом каждый мяч.

-- Знаете, бортмеханик, - сказал он, наконец, - толстый барбос больше подходит к роли подпольного миллионера, нежели белоглазый подхалим. Вы обратите внимание на тревожный блеск в глазах барбоса. Ему не сидится на месте, ему не терпится, ему хочется поскорее побежать домой и запустить свои лапы в пакеты с червонцами. Конечно, это он собиратель каратов и долларов. Разве вы не видите, что эта толстая харя является не чем иным, как демократической комбинацией из лиц Шейлока, Скупого рыцаря и Гарпагона? А тот, белоглазый, просто ничтожество, советский мышонок. У него, конечно, есть состояние-двенадцать рублей в сберкассе. Предел его ночных грез -- покупка волосатого пальто с телячьим воротником. Это -- не Корейко. Это -- мышь, которая...

Но тут полная блеска речь великого комбинатора была прервана мужественным криком, который донесся из глубин финсчетного зала и, несомненно, принадлежал работнику, имеющему право кричать:

-- Товарищ Корейко! Где же цифровые данные о задолженности нам коммунотдела? Товарищ Полыхаев срочно требует.

Остап толкнул Балаганова ногой. Но барбос спокойно продолжал скрипеть пером. Его лицо, носившее характернейшие черты Шейлока, Гарпагона и Скупого рыцаря, не изменилось. Зато красномордый блондин с белыми глазами, это ничтожество, этот

советский мышонок, обуянный мечтою о пальто с телячьим воротником, проявил необычайное оживление. Он хлопотливо застучал ящиками стола, схватил какую-то бумажонку и быстро побежал на зов.

Великий комбинатор крякнул и испытующе посмотрел на Балаганова. Шура засмеялся.

-- Да, -- сказал Остап после некоторого молчания. - Этот денег на тарелочке не принесет. Разве только я очень уж попрошу. Объект, достойный уважения. Теперь -- скорее на воздух. В моем мозгу родилась забавная комбинация. Сегодня вечером мы с божьей помощью впервые потрогаем господина Корейко за вымя. Трогать будете вы, Шура.

ГЛАВА XII. ГОМЕР, МИЛЬТОН И ПАНИКОВСКИЙ

Инструкция была самая простая:

1. Случайно встретиться с гражданином Корейко на улице.

2. Не бить его ни под каким видом и вообще не применять физического воздействия.

3. Отобрать все, что будет обнаружено в карманах поименованного гражданина.

4. Об исполнении донести.

Несмотря на исключительную простоту и ясность указаний, сделанных великим комбинатором. Балаганов и Паниковский завели жаркий спор. Сыновья лейтенанта сидели на зеленой скамейке в городском саду, значительно поглядывая на подъезд "Геркулеса". Препираясь, они не замечали даже, что ветер, сгибавший пожарную струю фонтана, сыплет на них сеянную водичку. Они только дергали головами, бессмысленно смотрели на чистое небо и продолжали спорить.

Паниковский, который по случаю жары заменил толстую куртку топорника ситцевой рубашонкой с отложным воротником, держался высокомерно. Он очень гордился возложенным на него поручением.

-- Только кража, -- говорил он.

-- Только ограбление, - возражал Балаганов, который тоже был горд доверием командора.

-- Вы жалкая, ничтожная личность, - заявил Паниковский, с отвращением глядя на собеседника.

-- А вы калека, - заметил Балаганов. -- Сейчас начальник я!

-- Кто начальник?

-- Я начальник. Мне поручено.

-- Вам?

-- Мне.

-- Тебе?

-- А кому же еще? Уж не тебе ли? И разговор перешел в область, не имевшую ничего общего с полученной инструкцией. Жулики так разгорячились, что начали даже легонько отпихивать друг друга ладонями и наперебой вскрикивать: "А ты кто такой? " Такие действия предшествуют обычно генеральной драке, в которой противники бросают шапки на землю, призывают прохожих в свидетели и размазывают на своих щетинистых мордасах детские слезы.

Но драки не произошло. Когда наступил наиболее подходящий момент для нанесения первой пощечины, Паниковский вдруг убрал руки и согласился считать Балаганова своим непосредственным начальством.

Вероятно, он вспомнил, что его часто били отдельные лица и целые коллективы и что при этом ему бывало очень больно. Захватив власть в свои руки, Балаганов сразу смягчился.

-- Почему бы не ограбить? - сказал он менее настойчиво. Разве так трудно? Корейко вечером идет по улице. Темно. Я подхожу с левой руки. Вы подходите справа. Я толкаю его в левый бок, вы толкаете в правый. Этот дурак останавливается и говорит: "Хулиган! " Мне. "Кто хулиган? "-спрашиваю я. И вы тоже спрашиваете, кто хулиган, и надавливаете справа. Тут я даю ему по морд... Нет, бить нельзя!

-- В том-то и дело, что бить нельзя, - лицемерно вздохнул Паниковский. -- Бендер не позволяет.

-- Да я сам знаю... В общем, я хватаю его за руки, а вы смотрите, нет ли в карманах чего лишнего. Он, как водится, кричит "милиция", и тут я его... Ах ты, черт возьми, нельзя бить. В общем, мы уходим домой. Ну, как план?

Но Паниковский уклонился от прямого ответа. Он взял из рук Балаганова резную курортную тросточку с рогаткой вместо набалдашника и, начертив прямую линию на песке, сказал:

-- Смотрите. Во-первых, ждать до вечера. Во-вторых...

И Паниковский от правого конца прямой повел вверх волнистый перпендикуляр.

-- Во-вторых, он может сегодня вечером просто не выйти на улицу. А если даже выйдет, то...

Тут Паниковский соединил обе линии третьей, так что на песке появилось нечто похожее на треугольник, и закончил:

-- Кто его знает? Может быть, он будет прогуливаться в большой компании. Как вам это покажется?

Балаганов с уважением посмотрел на треугольник. Доводы Паниковского показались ему не особенно убедительными, но в треугольнике чувствовалась такая правдивая безнадежность, что Балаганов поколебался. Заметив это, Паниковский не стал мешкать.

-- Поезжайте в Киев! - сказал он неожиданно. - И тогда вы поймете, что я прав. Обязательно поезжайте в Киев!

-- Какой там Киев! - пробормотал Шура. - Почему?

-- Поезжайте в Киев и спросите там, что делал Паниковский до революции. Обязательно спросите!

-- Что вы пристаете? -- хмуро сказал Балаганов.

-- Нет, вы спросите! - требовал Паниковский. - Поезжайте и спросите! И вам скажут, что до революции Паниковский был слепым. Если бы не революция, разве я пошел бы в дети лейтенанта Шмидта, как вы думаете? Ведь я был богатый человек. У меня была семья и на столе никелированный самовар. А что меня кормило? Синие очки и палочка.

Он вынул из кармана картонный футляр, оклеенный черной бумагой в тусклых серебряных звездочках, и показал синие очки.

-- Вот этими очками, - сказал он со вздохом, - я кормился много лет. Я выходил в очках и с палочкой на Крещатик и просил какого-нибудь господина почище помочь бедному слепому перейти улицу. Господин брал меня под руку и вел. На другом тротуаре у него уже не хватало часов, если у него были часы, или бумажника. Некоторые носили с собой бумажники.

-- Почему же вы бросили это дело? -- спросил Балаганов оживившись.

-- Революция, -- ответил бывший слепой. -- Раньше я платил городовому на углу Крещатика и Прорезной пять рублей в месяц, и меня никто не трогал. Городовой следил даже, чтобы меня не обижали. Хороший был человек! Фамилия ему была Небаба, Семен Васильевич. Я его недавно встретил. Он теперь музыкальный критик. А сейчас? Разве можно связываться с милицией? Не видел хуже народа. Они какие-то идейные стали, какие-то культуртрегеры. И вот, Балаганов, на старости лет пришлось сделаться аферистом. Но для такого экстренного дела можно пустить в ход мои старые очки. Это гораздо вернее ограбления.

Через пять минут из общественной уборной, обсаженной табаком и мятой, вышел слепец в синих очках. Задрав подбородок в небо и мелко постукивая перед собой курортной палочкой, он направился к выходу из сада. Следом за ним двигался Балаганов. Паниковского нельзя было узнать. Отогнув назад плечи и осторожно ставя ноги на тротуар, он вплотную подходил к домам, стуча палочкой по витринным поручням, натыкался на прохожих и, глядя сквозь них, шествовал дальше. Он работал настолько добросовестно, что даже смял большую очередь, голова которой упиралась в столбик с надписью "Остановка автобуса". Балаганов только диву давался, глядя на бойкого слепого.

Паниковский злодействовал до тех пор, покуда из

геркулесовского подъезда не вышел Корейко. Балаганов заметался. Сначала он подскочил слишком близко к месту действия, потом отбежал слишком далеко. И лишь после всего этого занял удобную для наблюдений позицию у фруктового киоска. Во рту у него почему-то появился противный вкус, словно бы он полчаса сосал медную дверную ручку. Но, взглянув на эволюции Паниковского, он успокоился.

Балаганов увидел, что слепой повернулся фронтом к миллионеру, зацепил его палочкой по ноге и ударил плечом. После этого они, видимо, обменялись несколькими словами. Затем Корейко улыбнулся, взял слепого под руку и помог ему сойти на мостовую. Для большей правдоподобности Паниковский изо всех сил колотил палкой по булыжникам и задирал голову, будто он был взнуздан. Дальнейшие действия слепого отличались такой чистотой и точностью, что Балаганов почувствовал даже зависть. Паниковский обнял своего спутника за талию. Его рука скользнула по левому боку Корейко и на некую долю секунды задержалась над парусиновым карманом миллионера-конторщика.

-- Ну-ну, -- шептал Балаганов. - Давай, старик, давай!

Но в то же мгновение блеснули стекла, тревожно промычала груша, затряслась земля, и большой белый автобус, еле удержавшись на колесах, резко осадил на средине мостовой. Одновременно с этим раздались два крика:

-- Идиот! Автобуса не видит! -- визжал Паниковский, выскочив из-под колеса и грозя провожатому сорванными с носа очками.

-- Он не слепой! - удивленно вскричал Корейко. - Ворюга!

Все заволокло синим дымом, автобус покатил дальше, и, когда бензиновая завеса разодралась, Балаганов увидел, что Паниковский окружен небольшой толпой граждан. Вокруг мнимого слепого началась какаято возня. Балаганов подбежал поближе. По лицу Паниковского бродила безобразная улыбка. Он был странно безучастен ко всему происходящему, хотя одно ухо его было таким рубиновым, что, вероятно, светилось бы в темноте и при его свете можно было бы даже проявлять фотографические пластинки.

Расталкивая сбегавшихся отовсюду граждан, Балаганов бросился в гостиницу "Карлсбад".

Великий комбинатор сидел за бамбуковым столиком и писал.

-- Паниковского бьют! - закричал Балаганов, картинно появляясь в дверях.

-- Уже? -- деловито спросил Бендер. -- Что-то очень быстро.

-- Паниковского бьют! -- с отчаянием повторил рыжий Шура. -- Возле "Геркулеса".

-- Чего вы орете, как белый медведь в теплую погоду? строго сказал Остап. - Давно бьют?

-- Минут пять.

-- Так бы сразу и сказали. Вот вздорный старик! Ну, пойдем полюбуемся. По дороге расскажете.

Когда великий комбинатор прибыл к месту происшествия, Корейко уже не было, но вокруг Паниковского колыхалась великая толпа, перегородившая улицу. Автомобили нетерпеливо крякали, упершись в людской массив. Из окон амбулатории смотрели санитарки в белых халатах. Бегали собаки с выгнутыми сабельными хвостами. В городском саду перестал бить фонтан. Решительно вздохнув, Бендер втиснулся в толпу.

-- Пардон, - говорил он, - еще пардон! Простите, мадам, это не вы потеряли на углу талон на повидло? Скорей бегите, он еще там лежит. Пропустите экспертов, вы, мужчины! Пусти, тебе говорят, лишенец!

Применяя таким образом политику кнута и пряника, Остап пробрался к центру, где томился Паниковский. К этому времени при свете другого уха нарушителя конвенции тоже можно было бы производить различные фотографические работы. Увидев командора, Паниковский жалобно понурился.

-- Вот этот? -- сухо спросил Остап, толкая Паниковского в спину.

-- Этот самый, -- радостно подтвердили многочисленные правдолюбцы. -- Своими глазами видели.

Остап призвал граждан к спокойствию, вынул из кармана записную книжку и, посмотрев на Паниковского, властно произнес:

-- Попрошу свидетелей указать фамилии и адреса. Свидетели, записывайтесь!

Казалось бы, граждане, проявившие такую активность в поимке Паниковского, не замедлят уличить преступника своими показаниями. На самом же деле при слове "свидетели" все правдолюбцы поскучнели, глупо засуетились и стали пятиться. В толпе образовались промоины и воронки. Она разваливалась на глазах.

-- Где же свидетели? -- повторил Остап. Началась паника. Работая локтями, свидетели выбирались прочь, и в минуту улица приняла свой обычный вид. Автомобили сорвались с места, окна амбулатории захлопнулись, собаки принялись внимательно осматривать основания тротуарных тумб, и в городском саду с нарзанным визгом снова поднялась струя фонтана.

Убедившись, что улица очищена и что Паниковскому уже не грозит опасность, великий комбинатор ворчливо сказал:

-- Бездарный старик! Неталантливый сумасшедший! Еще один великий слепой выискался -- Паниковский! Гомер, Мильтон и Паниковский! Теплая компания! А Балаганов? Тоже-матрос с разбитого корабля. Паниковского бьют, Паниковского бьют! А сам...

Идемте в городской сад. Я вам устрою сцену у фонтана.

У фонтана Балаганов сразу же переложил всю вину на Паниковского. Оскандалившийся слепой указывал на свои расшатавшиеся за годы лихолетья нервы и кстати заявил, что во всем виноват Балаганов-личность, как известно, жалкая и ничтожная. Братья тут же принялись отпихивать друг друга ладонями. Уже послышались однообразные возгласы: "А ты кто такой? ", уже вырвалась из очей Паниковского крупная слеза, предвестница генеральной драки, когда великий комбинатор, сказав "брек", развел противников, как судья на ринге.

-- Боксировать будете по выходным дням, -- промолвил он. Прелестная пара: Балаганов в весе петуха, Паниковский в весе курицы! Однако, господа чемпионы, работники из вас-как из собачьего хвоста сито. Это кончится плохо. Я вас уволю, тем более что ничего социально ценного вы собою не представляете.

Паниковский и Балаганов, позабыв о ссоре, принялись божиться и уверять, что сегодня же к вечеру во что бы то ни стало обыщут Корейко. Бендер только усмехался.

-- Вот увидите, - хорохорился Балаганов. - Нападение на улице. Под покровом ночной темноты. Верно, Михаил Самуэлевич?

-- Честное, благородное слово, -- поддержал Паниковский. Мы с Шурой... не беспокойтесь! Вы имеете дело с Паниковским.

-- Это меня и печалит, -- сказал Бендер, -- хотя, пожалуйста... Как вы говорите? Под покровом ночной темноты? Устраивайтесь под покровом. Мысль, конечно, жиденькая. Да и оформление тоже, вероятно, будет убогое.

После нескольких часов уличного дежурства объявились, наконец, все необходимые данные: покров ночной темноты и сам пациент, вышедший с девушкой из дома, где жил старый ребусник. Девушка не укладывалась в план. Пока что пришлось последовать за гуляющими, которые направились к морю.

Горящий обломок луны низко висел над остывающим берегом. На скалах сидели черные базальтовые, навек обнявшиеся парочки. Море шушукалось о любви до гроба, о счастье без возврата, о муках сердца и тому подобных неактуальных мелочах. Звезда говорила со звездой по азбуке Морзе, зажигаясь и потухая. Световой туннель прожектора соединял берега залива. Когда он исчез, на его месте долго еще держался черный столб.

-- Я устал, -- хныкал Паниковский, тащась по обрывам за Александром Ивановичем и его дамой. - Я старый. Мне трудно.

Он спотыкался о сусликовые норки и падал, хватаясь руками за сухие коровьи блины. Ему хотелось на постоялый двор, к домовитому Козлевичу, с которым так приятно попить чаю и покалякать о всякой всячине.

И в тот момент, когда Паниковский твердо уже решил идти домой, предложив Балаганову довершить начатое дело одному, впереди сказали:

-- Как тепло! Вы не купаетесь ночью, Александр Иванович? Ну, тогда подождите здесь. Я только окунусь -- и назад.

Послышался шум сыплющихся с обрыва камешков, белое платье исчезло, и Корейко остался один.

-- Скорей! - шепнул Балаганов, дергая Паниковского за руку. - Значит, я захожу с левой стороны, а вы-справа. Только живее!

-- Я-слева, - трусливо сказал нарушитель конвенции.

-- Хорошо, хорошо, вы - слева. Я толкаю его в левый бок, нет, в правый, а вы жмете слева.

-- Почему слева?

-- Вот еще! Ну, справа. Он говорит: "Хулиган", а вы отвечаете: "Кто хулиган? "

-- Нет, вы первый отвечаете.

-- Хорошо. Все Бендеру скажу. Пошли, пошли. Значит, вы слева...

И доблестные сыны лейтенанта, отчаянно труся, приблизились к Александру Ивановичу.

План был нарушена самом же начале. Вместо того чтобы, согласно диспозиции, зайти с правой стороны и толкнуть миллионера в правый бок, Балаганов потоптался на месте и неожиданно сказал:

-- Позвольте прикурить.

-- Я не курю, -- холодно ответил Корейко.

-- Так, - глупо молвил Шура, озираясь на Паниковского. - А который час, вы не знаете?

-- Часов двенадцать.

-- Двенадцать, - повторил Балаганов. - Гм... Понятия не имел.

-- Теплый вечер, - заискивающе сказал Паниковский.

Наступила пауза, во время которой неистовствовали сверчки. Луна побелела, и при ее свете можно было заметить хорошо развитые плечи Александра Ивановича. Паниковский не выдержал напряжения, зашел за спину Корейко и визгливо крикнул:

-- Руки вверх!

-- Что? -- удивленно спросил Корейко.

-- Руки вверх, -- повторил Паниковский упавшим голосом.

Тотчас же он получил короткий, очень болезненный удар в плечо и упал на землю. Когда он поднялся, Корейко уже сцепился с Балагановым. Оба тяжело дышали, словно перетаскивали рояль. Снизу донесся русалочный смех и плеск.

-- Что же вы меня бьете? -- надрывался Балаганов. -- Я же только спросил, который час!..

-- Я тебе покажу, который час! -- шипел Корейко, вкладывавший

в свои удары вековую ненависть богача к грабителю.

Паниковский на четвереньках подобрался к месту побоища и сзади запустил обе руки в карманы геркулесовца. Корейко лягнул его ногой, но было уже поздно. Железная коробочка от папирос "Кавказ" перекочевала из левого кармана в руки Паниковского. Из другого кармана посыпались на землю бумажонки и членские книжечки.

-- Бежим! - крикнул Паниковский откуда-то из темноты.

Последний удар Балаганов получил в спину. Через несколько минут помятый и взволнованный Александр Иванович увидел высоко над собою две лунные, голубые фигуры. Они бежали по гребню горы, направляясь в город.

Свежая, пахнущая йодом Зося застала Александра Ивановича за странным занятием. Он стоял на коленях и, зажигая спички срывающимися пальцами, подбирал с травы бумажонки. Но, прежде чем Зося успела спросить, в чем дело, он уже нашел квитанцию на чемоданишко, покоящийся в камере хранения ручного багажа, между камышовой корзинкой с черешнями и байковым портпледом.

-- Случайно выронил, - сказал он, напряженно улыбаясь и бережно пряча квитанцию.

О папиросной коробке "Кавказ" с десятью тысячами, которые он не успел переложить в чемодан, вспомнилось ему только при входе в город.

Покуда шла титаническая борьба на морском берегу, Остап Бендер решил, что пребывание в гостинице на виду у всего города выпирает из рамок затеянного дела и придает ему ненужную официальность. Прочтя в черноморской вечорке объявление: "Сд. пр. ком. в. уд. в. н. м. од. ин. ход. ", и мигом сообразив, что объявление это означает -- "Сдается прекрасная комната со всеми удобствами и видом на море одинокому интеллигентном"у холостяку", Остап подумал: "Сейчас я, кажется, холост. Еще недавно старгородский загс прислал мне извещение о том, что брак мой с гражданкой Грицацуевой расторгнут по заявлению с ее стороны и что мне присваивается добрачная фамилия О. Бендер. Что ж, придется вести добрачную жизнь. Я холост, одинок и интеллигентен. Комната безусловно остается за мной".

И, натянув прохладные белые брюки, великий комбинатор отправился по указанному в объявлении адресу.

ГЛАВА XIII. ВАСИСУАЛИЙ ЛОХАНКИН И ЕГО РОЛЬ В РУССКОЙ РЕВОЛЮЦИИ

Ровно в шестнадцать часов сорок минут Васисуалий Лоханкин объявил голодовку.

Он лежал на клеенчатом диване, отвернувшись от всего мира,

лицом к выпуклой диванной спинке. Лежал он в подтяжках и зеленых носках, которые в Черноморске называют также карпетками.

Поголодав минут двадцать в таком положении, Лоханкин застонал, перевернулся на другой бок и посмотрел на жену. При этом зеленые карпетки описали в воздухе небольшую дугу. Жена бросала в крашеный дорожный мешок свое добро: фигурные флаконы, резиновый валик для массажа, два платья с хвостами и одно старое без хвоста, фетровый кивер со стеклянным полумесяцем, медные патроны с губной помадой и трикотажные рейтузы.

-- Варвара! - сказал Лоханкин в нос. Жена молчала, громко дыша.

-- Варвара! - повторил он. -- Неужели ты в самом деле уходишь от меня к Птибурдукову?

-- Да, -- ответила жена. -- Я ухожу. Так надо.

-- Но почему же, почему? -- сказал Лоханкин с коровьей страстностью.

Его и без того крупные ноздри горестно раздулись. Задрожала фараонская бородка.

-- Потому что я его люблю.

-- А я как же?

-- Васисуалий! Я еще вчера поставила тебя в известность. Я тебя больше не люблю.

-- Ноя1 Я же тебя люблю, Варвара!

-- Это твое частное дело, Васисуалий. Я ухожу к Птибурдукову. Так надо.

-- Нет! -- воскликнул Лоханкин. -- Так не надо! Не может один человек уйти, если другой его любит!

-- Может, - раздраженно сказала Варвара, глядясь в карманное зеркальце. -- И вообще перестань дурить, Васисуалий.

-- В таком случае я продолжаю голодовку! - закричал несчастный муж. -- Я буду голодать до тех пор, покуда ты не вернешься. День. Неделю. Год буду голодать!

Лоханкин снова перевернулся и уткнул толстый нос в скользкую холодную клеенку.

-- Так вот и буду лежать в подтяжках, - донеслось с дивана, -- пока не умру. И во всем будешь виновата ты с инженером Птибурдуковым.

Жена подумала, надела на белое невыпеченное плечо свалившуюся бретельку и вдруг заголосила:

-- Ты не смеешь так говорить о Птибурдукове! Он выше тебя!

Этого Лоханкин не снес. Он дернулся, словно электрический разряд пробил его во всю длину, от подтяжек до зеленых карпеток.

-- Ты самка, Варвара, -- тягуче заныл он. -- Ты публичная девка!

-- Васисуалий, ты дурак! -- спокойно ответила жена.

-- Волчица ты, -- продолжал Лоханкин в том же тягучем тоне. -- Тебя я презираю. К любовнику уходишь от меня. К Птибурдукову от меня уходишь. К ничтожному Птибурдукову нынче ты, мерзкая, уходишь от меня. Так вот к кому ты от меня уходишь! Ты похоти предаться хочешь с ним. Волчица старая и мерзкая притом!

Упиваясь своим горем, Лоханкин даже не замечал, что говорит пятистопным ямбом, хотя никогда стихов не писал и не любил их читать.

-- Васисуалий! Перестань паясничать, - сказала волчица, застегивая мешок. -- Посмотри, на кого ты похож. Хоть бы умылся. Я ухожу. Прощай, Васисуалий! Твою хлебную карточку я оставляю на столе.

И Варвара, подхватив мешок, пошла к двери. Увидев, что заклинания не помогли, Лоханкин живо вскочил с дивана, подбежал к столу и с криком: "Спасите! "--порвал карточку. Варвара испугалась. Ей представился муж, иссохший от голода, с затихшими пульсами и холодными конечностями.

-- Что ты сделал? - сказала она. - Ты не смеешь голодать!

-- Буду! -- упрямо заявил Лоханкин.

-- Это глупо, Васисуалий. Это бунт индивидуальности.

-- И этим я горжусь, -- ответил Лоханкин подозрительным по ямбу тоном. - Ты недооцениваешь значения индивидуальности и вообще интеллигенции.

-- Но ведь общественность тебя осудит.

-- Пусть осудит, - решительно сказал Васисуалий и снова повалился на диван.

Варвара молча швырнула мешок на пол, поспешно стащила с головы соломенный капор и, бормоча: "взбесившийся самец", "тиран", "собственник", торопливо сделала бутерброд с баклажанной икрой.

-- Ешь! -- сказала она, поднося пищу к пунцовым губам мужа. - Слышишь, Лоханкин? Ешь сейчас же. Ну!

-- Оставь меня, -- сказал он, отводя руку жены. Пользуясь тем, что рот голодающего на мгновение открылся, Варвара ловко впихнула бутерброд в отверстие, образовавшееся между фараонской бородкой и подбритыми московскими усиками. Но голодающий сильным ударом языка вытолкнул пищу наружу.

-- Ешь, негодяй! - в отчаянии крикнула Варвара, тыча бутербродом. -- Интеллигент!

Но Лоханкин отводил лицо и отрицательно мычал. Через несколько минут разгоряченная, вымазанная зеленой икрой Варвара отступила. Она села на свой мешок и заплакала ледяными слезами.

Лоханкин смахнул с бороды затесавшиеся туда крошки, бросил

на жену осторожный, косой взгляд и затих на своем диване. Ему очень не хотелось расставаться с Варварой. Наряду с множеством недостатков у Варвары были два существенных достижения: большая белая грудь и служба. Сам Васисуалий никогда и нигде не служил. Служба помешала бы ему думать о значении русской интеллигенции, к каковой социальной прослойке он причислял и себя. Таким образом, продолжительные думы Лоханкина сводились к приятной и близкой теме: "Васисуалий Лоханкин и его значение", "Лоханкин и трагедия русского Либерализма", "Лоханки и его роль в русской революции". Обо всем этом было легко и покойно думать, разгуливая по комнате" фетровых сапожках, купленных на Варварины деньги, и поглядывая на любимый шкаф, где мерцали церковным золотом корешки брокгаузовского энциклопедического словаря. Подолгу стаивал Васисуалий перед шкафом, переводя взоры с корешка на корешок. По ранжиру вытянулись там дивные образцы переплетного искусства: Большая медицинская энциклопедия, "Жизнь животных", пудовый том "Мужчина и женщина", а также "Земля и люди" Элизе Реклю.

"Рядом с этой сокровищницей мысли, -- неторопливо думал Васисуалий, - делаешься чище, как-то духовно растешь".

Придя к такому заключению, он радостно вздыхал, вытаскивал из-под шкафа "Родину" за 1899 года переплете цвета морской волны с пеной и брызгами, рассматривал картинки англо-бурской войны, объявление неизвестной дамы, под названием: "Вот как я увеличила свой бюст на шесть дюймов" -- и прочие интересные штучки.

С уходом Варвары исчезла бы и материальная база, на которой покоилось благополучие достойнейшего представителя мыслящего человечества.

Вечером пришел Птибурдуков. Он долго не решался войти в комнаты Лоханкиных и мыкался по кухне среди длиннопламенных примусов и протянутых накрест веревок, на которых висело сухое гипсовое белье с подтеками синьки. Квартира оживилась. Хлопали двери, проносились тени, светились глаза жильцов, и где-то страстно вздохнули: - мужчина пришел.

Птибурдуков снял фуражку, дернул себя за инженерский ус и, наконец, решился.

-- Варя, - умоляюще сказал он, входя в комнату, -мы же условились...

-- Полюбуйся, Сашук! -- закричала Варвара, хватая его за руку и подталкивая к дивану. - Вот он! Лежит! Самец! Подлый собственник! Понимаешь, этот крепостник объявил голодовку из-за того, что я хочу от него уйти.

Увидев Птибурдукова, голодающий сразу же пустил в ход пятистопный ямб.

-- Птибурдуков, тебя я презираю, -- заныл он. - Жены моей касаться ты не смей. Ты хам, Птибурдуков, мерзавец! Куда жену уводишь от меня?

-- Товарищ Лоханкин, -- ошеломленно сказал Птибурдуков, хватаясь за усы.

-- Уйди, уйди, тебя я ненавижу, - продолжал Васисуалий, раскачиваясь, как старый еврей на молитве, -- ты гнида жалкая и мерзкая притом. Не инженер ты -- хам, мерзавец, сволочь, ползучий гад и сутенер притом!

-- Как вам не стыдно, Васисуалий Андреич, -- сказал заскучавший Птибурдуков, -- даже просто глупо. Ну, подумайте, что вы делаете? На втором году пятилетки...

-- Он мне посмел сказать, что это глупо! Он, он, жену укравший у меня! Уйди, Птибурдуков, не то тебе по вые, по шее то есть, вам я надаю.

-- Больной человек, -- сказал Птибурдуков, стараясь оставаться в рамках приличия.

Но Варваре эти рамки были тесны. Она схватила со стола уже засохший зеленый бутерброд и подступила к голодающему. Лоханкин защищался с таким отчаянием, словно бы его собирались кастрировать. Птибурдуков отвернулся и смотрел в окно на конский каштан, цветущий белыми свечками. Позади себя он слышал отвратительное мычание Лоханкина и крики Варвары: "Ешь, подлый человек! Ешь, крепостник! "

На другой день, расстроенная неожиданным препятствием, Варвара не пошла на службу. Голодающему стало хуже.

-- Вот уже и рези в желудке начались, -- сообщил он удовлетворенно, - а там цынга на почве недоедания, выпадение волос и зубов.

Птибурдуков привел брата-военного врача. Птибурдуков-второй долго прикладывал ухо к туловищу Лоханкина и прислушивался к работе его органов с той внимательностью, с какой кошка прислушивается к движению мыши, залезшей в сахарницу. Во время осмотра Васисуалий глядел на свою грудь, мохнатую, как демисезонное пальто, полными слез глазами. Ему было очень жалко себя. Птибурдуков-второй посмотрел на Птибурдукова-первого и сообщил, что больному диеты соблюдать не надо. Есть можно все. Например, суп, котлеты, компот. Можно также -- хлеб, овощи, фрукты. Не исключена рыба. Курить можно, конечно соблюдая меру. Пить не советует, но для аппетита неплохо было бы вводить в организм рюмку хорошего портвейна. В общем, доктор плохо разобрался в душевной драме Лоханкиных. Сановито отдуваясь и стуча сапогами, он ушел, заявив на прощание, что больному не возбраняется также купаться в море и ездить на велосипеде.

Но больной не думал вводить в организм ни компота, ни рыбы, ни котлет, ни прочих разносолов. Он не пошел к морю купаться, а продолжал лежать на диване, осыпая окружающих бранчливыми ямбами. Варвара почувствовала к нему жалость. "Из-за меня голодает, -- размышляла она с гордостью, -- какая все-таки страсть. Способен ли Сашук на такое высокое чувство? " И она бросала беспокойные взгляды на сытого Сашука, вид которого показывал, что любовные переживания не помешают ему регулярно вводить в организм обеды и ужины. И даже один раз, когда Птибурдуков вышел из комнаты, она назвала Васисуалия "бедненьким". При этом у рта голодающего снова появился бутерброд и снова был отвергнут, "Еще немного выдержки, -подумал Лоханкин, -- и не видать Птибурдукову моей Варвары".

Он с удовольствием прислушивался к голосам из соседней комнаты.

-- Он умрет без меня, -- говорила Варвара, -- придется нам подождать. Ты же видишь, что я сейчас не могу уйти.

Ночью Варваре приснился страшный сон. Иссохший от высокого чувства Васисуалий глодал белые шпоры на сапогах военного врача. Это было ужасно. На лице врача было покорное выражение, словно у коровы, которую доит деревенский вор. Шпоры гремели, зубы лязгали. В страхе Варвара проснулась.

Желтое японское солнце светило в упор, затрачивая всю свою силу на освещение такой мелочишки, как граненая пробка от пузырька с одеколоном "Турандот". Клеенчатый диван был пуст. Варвара повела очами и увидела Васисуалия. Он стоял у открытой дверцы буфета, спиной к кровати, и громко чавкал. От нетерпения и жадности он наклонялся, притопывал ногой в зеленом носке и издавал носом свистящие и хлюпающие звуки. Опустошив высокую баночку консервов, он осторожно снял крышку с кастрюли и, погрузив пальцы в холодный борщ, извлек оттуда кусок мяса. Если бы Вар рара поймала мужа за этим занятием даже в лучшие времена их брачной жизни, то и тогда Васисуалию пришлось бы худо. Теперь же участь его была решена.

-- Лоханкин! - сказала она ужасным голосом. От испуга голодающий выпустил мясо, которое шлепнулось обратно в кастрюлю, подняв фонтанчик из капусты и морковных звезд. С жалобным воем кинулся Васисуалий к дивану. Варвара молча и быстро одевалась.

-- Варвара! -- сказал он в нос. -- Неужели ты, в самом деле, уходишь от меня в Птибурдукову? Ответа не было.

-- Волчица ты, - неуверенно объявил Лоханкин, - тебя я презираю, к Птибурдукову ты уходишь от меня...

Но было уже поздно. Напрасно хныкал Васисуалий о любви и

голодной смерти. Варвара ушла навсегда, волоча за собой дорожный мешок с цветными рейтузами, фетровой шляпой, фигурными флаконами и прочими предметами дамского обихода.

И в жизни Васисуалия Андреевича наступил период мучительных дум и моральных страданий. Есть люди, которые не умеют страдать, как-то не выходит. А если уж и страдают, то стараются проделать это как можно быстрее и незаметнее для окружающих. Лоханкин же страдал открыто, величаво, он хлестал свое горе чайными стаканами, он упивался им. Великая скорбь давала ему возможность лишний раз поразмыслить о значении русской интеллигенции, а равно о трагедии русского либерализма.

"А может быть, так надо, -- думал он, -- может быть, это искупление, и я выйду из него очищенным? Не такова ли судьба всех стоящих выше толпы людей с тонкой конституцией? Галилей, Милюков, А. Ф. Кони. Да, да, Варвара права, так надо!"

Душевная депрессия не помешала ему, однако, дать в газету объявление о сдаче внаем второй комнаты. "Это все-таки материально поддержит меня на первых порах", -- решил Васисуалий. И снова погрузился в туманные соображения о страданиях плоти и значении души как источника прекрасного.

От этого занятия его не могли отвлечь даже настоятельные указания соседей на необходимость тушить за собой свет в уборной. Находясь в расстройстве чувств, Лоханкин постоянно забывал это делать, что очень возмущало экономных жильцов.

Между тем обитатели большой коммунальной квартиры номер три, в которой обитал Лоханкин, считались людьми своенравными и известны были всему дому частыми скандалами и тяжелыми склоками. Квартиру номер три прозвали даже "Вороньей слободкой". Продолжительная совместная жизнь закалила этих людей, и они не знали страха. Квартирное равновесие поддерживалось блоками между отдельными жильцами. Иногда обитатели "Вороньей слободки" объединялись все вместе против какого-либо одного квартиранта, и плохо приходилось такому квартиранту. Центростремительная сила сутяжничества подхватывала его, втягивала в канцелярии юрисконсультов, вихрем проносила через прокуренные судебные коридоры и вталкивала в камеры товарищеских и народных судов. И долго еще скитался непокорный квартирант, в поисках правды добираясь до самого всесоюзного старосты товарища Калинина. И до самой своей смерти квартирант будет сыпать юридическими словечками, которых понаберется в разных присутственных местах, будет говорить не "наказывается" а "наказуется", не "поступок", а "деяние". Себя будет называть не "товарищ Жуков", как положено ему со дня рождения, а "потерпевшая сторона". Но чаще всего и с особенным наслаждением

он будет произносить выражение "вчинить иск". И жизнь его, которая и прежде не текла молоком и медом, станет совсем уже дрянной,

Задолго до семейной драмы Лоханкиных летчик Севрюгов, к несчастию своему проживавший в квартире номер три, вылетел по срочной командировке Осоавиахима за Полярный круг. Весь мир, волнуясь, следил за полетом Севрюгова. Пропала без вести иностранная экспедиция, шедшая к полюсу, и Севрюгов должен был ее отыскать. Мир жил надеждой на успешные действия летчика. Переговаривались радиостанции всех материков, метеорологи предостерегали отважного Севрюгова от магнитных бурь, коротковолновики наполняли эфир свистом, и польская газета "Курьер Поранны", близкая к министерству иностранных дел, уже требовала расширения Польши до границы 1772 года. Целый. месяц Севрюгов летал над ледяной пустыней, и грохот его моторов был слышен во всем мире.

Наконец, Севрюгов совершил то, что совсем сбило с толку газету, близкую к польскому министерству иностранных дел. Он нашел затерянную среди торосов экспедицию, успел сообщить точное ее местонахождение, но после этого вдруг исчез сам. При этом известии земной шар переполнился криками. Имя Севрюгова произносилось на трехстах двадцати языках и наречиях, включая сюда язык чернокожих индейцев, портреты Севрюгова в звериных шкурах появились на каждом свободном листке бумаги. В беседе с представителями печати Габриэль д'Аннунцио заявил, что только что закончил новый роман и сейчас же вылетает на поиски отважного русского. Появился чарльстон "Мне тепло с моей крошкой на полюсе". И старые московские халтурщики Услышкин-Вертер, Леонид Трепетовский и Борис Аммиаков, издавна практиковавшие литературный демпинг и "выбрасывавшие на рынок свою продукцию по бросовым ценам, уже писали обозрение под названием: "А вам не холодно? ". Одним словом, наша планета переживала великую сенсацию.

Но еще большую сенсацию вызвало это сообщение в квартире номер три, находящейся в доме номер восемь по Лимонному переулку и известной больше под именем "Вороньей слободки".

-- Пропал наш квартирант, -- радостно говорил отставной дворник Никита Пряхин, суша над примусом валеный сапог. -Пропал, миленький. А не летай, не летай! Человек ходить должен, а не летать. Ходить должен, ходить.

И он переворачивал валенок над стонущим огнем.

-- Долетался, желтоглазый, -- бормотала бабушка, имени-фамилии которой никто не знал. Жила она на антресолях, над кухней, и хотя вся квартира освещалась электричеством, бабушка жгла у себя

наверху керосиновую лампу с рефлектором. Электричеству она не доверяла. -- Вот и комната освободилась, площадь!

Бабушка первой произнесла слово, которое давно уже тяжелило сердца обитателей "Вороньей слободки". О комнате пропавшего летчика заговорили все: и бывший горский князь, а ныне трудящийся Востока гражданин Гигиенишвили, и Дуня, арендовавшая койку в комнате тети Паши, и сама тетя Паша -торговка и горькая пьяница, и Александр Дмитриевич Суховейко-в прошлом камергер двора его императорского величества, которого в квартире звали просто Митричем, и прочая квартирная сошка, во главе с ответственной съемщицей Люцией Францевной Пферд.

-- Что ж, -- сказал Митрич, поправляя золотые очки, когда кухня наполнилась жильцами, -- раз товарищ исчез, надо делить. Я, например, давно имею право на дополнительную площадь.

-- Почему ж мужчине площадь? - возразила коечница Дуня. -Надо женщине. У меня, может, другого такого случая в жизни не будет, чтоб мужчина вдруг пропал.

И долго она еще толклась между собравшимися, приводя различные доводы в свою пользу и часто произнося слово "мужчина".

Во всяком случае жильцы сходились на том, что комнату нужно забрать немедленно.

В тот же день мир задрожал от новой сенсации. Смелый Севрюгов нашелся, Нижний Новгород, Квебек и Рейкьявик услышали позывные Севрюгова. Он сидел с подмятым шасси на восемьдесят четвертой параллели. Эфир сотрясался от сообщений: "Смелый русский чувствует себя отлично", "Севрюгов шлет рапорт президиуму Осоавиахима! ", "Чарльз Линдберг считает Севрюгова лучшим летчиком в мире", "Семь ледоколов вышли на помощь Севрюгову и обнаруженной им экспедиции". В промежутках между этими сообщениями газеты печатали только фотографии какихто ледяных кромок и берегов. Без конца слышались слова: "Севрюгов, Нордкап, параллель, Севрюгов, Земля Франца-Иосифа, Шпицберген, Кингсбей, пимы, горючее, Севрюгов".

Уныние, охватившее при этом известии "Воронью слободку", вскоре сменилось спокойной уверенностью. Ледоколы продвигались медленно, с трудом разбивая ледяные поля.

-- Отобрать комнату-и все, - говорил Никита Пряхин. -- Ему хорошо там на льду сидеть, а тут, например, Дуня все права имеет. Тем более по закону жилец не имеет права больше двух месяцев отсутствовать.

-- Как вам не стыдно, гражданин Пряхин! - возражала Варвара, в то время еще Лоханкина, размахивая "Известиями". -Ведь это герой. - Ведь он сейчас на восемьдесят четвертой параллели!

-- Что еще за параллель такая, -- смутно отзывался Митрич. --

Может, такой никакой параллели и вовсе нету. Этого мы не знаем. В гимназиях не обучались.

Митрич говорил сущую правду. В гимназии он не обучался. Он окончил Пажеский корпус.

-- Да вы поймите, -- кипятилась Варвара, поднося к носу камергера газетный лист. - Вот статья. Видите? "Среди торосов и айсбергов".

-- Айсберги! - говорил Митрич насмешливо. - Это мы понять можем. Десять лет как жизни нет. Все Айсберги, Вайсберги, Айзенберги, всякие там Рабиновичи. Верно Пряхин говорит. Отобрать -- и все. Тем более, что вот и Люция Францевна подтверждает насчет закона.

-- А вещи на лестницу выкинуть, к чертям собачьим! -грудным голосом. воскликнул бывший князь, а ныне трудящийся Востока, гражданин Гигиенишвили.

Варвару быстро заклевали, и она побежала жаловаться мужу.

-- А может быть, так надо, -- ответил муж, поднимая фараонскую бороду, -- может, устами простого мужика Митрича говорит великая сермяжная правда. Вдумайся только в роль русской интеллигенции, в ее значение.

В тот великий день, когда ледоколы достигли, наконец, палатки Севрюгова, гражданин Гигиенишвили взломал замок на севрюговской двери и выбросил в коридор все имущество героя, в том числе висевший на стене красный пропеллер. В комнату вселилась Дуня, немедленно впустившая к себе за плату шестерых коечников. На завоеванной площади всю ночь длился пир. Никита Пряхин играл на гармонии, и камергер Митрич плясал "русскую" с пьяной тетей Пашей.

Будь у Севрюгова слава хоть чуть поменьше той всемирной, которую он приобрел своими замечательными полетами над Арктикой, не увидел бы он никогда своей комнаты, засосала бы его центростремительная сила сутяжничества, и до самой своей смерти называл бы он себя не "отважным Севрюговым", не "ледовым героем", а "потерпевшей стороной". Но на этот раз "Воронью слободку" основательно прищемили. Комнату вернули (Севрюгов вскоре переехал в новый дом), а бравый Гигиенишвили за самоуправство просидел в тюрьме четыре месяца и вернулся оттуда злой, как черт.

Именно он сделал осиротевшему Лоханкину первое представление о необходимости регулярно тушить за собою свет, покидая уборную. При этом глаза у него были решительно дьявольские. Рассеянный Лоханки н не оценил важности демарша, предпринятого гражданином Гигиенишвили, и таким образом проморгал начало конфликта, который привел вскоре к ужасающему,

небывалому даже в жилищной, практике событию.

Вот как обернулось это дело. Васисуалий Андреевич по-прежнему забывал тушить свет в помещении общего пользования. Да н мог ли он помнить о таких мелочах быта, когда ушла жена, когда остался он без копейки, когда не было еще точно уяснено все многообразное значение русской интеллигенции? Мог ли он думать, что жалкий бронзовый светишко восьмисвечовой лампы вызовет в соседях такое большое чувство? Сперва его предупреждали по нескольку раз в день. Потом прислали письмо, составленное Митричем и подписанное всеми жильцами. И, наконец, перестали предупреждать и уже не слали писем. Лоханкин еще не постигал значительности происходящего, но уже смутно почудилось ему, что некое кольцо готово сомкнуться.

Во вторник вечером прибежала тетипашина девчонка и одним духом отрапортовала:

-- Они последний раз говорят, чтоб тушили. Но как-то так случилось, что Васисуалий Андреевич снова забылся, и лампочка продолжала преступно светить сквозь паутину и грязь. Квартира вздохнула. Через минуту в Дверях лоханкинской комнаты показался гражданин Гигиенишвили. Он был в голубых полотняных сапогах и в плоской шапке из коричневого барашка.

-- Идем, -- сказал он, маня Васисуалия пальцем. Он крепко взял его за руку, повел по темному коридору, где Васисуалий почему-то затосковал и стал даже легонько брыкаться, и ударом в спину вытолкнул его на средину кухни. Уцепившись за бельевые. веревки, Лоханкин удержал равновесие и испуганно оглянулся. Здесь собралась вся квартира. В молчании стояла здесь Люция Францевна Пферд. Фиолетовые химические морщины лежали на властном лице ответственной съемщицы. Рядом с нею, пригорюнившись, сидела на плите пьяненькая тетя Паша. Усмехаясь, смотрел на оробевшего Лоханкина босой Никита Пряхин. С антресолей свешивалась голова ничьей бабушки. Дуня делала знаки Митричу, Бывший камергер двора улыбался, пряча что-то за спиной.

-- Что? Общее собрание будет? -- спросил Васисуалий Андреевич тоненьким голосом.

-- Будет, будет, -- сказал Никита Пряхин, приближаясь к Лоханкину, -- все тебе будет. Кофе тебе будет, какава! Ложись! -- закричал он вдруг, дохнув на Васисуалия не то водкой, не то скипидаром.

-- В каком смысле ложись? -- спросил Васисуалий Андреевич, начиная дрожать.

-- А что с ним говорить, с нехорошим человеком! -- сказал гражданин Гигиенишвили. И, присев на корточки, принялся шарить по талии Лоханкина, отстегивая подтяжки.

-- На помощь! -- шепотом произнес Васисуалий, устремляя безумный взгляд на Люцию Францевну.

-- Свет надо было тушить! - сурово ответила гражданка Пферд.

-- Мы не буржуи -- электрическую энергию зря жечь, -добавил камергер Митрич, окуная что-то в ведро с водой.

-- Я не виноват! -- запищал Лоханкин, вырываясь из рук бывшего князя, а ныне трудящегося Востока.

-- Все не виноваты! -- бормотал Никита Пряхин, придерживая трепещущего жильца.

-- Я же ничего такого не сделал.

-- Все ничего такого не сделали.

-- У меня душевная депрессия.

-- У всех душевная.

-- Вы не смеете меня трогать. Я малокровный.

-- Все, все малокровные.

-- От меня жена ушла! - надрывался Васисуалий.

-- У всех жена ушла, - отвечал Никита Пряхин.

-- Давай, давай, Никитушко! - хлопотливо молвил камергер Митрич, вынося к свету мокрые, блестящие розги. - За разговорами до свету не справимся.

Васисуалия Андреевича положили животом на пол. Ноги его молочно засветились. Гигиенишвили размахнулся изо всей силы, и розга тонко запищала в воздухе.

-- Мамочка! - взвизгнул Васисуалий.

-- У всех мамочка! - наставительно сказал Никита, прижимая Лоханкина коленом. И тут Васисуалий вдруг замолчал. "А может быть, так надо, - подумал он, дергаясь от ударов и разлядывая темные, панцирные ногти на ноге Никиты. -- Может, именно в этом искупление, очищение, великая жертва... "

И покуда его пороли, покуда Дуня конфузливо смеялась, а бабушка покрикивала с антресолей: "Так его, болезного, так его, родименького! " -- Васисуалий Андреевич сосредоточенно думал о значении русской интеллигенции и о том, что Галилей тоже потерпел за правду.

Последним взял розги Митрич.

-- Дай-кось, я попробую, -- сказал он, занося руку. -Надаю ему лозанов по филейным частям.

Но Лоханкину не пришлось отведать камергерской лозы. В дверь черного хода постучали. Дуня бросилась открывать. (Парадный ход "Вороньей слободки" был давно заколочен по той причине, что жильцы никак не могли решить, кто первый должен мыть лестницу. По этой же причине была наглухо заперта и ванная комната.)

-- Васисуалий Андреевич, вас незнакомый мужчина спрашивает, - сказала Дуня как ни в чем не бывало.

И все действительно увидели стоявшего в дверях незнакомого мужчину в белых джентльменских брюках. Васисуалий Андреевич живо вскочил, поправил свой туалет и с ненужной улыбкой обратил лицо к вошедшему Бендеру.

-- Я вам не помешал? - учтиво спросил великий комбинатор щурясь.

-- Да, да, -- пролепетал Лоханкин, шаркая ножкой, - видите ли, тут я был, как бы вам сказать, немножко занят... Но... кажется, я уже освободился? И он искательно посмотрел по сторонам. Но в кухне уже не было никого, кроме тети Паши, заснувшей на плите во время экзекуции. На дощатом полу валялись отдельные прутики и белая полотняная пуговица с двумя дырочками.

-- Пожалуйте ко мне, - пригласил Васисуалий.

-- А может быть, я вас все-таки отвлек? -- спросил Остап, очутившись в первой комнате Лоханкина. - Нет? Ну, хорошо. Так это у вас "Сд. пр. ком. в уд. в. ч. м. од. ин. хол. "? А она на самом деле "пр. " и имеет "в. уд. "?

-- Совершенно верно, -- оживился Васисуалий, - прекрасная комната, все удобства. И недорого возьму. Пятьдесят рублей в месяц.

-- Торговаться я не стану, -- вежливо сказал Остап, -- но вот соседи... Как они?

-- Прекрасные люди, -- ответил Васисуалий, -- и вообще все удобства. И цена дешевая.

-- Но ведь они, кажется, ввели здесь телесные наказания?

-- Ах, - сказал Лоханкин проникновенно, - ведь в конце концов кто знает? Может быть, так надо. Может быть, именно в этом великая сермяжная правда.

-- Сермяжная? -- задумчиво повторил Бендер. - Она же посконная, домотканая и кондовая? Так, так. В общем, скажите, из какого класса гимназии вас вытурили за неуспешность? Из шестого?

-- Из пятого, -- ответил Лоханкин.

-- Золотой класс. Значит, до физики Краевича вы не дошли? И с тех пор вели исключительно интеллектуальный образ жизни? Впрочем, мне все равно. Живите, как хотите. Завтра я к вам переезжаю.

-- А задаток? - спросил бывший гимназист.

-- Вы не в церкви, вас не обманут, -- веско сказал великий комбинатор. -- Будет и задаток. С течением времени.

ГЛАВА XIV. ПЕРВОЕ СВИДАНИЕ

Когда Остап вернулся в гостиницу "Карлсбад" и, Отразившись несчетное число раз в вестибюльных, лестничных и коридорных зеркалах, которыми так любят украшаться подобного рода

учреждения, вошел к себе, его смутил господствующий в номере беспорядок. Красное плюшевое кресло лежало кверху куцыми ножками, обнаруживая непривлекательную джутовую изнанку. Бархатная скатерть с позументами съехала со стола. Даже картина "Явление Христа народу" и та покосилась набок, потерявши в этом виде большую часть поучительности, которую вложил в нее художник. С балкона дул свежий пароходный ветер, передвигая разбросанные по кровати денежные знаки. Между ними валялась железная коробка от папирос "Кавказ", На ковре, сцепившись и выбрасывая ноги, молча катались Паниковский и Балаганов.

Великий комбинатор брезгливо перешагнул через дерущихся и вышел на балкон. Внизу, на бульваре, лепетали гуляющие, перемалывался под ногами гравий, реяло над черными кленами слитное дыхание симфонического оркестра. В темной глубине порта кичился огнями и гремел железом строящийся холодильник. За брекватером ревел и чего-то требовал невидимый пароход, вероятно, просился в гавань.

Возвратившись в номер, Остап увидел, что молочные братья уже сидят друг против друга на полу и, устало отпихиваясь ладонями, бормочут: "А ты кто такой? "

-- Не поделились? - спросил Бендер, задергивая портьеру.

Паниковский и Балаганов быстро вскочили на ноги и принялись рассказывать. Каждый из них приписывал весь успех себе и чернил действия другого. Обидные для себя подробности они, не сговариваясь, опускали, приводя взамен их большое количество деталей, рисующих в выгодном свете их молодечество и расторопность.

-- Ну, довольно? -- молвил Остап. -- Не стучите лысиной по паркету. Картина битвы мне ясна. Так вы говорите, с ним была девушка? Это хорошо. Итак, маленький служащий запросто носит в кармане... вы, кажется, уже посчитали? Сколько там? Ого! Десять тысяч! Жалованье господина Корейко за двадцать лет беспорочной службы. Зрелище для богов, как пишут наиболее умные передовики. Но не помешал ли я вам? Вы что-то делали тут на полу? Вы делили деньги? Продолжайте, продолжайте, я посмотрю.

-- Я хотел честно, -- сказал Балаганов, собирая деньги с кровати, -- по справедливости. Всем поровну -- по две с половиной тысячи.

И, разложив деньги на четыре кучки, он скромно отошел в сторону, сказавши:

-- Вам, мне, ему и Козлевичу.

-- Очень хорошо, -- заметил Остап. - А теперь пусть разделит Паниковский, у него, как видно, имеется особое мнение.

Оставшийся при особом мнении Паниковский принялся за дело с большим азартом. Наклонившись над кроватью, он шевелил

толстыми губами, слюнил пальцы и без конца переносил бумажки с места на место, будто раскладывал большой королевский пасьянс. После всех ухищрений на одеяле образовались три стопки: одна-большая, из чистых, новеньких бумажек, вторая-такая же, но из бумажек погрязнее, и третья -- маленькая и совсем грязная.

-- Нам с вами по четыре тысячи, -- сказал он Бендеру, -- а Балаганову две. Он и на две не наработал.

-- А Козлевичу? - спросил Балаганов, в гневе закрывая глаза.

-- За что же Козлевичу? -- завизжал Паниковский, -- Это грабеж! Кто такой Козлевич, чтобы с ним делиться? Я не знаю никакого Козлевича.

-- Все? -- спросил великий комбинатор.

-- Все, - ответил Паниковский, не отводя глаз от пачки с чистыми бумажками. -- Какой может быть в этот момент Козлевич?

-- А теперь буду делить я, - по-хозяйски сказал Остап.

Он, не спеша, соединил кучки воедино, сложил деньги в железную коробочку и засунул ее в карман белых брюк.

-- Все эти деньги, -- заключил он, -- будут сейчас же возвращены потерпевшему гражданину Корейко. Вам нравится такой способ дележки?

-- Нет, не нравится, -- вырвалось у Паниковского.

-- Бросьте шутить, Бендер, -- недовольно сказал Балаганов. -- Надо разделить по справедливости.

-- Этого не будет, -- холодно сказал Остап. -- И вообще в этот полночный час я с вами шутить не собираюсь. Паниковский всплеснул старческими лиловатыми ладонями. Он с ужасом посмотрел на великого комбинатора, отошел в угол и затих. Изредка только сверкал оттуда золотой зуб нарушителя конвенции.

У Балаганова сразу сделалось мокрое, как бы сварившееся на солнце лицо.

-- Зачем же мы работали? - сказал он, отдуваясь. -- Так нельзя. Это... объясните.

-- Вам, -- вежливо сказал Остап, -- любимому сыну лейтенанта, я могу повторить только то, что я говорил в Арбатове. Я чту Уголовный кодекс. Я не налетчик, а идейный борец за денежные знаки. В мои четыреста честных способов отъема денег ограбление не входит, как-то не укладывается. И потом мы прибыли сюда не за десятью тысячами. Этих тысяч мне лично нужно по крайней мере пятьсот.

-- Зачем же вы послали нас? -- спросил Балаганов остывая. -- Мы старались.

-- Иными словами, вы хотите спросить, известно ли достопочтенному командору, с какой целью он предпринял последнюю операцию? На это отвечу -- да, известно. Дело в том...

В эту минуту в углу потух золотой зуб. Паниковский

развернулся, опустил голову и с криком: "А ты кто такой? "-вне себя бросился на Остапа. Не переменяя позы и даже не повернув головы, великий комбинатор толчком каучукового кулака вернул взбесившегося нарушителя конвенции на прежнее место и продолжал:

-- Дело в том, Шура, что это была проверка. У служащего с сорокарублевым жалованьем оказалось в кармане десять тысяч рублей, что несколько странно и дает нам большие шансы, позволяет, как говорят марафоны и беговые жуки, надеяться на куш. Пятьсот тысяч-это безусловно куш. И получим мы его так. Я возвращу Корейко десять тысяч, и он их возьмет. Хотел бы я видеть человека, который не взял бы назад своих денег. И вот тут-то ему придет конец. Его погубит жадность. И едва только он сознается в своем богатстве, я возьму его голыми руками. Как человек умный, он поймет, что часть меньше целого, и отдаст мне эту часть из опасения потерять все. И тут, Шура, на сцену явится некая тарелочка с каемкой...

-- Правильно! -- воскликнул Балаганов. В углу плакал Паниковский.

-- Отдайте мне мои деньги, -- шепелявил он, - я совсем бедный! Ягод не был в бане. Я старый. Меня девушки не любят.

-- Обратитесь во Всемирную лигу сексуальных реформ, -сказал Бендер. -- Может быть, там помогут.

-- Меня никто не любит, - продолжал Паниковский, содрогаясь.

-- А за что вас любить? Таких, как вы, девушки не любят. Они любят молодых, длинноногих, политически грамотных. А вы скоро умрете. И никто не напишет про вас в газете: "Еще один сгорел на работе". И на могиле не будет сидеть прекрасная вдова с персидскими глазами. И заплаканные дети не будут спрашивать: "Папа, папа, слышишь ли ты нас? "

-- Не говорите так! -- закричал перепугавшийся Паниковский. -- Я всех вас переживу. Вы не знаете Паниковского. Паниковский вас всех еще продаст и купит. Отдайте мои деньги.

-- Вы лучше скажите, будете служить или нет? Последний раз спрашиваю.

-- Буду, -- ответил Паниковский, утирая медленные стариковские слезы.

Ночь, ночь, ночь лежала над всей страной. В Черноморском порту легко поворачивались крапы, спускали стальные стропы в глубокие трюмы иностранцев и снова поворачивались, чтобы осторожно, с кошачьей любовью опустить на пристань сосновые ящики с оборудованием Тракторостроя. Розовый кометный огонь рвался из высоких труб силикатных заводов. Пылали звездные скопления Днепростроя, Магнитогорска и Сталинграда. На севере взошла Краснопутиловская звезда, а за нею зажглось великое

множество звезд первой величины. Были тут фабрики, комбинаты, электростанции, новостройки. Светилась вся пятилетка, затмевая блеском старое, примелькавшееся еще египтянам небо.

И молодой человек, засидевшийся с любимой в рабочем клубе, торопливо зажигал электрифицированную карту пятилетки и шептал:

-- Посмотри, вон красный огонек. Там будет Сибкомбайн. Мы поедем туда. Хочешь?

И любимая тихо смеялась, высвобождая руки.

Ночь, ночь, ночь, как уже было сказано, лежала над всей страной. Стонал во сне монархист Хворобьев. которому привиделась огромная профсоюзная книжка. В поезде, на верхней полке, храпел инженер Талмудовский, катавший из Харькова в Ростов, куда манил его лучший оклад жалованья. Качались на широкой атлантической волне американские джентльмены, увозя на родину рецепт прекрасного пшеничного самогона. Ворочался на своем диване Васисуалий Лоханкин, потирая рукой пострадавшие места. Старый ребусник Синицкий зря жег электричество, сочиняя для журнала "Водопроводное дело" загадочную картинку: "Где председатель этого общего собрания рабочих и служащих, собравшихся на выборы месткома насосной станции? " При этом он старался не шуметь, чтобы не разбудить Зосю. Полыхаев лежал в постели с Серной Михайловной. Прочие геркулесовцы спали тревожным сном в разных частях города. Александр Иванович Корейко не мог заснуть, мучимый мыслью о своем богатстве. Если бы этого богатства не было вовсе, он спал бы спокойно. Что делали Бендер, Балаганов и Паниковский-уже известно. И только о Козлевиче, водителе и собственнике "Антилопы-Гну", ничего сейчас не будет сказано, хотя уже стряслась с ним беда чрезвычайно политичного свойства.

Рано утром Бендер раскрыл свой акушерский саквояж, вынул оттуда милицейскую фуражку с гербом города Киева и, засунув ее в карман, отправился к Александру Ивановичу Корейко. По дороге он задирал молочниц, ибо час этих оборотистых женщин уже наступил, в то время как час служащих еще не начинался, и мурлыкал слова романса: "И радость первого свиданья мне не волнует больше кровь". Великий комбинатор немного кривил душой. Первое свидание с миллионером-конторщиком возбуждало его. Войдя в дом э 16 по Малой Касательной улице, он напялил на себя официальную фуражку и, сдвинув брови, постучал в дверь.

Посредине комнаты стоял Александр Иванович. Он был в сетке-безрукавке и уже успел надеть брюки мелкого служащего. Комната была обставлена с примерной бедностью, принятой в дореволюционное время в сиротских приютах и тому подобных организациях, состоявших под покровительством императрицы

Марии Федоровны. Здесь находились три предмета: железная лазаретная кроватка, кухонный стол с дверцами, снабженными деревянной щеколдой, какой обычно запираются дачные сортиры, и облезлый венский стул. В углу лежали гантели и среди них две больших гири, утеха тяжелоатлета.

При виде милиционера Александр Иванович тяжело ступил вперед.

-- Гражданин Корейко? - спросил Остап, лучезарно улыбаясь.

-- Я, -- ответил Александр Иванович, также выказывая радость по поводу встречи с представителем власти.

-- Александр Иванович? -- осведомился Остап, улыбаясь еще лучезарнее.

-- Точно так, -- подтвердил Корейко, подогревая свою радость сколько возможно.

После этого великому комбинатору оставалось только сесть на венский стул и учинить на лице сверхъестественную улыбку. Проделав все это, он посмотрел на Александра Ивановича. Но миллионер-конторщик напрягся и изобразил черт знает что: и умиление, и восторг, и восхищение, и немое обожание. И все это по поводу счастливой встречи с представителем власти.

Происшедшее нарастание улыбок и чувств напоминало рукопись композитора Франца Листа, где на первой странице указано играть "быстро", на второй-"очень быстро", на третьей-"гораздо быстрее", на четвертой-"быстро как только возможно" и все-таки на пятой -- "еще быстрее".

Увидев, что Корейко достиг пятой страницы и дальнейшее соревнование невозможно, Остап приступил к делу.

-- А ведь я к вам с поручением, -- сказал он, становясь серьезным.

-- Пожалуйста, пожалуйста, -- заметил Александр Иванович, тоже затуманившись.

-- Хотим вас обрадовать.

-- Любопытно будет узнать.

И, безмерно грустя, Бендер полез в карман. Корейко следил за его действиями с:, совсем уже похоронным лицом. На свет появилась железная коробка от папирос "Кавказ". Однако ожидаемого Остапом возгласа удивления не последовало. Подпольный миллионер смотрел на коробку с полнейшим равнодушием. Остап вынул деньги, тщательно пересчитал их и, пододвинув пачку к Александру Ивановичу, сказал:

-- Ровно десять тысяч. Потрудитесь написать расписку в получении.

-- Вы ошиблись, товарищ, -- сказал Корейко очень тихо. -Какие десять тысяч? Какая расписка?

-- Как какая? Ведь вас вчера ограбили?

-- Меня никто не грабил.

-- Да как же не ограбили? - взволновался Остап. -- Вчера у моря. И забрали десять тысяч. Грабители арестованы. Пишите расписку.

-- Да, ей-богу же, меня никто не грабил, - сказал Корейко, по лицу которого промелькнул светлый зайчик. -- Тут явная ошибка.

Еще не осмыслив глубины своего поражения, великий комбинатор допустил неприличную суетливость, о чем всегда вспоминал впоследствии со стыдом. Он настаивал, сердился, совал деньги в руки Александру Ивановичу и вообще, как говорят китайцы, потерял лицо. Корейко пожимал плечами, предупредительно улыбался, но денег не брал,

-- Значит, вас не грабили?

-- Никто меня не грабил.

-- И десять тысяч у вас не брали?

-- Конечно, не брали. Ну, как вы думаете, откуда у меня может быть столько денег?

-- Верно, верно, -- сказал Остап, поостыв. -- Откуда у мелкого служащего такая уйма денег?.. Значит, у вас все в порядке?

-- Все! - ответил миллионер с чарующей улыбкой.

-- И желудок в порядке? - спросил Остап, улыбаясь еще обольстительнее.

-- В полнейшем. Вы знаете, я очень здоровый человек.

-- И тяжелые сны вас не мучат?

-- Нет, не мучат.

Дальше по части улыбок все шло совсем как у Листа, быстро, очень быстро, гораздо быстрее, быстро как только возможны и даже еще быстрее. Прощались новые знакомые так, словно не чаяли друг в друге души.

-- Фуражечку милицейскую не забудьте, - говорил Александр Иванович. -- Она на столе осталась.

-- Не ешьте на ночь сырых помидоров, -- советовал Остап, -- чтоб не причинить вреда желудку.

-- Всего хорошего, -- говорил Корейко, радостно откланиваясь и шаркая ножкой.

-- До свидания, до свидания, - ответствовал Остап, -интересный вы человек! Все у вас в порядке. Удивительно, с таким счастьем -- и на свободе.

И, все еще неся на лице ненужную улыбку, великий комбинатор выскочил на улицу. Несколько кварталов он прошел скорым шагом, позабыв о том, что на голове его сидит официальная фуражка с гербом города Киева, совершенно неуместным в городе Черноморске. И только очутившись в толпе почтенных стариков, гомонивших напротив крытой веранды нарпитовской столовой э 68, он

опомнился и принялся спокойно взвешивать шансы.

Пока он предавался своим размышлениям, рассеянно прогуливаясь взад и вперед, старики продолжали заниматься ежедневным своим делом.

Это были странные и смешные в наше время люди.

Почти все они были в белых пикейных жилетах и в соломенных шляпах канотье. Некоторые носили даже шляпы из потемневшей Панамской соломы. И уже, конечно, все были в пожелтевших крахмальных воротничках, откуда поднимались волосатые куриные шеи. Здесь, у столовой э 68, где раньше помещалось прославленное кафе "Флорида", собирались обломки довоенного коммерческого Черноморска: маклеры, оставшиеся без своих контор, комиссионеры, увядшие по случаю отсутствия комиссий, хлебные агенты, выжившие из ума бухгалтеры и другая шушера. Когда-то они собирались здесь для совершения сделок. Сейчас же их тянули сюда, на солнечный угол, долголетняя привычка и необходимость почесать старые языки. Они ежедневно прочитывали московскую "Правду", -- местную прессу они не уважали, -- и все, что бы ни происходило на свете, старики рассматривали как прелюдию к объявлению Черноморска вольным городом. Когда-то, лет сто тому назад, Черноморск был действительно вольным городом, и это было так весело и доходно, что легенда о "порто-франко" до сих пор еще бросала золотой блеск на светлый угол у кафе "Флорида".

-- Читали про конференцию по разоружению? - обращался один пикейный жилет к другому пикейному жилету. -- Выступление графа Бернсторфа.

-- Бернсторф-это голова! -- отвечал спрошенный жилет таким тоном, будто убедился в том на основе долголетнего знакомства с графом. -- А вы читали, какую речь произнес Сноуден на собрании избирателей в Бирмингаме, этой цитадели консерваторов?

-- Ну, о чем говорить... Сноуден-это голОва! Слушайте, Валиадис, -- обращался он к третьему старику в панаме. - Что вы скажете насчет Сноудена?

-- Я скажу вам откровенно, - отвечала панама, - Сноудену пальца в рот не клади. Я лично свой палец не положил бы.

И, нимало не смущаясь тем, что Сноуден ни за что на свете не позволил бы Валиадису лезть пальцем в свой рот, старик продолжал:

-- Но что бы вы ни говорили, я вам скажу откровенно-Чемберлен все-таки тоже голова.

Пикейные жилеты поднимали плечи. Они не отрицали, что Чемберлен тоже голова. Но больше всего утешал их Бриан.

-- Бриан! -- говорили они с жаром. -- Вот это голова! Он со своим проектом пан-Европы...

-- Скажу вам откровенно, мосье Фунт, -- шептал Валиадис, -- все

в порядке. Бенеш уже согласился на пан-Европу, но знаете, при каком условии?

Пикейные жилеты собрались поближе и вытянули куриные шеи.

-- При условии, что Черноморск будет объявлен вольным городом. Бенеш-это голова. Ведь им же нужно сбывать кому-нибудь свои сельскохозяйственные орудия? Вот мы и будем покупать.

При этом сообщении глаза стариков блеснули. Им уже много лет хотелось покупать и продавать,

-- Бриан-это голова! - сказали они вздыхая. - Бенеш -тоже голова.

Когда Остап очнулся от своих дум, он увидел, что его крепко держит за борт пиджака незнакомый старик в раздавленной соломенной шляпе с засаленной черной лентой. Прицепной галстук его съехал в сторону, и прямо на Остапа смотрела медная запонка.

-- А я вам говорю, -- кричал старик в ухо великому комбинатору, -- что Макдональд на эту удочку не пойдет! Он не пойдет на эту удочку! Слышите?

Остап отодвинул рукой раскипятившегося старика и выбрался из толпы.

-- Гувер-это голова! - неслось ему вдогонку. - И Гинденбург -- это голова.

К этому времени Остап уже принял решение. Он перебрал в голове все четыреста честных способов отъема денег, и хотя среди них имелись такие перлы, как организация акционерного общества по поднятию затонувшего в крымскую войну корабля с грузом золота, или большое масленичное гулянье в пользу узников капитала, или концессия на снятие магазинных вывесок, -- ни один из них не подходил к данной ситуации. И Остап придумал четыреста первый способ.

"Взять крепость неожиданной атакой не удалось, - думал он, -- придется начать правильную осаду. Самое главное установлено. Деньги у подзащитного есть. И, судя по тому, что он не моргнув отказался от десяти тысяч, -- деньги огромные. Итак, в виду недоговоренности сторон, заседание продолжается".

Он вернулся домой, купив по дороге твердую желтую папку с ботиночными тесемками.

-- Ну? - спросили в один голос истомленные желанием Балаганов и Паниковский.

Остап молча прошел к бамбуковому столику, положил перед собой папку и крупными буквами вывел надпись:

"Дело Александра Ивановича Корейко. Начато 25 июня 1930 года. Окончено.... го дня 193.. г. "

Из-за плеча Бендера на папку смотрели молочные братья.

-- Что там внутри? - спросил любопытный Паниковский.

-- О! -- сказал Остап. -- Там внутри есть все: пальмы, девушки, голубые экспрессы, синее море, белый пароход, мало поношенный смокинг, лакей-японец, собственный бильярд, платиновые зубы, целые носки, обеды на чистом животном масле и, главное, мои маленькие друзья, слава н власть, которую дают деньги. И он раскрыл перед изумленными антилоповцами пустую папку.

ГЛАВА XV. РОГА И КОПЫТА

Жил на свете частник бедный. Это был довольно богатый человек; владелец галантерейного магазина, расположенного наискось от кино "Капиталий". Он безмятежно торговал бельем, кружевными прошвами, галстуками, пуговицами и другим мелким, но прибыльным товаром. Однажды вечером он вернулся домой с искаженным лицом. Молча он полез в буфет, достал оттуда цельную холодную курицу и, расхаживая по комнате, съел ее всю. Сделав это, он снова открыл буфет, вынул цельное кольцо краковской колбасы весом ровно в полкило, сел на стул и, остекленело глядя в одну точку, медленно сжевал все полкило. Когда он потянулся за крутыми яйцами, лежавшими на столе, жена испуганно спросила:

-- Что случилось, Боря?

-- Несчастье! - ответил он, запихивая в рот твердое резиновое яйцо. -- Меня ужасно обложили налогом. Ты даже себе не можешь представить.

-- Почему же ты так много ешь?

-- Мне надо развлечься, -- отвечал частник. -- Мне страшно.

И всю ночь частник ходил по своим комнатам, где одних шифоньеров было восемь штук, и ел. Он съел все, что было в доме. Ему было страшно.

На другой день он сдал полмагазина под торговлю писчебумажными принадлежностями. Теперь в одной витрине помещались галстуки и подтяжки, а в другой висел на двух веревочках огромный желтый карандаш.

Потом настали времена еще более лихие. В магазине появился третий совладелец. Это был часовых дел мастер, оттеснивший карандаш в сторону и занявший половину окна бронзовыми часами с фигурой Психеи, но без минутной стрелки. И напротив бедного галантерейщика, который не переставал уже иронически улыбаться, сидел, кроме постылого карандашника, еще и часовщик с воткнутой в глаз черной лупой.

Еще дважды посетило галантерейщика горе-злосчастье. В магазин дополнительно въехали водопроводный мастер, который тотчас же зажег какой-то паяльный примус, и совсем уже странный

купец, решивший, что именно в 1930 году от рождества христова население Черноморска набросится на его товаркрахмальные воротнички.

И когда-то гордая, спокойная вывеска галантерейщика приобрела мерзкий вид.

ТОРГОВЛЯ Галантерейными Товарами Галантпром В. КУЛЬТУРТРИГЕР

ПОЧИНКА Разных часов Б. Павел Буре ГЛАЗИУС-ШЕНКЕР

КАНЦБУМ Все для Художника И совслужащего ЛЕВ СОКОЛОВСКИЙ

РЕМОНТ Труб, раковин и унитазов М. Н. ФАНАТЮК

СПЕЦИАЛЬНОСТЬ Крахмальных Воротничков Из Ленинграда КАРЛ ПАВИАЙНЕН

Покупатели и заказчики со страхом входили в некогда благоухавший магазин. Часовой мастер ГлазиусШенкер, окруженный колесиками, пенсне и пружинами, сидел под часами, в числе коих были одни башенные. В магазине часто и резко звонили будильники. В глубине помещения толпились школьники, осведомлявшиеся насчет дефицитных тетрадей. Карл Павиайнен стриг свои воротнички ножницами, коротая время в ожидании заказчиков. И не успевал обходительный Б. Культуртригер спросить покупательницу: "Что вы хотели? "-как водопроводчик Фанатюк с грохотом ударял молотком по ржавой трубе, и сажа от паяльной лампы садилась на нежный галантерейный товар.

В конце концов странный комбинат частников развалился, и Карл Павиайнен уехал на извозчике во мглу, увозя свой не созвучный эпохе товар. За ним канули в небытие Галантпром и Канцбум, за которыми гнались конные фининспектора. Фанатюк спился, Глазиус-Шенкер ушел в часовой коллектив "Новое время". Гофрированные железные шторы со стуком упали. Исчезла и занятная вывеска.

Вскоре, однако, шторы снова поднялись, и над бывшим ковчегом частников появилась небольшая опрятная таблица:

Черноморское отделение

Арбатовской конторы

ПО ЗАГОТОВКЕ

РОГОВ И КОПЫТ

Праздный черноморец, заглянув в магазин, мог бы заметить, что прилавки и полки исчезли, пол был чисто вымыт, стояли яичные конторские столы, а на стенах висели обыкновенные учрежденские плакаты насчет часов приема и вредности рукопожатий. Новоявленное учрежденьице уже пересекал барьер, выставленный против посетителей, которых, однако, еще не было. У маленького столика, на котором желтый самовар пускал пары и тоненько жаловался на свою самоварную судьбу, сидел курьер с золотым

зубом. Перетирая чайные кружки, он раздраженно напевал:

Что за времена теперь настали, Что за времена теперь настали, - В бога верить перестали, В бога верить перестали.

За барьером бродил рыжий молодец. Он изредка подходил к пишущей машинке, ударял толстым негнущимся пальцем по клавише и заливался смехом. В самой глубине конторы, под табличкой "начальник отделения", сидел великий комбинатор, озаренный светом штепсельной лампы.

Гостиница "Карлсбад" была давно покинута. Все антилоповцы, за исключением Козлевича, поселились в "Вороньей слободке" у Васисуалия Лоханкина, чрезвычайно этим скандализованного. Он даже пытался протестовать, указывая на то, что сдавал комнату не трем, а одному-одинокому интеллигентному холостяку. "Мон дье, Васисуалий Андреич, -- отвечал Остап беззаботно, - не мучьте себя. Ведь интеллигентный-то из всех трех я один, так что условие соблюдено". На дальнейшие сетования хозяина Бендер рассудительно молвил: "Майн готт, дорогой Васисуалий! Может быть, именно в этом великая сермяжная правда". И Лоханкин сразу успокоился, выпросив у Остапа двадцать рублей. Паниковский и Балаганов отлично ужились в "Вороньей слободке", и их голоса уверенно звучали в общем квартирном хоре. Паниковского успели даже обвинить в том, что он по ночам отливает керосин из чужих примусов, Митрич не преминул сделать Остапу какое-то въедливое замечание, на что великий комбинатор молча толкнул его в грудь.

Контора по заготовке рогов и копыт была открыта по многим причинам.

-- Следствие по делу Корейко, -- говорил Остап, - может поглотить много времени. Сколько-знает один бог. А так как бога нет, то никто не знает. Ужасное положение. Может быть-год, а может быть-и месяц. Во всяком случае нам нужна легальность. Нужно смешаться с бодрой массой служащих. Все это даст контора. Меня давно влечет к административной деятельности. В душе я бюрократ и головотяп. Мы будем заготовлять что-нибудь очень смешное, например, чайные ложечки, собачьи номера или шмуклерский товар. Или рога и копыта. Прекрасно! Рога и копыта для нужд гребеночной и мундштучной промышленности. Чем не учреждение? К тому же в моем чемоданчике имеются чудные бланки на все случаи жизни и круглая, так называемая мастичная печать.

Деньги, от которых Корейко отрекся и которые щепетильный Остап счел возможным заприходовать, были положены в банк на текущий счет нового учреждения. Паниковский снова бунтовал и требовал дележа, в наказание за что был назначен на низкооплачиваемую и унизительную для его свободолюбивой натуры должность курьера. Балаганову достался ответственный пост

уполномоченного по копытам с окладом в девяносто два рубля. На базаре была куплена старая пишущая машинка "Адлер", в которой не хватало буквы "е", и ее пришлось заменять буквой "э". Поэтому первое же отношение, отправленное Остапом в магазин канцелярских принадлежностей, звучало так:

Отпуститэ подателю сэго курьэру т. Паниковскому для Чэрноморского отдэлэния на 150 рублэй (сто пятьдэсят) канцпринадлежностэй и крэдит за счэт Правлэния в городэ Арбатовэ.

ПРИЛОЖЭНИЭ. Бэз приложэний.

-- Вот послал бог дурака уполномоченного по копытам! сердился Остап. - Ничего поручить нельзя. Купил машинку с турецким акцентом. Значит, я начальник отдэлэния? Свинья вы, Шура, после этого! Но даже машинка с удивительным прононсом не могла омрачить светлой радости великого комбинатора. Ему очень нравилось новое поприще. Ежечасно он прибегал в контору с покупками. Он приносил такие сложные канцелярские машины и приборы, что курьер и уполномоченный только ахали. Тут были дыропробиватели, копировальные прессы, винтовой табурет и дорогая бронзовая чернильница в виде нескольких избушек для разного цвета чернил. Называлось это произведение "Лицом к деревне" и стоило полтораста рублей. Венцом всего был чугунный железнодорожный компостер, вытребованный Остапом с пассажирской станции. Под конец Бендер притащил ветвистые оленьи рога. Паниковский, кряхтя и жалуясь на свою низкую ставку, прибил их над столом начальника. Все шло хорошо и даже превосходно. На планомерной работе сказывалось только непонятное отсутствие автомобиля и его славного водителя-Адама Козлевича.

На третий день существования конторы явился первый посетитель. К общему удивлению, это был почтальон. Он принес восемь пакетов и, покалякав с курьером Паниковским о том о сем, ушел. В пакетах же оказались три повестки, коими представитель конторы срочно вызывался на совещания и заседания, причем все три повестки подчеркивали, что явка обязательна. В остальных бумагах заключались требования незнакомых, но, как видно, бойких учреждений о представлении различного рода сведений, смет и ведомостей во многих экземплярах, и все это тоже в срочном и обязательном порядке.

-- Что это такое? -- кричал Остап. -- Еще три дня тому назад я был свободный горный орел-стервятник, трещал крыльями, где хотел, а теперь пожалуйтеявка обязательна! Оказывается, в этом городе есть множество людей, которым Остап Бендер нужен до зарезу. И потом, кто будет вести всю эту переписку с друзьями? Придется понести расход и пересмотреть штаты. Нужна знающая

конторщица. Пусть сидит над делами.

Через два часа стряслась новая беда. Пришел мужик с тяжелым мешком.

-- Рога кто будет принимать? - спросил он, сваливая кладь на пол.

Великий комбинатор косо посмотрел на посетителя и его добро. Это были маленькие кривые грязные рога, и Остап взирал на них с отвращением.

-- А товар хороший? - осторожно спросил начальник отделения.

-- Да ты посмотри, рожки какие! -- загорячился мужик, поднося желтый рог к носу великого комбинатора. -- Рожки первый сорт. Согласно кондиций.

Кондиционный товар пришлось купить. Мужик долго потом пил чай с Паниковским и рассказывал о деревенской жизни, вызывая в Остапе естественное раздражение человека, зря потерявшего пятнадцать рублей.

-- Если Паниковский пустит еще одного рогоносца, -- сказал Остап, дождавшись ухода посетителя, - не служить больше Паниковскому. Уволю без выходного пособия. И вообще хватит с нас государственной деятельности. Пора заняться делом.

Повесив на стеклянную дверь табличку "перерыв на обед", начальник отделения вынул из шкафа папку, в которой якобы заключалось синее море и белый пароход, и, ударив по ней ладонью, сказал:

-- Вот над чем будет работать наша контора. Сейчас в этом "деле" нет ни одного листка, но мы найдем концы, если для этого придется даже командировать Паниковского и Балаганова в кара-кумские пески или куда-нибудь в Кременчуг за следственным материалом.

В эту минуту дверная ручка конторы задергалась. За стеклом топтался старик в заштопанной белыми нитками панаме и широком чесучовом пиджаке, изпод которого виднелся пикейный жилет. Старик вытягивал куриную шею и прикладывал к стеклу большое ухо.

-- Закрыто, закрыто! -- поспешно крикнул Остап. Заготовка копыт временно прекращена. Однако старик продолжал делать руками знаки. Если бы Остап не впустил старого беложилетника, то, может быть, магистральная линия романа пошла бы в ином направлении и никогда не произошли быте удивительные события, в которых пришлось участвовать и великому комбинатору, и его раздражительному курьеру, и беспечному уполномоченному по копытам, и еще многим людям, в том числе некоему восточному мудрецу, внучке старого ребусника, знаменитому общественнику, начальнику "Геркулеса", а также большому числу советских и

иностранных граждан.

Но Остап отворил дверь. Старик, скорбно улыбаясь, прошел за барьер и опустился на стул. Он закрыл глаза и молча просидел на стуле минут пять. Слышны были только короткие свистки, которые время от времени подавал его бледный нос. Когда сотрудники конторы решили, что посетитель никогда уже не заговорит и стали шепотом совещаться, как бы поудобнее вынести его тело на улицу, старик поднял коричневые веки и низким голосом сказал:

-- Моя фамилия -- Фунт. Фунт.

-- И этого, по-вашему, достаточно, чтобы врываться в учреждения, закрытые на обед? -- весело сказал Бендер.

-- Вот вы смеетесь, -- ответил старик, а моя фамилия -Фунт. Мне девяносто лет.

-- Что же вам угодно? - спросил Остап, начиная терять терпение.

Но тут гражданин Фунт снова замолк и молчал довольно продолжительное время.

-- У вас контора, -- сказал он, наконец.

-- Да, да, контора, - подбадривал Остап. - Дальше, дальше.

Но старик только поглаживал себя рукой по колену.

-- Вы видите на мне эти брюки? -- промолвил он после долгого молчания. -- Это пасхальные брюки. Раньше я надевал их только на пасху, а теперь я ношу их каждый день.

И несмотря на то, что Паниковский шлепнул его по спине, дабы слова выходили без задержки, Фунт снова затих. Слова он произносил быстро, но между фразами делал промежутки, которые простирались иногда до трех минут. Для людей, не привыкших к этой особенности Фунта, разговор с ним был невыносим. Остап уже собирался взять Фунта за крахмальный ошейник и указать ему путь-дорогу, когда старик снова раскрыл рот. В дальнейшем разговор принял такой занятный характер, что Остапу пришлось примириться с фунтовской манерой вести беседу.

-- Вам не нужен председатель? -- спросил Фунт.

-- Какой председатель? -- воскликнул Бендер.

-- Официальный. Одним словом, глава учреждения.

-- Я сам глава.

-- Значит, вы собираетесь отсиживать сами? Так бы сразу сказали. Зачем же вы морочите мне голову уже два часа?

Старик в пасхальных брюках разозлился, но паузы между фразами не уменьшились.

-- Я -- Фунт, -- повторил он с чувством. -- Мне девяносто лет. Я всю жизнь сидел за других. Такая моя профессия -страдать за других.

-- Ах, вы подставное лицо?

-- Да, -- сказал старик, с достоинством тряся головой. -Я-- зицпредседатель Фунт. Я всегда сидел. Я сидел при Александре

Втором "Освободителе", при Александре Третьем "Миротворце", при Николае Втором "Кровавом".

И старик медленно загибал пальцы, считая царей.

-- При Керенском я сидел тоже. При военном коммунизме я, правда, совсем не сидел, исчезла чистая коммерция, не было работы. Но зато как я сидел при нэпе) Как я сидел при нэпе! Это были лучшие дни моей жизни. За четыре года я провел на свободе не больше трех месяцев. Я выдал замуж внучку, Голконду Евсеевну, и дал за ней концертное фортепьяно, серебряную птичку и восемьдесят рублей золотыми десятками. А теперь я хожу и не узнаю нашего Черноморска. Где это все? Где частный капитал? Где первое общество взаимного кредита? Где, спрашиваю я вас, второе общество взаимного кредита? Где товарищество на вере? Где акционерные компании со смешанным капиталом? Где это все? Безобразие!

Эта короткая речь длилась сравнительно недолгополчаса. Слушая Фунта, Паниковский растрогался. Он отвел Балаганова в сторону и с уважением зашептал:

-- Сразу видно человека с раньшего времени. Таких теперь уже нету и скоро совсем не будет. И он любезно подал старику кружку сладкого чай. Остап перетащил зицпредседателя за свой начальнический стол, велел закрыть контору и принялся терпеливо выспрашивать вечного узника, отдавшего жизнь за "други своея". Зицпредседатель говорил е удовольствием. Если бы он не отдыхал так долго между фразами, можно было бы даже сказать, что он трещит без умолку.

-- Вы не знаете такого-Корейко Александра Ивановича? спросил Остап, взглянув на папку с ботиночными тесемками.

-- Не знаю, - ответил старик. - Такого не знаю.

-- А с "Геркулесом" у вас были дела? При слове "Геркулес" зицпредседатель чуть пошевелился. Этого легкого движения Остап даже не заметил, но будь на его месте любой пикейный жилет из кафе "Флорида", знавший Фунта издавна, например, Валиадис, то он подумал бы: "Фунт ужасно разгорячился, он просто вне себя".

Как фунту не знать "Геркулеса", если последние четыре отсидки были связаны непосредственно с этим учреждением! Вокруг "Геркулеса" кормилось несколько частных акционерных обществ. Было, например, общество "Интенсивник". Председателем был приглашен Фунт. "Интенсивник" получил от "Геркулеса" большой аванс на заготовку чего-то лесного-зицпредседатель не обязан знать, чего именно. И сейчас же лопнул. Кто-то загреб деньгу, а Фунт сел на полгода. После "Интенсивника" образовалось товарищество на вере "Трудовой кедр" -- разумеется под председательством благообразного Фунта. Разумеется, аванс в "Геркулесе" на поставку выдержанного кедра. Разумеется, неожиданный крах, кто-то

разбогател, а Фунт отрабатывает председательскую ставку -- сидит. Потом "Пилопомощь" -"Геркулес" -- аванс - крах-- кто-то загреб -- отсидка. И снова: аванс -- "Геркулес" -- "Южный лесорубник"-для Фунта отсидка-кому-то куш.

-- Кому же? - допытывался Остап, расхаживая вокруг старика. -- Кто фактически руководил?

Старик молча сосал чай из кружки и с трудом приподымал тяжелые веки.

-- Кто его знает? -- сказал он горестно. -- От Фунта все скрывали. Я должен только сидеть, в этом моя профессия. Я сидел при Александре Втором, и при Третьем, и при Николае Александровиче Романове, и при Александре Федоровиче Керенском. И при нэпе, до угара нэпа и во время угара, и после угара. А сейчас я без работы и должен носить пасхальные брюки.

Остап долго еще продолжал выцеживать из старика словечки. Он действовал, как старатель, неустанно промывающий тонны грязи и песка, чтобы найти на дне несколько золотых крупинок. Он подталкивал Фунта плечом, будил его и даже щекотал под мышками. После всех этих ухищрений ему удалось узнать, что, по мнению Фунта, за всеми лопнувшими обществами, и товариществами, несомненно, скрывалось какое-то одно лицо. Что же касается "Геркулеса", то у него выдоили не одну сотню тысяч.

-- Во всяком случае, - добавил ветхий зицпредседатель, -во всяком случае этот неизвестный человек-голова. Вы знаете Валиадиса? Валиадис этому человеку пальца в рот не положил бы.

-- А Бриану? -- спросил Остап с улыбкой, вспомнив собрание пикейных жилетов у бывшего кафе "Флорида". -- Положил бы Валиадис палец в рот Бриану? Как вы думаете?

-- Ни за что! -- ответил Фунт. -- Бриан -- это голова.

Три минуты он беззвучно двигал губами, а потом добавил:

-- Гувер-это голова. И Гинденбург-голова. Гувер и Гинденбург -- это две головы.

Остапом овладел испуг. Старейший из пикейных жилетов погружался в трясину высокой политики. С минуты на минуту он мог заговорить о пакте Келлога или об испанском диктаторе Примо-де-Ривера, и тогда никакие силы не смогли бы отвлечь его от этого почтенного занятия. Уже в глазах его появился идиотический блеск, уже над желтоватым крахмальным воротничком затрясся кадык, предвещая рождение новой фразы, когда Бендер вывинтил электрическую лампочку и бросил ее на пол. Лампочка разбилась с холодным треском винтовочного выстрела. И только это происшествие отвлекло зицпредседателя от международных дел. Остап быстро этим воспользовался.

-- Но с кем-нибудь из "Геркулеса" вы все-таки виделись?

-спросил он. -- По авансовым делам?

-- Со мною имел дело только геркулесовский бухгалтер Берлага. Он у них был на жалованье. А я ничего не знаю. От меня все скрывали. Я нужен людям для сиденья. Я сидел при царизме, и при социализме, и при гетмане, и при французской оккупации. Бриан -- это голова.

Из старика больше ничего нельзя было выжать. Но и то, что было сказано, давало возможность начать поиски.

"Тут чувствуется лапа Корейко", -- подумал Остап, Начальник черноморского отделения Арбатовской конторы по заготовке рогов и копыт присел за стол и перенес речь зицпредседателя Фунта на бумагу. Рассуждения о взаимоотношениях Валиадиса и Бриана он опустил.

Первый лист подпольного следствия о подпольном миллионере был занумерован, проколот в надлежащих местах и подшит к делу.

-- Ну что, будете брать председателя? - спросил старик, надевая свою заштопанную панаму. -- Я вижу, что вашей конторе нужен председатель. Я беру недорого: сто двадцать рублей в месяц на свободе и двести сорок-в тюрьме. Сто процентов прибавки на вредность.

-- Пожалуй, возьмем, - сказал Остап. - Подайте заявление уполномоченному по копытам,

ГЛАВА XVI. ЯРБУХ ФЮР ПСИХОАНАЛИТИК

Рабочий день в финансово-счетном отделе "Геркулеса" начался, как обычно, ровно в девять часов.

Уже Кукушкинд поднял полу пиджака, чтобы протереть ею стекла своих очков, а заодно сообщить сослуживцам, что работать в банкирской конторе "Сикоморский и Цесаревич" было не в пример спокойнее, чем в геркулесовском содоме; уже Тезоименицкий повернулся на своем винтовом табурете к стене и протянул руку, чтобы сорвать листок календаря, уже Лапидус-младший разинул рот на кусок хлеба, смазанный форшмаком из селедки, -- когда дверь растворилась и на пороге ее показался не кто иной, как бухгалтер Берлага.

Это неожиданное антре вызвало в финсчетном зале замешательство. Тезоименицкий поскользнулся на своей винтовой тарелочке, и календарный листок, впервые, может быть, за три года, остался несорванным. Лапидус-младший, позабыв укусить бутерброд, вхолостую задвигал челюстями. Дрейфус, Чеважевская н Сахарков безмерно удивились. Корейко поднял и опустил голову. А старик Кукушкинд быстро надел очки, позабыв протереть их, чего с

ним за тридцать лет служебной деятельности никогда не случалось. Берлага как ни в чем не бывало уселся за свой стол и, не отвечая на тонкую усмешку Лапидуса-младшего, раскрыл свои книги.

-- Как здоровье? -- спросил все-таки Лапидус. -Пяточный нерв?

-- Все прошло, -- отвечал Берлага, не поднимая головы. -Я даже не верю, что такой нерв есть у человека.

До обеденного перерыва весь финсчет ерзал на своих табуретах и подушечках, томимый любопытством. И когда прозвучал авральный звонок, цвет счетоводного мира окружал Берлагу. Но беглец почти не отвечал на вопросы. Он отвел в сторону четырех самых верных и, убедившись, что поблизости нет никого лишнего, рассказал им о своих необыкновенных похождениях в сумасшедшем доме. Свой рассказ беглый бухгалтер сопровождал множеством заковыристых выражений и междометий, которые здесь опущены в целях связности повествования.

РАССКАЗ БУХГАЛТЕРА БЕРЛАГИ, СООБЩЕННЫЙ ИМ ПОД СТРОЖАЙШИМ СЕКРЕТОМ БОРИСОХЛЕБСКОМУ, ДРЕЙФУСУ, САХАРКОВУ И ЛАПИДУСУ-МЛАДШЕМУ, О ТОМ, ЧТО СЛУЧИЛОСЬ С НИМ В СУМАСШЕДШЕМ ДОМЕ

Как уже сообщалось, бухгалтер Берлага бежал в сумасшедший дом, опасаясь чистки. В этом лечебном заведении он рассчитывал пересидеть тревожное время и вернуться в "Геркулес", когда гром утихнет и восемь товарищей с серенькими глазами перекочуют в соседнее учреждение.

Все дело сварганил шурин. Он достал книжку о нравах и привычках душевнобольных, и после долгих споров из всех навязчивых идей был выбран бред величия.

-- Тебе ничего не придется делать, - втолковывал шурин, ты только должен всем и каждому кричать в уши: "Я Наполеон! ", или: "Я Эмиль Золя! ", или: "Магомет! " если хочешь.

-- А вице-короля Индии можно? -- доверчиво спросил Берлага.

-- Можно, можно. Сумасшедшему все можно. Значит-вице-король Индии?

Шурин говорил так веско, словно бы по меньшей мере состоял младшим ординатором психобольницы. На самом же деле это был скромный агент по распространению роскошных подписных изданий Госиздата, и от прошлого коммерческого величия в его сундучке сохранился только венский котелок на белой шелковой подкладке.

Шурин побежал к телефону вызывать карету, а новый вице-король Индии снял толстовку, разодрал на себе мадеполамовую сорочку и на всякий случай вылил на голову бутылочку лучших копировальных железисто-галлусовых чернил первого класса. Потом он лег животом на пол и, дождавшись прибытия санитаров, принялся выкрикивать:

-- Я не более как вице-король Индии! Где мои верные наибы, магараджи, мои абреки, мои кунаки, мои слоны?

Слушая этот бред величия, шурин с сомнением качал головой. На его взгляд абреки и кунаки не входили в сферу действия индийского короля. Но санитары только вытерли мокрым платком лицо бухгалтера, измазанное чернилами первого класса, и, дружно взявшись, всадили его в карету. Хлопнули лаковые дверцы, раздался тревожный медицинский гудок, и автомобиль умчал вице-короля Берлагу в его новые владения.

По дороге больной размахивал руками и что-то болтал, не переставая со страхом думать о первой встрече с настоящими сумасшедшими. Он очень боялся, что они будут его обижать, а может быть, даже убьют.

Больница оказалась совсем иной, чем представлял ее Берлага. В длинном светлом покое сидели на диванах, лежали на кроватях и прогуливались люди в голубоватых халатах. Бухгалтер заметил, что сумасшедшие друг с другом почти не разговаривают. Им некогда разговаривать. Они думают. Они думают все время. У них множество мыслей, надо что-то вспомнить, вспомнить самое главное, от чего зависит счастье. А мысли разваливаются, и самое главное, вильнув хвостиком, исчезает. И снова надо все обдумать, понять, наконец, что же случилось, почему стало все плохо, когда раньше все было хорошо.

Мимо Берлаги уже несколько раз прошел безумец, нечесаный и несчастный. Охватив пальцами подбородок, он шагал по одной линии -- от окна к двери, от двери к окну, опять к двери, опять к окну. И столько мыслей грохотало в его бедной голове, что он прикладывал другую руку ко лбу и ускорял шаги.

-- Я вице-король Индии! -- крикнул Берлага, оглянувшись на санитара.

Безумец даже не посмотрел в сторону бухгалтера. Болезненно морщась, он снова принялся собирать свои мысли, разбежавшиеся от дикого крика Берлаги. Но зато к вице-королю подошел низкорослый идиот и, доверчиво обняв его за талию, сказал несколько слов на птичьем языке.

-- Что? -- искательно спросил перепугавшийся Берлага,

-- Эне, бэнэ, раба, квинтер, финтер, жаба, -- явственно произнес новый знакомый.

Сказавши "ой", Берлага отошел подальше от идиота. Произведя эту эволюцию, он приблизился к человеку с лимонной лысиной. Тот сейчас же отвернулся к стене и опасливо посмотрел на бухгалтера.

-- Где мои магараджи? -- спросил его Берлага, чувствуя необходимость поддержать репутацию сумасшедшего.

Но тут больной, сидевший на кровати в глубине покоя, поднялся на тоненькие и желтые, как церковные свечи, ноги и

страдальчески закричал:

-- На волю! На волю! В пампасы! Как бухгалтер узнал впоследствии, в пампасы просился старый учитель географии, по учебнику которого юный Берлага знакомился в свое время с вулканами, мысами и перешейками. Географ сошел с ума совершенно неожиданно: однажды он взглянул на карту обоих полушарий и не нашел на ней Берингова пролива. Весь день старый учитель шарил по карте. Все было на месте: и Нью-Фаундленд, и Суэцкий канал, и Мадагаскар, и Сандвичевы острова с главным городом Гонолулу, и даже вулкан Попокатепетль, а Берингов пролив отсутствовал. И тут же, у карты, старик тронулся. Это, был добрый сумасшедший, не причинявший никому зла, но Берлага отчаянно струсил. Крик надрывал его душу.

-- На волю! - продолжал кричать географ. - В пампасы!

Он лучше всех на свете знал, что такое воля. Он был географ, и ему были известны такие просторы, о которых обыкновенные, занятые скучными делами люди даже и не подозревают. Ему хотелось на волю, хотелось скакать на потном мустанге сквозь заросли.

В палату вошла молодая докторша с жалобными голубыми глазами и направилась прямо к Берлаге.

-- Ну, как вы себя чувствуете, голубчик? -- спросила она, притрагиваясь теплой рукой к пульсу бухгалтера. -- Ведь вам лучше, не правда ли?

-- Я вице-король Индии! -- отрапортовал он краснея. Отдайте мне любимого слона!

-- Это у вас бред, -- ласково сказала докторша, - вы в лечебнице, мы вас вылечим.

-- О-о-о! Мой слон! - вызывающе крикнул Берлага.

-- Но ведь вы поймите, -- еще ласковей сказала докторша, -- вы не вице-король, все это бред, понимаете, бред!

-- Нет, не бред, - возразил Берлага, знавший, что первым делом нужно упрямиться.

-- Нет, бред!

-- Нет, не бред!

-- Бред!

-- Не бред!

Бухгалтер, видя, что железо горячо, стал его ковать. Он толкнул добрую докторшу и издал протяжный вопль, взбудораживший всех больных, в особенности маленького идиота, который сел на пол и, пуская слюни, сказал:

-- Эн, ден, труакатр, мадмазель Журоватр. И Берлага с удовлетворением услышал за своей спиной голос докторши, обращенный к санитару:

-- ----" По имеющимся у авторов сведениям, на карте, которая свела с ума бедного географа, Берингова пролива действительно не было. Отсутствие пролива было вызвано головотяпством издательства "Книга и полюс". Виновники понесли заслуженное наказание. Глава издательства был снят с должности и брошен на низовку, остальные отделались выговором с предупреждением.

-- Нужно будет перевести его к тем трем, не то он нам всю палату перепугает.

Два терпеливых санитара отвели сварливого вицекороля в небольшую палату для больных с неправильным поведением, где смирно лежали три человека. Только тут бухгалтер понял, что такое настоящие сумасшедшие. При виде посетителей больные проявили необыкновенную активность. Толстый мужчина скатился с кровати, быстро встал на четвереньки и, высоко подняв обтянутый, как мандолина, зад, принялся отрывисто лаять и разгребать паркет задними лапами в больничных туфлях. Другой завернулся в одеяло и начал выкрикивать: "И ты, Брут, продался большевикам! " Этот человек, несомненно, воображал себя Каем Юлием Цезарем. Иногда, впрочем, в его взбаламученной голове соскакивал какой-то рычажок, и он, путая, кричал: "Я Генрих Юлий Циммерман! "

-- Уйдите! Я голая! - закричал третий. - Не смотрите на меня. Мне стыдно. Я голая женщина. Между тем он был одет и был мужчина с усами. Санитары ушли. Вице-королем Индии овладел такой страх, что он и не думал уже выставлять требования о возврате любимого слона, магараджей, верных наибов, а также загадочных абреков и кунаков. "Эти в два счета придушат", думал он леденея. И он горько пожалел о том, что наскандалил в тихой палате. Так хорошо было бы сейчас сидеть у ног доброго учителя географии и слушать нежный лепет маленького идиота: "Эне, бэнэ, раба, квинтер, финтер, жаба". Однако ничего ужасного не случилось. Человексобака тявкнул еще несколько раз и, ворча, взобрался на свою кровать. Кай Юлий сбросил с себя одеяло, отчаянно зевнул и потянулся всем телом. Женщина с усами закурил трубку, и сладкий запах табака "Наш кепстен" внес в мятежную душу Берлаги успокоение.

-- Я вице-король Индии, -- заявил он, осмелев.

-- Молчи, сволочь! -- лениво ответил на это Кай Юлий. И с прямотой римлянина добавил: -- Убью! Душу выну!

Это замечание храбрейшего из императоров и воинов отрезвило беглого бухгалтера. Он спрятался под одеяло и, грустно размышляя о своей полной тревог жизни, задремал. Утром сквозь сон Берлага услышал странные слова:

-- Посадили психа на нашу голову. Так было хорошо втроем-и вдруг... Возись теперь с ним! Чего доброго, этот проклятый вице-король всех нас перекусает.

По голосу Берлага определил, что слова эти произнес Кай Юлий Цезарь. Через некоторое время, открыв глаза, он увидел, что на него с выражением живейшего интереса смотрит человек-собака. "Конец, - подумал вице-король, - сейчас укусит! " Но человек-собака неожиданно всплеснул руками и спросил человечьим голосом:

-- Скажите, вы не сын Фомы Берлаги?

-- Сын, -- ответил бухгалтер и, спохватившись, сейчас же завопил: - Отдайте несчастному вице-королю его верного слона!

-- Посмотрите на меня, -- пригласил человек-дворняга. -Неужели вы меня не узнаете?

-- Михаил Александрович! -- воскликнул прозревший бухгалтер. -- Вот встреча!

И вице-король сердечно расцеловался с человекомсобакой. При этом они с размаху ударились лбами, произведя бильярдный стук. Слезы стояли на глазах Михаила Александровича.

-- Значит, вы не сумасшедший, - спросил Берлага. -- Чего же вы дурака валяли?

-- А вы чего дурака валяли? Тоже! Слоновому подавай! И потом должен вам сказать, друг Берлага, что вице-король для хорошего сумасшедшего -- это слабо, слабо, слабо.

-- А мне шурин сказал, что можно, - опечалился Берлага.

-- Возьмите, например, меня, -- сказал Михаил Александрович, - тонкая игра. Человек-собака. Шизофренический бред, осложненный маниакально-депрессивным психозом, и притом, заметьте, Берлага, сумеречное состояние души. Вы думаете, мне это легко далось? Я работал над источниками. Вы читали книгу профессора Блейлера "Аутистическое мышление"?

-- Н-нет, - ответил Берлага голосом вице-короля, с которого сорвали орден Подвязки и разжаловали в денщики.

-- Господа! - закричал Михаил Александрович. - Он не читал книги Блейлера! Да не бойтесь, идите сюда. Он такой же король, как вы -- Цезарь.

Двое остальных питомцев небольшой палаты для лиц с неправильным поведением приблизились.

-- Вы не читали Блейлера? -- спросил Кай Юлий удивленно, Позвольте, по каким же материалам вы готовились?

-- Он, наверно, выписывал немецкий журнал "Ярбух фюр психоаналитик унд психопатологик", -- высказал предположение неполноценный усач.

Берлага стоял как оплеванный. А знатоки так и сыпали мудреными выражениями из области теории и практики психоанализа. Все сошлись на том, что Берлаге придется плохо и что главный врач Титанушкин, возвращения которого из командировки ожидали со дня на день, разоблачит его в пять минут. О том, что

возвращение Титанушкина наводило тоску на них самих, они не распространялись.

-- Может быть, можно переменить бред? - трусливо спрашивал Берлага. - Что, если я буду Эмиль Золя или Магомет?

-- Поздно, -- сказал Кай Юлий. -- Уже в истории болезни записано, что вы вице-король, а сумасшедший не может менять свои мании, как носки. Теперь вы всю жизнь будете в дурацком положении короля. Мы сидим здесь уже неделю и знаем порядки.

Через час Берлага узнал во всех подробностях подлинные истории болезней своих соседей по палате.

Появление Михаила Александровича в сумасшедшем доме объяснялось делами довольно простыми, житейскими. Он был крупный нэпман, невзначай не доплативший сорока трех тысяч подоходного налога. Это грозило вынужденной поездкой на север, а дела настойчиво требовали присутствия Михаила Александровича в Черноморске. Дуванов, так звали мужчину, выдававшего себя за женщину, был, как видно, мелкий вредитель, который не без основания опасался ареста, Но совсем не таков был Кай Юлий Цезарь, значившийся в паспорте бывшим присяжным поверенным И. Н. Старохамским.

Кай Юлий Старохамский пошел в сумасшедший дом по высоким идейным соображениям.

-- В Советской России, -- говорил он, драпируясь в одеяло, -- сумасшедший дом -- это единственное место, где может жить нормальный человек. Все остальное -- это сверхбедлам. Нет, с большевиками я жить не могу. Уж лучше поживу здесь, рядом с обыкновенными сумасшедшими. Эти по крайней мере не строят социализма. Потом здесь кормят. А там, в ихнем бедламе, надо работать. Но я на ихний социализм работать не буду. Здесь у меня, наконец, есть личная свобода. Свобода совести. Свобода слова.

Увидев проходившего мимо санитара, Кай Юлий Старохамский визгливо закричал:

-- Да здравствует Учредительное собрание! Все на форум! И ты, Брут, продался ответственным работникам! -- И, обернувшись к Берлаге, добавил: -- Видели? Что хочу, то и кричу. А попробуйте на улице!

Весь день и большую часть ночи четверо больных с неправильным поведением резались в "шестьдесят шесть" без двадцати и сорока, игру хитрую, требующую самообладания, смекалки, чистоты духа и ясности мышления.

Утром вернулся из командировки профессор Титанушкин. Он быстро осмотрел всех четверых и тут же велел выкинуть их из больницы. Не помогли ни книга Блейлера и сумеречное состояние души, осложненное маниакально-депрессивным психозом, ни "Ярбух

фюр психоаналитик унд психопатологик". Профессор Титанушкин не уважал симулянтов.

И они побежали по улице, расталкивая прохожих локтями. Впереди шествовал Кай Юлий. За ним поспешали женщина-мужчина и человек-собака. Позади всех плелся развенчанный вице-король, проклиная шурина и с ужасом думая о том, что теперь будет.

Закончив эту поучительную историю, бухгалтер Берлага тоскливо посмотрел сначала на Борисохлебского, потом на Дрейфуса, потом на Сахаркова и, наконец, на Лапидуса-младшего, головы которых, как ему показалось, соболезнующе качаются в полутьме коридора.

-- Вот видите, чего вы добились своими фантазиями, -промолвил жестокосердый Лапидус-младший, - вы хотели избавиться от одной чистки, а попали в другую. Теперь вам плохо придется. Раз вас вычистили из сумасшедшего дома, то из "Геркулеса" вас наверно вычистят.

Борисохлебский, Дрейфус и Сахарков ничего не сказали. И, ничего не сказавши, стали медленно уплывать в темноту.

-- Друзья! -- слабо вскрикнул бухгалтер. - Куда же вы!

Но друзья уже мчались во весь дух, и их сиротские брюки, мелькнув в последний раз на лестнице, скрылись из виду.

-- Нехорошо, Берлага, -- холодно сказал Лапидус, -напрасно вы меня впутываете в свои грязные антисоветские плутни. Адье! И вице-король Индии остался один. Что же ты наделал, бухгалтер Берлага? Где были твои глаза, бухгалтер? И что сказал бы твой папа Фома, если бы узнал, что сын его на склоне лет подался в вице-короли? Вот куда завели тебя, бухгалтер, твои странные связи с господином Фунтом, председателем многих акционерных обществ со смешанным и нечистым капиталом. Страшно даже подумать о том, что сказал бы старый Фома о проделках своего любимого сына. Но давно уже лежит Фома на втором христианском кладбище, под каменным серафимом с отбитым крылом, и только мальчики, залегающие сюда воровать сирень, бросают иногда нелюбопытный взгляд на гробовую надпись: "Твой путь окончен. Спи, бедняга, любимый всеми Ф. Берлага". А может быть, и ничего не сказал бы старик. Ну, конечно же, ничего бы не сказал, ибо и сам вел жизнь не очень-то праведную. Просто посоветовал бы вести себя поосторожнее и в серьезных делах не полагаться на шурина. Да, черт знает что ты наделал, бухгалтер Берлага!

Тяжелое раздумье, охватившее экс-наместника Георга Пятого в Индии, было прервано криками, несшимися с лестницы:

-- Берлага! Где он? Его кто-то спрашивает. А, вот он стоит! Пройдите, гражданин!

В коридоре показался уполномоченный по копытам.

Гвардейски размахивая ручищами, Балаганов подступил к Берлаге и вручил ему повестку:

"Тов. Бэрлагэ. С получэниэм сэго прэдлагаэтся нэмэдлэнно явиться для выяснэния нэкоторых обстоятэльств".

Бумажка была снабжена штампом Черноморского отделения Арбатовской конторы по заготовке рогов и копыт и круглой печатью, содержание которой разобрать было бы трудновато, даже если бы Берлаге это пришло в голову. Но беглый бухгалтер был так подавлен свалившимися на него бедами, что только спросил:

-- Домой позвонить можно?

-- Чего там звонить, -- хмуро сказал заведующий копытами.

Через два часа толпа, стоявшая у кино "Капиталий" в ожидании первого сеанса и от нечего делать глазевшая по сторонам, заметила, что из дверей конторы по заготовке рогов вышел человек и, хватаясь за сердце, медленно пошел прочь. Это был бухгалтер Берлага. Сперва он вяло передвигал ноги, потом постепенно начал ускорять ход. Завернув за угол, бухгалтер незаметно перекрестился и побежал очертя голову. Вскоре он сидел уже за своим столом в финсчетном зале и ошалело глядел в "главную книгу". Цифры взвивались и переворачивались в его глазах.

Великий комбинатор захлопнул папку с "делом Корейко", посмотрел на Фунта, который сидел под новой надписью: "председатель правления", и сказал:

-- Когда я был очень молод, очень беден и кормился тем, что показывал на херсонской ярмарке толстого, грудастого монаха, выдавая его за женщину с бородой -- необъяснимый феномен природы, -- то и тогда я не опускался до таких моральных низин, как этот пошлый Берлага.

-- Жалкий, ничтожный человек, -- подтвердил Паниковский, разнося чай по столам. Ему было приятно сознание того, что на свете есть люди еще более мелкие, чем он сам.

-- Берлага -- это не голова, -- сообщил зицпредседатель со свойственной ему неторопливостью. -- Макдональд -- это голова. Его идея классового мира в промышленности...

-- Хватит, хватит, -- сказал Бендер. -- Мы назначим специальное заседание, чтобы выяснить ваши взгляды на Макдональда и других буржуазных деятелей. Сейчас мне некогда. Берлага -- это действительно не голова, но кое-что он нам сообщил о жизни и деятельности самовзрывающихся акционерных обществ. Внезапно великому комбинатору стало весело. Все шло отлично. Вонючих рогов никто больше не приносил. Работу Черноморского отделения можно было считать удовлетворительной, хотя очередная почта доставила в контору кучу новых отношений, циркуляров и требований, и Паниковский уже два раза бегал на биржу труда за

конторщицей.

-- Да! - закричал вдруг Остап. - Где Козлевич? Где "Антилопа"? Что за учреждение без автомобиля? Мне на заседание нужно ехать. Все приглашают, без меня жить не могут. Где Козлевич? Паниковский отвел глаза и со вздохом сказал:

-- С Козлевичем нехорошо.

-- Как это -- нехорошо? Пьян он, что ли?

-- Хуже, - ответил Паниковский, - мы уже боялись вам говорить. Его охмурили ксендзы.

При этом курьер посмотрел на уполномоченного по копытам, и оба они грустно покачали головами.

ГЛАВА XVII. БЛУДНЫЙ СЫН ВОЗВРАЩАЕТСЯ ДОМОЙ

Великий комбинатор не любил ксендзов. В равной степени он отрицательно относился к раввинам, далайламам, попам, муэдзинам, шаманам и прочим служителям культа.

-- Я сам склонен к обману и шантажу, -- говорил он, -сейчас, например, я занимаюсь выманиванием крупной суммы у одного упрямого гражданина. Но я не сопровождаю своих сомнительных действий ни песнопениями, ни ревом органа, ни глупыми заклинаниями на латинском или церковнославянском языке. И вообще я предпочитаю работать без ладана и астральных колокольчиков.

И покуда Балаганов и Паниковский, перебивая друг друга, рассказывали о злой участи, постигшей водителя "Антилопы", мужественное сердце Остапа переполнялось гневом и досадой.

Ксендзы уловили душу Адама Козлевича на постоялом дворе, где, среди пароконных немецких фургонов и молдаванских фруктовых площадок, в навозной каше стояла "Антилопа". Ксендз Кушаковский захаживал на постоялый двор для нравственных бесед с католиками-колонистами. Заметив "Антилопу", служитель культа обошел ее кругом и потрогал пальцем шину. Он поговорил с Козлевичем и узнал, что Адам Казимирович принадлежит к римско-католической церкви, но не исповедовался уже лет двадцать. Сказав: "Нехорошо, нехорошо, пан Козлевич", ксендз Кушаковский ушел, приподнимая обеими руками черную юбку и перепрыгивая через пенистые пивные лужи.

На другой день, ни свет ни заря, когда фурщики увозили на базар в местечко Кошары волнующихся мелких спекулянтов, насадив их по пятнадцать человек в одну фуру, ксендз Кушаковский появился снова. На этот раз его сопровождал еще один ксендз -Алоизий Морошек. Пока Кушаковский здоровался с Адамом Казимировичем, ксендз Морошек внимательно осмотрел автомобиль и не только

прикоснулся пальцем к шине, но даже нажал грушу, вызвав звуки матчиша. После этого ксендзы переглянулись, подошли к Козлевичу с двух сторон и начали его охмурять. Охмуряли они его целый день. Как только замолкал Кушаковский, вступал Морошек. И не успевал он остановиться, чтобы вытереть пот, как за Адама снова принимался Кушаковский. Иногда Кушаковский поднимал к небу желтый указательный палец, а Морошек в это время перебирал четки. Иногда же четки перебирал Кушаковский, а на небо указывал Морошек. Несколько раз ксендзы принимались тихо петь по-латински, и уже к вечеру первого дня Адам Казимирович стал им подтягивать. При этом оба патера деловито взглянули на машину.

Через некоторое время Паниковский заметил в хозяине "Антилопы" перемену. Адам Казимирович произносил какие-то смутные слова о царствии небесном. Это подтверждал и Балаганов. Потом он стал надолго пропадать и, наконец, вовсе съехал со двора.

-- Почему ж вы мне не доложили? - возмутился великий комбинатор.

Они хотели доложить, но они боялись гнева командора. Они надеялись, что Козлевич опомнится и вернется сам. Но теперь надежды потеряны. Ксендзы его окончательно охмурили. Еще не далее как вчера курьер и уполномоченный по копытам случайно встретили Козлевича. Он сидел в машине у подъезда костела. Они не успели к нему подойти. Из костела вышел ксендз Алоизий Морошек с мальчиком в кружевах.

-- Понимаете, Бендер, -- сказал Шура, -- все кодло село в нашу "Антилопу", бедняга Козлевич снял шапку, мальчик позвонил в колокольчик, и они уехали. Прямо жалко было смотреть на нашего Адама. Не видать нам больше "Антилопы".

Великий комбинатор молча надел свою капитанскую фуражку с лакированным козырьком и направился к выходу.

-- Фунт, -- сказал он, -- вы остаетесь в конторе! Рогов и копыт не принимать ни под каким видом. Если будет почта, сваливайте в корзину. Конторщица потом разберется. Понятно?

Когда зицпредседатель открыл рот для ответа (это произошло ровно через пять минут), осиротевшие антилоповцы были уже далеко. В голове процессии, делая гигантские шаги, несся командор. Он изредка оборачивал голову назад и бормотал: "Не уберегли нежного Козлевича, меланхолики! Всех дезавуирую! Ох, уж мне это черное и белое духовенство! " Бортмеханик шел молча, делая вид, что нарекания относятся не к нему. Паниковский прыгал, как обезьяна, подогревая чувство мести к похитителям Козлевича, хотя на душе у него лежала большая холодная лягушка. Он боялся черных ксендзов, за которыми признавал многие волшебные свойства.

В таком порядке все отделение по заготовке рогов и копыт

прибыло к подножию костела. Перед железной решеткой, сплетенной из спиралей и крестов, стояла пустая "Антилопа". Костел был огромен. Он врезался в небо, колючий и острый, как рыбья кость. Он застревал в горле. Полированный красный кирпич, черепичные скаты, жестяные флаги, глухие контрфорсы и красивые каменные идолы, прятавшиеся от дождя в нишах, -- вся эта вытянувшаяся солдатская готика сразу навалилась на антилоповцев. Они почувствовали себя маленькими. Остап залез в автомобиль, потянул носом воздух и с отвращением сказал:

-- Фу! Мерзость! Наша "Антилопа" уже пропахла свечками, кружками на построение храма и ксендзовскими сапожищами. Конечно, разъезжать с требами на автомобиле приятнее, чем на извозчике. К тому же даром! Ну, нет, дорогие батюшки, наши требы поважней!

С этими словами Бендер вошел в церковный двор и, пройдя между детьми, игравшими в классы на расчерченном мелом асфальте, поднялся по гранитной банковской лестнице к дверям храма. На толстых дверях, обитых обручным железом, рассаженные по квадратикам барельефные святые обменивались воздушными поцелуями или показывали руками в разные стороны, или же развлекались чтением толстеньких книг, на которых добросовестный резчик изобразил даже латинские буковки. Великий комбинатор дернул дверь, но она не подалась. Изнутри неслись кроткие звуки фисгармонии.

-- Охмуряют! -- крикнул Остап, спускаясь с лестницы. -Самый охмуреж идет! Под сладкий лепет мандолины.

-- Может быть, уйдем? -- спросил Паниковский, вертя в руках шляпу. -- Все-таки храм божий. Неудобно.

Но Остап, не обращая на него внимания, подошел к "Антилопе" и принялся нетерпеливо надавливать грушу. Он играл матчиш до тех пор, пока за толстыми дверьми не послышалось бренчанье ключей. Антилоповцы задрали головы. Дверь растворилась на две половины, и веселые святые в своих дубовых квадратиках медленно отъехали вглубь. Из темноты портала выступил на высокую светлую паперть Адам Казимирович. Он был бледен. Его кондукторские усы отсырели и плачевно свисали из ноздрей. В руках он держал молитвенник. С обеих сторон его поддерживали ксендзы. С левого бока -- ксендз Кушаковский, с правого -- ксендз Алоизий Морошек. Глаза патеров были затоплены елеем.

-- Алло, Козлевич! -- крикнул Остап снизу. -- Вам еще не надоело?

-- Здравствуйте, Адам Казимирович, -- развязно сказал Паниковский, прячась, однако, за спину командора.

Балаганов приветственно поднял руку и скорчил рожу, что, как

видно, значило: "Адам, бросьте ваши шутки! "

Тело водителя "Антилопы" сделало шаг вперед, но душа его, подстегиваемая с обеих сторон пронзительными взглядами Кушаковского и Морошека, рванулась назад. Козлевич тоскливо посмотрел на друзей и потупился.

И началась великая борьба за бессмертную душу шофера.

-- Эй вы, херувимы и серафимы! - сказал Остап, вызывая врагов на диспут. -- Бога нет!

-- Нет, есть, -- возразил ксендз Алоизий Морошек, заслоняя своим телом Козлевича.

-- Это просто хулиганство, -- забормотал ксендз Кушаковский.

-- Нету, нету, -- продолжал великий комбинатор, - и никогда не было. Это медицинский факт.

-- Я считаю этот разговор неуместным, -- сердито заявил Кушаковский.

-- А машину забирать-это уместно? - закричал нетактичный Балаганов. -- Адам! Они просто хотят забрать "Антилопу".

Услышав это, шофер поднял голову и вопросительно посмотрел на ксендзов. Ксендзы заметались и, свистя шелковыми сутанами, попробовали увести Козлевича назад. Но он уперся.

-- Как же все-таки будет с богом? -- настаивал великий комбинатор.

Ксендзам пришлось начать дискуссию. Дети перестали прыгать на одной ножке и подошли поближе.

-- Как же вы утверждаете, что бога нет, - начал Алоизий Морошек задушевным голосом, -- когда все живое создано им!..

-- Знаю, знаю, -- сказал Остап, -- я сам старый католик и латинист. Пуэр, соцер, веспер, генер, либер, мизер, аспер, тенер.

Эти латинские исключения, зазубренные Остапом в третьем классе частной гимназии Илиади и до сих пор бессмысленно сидевшие в его голове, произвели на Козлевича магнетическое действие. Душа его присоединилась к телу, и в результате этого объединения шофер робко двинулся вперед.

-- Сын мой, - сказал Кушаковский, с ненавистью глядя на Остапа, -- вы заблуждаетесь, сын мой. Чудеса господни свидетельствуют...

-- Ксендз! Перестаньте трепаться! - строго сказал великий комбинатор. -- Я сам творил чудеса. Не далее как четыре года назад мне пришлось в одном городишке несколько дней пробыть Иисусом Христом. И все было Б порядке. Я даже накормил пятью хлебами несколько тысяч верующих. Накормить-то я их накормил, но какая была давка!

Диспут продолжался в таком же странном роде. Неубедительные, но веселые доводы Остапа влияли на Козлевича

самым живительным образом. На щеках шофера забрезжил румянец, и усы его постепенно стали подниматься кверху.

-- Давай, давай! - неслись поощрительные возгласы из-за спиралей и крестов решетки, где уже собралась немалая толпа любопытных. -- Ты им про римского папу скажи, про крестовый поход.

Остап сказал и про папу. Он заклеймил Александра Борджиа за нехорошее поведение, вспомнил ни к селу ни к городу Серафима Саровского и особенно налег на инквизицию, преследовавшую Галилея. Он так увлекся, что обвинил в несчастьях великого ученого непосредственно Кушаковского и Морошека. Это была последняя капля. Услышав о страшной судьбе Галилея, Адам Казимирович быстро положил молитвенник на ступеньку и упал в широкие, как ворота, объятья Балаганова. Паниковский терся тут же, поглаживая блудного сына по шероховатым щекам. В воздухе висели счастливые поцелуи.

-- Пан Козлевич! - застонали ксендзы. - Доконд пан иде? Опаментайсе, пан!

Но герои автопробега уже усаживались в машину.

-- Вот видите, -- крикнул Остап опечаленным ксендзам, занимая командорское место, -- я же говорил вам, что бога нету. Научный факт. Прощайте, ксендзы! До свидания, патеры!

Сопровождаемая одобрительными криками толпы, "Антилопа" отъехала, и вскоре жестяные флаги и черепичные скаты костела скрылись из глаз. На - радостях антилоповцы остановились у пивной лавки.

-- Вот спасибо, братцы, -- говорил Козлевич, держа в руке тяжелую кружку. -- Совсем было погиб. Охмурили меня ксендзы. В особенности Кушаковский. Ох, и хитрый же, черт! Верите ли, поститься заставлял! Иначе, говорит, на небо не попаду.

-- Небо! -- сказал Остап. -- Небо теперь в запустении. Не та эпоха. Не тот отрезок времени. Ангелам теперь хочется на землю. На земле хорошо, там коммунальные услуги, там есть планетарий, можно посмотреть звезды в сопровождении антирелигиозной лекции.

После восьмой кружки Козлевич потребовал девятую, высоко поднял ее над головой и, пососав свой кондукторский ус, восторженно спросил:

-- Нет бога?

-- Нет, - ответил Остап.

-- Значит, нету? Ну, будем здоровы.

Так он и пил после этого, произнося перед каждой новой кружкой:

-- Есть бог? Нету? Ну, будем здоровы.

Паниковский пил наравне со всеми, но о боге не высказывался.

Он не хотел впутываться в это спорное дело.

С возвращением блудного сына и "Антилопы" Черноморское отделение Арбатовской конторы по заготовке рогов и копыт приобрело недостававший ей блеск. У дверей бывшего комбината пяти частников теперь постоянно дежурила машина. Конечно, ей было далеко до голубых "бьюиков" и длиннотелых "линкольнов", было ей далеко даже до фордовских кареток, но все же это была машина, автомобиль, экипаж, который, как говорил Остап, при всех своих недостатках способен, однако, иногда двигаться по улицам без помощи лошадей.

Остап работал с увлечением. Если бы он направлял свои силы на действительную заготовку рогов или же копыт, то надо полагать, что мундштучное и гребеночное дело было бы обеспечено сырьем по крайней мере до конца текущего бюджетного столетия. Но начальник конторы занимался совершенно другим.

Оторвавшись от Фунта и Берлаги, сообщения которых были очень интересны, но непосредственно к Корейко пока не вели, Остап вознамерился в интересах дела сдружиться с Зосей Синицкой и между двумя вежливыми поцелуями под ночной акацией провентилировать вопрос об Александре Ивановиче, и не столько о нем, сколько о его денежных делах. Но длительное наблюдение, проведенное уполномоченным по копытам, показало, что между Зосей и Корейко любви нет и что последний, по выражению Шуры, даром топчется.

-- Где нет любви, -- со вздохом комментировал Остап, -там о деньгах говорить не принято. Отложим девушку в сторону.

И в то время как Корейко с улыбкой вспоминал о жулике в милицейской фуражке, который сделал жалкую попытку третьесортного шантажа, начальник отделения носился по городу в желтом автомобиле и находил людей и людишек, о которых миллионер-конторщик давно забыл, но которые хорошо помнили его самого. Несколько раз Остап беседовал с Москвой, вызывая к телефону знакомого частника, известного доку по части коммерческих тайн. Теперь в контору приходили письма и телеграммы, которые Остап живо выбирал из общей почты, по-прежнему изобиловавшей пригласительными повестками, требованиями на рога и выговорами по поводу недостаточно энергичной заготовки копыт. Кое-что из этих писем и телеграмм пошло в папку с ботиночными тесемками.

В конце июля Остап собрался в командировку на Кавказ. Дело требовало личного присутствия 1великого комбинатора в небольшой виноградной республике.

В день отъезда начальника в отделении произошло скандальное происшествие. Паниковский, посланный с тридцатью

рублями на пристань за билетом, вернулся через полчаса пьяный, портретом самого Бендера в шальварах и чалме. На афише было оправдание, только выворачивал карманы, которые повисли у него, как бильярдные лузы, и беспрерывно хохотал. Все его смешило: и гнев командора, и укоризненный взгляд Балаганова, и самовар, доверенный его попечениям, и Фунт с нахлобученной на нос панамой, дремавший за своим столом. Когда же Паниковский взглянул на оленьи рога, гордость и украшение конторы, его прошиб такой смех, что он свалился на пол и вскоре заснул с радостной улыбкой на фиолетовых устах.

-- Теперь у нас самое настоящее учреждение, - сказал Остап, -- есть собственный растратчик, он же швейцар-пропойца. Оба эти типа делают реальными все наши начинания.

В отсутствие Остапа под окнами конторы несколько раз появлялись Алоизий Морошек и Кушаковский. При виде ксендзов Козлевич прятался в самый дальний угол учреждения. Ксендзы открывали дверь, заглядывали внутрь и тихо звали.

-- Пан Козлевич! Пан Козлевич! Чы слышишь глос ойца небесного? Опаментайсе, пан!

При этом ксендз Кушаковский поднимал к небу палец, а ксендз Алоизий Морошек перебирал четки. То" гда навстречу служителям культа выходил Балаганов и молча показывал им огненный кулак. И ксендзы уходили, печально поглядывая на "Антилопу".

Остап вернулся через две недели. Его встречали всем учреждением. С высокой черной стены пришвартовывающегося парохода великий комбинатор посмотрел на своих подчиненных дружелюбно и ласково. От него пахло молодым барашком и имеретинским вином.

В Черноморском отделении, кроме конторщицы, нанятой еще при Остапе, сидели два молодых человека в сапогах. Это были студенты, присланные из животноводческого техникума для прохождения практического стажа.

-- Вот и хорошо! - сказал Остап кисло. - Смена идет. Только у меня, дорогие товарищи, придется поработать. Вы, конечно, знаете, что рога, то есть выросты, покрытые шерстью или твердым роговым слоем, являются придатками черепа и встречаются, главным образом, у млекопитающих?

-- Это мы знаем, -- решительно сказали студенты, -- нам бы практику пройти.

От студентов пришлось избавиться сложным и довольно дорогим способом. Великий комбинатор послал их в командировку в калмыцкие степи для организации заготовительных пунктов. Это обошлось конторе в шестьсот рублей, но другого выхода не было: студенты помешали бы закончить удачно подвигавшееся дело.

Когда Паниковский узнал, в какую сумму обошлись студенты, он отвел Балаганова в сторону и раздражительно прошептал:

-- А меня не посылают в командировку. И отпуска не дают. Мне нужно ехать в Ессентуки, лечиться. И выходных дней у меня нету, и спецодежды не дают. Нет, Шура, мне эти условия не подходят. И вообще я узнал, в "Геркулесе" ставки выше. Пойду туда курьером. Честное, благородное слово, пойду! Вечером Остап снова вызвал к себе Берлагу.

-- На колени! - крикнул Остап голосом Николая Первого, как только увидел бухгалтера.

Тем не менее разговор носил дружеский характер и длился два часа. После этого Остап приказал подать "Антилопу" на следующее утро к подъезду "Геркулеса".

ГЛАВА XVIII. НА СУШЕ И НА МОРЕ

Товарищ Скумбриевич явился на пляж, держа в руках именной портфель. К портфелю была прикована серебряная визитная карточка с загнутым углом и длиннейшим курсивом, из которого явствовало, что Егор Скумбриевич уже успел отпраздновать пятилетний юбилей службы в "Геркулесе".

Лицо у него было чистое, прямое, мужественное, как у бреющегося англичанина на рекламном плакате. Скумбриевич постоял у щита, где отмечалась мелом температура воды, и, с трудом высвобождая ноги из горячего песка, пошел выбирать местечко поудобнее.

Лагерь купающихся был многолюден. Его легкие постройки возникали по утрам, чтобы с заходом солнца исчезнуть, оставив на песке городские отходы: увядшие дынные корки, яичную скорлупу и газетные лоскутья, которые потом всю ночь ведут на пустом берегу тайную жизнь, о чем-то шуршат и летают под скалами.

Скумбриевич пробрался между шалашиками из вафельных полотенец, зонтиками и простынями, натянутыми на палки. Под ними прятались девушки в купальных юбочках. Мужчины тоже были в костюмах, но не все. Некоторые из них ограничивались только фиговыми листиками, да и те прикрывали отнюдь не библейские места, а носы черноморских джентльменов. Делалось это для того, чтобы с носов не слезала кожа. Устроившись так, мужчины лежали в самых свободных позах. Изредка, прикрывши рукой библейское место, они входили в воду, окунались и быстро бежали на свои продавленные в песке ложа, чтобы не потерять ни одного кубического сантиметра целительной солнечной ванны.

Недостаток одежды у этих граждан с лихвой возмещал джентльмен совершенно иного вида. Он был в хромовых ботинках с

пуговицами, визиточных брюках, наглухо застегнутом пиджаке, при воротничке, галстуке и часовой цепочке, а также в фетровой шляпе. Толстые усы и оконная вата в ушах дополняли облик этого человека. Рядом с ним торчала палка со стеклянным набалдашником, перпендикулярно воткнутая в песок.

Зной томил его. Воротничок разбух от пота. Под мышками у джентльмена было горячо, как в домне; там можно было плавить руду. Но он продолжал неподвижно лежать.

На любом пляже мира можно встретить одного такого человека. Кто о. н такой, почему пришел сюда, почему лежит в полном обмундировании -- ничего не известно. Но такие люди есть, по одному на каждый пляж. Может быть, это члены какой-нибудь тайной лиги дураков или остатки некогда могучего ордена розенкрейцеров, или же ополоумевшие холостяки, -- кто знает...

Егор Скумбриевич расположился рядом с членом лиги дураков и живо разделся. Голый Скумбриевич был разительно непохож на Скумбриевича одетого. Суховатая голова англичанина сидела на белом дамском теле с отлогими плечами и очень широким тазом. Егор подошел к воде, попробовал ее ногой и взвизгнул. Потом опустил в воду вторую ногу и снова взвизгнул. Затем он сделал несколько шагов вперед, заткнул большими пальцами уши, указательными закрыл глаза, средними прищемил ноздри, испустил душераздирающий крик и окунулся четыре раза подряд. Только после всего этого он поплыл вперед наразмашку, отворачивая голову при каждом взмахе руки. И мелкая волна приняла на себя Егора Скумбриевича -- примерного геркулесовца и выдающегося общественного работника. Через пять минут, когда уставший общественник перевернулся на спину и его круглое глобусное брюхо закачалось на поверхности моря, с обрыва над пляжем послышался антилоповский матчиш.

Из машины вышли Остап Бендер, Балаганов и бухгалтер Берлага, на лице которого выражалась полная покорность судьбе. Все трое спустились вниз и, бесцеремонно разглядывая физиономии купающихся, принялись кого-то разыскивать.

-- Это его брюки, -- сказал, наконец, Берлага, останавливаясь перед одеждами ничего не подозревавшего Скумбриевича. -- Он, наверное, далеко заплыл.

-- Хватит! -- воскликнул великий комбинатор. - Больше ждать я не намерен. Приходится действовать не только на суше, но и на море.

Он скинул костюм и рубашку, под которыми оказались купальные трусы, и, размахивая руками, полез в воду. На груди великого комбинатора была синяя пороховая татуировка, изображавшая Наполеона в треугольной шляпе и с пивной кружкой в короткой руке.

-- Балаганов! - крикнул Остап уже из воды. - Разденьте и приготовьте Берлагу. Он, может быть, понадобится.

И великий комбинатор поплыл на боку, раздвигая воды медным плечом и держа курс на северо-северовосток, где маячил перламутровый живот Егора Скумбриевича.

Прежде чем погрузиться в морскую пучину, Остапу пришлось много поработать на континенте. Магистральный след завел великого комбинатора под золотые буквы "Геркулеса", и он большую часть времени проводил в этом учреждении. Его уже не удивляли комнаты с альковами и умывальниками, статуи и швейцар в фуражке с золотым зигзагом, любивший потолковать об огненном погребении.

Из сумбурных объяснений отчаянного Берлаги выплыла полуответственная фигура товарища Скумбриевича. Он занимал большой двухоконный номер, в котором когда-то останавливались заграничные капитаны, укротители львов или богатые студенты из Киева.

В комнате часто и раздражительно звонили телефоны, иногда отдельно, а иногда оба сразу. Но никто не снимал трубок. Еще чаще раскрывалась дверь, стриженая служебная голова, просунувшись в комнату, растерянно поводила очами и исчезала, чтобы тотчас же дать место другой голове, но уже не стриженой, а поросшей жесткими патлами или попросту голой и сиреневой, как луковица. Но и луковичный череп ненадолго застревал в дверной щели. Комната была пуста.

Когда дверь открылась, быть может в пятидесятый раз за этот день, в комнату заглянул Бендер. Он, как и все, повертел головой слева направо и справа налево и, как все, убедился в том, что товарища Скумбриевича в комнате нету. Дерзко выражая свое недовольство, великий комбинатор побрел по отделам, секциям, секторам и кабинетам, спрашивая, не-видел ли кто товарища Скумбриевича. И во всех этих местах он получал одинаковый ответ: "Скумбриевич только что здесь был", или: "Скумбриевич минуту назад вышел".

Полуответственный Егор принадлежал к многолюдному виду служащих, которые или "только что здесь были", или "минуту назад вышли". Некоторые из них в течение целого служебного дня не могут даже добраться до своего кабинета. Ровно в девять часов такой человек входит в учрежденческий вестибюль и, полный благих намерений, заносит ножку на первую ступень лестницы. Его ждут великие дела. Он назначил у себя в кабинете восемь важных рандеву, два широких заседания и одно узкое. На письменном столе лежит стопка бумаг, требующих немедленного ответа. Вообще дел многое множество, суток не хватает. И полуответственный или

ответственный гражданин бодро заносит ножку на мраморную ступень. Но опустить ее не так-то легко. "Товарищ Парусинов, на одну минуту, -- слышится воркующий голос, -- как раз я хотел проработать с вами один вопросик". Парусинова мягко берут под ручку и отводят в уголок вестибюля. И с этого момента ответственный или полуответственный работник погиб для страны -- он пошел по рукам. Не успеет он проработать вопросики пробежать три ступеньки, как его снова подхватывают, уводят к окну или в темный коридор, или в какой-нибудь пустынный закоулок, где неряха завхоз набросал пустые ящики, и что-то ему втолковывают, чего-то добиваются, на чем-то настаивают и просят что-то провернуть в срочном порядке. К трем часам дня он все-таки добирается до первой лестничной площадки. К пяти часам ему удается прорваться даже на площадку второго этажа. Но так как он обитает на третьем этаже, а служебный день уже окончился, он быстро бежит вниз и покидает учреждение, чтобы успеть на срочное междуведомственное совещание. А в это время в кабинете надрываются телефоны, рушатся назначенные рандеву, переписка лежит без ответа, а члены двух широких заседаний и одного узкого безучастно пьют чай и калякают о трамвайных неполадках.

У Егора Скумбриевича все эти особенности были чрезвычайно обострены общественной работой, которой он отдавался с излишней горячностью. Он умело и выгодно использовал взаимный и всесторонний обман, который как-то незаметно прижился в "Геркулесе" и почему-то носил название общественной нагрузки.

Геркулесовцы сидели на собраниях по три часа кряду, слушая унизительную болтовню Скумбриевича.

Им всем очень хотелось схватить Егора за толстенькие ляжки и выбросить из окна с порядочной высоты. Временами им казалось даже, что никакой общественной деятельности вообще не существует и никогда не существовало, хотя они и знали, что за стенами "Геркулеса" есть какая-то другая, правильная общественная жизнь. "Вот скотина, -- думали они, тоскливо вертя в руках карандаши и чайные ложечки, -- симулянт проклятый! " Но придраться к Скумбриевичу, разоблачить его было не в их силах. Егор произносил правильные речи о советской общественности, о культработе, о профучебе и о кружках самодеятельности. Но за всеми этими горячими словами ничего не было. Пятнадцать кружков, политических и музыкально-драматических, вырабатывали уже два года свои перспективные планы; ячейки добровольных обществ, имевшие своей целью споспешествовать развитию авиации, химических знаний, автомобилизма, конного спорта, дорожного дела, а также скорейшему уничтожению великодержавного шовинизма, существовали только в воспаленном воображении членов месткома,

А школа профучебы, создание которой Скумбриевич ставил себе в особенную заслугу, все время перестраивалась, что, как известно, обозначает полную бездеятельность. Если бы Скумбриевич был честным человеком, он, вероятно, сам сказал бы, что вся эта работа ведется "в порядке миража". Но в месткоме этот мираж облекался в отчеты, а в следующей профсоюзной инстанции существование музыкально-политических кружков уже не вызывало никаких сомнений. Школа же профучебы рисовалась там в виде большого каменного здания, в котором стоят парты, бойкий учитель выводит мелом на доске кривую роста безработицы в Соединенных Штатах, а усатые ученики политически растут прямо на глазах. Из всего вулканического кольца общественной деятельности, которым Скумбриевич охватил "Геркулес", действовали только две огнедышащие точки: стенная газета "Голос председателя", выходившая раз в месяц и делавшаяся в часы занятий силами Скумбриевича и Бомзе, и фанерная доска с надписью "Бросившие пить и вызывающие других", под которой, однако, не значилась ни одна фамилия.

Погоня за Скумбриевичем по этажам "Геркулеса" осточертела Бендеру, Великий комбинатор никак не мог настигнуть славного общественника. Он ускользал из рук. Вот здесь, в месткоме, он только что говорил по телефону, еще горяча была мембрана и с черного лака телефонной трубки еще не сошел туман его дыхания. Вот тут, на подоконнике, еще сидел человек, с которым он только сейчас разговаривал. Один раз Остап увидел даже отражение Скумбриевича в лестничном зеркале. Он бросился вперед, но зеркало тотчас же очистилось, отражая лишь окно с далеким облаком.

-- Матушка-заступница, милиция-троеручица! -- воскликнул Остап, переводя дыхание. -- Что за банальный, опротивевший всем бюрократизм! В нашем Черноморском отделении тоже есть свои слабые стороны, всякие там неполадки в пробирной палатке, но такого, как в "Геркулесе"... Верно, Шура?

Уполномоченный по копытам испустил тяжелый насосный вздох. Они снова очутились в прохладном коридоре второго этажа, где успели побывать за этот день раз пятнадцать. И снова, в пятнадцатый раз, они прошли мимо деревянного дивана, стоявшего у полыхаевского кабинета.

На диване с утра сидел выписанный из Германии за большие деньги немецкий специалист, инженер Генрих Мария Заузе. Он был в обыкновенном европейском костюме, и только украинская рубашечка, расшитая запорожским узором, указывала на то, что инженер пробыл в России недели три и уже успел посетить магазин кустарных изделий. Он сидел неподвижно, откинув голову на деревянную спинку дивана и прикрыв глаза, как человек, которого

собираются брить. Могло бы показаться, что он дремлет. Но молочные братья, не раз пробегавшие мимо него в поисках Скумбриевича, успели заметить, что краски на неподвижном лице заморского гостя беспрестанно меняются. К началу служебного дня, когда инженер занял позицию у дверей Полыхаева, лицо его было румяным в меру. С каждым часом оно все разгоралось и к перерыву для завтрака приобрело цвет почтового сургуча. По всей вероятности, товарищ Полыхаев добрался к этому времени лишь до второго лестничного марша. После перерыва смена красок пошла в обратном порядке. Сургучный цвет перешел в какие-то скарлатидные пятна. Генрих Мария стал бледнеть, и к середине дня, когда начальнику "Геркулеса", по-видимому, удалось прорваться ко второй площадке, лицо иностранного специалиста стало крахмально-белым.

-- Что с этим человеком делается? -- шепнул Балаганову Остап. -- Какая гамма переживаний!

Едва он успел произнести эти слова, как Генрих Мария Заузе подскочил на диване и злобно посмотрел на полыхаевскую дверь, за которой слышались холостые телефонные звонки. "Wolokita! "- взвизгнул он дискантом и, бросившись к великому комбинатору, стал изо всей силы трясти его за плечи.

-- Геноссе Полыхаев! -- кричал он, прыгая перед Остапом. -- Геноссе Полыхаев!

Он вынимал часы, совал их под нос Балаганову, поднимал плечи и опять набрасывался на Бендера.

-- Вас махен зи? -- ошеломленно спросил Остап, показывая некоторое знакомство с немецким языком. - Вас воллен зи от бедного посетителя?

Но Генрих Мария Заузе не отставал. Продолжая держать левую руку на плече Бендера, правой рукой он подтащил к себе поближе Балаганова и произнес перед ними большую страстную речь, во время которой Остап нетерпеливо смотрел по сторонам в надежде поймать Скумбриевича, а уполномоченный по копытам негромко икал, почтительно прикрывая рот рукой и бессмысленно глядя на ботинки иностранца.

Инженер Генрих Мария Заузе подписал контракт на год работы в СССР, или, как определял сам Генрих, любивший точность, -- в концерне "Геркулес". "Смотрите, господин Заузе, -предостерегал его знакомый доктор математики Бернгард Гернгросс, -- за свои деньги большевики заставят вас поработать". Но Заузе объяснил, что работы не боится и давно уже ищет широкого поля для применения своих знаний в области механизации лесного хозяйства.

Когда Скумбриевич доложил Полыхаеву, о приезде иностранного специалиста, начальник "Геркулеса" заметался под

своими пальмами.

-- Он нам нужен до зарезу! Вы куда его девали?

-- Пока в гостиницу. Пусть отдохнет с дороги.

-- Какой там может быть отдых! -- вскричал Полыхаев. -Столько денег за него плачено, валюты! Завтра же, ровно в десять, он должен быть здесь.

Без пяти минут десять Генрих Мария Заузе, сверкая кофейными брюками и улыбаясь при мысли о широком поле деятельности, вошел в полыхаевский кабинет. Начальника еще не было. Не было его также через час и через два. Генрих начал томиться. Развлекал его только Скумбриевич, который время от времени появлялся и с невинной улыбкой спрашивал:

-- Что, разве геноссе Полыхаев еще не приходил? Странно.

Еще через два часа Скумбриевич остановил в коридоре завтракавшего Бомзе и начал с ним шептаться:

-- Прямо не знаю, что делать. Полыхаев назначил немцу на десять часов утра, а сам уехал в Москву хлопотать насчет помещения. Раньше недели не вернется. Выручите, Адольф Николаевич! У меня общественная нагрузка, профучебу вот никак перестроить не можем. Посидите с немцем, займите его как-нибудь. Ведь за него деньги плачены, валюта.

Бомзе в последний раз понюхал свою ежедневную котлетку, проглотил ее и, отряхнув крошки, пошел знакомиться с гостем.

В течение недели инженер Заузе, руководимый любезным Адольфом Николаевичем, успел осмотреть три музея, побывать на балете "Спящая красавица" и просидеть часов десять на торжественном заседании, устроенном в его честь. После заседания состоялась неофициальная часть, во время которой избранные геркулесовцы очень веселились, потрясали лафитничками, севастопольскими стопками и, обращаясь к Заузе, кричали: "Пей до дна! "

"Дорогая Тили, - писал инженер своей невесте в Аахен, -вот уже десять дней я живу в Черноморске, но к работе в концерне "Геркулес" еще не приступил. Боюсь, что эти дни у меня вычтут из договорных сумм".

Однако пятнадцатого числа артельщик-плательщик вручил Заузе полумесячное жалованье.

-- Не кажется ли вам, -- сказал Генрих своему новому другу Бомзе, -- что мне заплатили деньги зря? Я не выполняю никакой работы.

-- Оставьте, коллега, эти мрачные мысли! - вскричал Адольф Николаевич. - Впрочем, если хотите, можно поставить вам специальный стол в моем кабинете.

После этого Заузе писал письмо невесте, сидя за специальным

собственным столом:

"Милая крошка. Я живу странной и необыкновенной жизнью. Я ровно ничего не делаю, но получаю деньги пунктуально, в договорные сроки. Все это меня удивляет. Расскажи об этом нашему другу, доктору Бернгарду Гернгроссу. Это покажется ему интересным".

Приехавший из Москвы Полыхаев, узнав, что у Заузе уже есть стол, обрадовался.

-- Ну, вот и прекрасно! - сказал он. - Пусть Скумбриевич введет немца в курс дела.

Но Скумбриевич, со всем своим пылом отдавшийся организации мощного кружка гармонистов-баянистов, сбросил немца Адольфу Николаевичу. Бомзе это не понравилось. Немец мешал ему закусывать и вообще лез не в свои дела, и Бомзе сдал его в эксплуатационный отдел. Но так как этот отдел в то время перестраивал свою работу, что заключалось в бесконечном перетаскивании столов с места на место, то Генриха Марию сплавили в финсчетный зал. Здесь Арников, Дрейфус, Сахарков, Корейко и Борисохлебский, не владевшие немецким языком, решили, что Заузе-иностранный турист из Аргентины, и по целым дням объясняли ему геркулесовскую систему бухгалтерии. При этом они пользовались азбукой для глухонемых.

Через месяц очень взволнованный Заузе поймал Скумбриевича в буфете и принялся кричать:

-- Я не желаю получать деньги даром! Дайте мне работу! Если так будет продолжаться, я буду жаловаться вашему патрону!

Конец речи иностранного специалиста не понравился Скумбриевичу. Он вызвал к себе Бомзе.

-- Что с немцем? - спросил он. - Чего он бесится?

-- Знаете что, -- сказал Бомзе, -- по-моему, он просто склочник. Ей-богу. Сидит человек за столом, ни черта не делает, получает тьму денег и еще жалуется.

-- Вот действительно склочная натура, - заметил Скумбриевич, - даром что немец. - К нему надо применить репрессии. Я как-нибудь скажу Полыхаеву. Тот его живо в бутылку загонит.

Однако Генрих Мария решил пробиться к Полыхаеву сам. Но ввиду того, что начальник "Геркулеса" был видным представителем работников, которые "минуту тому назад вышли" или "только что здесь были", попытка эта привела только к сидению на деревянном диване и взрыву, жертвами которого стали невинные дети лейтенанта Шмидта.

-- Бюрократизмус! -- кричал немец, в ажитации переходя на трудный русский язык.

Остап молча взял европейского гостя за руку, подвел его к

висевшему на стене ящику для жалоб и сказал, как глухому:

-- Сюда! Понимаете? В ящик. Шрайбен, шриб, гешрибен. Писать. Понимаете? Я пишу, ты пишешь, он пишет, она, оно пишет. Понимаете? Мы, вы, они, оне пишут жалобы и кладут в сей ящик. Класть} Глагол класть. Мы, вы, они, оне кладут жалобы... И никто их не вынимает. Вынимать! Я не вынимаю, ты не вынимаешь...

Но тут великий комбинатор увидел в конце коридора широкие бедра Скумбриевича и, не докончив урока грамматики, побежал за неуловимым общественником.

-- Держись, Германия! -- поощрительно крикнул немцу Балаганов, устремляясь за командором.

Но, к величайшей досаде Остапа, Скумбриевич снова исчез, словно бы вдруг дематериализовался.

-- Это уже мистика, - сказал Бендер, вертя головой, только что был человек-и нет его.

Молочные братья в отчаянии принялись открывать все двери подряд. Но уже из третьей комнаты Балаганов выскочил, как из проруби. Лицо его невралгически скосилось на сторону.

-- Ва-ва, - сказал уполномоченный по копытам, прислоняясь к стене, -- ва-ва-ва.

-- Что с вами, дитя мое? -- спросил Бендер. - Вас кто-нибудь обидел?

-- Там, -- пробормотал Балаганов, протягивая дрожащую руку.

Остап открыл дверь и увидел черный гроб. Гроб покоился посреди комнаты на канцелярском столе с тумбами. Остап снял свою капитанскую фуражку и на носках подошел к гробу. Балаганов с боязнью следил за его действиями. Через минуту Остап поманил Балаганова и показал ему большую белую надпись, выведенную на гробовых откосах.

-- Видите, Шура, что здесь написано? -- сказал он. -"Смерть бюрократизму! " Теперь вы успокоились?

Это был прекрасный агитационный гроб, который по большим праздникам геркулесовцы вытаскивали на улицу и с песнями носили по всему городу. Обычно гроб поддерживали плечами Скумбриевич, Бомзе, Берлага и сам Полыхаев, который был человеком демократической складки и не стыдился показываться рядом с подчиненными на различных шествиях и политкарнавалах. Скумбриевич очень уважал этот гроб и придавал ему большое значение. Иногда, навесив на себя фартук, Егор собственноручно перекрашивал гроб заново и освежал антибюрократические лозунги, в то время как в его кабинете хрипели и закатывались телефоны и разнообразнейшие головы, просунувшись в дверную щель, грустно поводили очами.

Егор так и не нашелся. Швейцар в фуражке с зигзагом сообщил

Бендеру, что товарищ Скумбриевич минуту тому назад здесь был и только что ушел, уехал купаться на Комендантский пляж, что давало ему, как он говаривал, зарядку бодрости.

Прихватив на всякий случай Берлагу и растолкав дремавшего за рулем Козлевича, антилоповцы отправились за город.

Надо ли удивляться тому, что распаленный всем происшедшим Остап не стал медлить и полез за Скумбриевичем в воду, нисколько не смущаясь тем, что важный разговор о нечистых акционерных делах придется вести в Черном море.

Балаганов в точности исполнил приказание командора. Он раздел покорного Берлагу, подвел к воде и, придерживая его обеими руками за талию, принялся терпеливо ждать. В море, как видно, происходило тяжелое объяснение. Остап кричал, как морской царь. Слов нельзя было разобрать. Видно было только, что Скумбриевич попытался взять курс на берег, но Остап отрезал ему дорогу и погнал в открытое море. Затем голоса усилились, и стали слышны отдельные слова: "Интенсивник! ", "А кто брал? Папа римский брал?.. ", "При чем тут я?.. " Берлага давно уже переступал босыми пятами, оттискивая на мокром песке индейские следы. Наконец, с моря донесся крик:

-- Можно пускать!

Балаганов спустил в море бухгалтера, который с необыкновенной быстротой поплыл по-собачьи, колотя воду руками и ногами. При виде Берлаги Егор Скумбриевич в страхе окунулся с головой.

Между тем уполномоченный по копытам растянулся на песочке и закурил папиросу. Ждать ему пришлось минут двадцать. Первым вернулся Берлага. Он присел на корточки, вынул из кармана брюк носовой платок и, вытирая лицо, сказал:

-- Сознался наш Скумбриевич. Очной ставки не выдержал.

-- Выдал, гадюка? - добродушно спросил Шура. И, отняв от губ окурок большим и указательным пальцами, щелкнул языком. При этом из его рта вылетел плевок, быстрый и длинный, как торпеда.

Прыгая на одной ноге и нацеливаясь другой ногой в штанину, Берлага туманно пояснил:

-- Я это сделал не в интересах истины, а в интересах правды.

Вторым прибыл великий комбинатор. Он с размаху лег на живот и, прижавшись щекой к нагретому песку, долго и многозначительно смотрел на вылезавшего из воды синего Скумбриевича. Потом он принял из рук Балаганова папку и, смачивая карандаш языком, принялся заносить в дело добытые тяжелым трудом новые сведения.

Удивительное превращение произошло с Егором Скумбриевичем. Еще полчаса назад волна приняла на себя

активнейшего общественника, такого человека, о котором даже председатель месткома товарищ Нидерландюк говорил: "Кто-кто, а Скумбриевич не подкачает". А ведь подкачал Скумбриевич. И как подкачал! Мелкая летняя волна доставила на берег уже не дивное женское тело с головой бреющегося англичанина, а какой-то бесформенный бурдюк, наполненный горчицей и хреном.

В то время, покуда великий комбинатор пиратствовал на море, Генрих Мария Заузе, подстерегший все-таки Полыхаева и имевший с ним весьма крупный разговор, вышел из "Геркулеса" в полном недоумении. Странно улыбаясь, он отправился на почтамт и там, стоя за конторкой, покрытой стеклянной доской, написал письмо невесте в город Аахен:

"Дорогая девочка. Спешу сообщить тебе радостную весть. Наконец-то мой патрон Полыхаев отправляет меня на производство. Но вот что меня поражает, дорогая Тили, - в концерне "Геркулес" это называется загнать в бутылку (sagnat w butilku!). Мой новый друг Бомзе сообщил, что на производство меня посылают в виде наказания. Можешь ли ты себе это представить? И сможет ли это когда-нибудь понять наш добрый доктор математики Бернгард Гернгросс? "

ГЛАВА XIX. УНИВЕРСАЛЬНЫЙ ШТЕМПЕЛЬ

К двенадцати часам следующего дня по "Геркулесу" пополз слух о том, что начальник заперся с какимто посетителем в своем пальмовом зале и вот уже тря часа не отзывается ни на стук Серны Михайловны, ни на вызовы по внутреннему телефону, Геркулесовцы терялись в догадках. Они привыкли к тому, что Полыхаева весь день водят под ручку в коридорах, усаживают на подоконники или затаскивают под лестницу, где и решаются все дела. Возникло даже предположение, что начальник отбился от категории работников, которые "только что вышли", и примкнул к влиятельной группе "затворников", которые обычно проникают в свои кабинеты рано утром, запираются там, выключают телефон и, отгородившись таким образом от всего мира, сочиняют разнообразнейшие доклады.

А между тем работа шла, бумаги требовали подписей, ответов и резолюций. Серна Михайловна недовольно подходила к полыхаевской двери и прислушивалась. При этом в ее больших ушах раскачивались легкие жемчужные шарики.

-- Факт, не имеющий прецедента, -- глубокомысленно сказала секретарша.

-- Но кто же, кто это у него сидит? - спрашивал Бомзе, от которого несло смешанным запахом одеколона и котлет. - Может, кто-нибудь из инспекции?

-- Да нет, говорю вам, обыкновенный посетитель.

-- И Полыхаев сидит с ним уже три часа?

-- Факт, не имеющий прецедента, -- повторила Серна Михайловна.

-- Где же выход из этого исхода? -- взволновался Бомзе. Мне срочно нужна резолюция Полыхаева. У меня подробный доклад о неприспособленности бывшего помещения "Жесть и бекон" к условиям работы "Геркулеса". Я не могу без резолюции.

Серну Михайловну со всех сторон осадили сотрудники. Все они держали в руках большие и малые бумаги. Прождав еще час, в продолжение которого гул за дверью не затихал, Серна Михайловна уселась за свой стол и кротко сказала:

-- Хорошо, товарищи. Подходите с вашими бумагами.

Она извлекла из шкафа длинную деревянную стоечку, на которой покачивалось тридцать шесть штемпелей с толстенькими лаковыми головками, и, проворно вынимая из гнезд нужные печати, принялась оттискивать их на бумагах, не терпящих отлагательства.

Начальник "Геркулеса" давно уже не подписывал бумаг собственноручно. В случае надобности он вынимал из жилетного кармана печатку и, любовно дохнув на нее, оттискивал против титула сиреневое факсимиле. Этот трудовой процесс очень ему нравился и даже натолкнул на мысль, что некоторые наиболее употребительные резолюции не худо бы тоже перевести на резину.

Так появились на свет первые каучуковые изречения: "Не возражаю. Полыхаев". "Согласен. Полыхаев". "Прекрасная мысль. Полыхаев". "Провести в жизнь. Полыхаев".

Проверив новое приспособление на практике, начальник "Геркулеса" пришел к выводу, что оно значительно упрощает его труд и нуждается в дальнейшем поощрении и развитии. Вскоре была пущена в работу новая партия резины. На этот раз резолюции были многословнее:

"Объявить выговор в приказе. Полыхаев". "Поставить на вид. Полыхаев".

"Бросить на периферию. Полыхаев". "Уволить без выходного пособия. Полыхаев".

Борьба, которую начальник "Геркулеса" вел с коммунотделом из-за помещения, вдохновила его на новые стандартные тексты:

"Я коммунотделу не подчинен. Полыхаев". "Что они там, с ума посходили? Полыхаев". "Не мешайте работать. Полыхаев". "Я вам не ночной сторож. Полыхаев". "Гостиница принадлежит нам-и точка. Полыхаев". "Знаю я ваши штучки. Полыхаев". "И кроватей не дам и умывальников. Полыхаев".

Эта серия была заказана в трех комплектах. Борьба предвиделась длительная, и проницательный начальник не без

оснований опасался, что с одним комплектом он не обернется.

Затем был заказан набор резолюций для внутригеркулесовских нужд.

"Спросите у Серны Михайловны. Полыхаев". "Не морочьте мне голову. Полыхаев". "Тише едешь -- дальше будешь. Полыхаев". "А ну вас всех! Полыхаев".

Творческая мысль начальника не ограничилась, конечно, исключительно административной стороной дела. Как человек широких взглядов, он не мог обойти вопросов текущей политики. И он заказал прекрасный универсальный штамп, над текстом которого трудился несколько дней. Это была дивная резиновая мысль, которую Полыхаев мог приспособить к любому случаю жизни. Помимо того, что она давала возможность немедленно откликаться на события, она также освобождала его от необходимости каждый раз мучительно думать. Штамп был построен так удобно, что достаточно было лишь заполнить оставленный в нем промежуток, чтобы получилась злободневная резолюция:

В ответ на................

мы, геркулесовцы, как один человек, ответим:

а) повышением качества служебной переписки,

б) увеличением производительности труда,

в) усилением борьбы с бюрократизмом, волокитой, кумовством и подхалимством,

г) уничтожением прогулов и именин,

д) уменьшением накладных расходов на календари и портреты,

е) общим ростом профсоюзной активности,

ж) отказом от празднования рождества, пасхи, троицы, благовещения, крещения, курбан-байрама, йом-кипура, рамазана, пурима и других религиозных праздников,

з) беспощадной борьбой с головотяпством, хулиганством, пьянством, обезличкой, бесхребетностью и переверзевщиной,

и) поголовным вступлением в ряды общества "Долой рутину с оперных подмостков",

к) поголовным переходом на сою,

л) поголовным переводом делопроизводства на латинский алфавит, а также всем, что понадобится впредь.

Пунктирный промежуток Полыхаев заполнял лично, по мере надобности, сообразуясь с требованиями текущего момента.

Постепенно Полыхаев разохотился и стал все чаще и чаще пускать в ход свою универсальную резолюцию. Дошло до того, что он отвечал ею на выпады, происки, вылазки и бесчинства собственных сотрудников.

Например: "В ответ на наглое бесчинство бухгалтера Кукушкинда, потребовавшего уплаты ему сверхурочных, ответим... "

Или: "В ответ на мерзкие происки и подлые выпады сотрудника Борисохлебского, попросившего внеочередной отпуск, ответим... "-- и так далее.

И на все это надо было немедленно ответить повышением, увеличением, усилением, уничтожением, уменьшением, общим ростом, отказом от, беспощадной борьбой, поголовным вступлением, поголовным переходом, поголовным переводом, а также всем, что понадобится впредь.

И только отчитав таким образом Кукушкинда и Борисохлебского, начальник пускал в дело коротенькую резинку: "Поставить на вид. Полыхаев", или: "Бросить на периферию. Полыхаев".

При первом знакомстве с резиновой резолюцией отдельные геркулесовцы опечалились. Их пугало обилие пунктов. В особенности смущал пункт о латинском алфавите и о поголовном вступлении в общество "Долой рутину с оперных подмостков! " Однако все обернулось мирно. Скумбриевич, правда, размахнулся и организовал, кроме названного общества, еще и кружок "Долой Хованщину! ", но этим все дело и ограничилось.

И покуда за полыхаевской дверью слышался вентиляторный рокот голосов, Серна Михайловна бойко работала. Стоечка со штемпелями, расположившимися по росту-от самого маленького: "Не возражаю. Полыхаев", до самого большого -- универсального, напоминала мудреный цирковой инструмент, на котором белый клоун с солнцем ниже спины играет палочками серенаду Брага. Секретарша выбирала приблизительно подходящий по содержанию штемпель и клеймила им бумаги. Больше всего она налегала на осторожную резинку: "Тише едешь-дальше будешь", памятуя, что это была любимейшая резолюция начальника.

Работа шла без задержки. Резина отлично заменила человека. Резиновый Полыхаев нисколько не уступал Полыхаеву живому.

Уже опустел "Геркулес" и босоногие уборщицы ходили по коридору с грязными ведрами, уже ушла последняя машинистка, задержавшаяся на час, чтобы перепечатать лично для себя строки Есенина: "Влача стихов злаченые рогожи, мне хочется вам нежное сказать", уже Серна Михайловна, которой надоело ждать, поднялась и, перед тем как выйти на улицу, стала массировать веки холодными пальцами, -- когда дверь полыхаевского кабинета задрожала, отворилась и оттуда лениво вышел Остап Бендер. Он сонно посмотрел на Серну Михайловну и пошел прочь, размахивая желтой папкой с ботиночными тесемками. Вслед за ним из-под живительной тени пальм и сикомор вынырнул Полыхаев. Серна взглянула на своего высокого друга и без звука опустилась на квадратный матрасик, смягчавший жесткость ее стула. Как хорошо, что

сотрудники уже разошлись и в эту минуту не могли видеть своего начальника! В усах у него, как птичка в ветвях, сидела алмазная слеза. Полыхаев удивительно быстро моргал глазами и так энергично потирал руки, будто бы хотел трением добыть огонь по способу, принятому среди дикарей Океании, Он побежал за Остапом, позорно улыбаясь и выгибая стан.

-- Что же будет? -- бормотал он, забегая то с одной, то с другой стороны. -- Ведь я не погибну? Ну, скажите же, золотой мой, серебряный, я не погибну? Я могу быть спокоен?

Ему хотелось добавить, что у него жена, дети. Серна, дети от Серны и еще от одной женщины, которая живет в Ростове-на-Дону, но в горле его что-то само по себе пикнуло, и он промолчал.

Плачевно подвывая, он сопровождал Остапа до самого вестибюля. В опустевшем здании они встретили только двух человек. В конце коридора стоял Егор Скумбриевич. При виде великого комбинатора он схватился за челюсть и отступил в нишу. Внизу, на лестниге, из-за мраморной девушки с электрическим факелом выглядывал бухгалтер Берлага. Он раболепно поклонился Остапу и даже молвил: "Здравствуйте", но Остап не ответил на приветствие вице-короля.

У самого выхода Полыхаев схватил Остапа за рукав и пролепетал:

-- Я ничего не утаил. Честное слово! Я могу быть спокоен? Правда?

-- Полное спокойствие может дать человеку только страховой полис, -- ответил Остап, не замедляя хода. - Так вам скажет любой агент по страхованию жизни. Лично мне вы больше не нужны. Вот государство, оно, вероятно, скоро вами заинтересуется.

ГЛАВА XX. КОМАНДОР ТАНЦУЕТ ТАНГО

В маленьком буфете искусственных минеральных вод, на вывеске которого были намалеваны синие сифоны, сидели за белым столиком Балаганов и Паниковский. Уполномоченный по копытам жевал трубочку, следя за тем, чтобы крем не выдавился с противоположного конца. Этот харч богов он запивал сельтерской водой с зеленым сиропом "Свежее сено". Курьер пил целебный кефир. Перед ним стояли уже шесть пустых бутылочек. Из седьмой Паниковский озабоченно вытряхивал в стакан густую жидкость. Сегодня в конторе новая письмоводительница платила жалованье по ведомости, подписанной Бендером, и друзья наслаждались прохладой, шедшей от итальянских каменных плит буфета, от несгораемого шкафа-ледника, где хранилась мокрая брынза, от потемневших цилиндрических баллонов с шипучей водой и от

мраморного прилавка. Кусок льда выскользнул из шкафа и лежал на полу, истекая водой. На него приятно было взглянуть после утомительного вида улицы с короткими тенями, с прибитыми жарою прохожими и очумевшими от жажды псами.

-- Хороший город Черноморск! - сказал Паниковский, облизываясь. -- Кефир хорошо помогает от сердца.

Это сообщение почему-то рассмешило Балаганова. Он неосторожно прижал трубочку, из нее выдавилась толстая колбаска крема, которую уполномоченный еле успел подхватить налету.

-- Знаете, Шура, -- продолжал Паниковский, -- я как-то перестал доверять Бендеру. Он что-то не то делает.

-- Ну, ну! -- угрожающе сказал Балаганов. -- Тебя не спрашивали.

-- Нет, серьезно. Я очень уважаю Остапа Ибрагимовича: это такой человек!.. Даже Фунт, -- вы знаете, как я уважаю Фунта, -- сказал про Бендера, что этоголова. Но я вам скажу, Шура: Фунт-осел! Ей-богу, это такой дурак. Просто жалкая, ничтожная личность! А против Бендера я ничего не возражаю. Но мне коечто не нравится. Вам, Шура, я все скажу как родному.

Со времени последней беседы с субинспектором Уголовного розыска к Балаганову никто не обращался как к родному. Поэтому он с удовлетворением выслушал слова курьера и легкомысленно разрешил ему продолжать.

-- Вы знаете, Шура, - зашептал Паниковский, - я очень уважаю Бендера, но я вам должен сказать: Бендер-осел! Ей-богу, жалкая, ничтожная личность!

-- Но, но! -- предостерегающе сказал Балаганов.

-- При чем тут-но-но? Вы только подумайте, на что он тратит наши деньги? Вы только вспомните! Зачем нам эта дурацкая контора? Сколько расходов! Одному Фунту мы платим сто двадцать. А конторщица. Теперь еще каких-то двух прислали, я видел - они сегодня жалованье по ведомости получали. Броне подростки! Зачем это все? Он говорит-для легальности. Плевал я на легальность, если она стоит таких денег. А оленьи рога за шестьдесят пять рублей! А чернильница! А все эти дыросшиватели!

Паниковский расстегнул пиджак, и полтинничная манишка, пристегнутая к шее нарушителя конвенции, взвилась вверх, свернувшись, как пергаментный свиток. Но Паниковский так разгорячился, что не обратил на это внимания.

-- Да, Шура. Мы с вами получаем мизерный оклад, а он купается в роскоши. И зачем, спрашиваю я, он ездил на Кавказ? Он говорит -- в командировку. Не верю! Паниковский не обязан всему верить! И я бегал для него на пристань за билетом. Заметьте себе, за билетом первого класса. Этот невский франт не может ездить во втором! Вот куда уходят наши десять тысяч! Он разговаривает по

междугородному телефону, рассылает по всему свету телеграммы-молнии. Вы знаете, сколько стоит молния! Сорок копеек слово, А я принужден отказывать себе в кефире, который нужен мне для здоровья. Я старый, больной человек. Скажу вам прямо: Бендер-это не голова.

-- Вы все-таки не очень-то, -- заметил Балаганов, колеблясь. - Ведь Бендер сделал из вас человека. Вспомните, как в Арбатове вы бежали с гусем. А теперь вы служите, получаете ставку, вы член общества.

-- Я не хочу быть членом общества! -- заявил вдруг Паниковский и, понизив голос, добавил: -- Ваш Бендер-идиот. Затеял эти дурацкие розыски, когда деньги можно сегодня же взять голыми руками.

Тут уполномоченный по копытам, не помышляя больше о любимом начальнике, пододвинулся к Паниковскому. И тот, беспрерывно отгибая вниз непослушную манишку, поведал Балаганову о серьезнейшем опыте, который он проделал на свой страх и риск,

В тот день когда великий комбинатор и Балаганов гонялись за Скумбриевичем, Паниковский самовольно бросил контору на старого Фунта, тайно проник в комнату Корейко и, пользуясь отсутствием хозяина, произвел в ней внимательный осмотр. Конечно, никаких денег он в комнате не нашел, но он обнаружил нечто получше -- гири, очень большие черные гири, пуда по полтора каждая.

-- Вам, Шура, я скажу как родному. Я раскрыл секрет этих гирь.

Паниковский поймал, наконец, живой хвостик своей манишки, пристегнул его к пуговице на брюках и торжественно взглянул на Балаганова.

-- Какой же может быть секрет? - разочарованно молвил уполномоченный по копытам. -- Обыкновенные гири для гимнастики.

-- Вы знаете, Шура, как я вас уважаю, - загорячился Паниковский, -- но вы осел. Это золотые гири! Понимаете? Гири из чистого золота! Каждая гиря по полтора пуда. Три пуда чистого золота. Это я сразу понял, меня прямо как ударило. Я стал перед этими гирями и бешено хохотал. Какой подлец этот Корейко! Отлил себе золотые гири, покрасил их в черный цвет и думает, что никто не узнает. Вам, Шура, я скажу как родному, -разве я рассказал бы вам этот секрет, если бы мог унести гири один? Но я старый, больной человек, а гири тяжелые. И я вас приглашаю как родного. Я не Бендер. Я честный!

-- А вдруг они не золотые? - спросил любимый сын лейтенанта, которому очень хотелось, чтобы Паниковский возможно скорее развеял его сомнения.

-- А какие ж они, по-вашему? -- иронически спросил нарушитель конвенции.

-- Да, - сказал Балаганов, моргая рыжими ресницами, теперь мне ясно. Смотрите, пожалуйста, старик-и все раскрыл! А Бендер действительно что-то не то делает: пишет бумажки, ездит... Мы ему все-таки дадим часть, по справедливости, а?

-- С какой стати? - возразил Паниковский. - Все нам! Теперь мы замечательно будем жить, Шура, Я вставлю себе золотые зубы и женюсь, ей-богу женюсь, честное, благородное слово!

Ценные гири решено было изъять без промедления.

-- Заплатите за кефир, Шура, - сказал Паниковский, -потом сочтемся.

Заговорщики вышли из буфета и, ослепленные солнцем, принялись кружить по городу. Их томило нетерпение. Они подолгу стояли на городских мостах и, налегши животами на парапет, безучастно глядели вниз, на крыши домов, на спускавшиеся в гавань улицы, по которым, с осторожностью лошади, съезжали грузовики. Жирные портовые воробьи долбили клювами мостовую, в то время как из всех подворотен за ними следили грязные кошки. За ржавыми крышами, чердачными фонарями и антеннами виднелись синенькая вода, катерок, бежавший во весь дух, и желтая пароходная труба с большой красной буквой.

Время от времени Паниковский поднимал голову и принимался считать. Он переводил пуды на килограммы, килограммы -- на старозаветные золотники, и каждый раз получалась такая заманчивая цифра, что нарушитель конвенции даже легонько повизгивал.

В одиннадцатом часу вечера молочные братья, кренясь под тяжестью двух больших гирь, шли по направлению к конторе по заготовке рогов и копыт. Паниковский нес свою долю обеими руками, выпятив живот и радостно пыхтя. Он часто останавливался, ставил гирю на тротуар и бормотал: "Женюсь! Честное, благородное слово, женюсь! " Здоровяк Балаганов держал гирю на плече. Иногда Паниковский никак не мог повернуть за угол, потому что гиря по инерции продолжала тащить его вперед. Тогда Балаганов свободной рукой придерживал Паниковского за шиворот и придавал его телу нужное направление. У дверей конторы они остановились.

-- Сейчас мы отпилим по кусочку, - озабоченно сказал Паниковский, -- а завтра утром продадим. У меня есть один знакомый часовщик, господин Биберхам. Он даст настоящую цену. Не то что в Черноторге, где никогда настоящей цены не дадут.

Но тут заговорщики заметили, что из-под зеленых конторских занавесок пробивается свет.

-- Кто же там может быть в такой час? -- удивился Балаганов,

нагибаясь к замочной скважине.

За письменным столом, освещенный боковым светом сильной штепсельной лампы, сидел Остап Бендер и что-то быстро писал.

-- Писатель! - сказал Балаганов, заливаясь смехом и уступая скважину Паниковскому.

-- Конечно, -- заметил Паниковский, вдоволь насмотревшись, -- опять пишет. Ей-богу, этот жалкий человек меня смешит. Но где же мы будем пилить?

И, жарко толкуя о необходимости завтра же утром сбыть для начала два кусочка золота часовщику, молочные братья подняли свой груз и пошли в темноту.

Между тем великий комбинатор заканчивал жизнеописание Александра Ивановича Корейко. Со всех пяти избушек, составлявших чернильный прибор "Лицом к деревне", были сняты бронзовые крышечки. Остап макал перо без разбору, куда попадет рука, ездил по стулу и шаркал под столом ногами.

У него было изнуренное лицо карточного игрока, который всю ночь проигрывали только на рассвете поймал, наконец, талию. Всю ночь не вязались банки и не шла карта. Игрок менял столы, старался обмануть судьбу и найти везучее место. Но карта упрямо не шла. Уже он начал "выжимать", то есть, посмотрев на первую карту, медленнейшим образом выдвигать из-за ее спины другую, уже клал он карту на край стола и смотрел на нее снизу, уже складывал обе карты рубашками наружу и раскрывал их, как книгу, - словом, проделывал все то, что проделывают люди, когда им не везет в девятку. Но это не помогало. В руки шли по большей части картинки: валеты с веревочными усиками, дамы, нюхающие бумажные цветки, и короли с дворницкими бородами. Очень часто попадались черные и розовые десятки В общем, шла та мерзость, которую официально называют "баккара", а неофициально -- "бак" или "жир", И только в тот час, когда люстры желтеют и тухнут, когда под плакатами "спать воспрещается" храпят и захлебываются на стульях неудачники в заношенных воротничках, совершается чудо. Банки вдруг начинают вязаться, отвратительные фигуры и десятки исчезают, валят восьмерки и девятки. Игрок уже не мечется по залу, не выжимает карту, не заглядывает в нее снизу. Он чувствует в руках счастливую талию. И уже марафоны столпились позади счастливца, дергают его за плечи и подхалимски шепчут: "Дядя Юра, дайте три рубля". А он, бледный и гордый, дерзко переворачивает карты и под крики: "Освобождаются места за девятым столом! " и "Аматорские, пришлите по полтиннику! "-потрошит своих партнеров. И зеленый стол, разграфленный белыми линиями и дугами, становится для него веселым и радостным, как футбольная площадка.

Для Остапа уже не было сомнений. В игре наступил перелом.

Все неясное стало ясным. Множество людей с веревочными усиками и королевскими бородами, с которыми пришлось сшибиться Остапу и которые оставили след в желтой папке с ботиночными тесемками, внезапно посыпались в сторону, и на передний план, круша всех и вся, выдвинулось белоглазое ветчинное рыло с пшеничными бровями и глубокими ефрейторскими складками на щеках.

Остап поставил точку, промакнул жизнеописание прессом с серебряным медвежонком вместо ручки и стал подшивать документы. Он любил держать дела в порядке. Последний раз полюбовался он хорошо разглаженными показаниями, телеграммами и различными справками. В папке были даже фотографии и выписки из бухгалтерских книг. Вся жизнь Александра Ивановича Корейко лежала в папке, а вместе с ней находились там пальмы, девушки, синее море, белый пароход, голубые экспрессы, зеркальный автомобиль и Рио-де-Жанейро, волшебный город в глубине бухты, где живут добрые мулаты и подавляющее большинство граждан ходит в белых штанах. Наконец-то великий комбинатор нашел того самого индивида, о котором мечтал всю жизнь.

-- И некому даже оценить мой титанический труд, -- грустно сказал Остап, поднимаясь и зашнуровывая толстую папку-Балаганов очень мил, но глуп. Паниковский-просто вздорный старик. А Козлевич-ангел без крыльев. Он до сих пор не сомневается в том, что мы заготовляем рога для нужд мундштучной промышленности. Где же мои друзья, мои жены, мои дети? Одна надежда, что уважаемый Александр Иванович оценит мой великий труд и выдаст мне на бедность тысяч пятьсот. Хотя нет! Теперь я меньше миллиона не возьму, иначе добрые мулаты просто не станут меня уважать.

Остап вышел из-за стола, взял свою замечательную папку и задумчиво принялся расхаживать по пустой конторе, огибая машинку с турецким акцентом, железнодорожный компостер и почти касаясь головой оленьих рогов. Белый шрам на горле Остапа порозовел. Постепенно движения великого комбинатора все замедлялись, и его ноги в красных башмаках, купленных по случаю у греческого матроса, начали бесшумно скользить по полу. Незаметно он стал двигаться боком. Правой рукой он нежно, как девушку, прижал к груди папку, а левую вытянул вперед. Над городом явственно послышался канифольный скрип колеса Фортуны. Это был тонкий музыкальный звук, который перешел вдруг в легкий скрипичный унисон... И хватающая за сердце, давно позабытая мелодия заставила звучать все предметы, находившиеся в Черноморском отделении Арбатовской конторы по заготовке рогов и копыт.

Первым начал самовар. Из него внезапно вывалился на поднос

охваченный пламенем уголек. И самовар запел:

Под знойным небом Аргентины, Где небо южное так сине...

Великий комбинатор танцевал танго. Его медальное лицо было повернуто в профиль. Он становился на одно колено, быстро поднимался, поворачивался и. легонько переступая ногами, снова скользил вперед. Невидимые фрачные фалды разлетались при неожиданных поворотах.

А мелодию уже перехватила пишущая машинка с турецким акцентом:

... Гдэ нэбо южноэ так синэ, Гдэ жэнщины, как на картинэ...

И неуклюжий, видавший виды чугунный компостер глухо вздыхал о невозвратном времени:

... Где женщины как на картине, Танцуют все танго.

Остап танцевал классическое провинциальное танго, которое исполняли в театрах миниатюр двадцать лет тому назад, когда бухгалтер Берлага носил свой первый котелок, Скумбриевич служил в канцелярии градоначальника, Полыхаев держал экзамен на первый гражданский чин, а зицпредседатель Фунт был еще бодрым семидесятилетним человеком и вместе с другими пикейными жилетами сидел в кафе "Флорида", обсуждая ужасный факт закрытия Дарданелл в связи с итало-турецкой войной. И пикейные жилеты, в те времена еще румяные и гладкие, перебирали политических деятелей той эпохи. "Энвербей-это голова. Юан Ши-кай-это голова. Пуришкевич-все-таки тоже голова! "-говорили они, И уже тогда они утверждали, что Бриан-это голова, потому что он и тогда был министром. Остап танцевал. Над его головой трещали пальмы и проносились цветные птички. Океанские пароходы терлись бортами о пристани Рио-де-Жанейро. Сметливые бразильские купчины на глазах у всех занимались кофейным демпингом, и в открытых ресторанах местные молодые люди развлекались спиртными напитками.

-- Командовать парадом буду я! - воскликнул великий комбинатор.

Потушив свет, он вышел из комнаты и кратчайшим путем направился на Малую Касательную улицу. Бледные циркульные ноги прожекторов раздвигались по небу, спускались вниз, внезапно срезали кусок дома, открывая балкон или стеклянную арнаутскую галерею с остолбеневшей от неожиданности парочкой. Из-за угла навстречу Остапу, раскачиваясь и стуча гусеничными лентами, выехали два маленьких танка с круглыми грибными шляпками. Кавалерист, нагнувшись с седла, расспрашивал прохожего, как ближе проехать к Старому рынку. В одном месте Остапу преградила путь артиллерия. Он проскочил путь в интервале между двумя батареями. В другом -- милиционеры торопливо прибивали к воротам дома

доску с черной надписью: "Газоубежище".

Остап торопился. Его подгоняло аргентинское танго. Не обращая внимания на окружающее, он вошел в дом Корейко и постучал в знакомую дверь.

-- Кто там? -- послышался голос подпольного миллионера.

-- Телеграмма! - ответил великий комбинатор, подмигнув в темноту.

Дверь открылась, и он вошел, зацепившись папкой за дверной косяк.

На рассвете далеко за городом сидели в овраге уполномоченный и курьер.

Они пилили гири. Носы их были перепачканы чугунной пылью. Рядом с Паниковским лежала на траве манишка. Он ее снял: она мешала работать. Под гирями предусмотрительный нарушитель конвенции разостлал газетный лист, дабы ни одна пылинка драгоценного металла не пропала зря.

Молочные братья изредка важно переглядывались и принимались пилить с новой силой. В утренней тишине слышались только посвистывание сусликов и скрежетание нагревшихся ножовок.

-- Что такое! -- сказал вдруг Балаганов, переставая работать. -- Три часа уже пилю, а оно все еще не золотое.

Паниковский не ответил. Он уже все понял и последние полчаса водил ножовкой только для виду.

-- Ну-с, попилим еще! - бодро сказал рыжеволосый Шура.

-- Конечно, надо пилить, - заметил Паниковский, стараясь оттянуть страшный час расплаты.

Он закрыл лицо ладонью и сквозь растопыренные пальцы смотрел на мерно двигавшуюся широкую спину Балаганова

-- Ничего не понимаю! -- сказал Шура, допилив до конца и разнимая гирю на две яблочные половины. - Это не золото!

-- Пилите, пилите, -- пролепетал Паниковский. Но Балаганов, держа в каждой руке по чугунному полушарию, стал медленно подходить к нарушителю конвенции.

-- Не подходите ко мне с этим железом! - завизжал Паниковский, отбегая в сторону. - Я вас презираю!

Но тут Шура размахнулся и, застонав от натуги, метнул в интригана обломок гири. Услышав над своей головой свист снаряда, интриган лег на землю.

Схватка уполномоченного с курьером была непродолжительна. Разозлившийся Балаганов сперва с наслаждением топтал манишку, а потом приступил к ее собственнику. Нанося удары, Шура приговаривал:

-- Кто выдумал эти гири? Кто растратил казенные деньги? Кто

Бендера ругал?

Кроме того, первенец лейтенанта вспомнил о нарушении сухаревской конвенции, что обошлось Паниковскому в несколько лишних тумаков.

-- Вы мне ответите за манишку! - злобно кричал Паниковский, закрываясь локтями. -- Имейте в виду, манишки я вам никогда не прощу! Теперь таких манишек нет в продаже!

В заключение Балаганов отобрал у противника ветхий кошелечек с тридцатью восемью рублями.

-- Это за твой кефир, гадюка! -- сказал он при атом.

В город возвращались без радости. Впереди шел рассерженный Шура, а за ним, припадая на одну ножку и громко плача, тащился Паниковский.

-- Я бедный и несчастный старик! - всхлипывал он. -- Вы мне ответите за манишку. Отдайте мне мои деньги.

-- Ты у меня получишь! -- говорил Шура, не оглядываясь. -Все Бендеру скажу. Авантюрист!

ГЛАВА XXI. КОНЕЦ "ВОРОНЬЕЙ СЛОБОДКИ"

Варвара Птибурдукова была счастлива. Сидя за круглым столом, она обводила взором свое хозяйство. В комнате Птибурдуковых стояло много мебели, так что свободного места почти не было. Но и той площади, которая оставалась, было достаточно для счастья. Лампа посылала свет за окно, где, как дамская брошь, дрожала маленькая зеленая ветка. На столе лежали печенье, конфеты и маринованный судак в круглой железной коробочке. Штепсельный чайник собрал на своей кривой поверхности весь уют птибурдуковского гнезда. В нем отражались и кровать, и белые занавески, и ночная тумбочка. Отражался и сам Птибурдуков, сидевший напротив жены в синей пижаме со шнурками. Он тоже был счастлив. Пропуская сквозь усы папиросный дым, он выпиливал лобзиком из фанеры игрушечный дачный нужник. Работа была кропотливая. Необходимо было выпилить стенки, наложить косую крышку, устроить внутреннее оборудование, застеклить окошечко и приделать к дверям микроскопический крючок. Птибурдуков работал со страстью; он считал выпиливание по дереву лучшим отдыхом.

Окончив работу, инженер радостно засмеялся, похлопал жену по толстой теплой спине и придвинул к себе коробочку с судаком. Но в эту минуту послышался сильный стук в дверь, мигнула лампа, и чайник сдвинулся с проволочной подставки.

-- Кто бы это так поздно? -- молвил Птибурдуков, открывая дверь.

На лестнице стоял Васисуалий Лоханкин-- Он по самую бороду был завернут в белое марсельское одеяло, из-под которого виднелись волосатые ноги. К груди он прижимал книгу "Мужчина и женщина", толстую и раззолоченную, как икона. Глаза Васисуалия блуждали.

-- Милости просим, - ошеломленно сказал инженер, делая шаг назад. -- Варвара, что это?

-- Я к вам пришел навеки поселиться, - ответил Лоханкин гробовым ямбом, - надеюсь я найти у вас приют.

-- Как-приют? - сказал Птибурдуков багровея. -- Что вам угодно, Васисуалий Андреевич? На площадку выбежала Варвара,

-- Сашук! Посмотри, он голый! - закричала она, - Что случилось, Васисуалий? Да войди же, войдите.

Лоханкин переступил порог босыми ногами и, бормоча: "Несчастье, несчастье", начал метаться по комнате. Концом одеяла он сразу смахнул на пол тонкую столярную работу Птибурдукова. Инженер отошел в угол, чувствуя, что ничего хорошего уже не предвидится.

-- Какое несчастье? -- допытывалась Варвара. - Почему ты в одном одеяле?

-- Я к вам пришел навеки поселиться, - повторил Лоханкин коровьим голосом.

Его желтая барабанная пятка выбивала по чистому восковому полу тревожную дробь.

-- Что ты ерунду мелешь? -- набросилась Варвара на бывшего мужа. -- Ступай домой и проспись. Уходи отсюда! Иди, иди домой!

-- Уж дома нет, - сказал Васисуалий, продолжая дрожать. -Сгорел до основанья. Пожар, пожар погнал меня сюда. Спасти успел я только одеяло и книгу спас любимую притом. Но раз вы так со мной жестокосердны, уйду я прочь и прокляну притом.

Васисуалий, горестно шатаясь, пошел к выходу. Но Варвара с мужем удержали его. Они просили прощенья, говорили, что не разобрали сразу, в чем дело, и вообще захлопотали. На свет были извлечены новый пиджачный костюм Птибурдукова, белье и ботинки.

Пока Лоханкин одевался, супруги совещались в коридоре.

-- Куда его устроить? -- шептала Варвара. -- Он не может у нас ночевать, у нас одна комната.

-- Я тебе удивляюсь, - сказал добрый инженер, - у человека несчастье, а ты думаешь только о своем благополучии.

Когда супруги вернулись в комнату, погорелец сидел за столом и прямо из железной коробочки ел маринованную рыбу. Кроме того, с полочки были сброшены два тома "Сопротивления материалов", и их место заняла раззолоченная "Мужчина и женщина".

-- Неужели весь дом сгорел? -- сочувственно спросил Птибурдуков. -- Вот ужас!

-- А я думаю, что, может, так надо, -- сказал Васисуалий, приканчивая хозяйский ужин, -- может быть, я выйду из пламени преобразившимся, а? Но он не преобразился.

Когда обо всем было переговорено, Птибурдуковы стали устраиваться на ночь. Васисуалию постлали матрасик на том самом остатке площади, которого еще час назад было достаточно для счастья. Окно закрыли, потушили свет, и в комнату вошла ночь. Минут двадцать все лежали молча, время от времени ворочаясь и тяжело вздыхая. Потом с полу донесся тягучий шепот Лоханкина:

-- Варвара! Варвара! Слушай, Варвара?

-- Чего тебе? -- негодующе спросила бывшая жена.

-- Почему ты от меня ушла, Варвара? Не дождавшись ответа на этот принципиальный вопрос, Васисуалий заныл:

-- Ты самка, Варвара! Ты волчица! Волчица ты, тебя я презираю...

Инженер недвижимо лежал в постели, задыхаясь от злости и сжимая кулаки.

"Воронья слободка" загорелась в двенадцать часов вечера, в то самое время, когда Остап Бендер танцевал танго в пустой конторе, а молочные братья Балаганов и Паниковский выходили из города, сгибаясь под тяжестью золотых гирь.

В длинной цепи приключений, которые предшествовали пожару в квартире номер три, начальным звеном была ничья бабушка. Она, как известно, жгла на своей антресоли керосин, так как не доверяла электричеству. После порки Васисуалия Андреевича в квартире давно уже не происходило никаких интересных событий, и беспокойный ум камергера Митрича томился от вынужденного безделья. Поразмыслив хорошенько о бабушкиных привычках, он встревожился.

-- Сожжет, старая, всю квартиру! - бормотал он. -- Ей что? А у меня одна рояль, может быть, две тысячи стоит.

Придя к такому заключению, Митрич застраховал от огня все свое движимое имущество. Теперь он мог быть спокоен и равнодушно глядел, как бабушка тащила к себе наверх большую мутную бутыль с керосином, держа ее на руках, как ребенка. Первым об осторожном поступке Митрича узнал гражданин Гигиенишвили и сейчас же истолковал его по-своему. Он подступил к Митричу в коридоре и, схватив его за грудь, угрожающе сказал:

-- Поджечь всю квартиру хочешь? Страховку получить хочешь? Ты думаешь, Гигиенишвили дурак? Гигиенишвили все понимает.

И страстный квартирант в тот же день сам застраховался на большую сумму. При этом известии ужас охватил всю "Воронью

слободку". Люция Францевна Пферд прибежала на кухню с вытаращенными глазами.

-- Они нас сожгут, эти негодяи. Вы как хотите, граждане, а я сейчас же иду страховаться. Гореть все равно будем, хоть страховку получу. Я из-за них по миру идти не желаю.

На другой день застраховалась вся квартира, за исключением Лоханкина и ничьей бабушки. Лоханкин читал "Родину" и ничего не замечал, а бабушка не верила в страховку, как не верила в электричество. Никита Пряхин принес домой страховой полис с сиреневой каемкой и долго рассматривал на свет водяные знаки.

-- Это выходит, значит, государство навстречу идет? -сказал он мрачно. -- Оказывает жильцам помощь? Ну, спасибо! Теперь, значит, как пожелаем, так и сделаем.

И, спрятав полис под рубаху, Пряхин удалился в свою комнату. Его слова вселили такой страх, что в эту ночь в "Вороньей слободке" никто не спал. Дуня связывала вещи в узлы, а остальные коечники разбрелись кочевать по знакомым. Днем все следили друг за другом и по частям выносили имущество из дома.

Все было ясно. Дом был обречен. Он не мог не сгореть. И действительно, в двенадцать часов ночи он запылал, подожженный сразу с шести концов.

Последним из дома, который уже наполнился самоварным дымом с прожилками огня, выскочил Лоханкин, прикрываясь белым одеялом. Он изо всех сил кричал: "Пожар! Пожар! ", хотя никого не смог удивить этой новостью. Все жильцы "Вороньей слободки" были в сборе. Пьяный Пряхин сидел на своем сундуке с коваными углами. Он бессмысленно глядел на мерцающие окна, приговаривая: "Как пожелаем, так и сделаем". Гигиенишвили брезгливо нюхал свои руки, которые отдавали керосином, и каждый раз после этого вытирал их о штаны. Огненная пружина вырвалась из форточки и, роняя искры, развернулась под деревянным карнизом. Лопнуло и со звоном вывалилось первое стекло. Ничья бабушка страшно завыла.

-- Сорок лет стоял дом, -- степенно разъяснял Митрич, расхаживая в толпе, -- при всех властях стоял, хороший был дом. А при советской сгорел. Такой печальный факт, граждане.

Женская часть "Вороньей слободки" сплотилась в одну кучу и не сводила глаз с огня. Орудийное пламя вырывалось уже из всех окон. Иногда огонь исчезал, и тогда потемневший дом, казалось, отскакивал назад, как пушечное тело после выстрела. И снова красно-желтое облако выносилось наружу, парадно освещая Лимонный переулок. Стало горячо. Возле дома уже невозможно было стоять, и общество перекочевало на противоположный тротуар.

Один лишь Никита Пряхин дремал на сундучке посреди мостовой. Вдруг он вскочил, босой и страшный.

-- Православные! - закричал он, раздирая на себе рубаху. -- Граждане!

Он боком побежал прочь от огня, врезался в толпу и, выкликая непонятные слова, стал показывать рукой на горящий дом. В толпе возник переполох.

-- Ребенка забыли, -- уверенно сказала женщина в соломенной шляпе.

Никиту окружили. Он отпихивался руками и рвался к дому.

-- На кровати лежит! - исступленно кричал Пряхин. -Пусти, говорю!

По его лицу катились огненные слезы. Он ударил по голове Гигиенишвили, который преграждал ему дорогу, и бросился во двор. Через минуту он выбежал оттуда, неся лестницу.

-- Остановите его! -- закричала женщина в соломенной шляпе. -- Он сгорит!

-- Уйди, говорю! -- вопил Никита Пряхин, приставляя лестницу к стене и отталкивая молодых людей из толпы, которые хватали его за ноги. -- Не дам ей пропасть. Душа горит.

Он лягался ногами и лез вверх, к дымящемуся окну второго этажа.

-- Назад! -- кричали из толпы. -- Зачем полез? Сгоришь!

-- На кровати лежит! -- продолжал выкликать Никита. -Цельный гусь, четверть хлебного вина. Что ж, пропадать ей, православные граждане?

С неожиданным проворством Пряхин ухватился за оконный слив и мигом исчез, втянутый внутрь воздушным насосом. Последние слова его были: "Как пожелаем, так и сделаем". В переулке наступила тишина, прерванная колоколом и трубными сигналами пожарного обоза. Во двор вбежали топорники в негнущихся брезентовых костюмах с широкими синими поясами.

Через минуту после того как Никита Пряхин совершил единственный за всю жизнь героический поступок, от дома отделилось и грохнуло оземь горящее бревно. Крыша, треща, разошлась и упала внутрь дома. К небу поднялся сияющий столб, словно бы из дома выпустили ядро на луну.

Так погибла квартира номер три, известная больше под названием "Вороньей слободки".

Внезапно в переулке послышался звон копыт. В блеске пожара промчался на извозчике инженер Талмудовский. На коленях у него лежал заклеенный ярлыками чемодан. Подскакивая на сиденье, инженер наклонялся к извозчику и кричал:

-- Ноги моей здесь не будет при таком окладе жалованья! Пошел скорей!

И тотчас же его жирная, освещенная огнями и пожарными

факелами спина скрылась за поворотом.

ГЛАВА XXII. КОМАНДОВАТЬ ПАРАДОМ БУДУ Я

-- Я умираю от скуки, - сказал Остап, - мы с вами беседуем только два часа, а вы уже надоели мне так, будто я знал вас всю жизнь. С таким строптивым характером хорошо быть миллионером в Америке. У нас миллионер должен быть более покладистым.

-- Вы сумасшедший! -- ответил Александр Иванович.

-- Не оскорбляйте меня, -- кротко заметил Бендер. -- Я сын турецко-подданного и, следовательно, потомок янычаров. Я вас не пощажу, если вы будете меня обижать. Янычары не знают жалости ни к женщинам, ни к детям, ни к подпольным советским миллионерам.

-- Уходите, гражданин! -- сказал Корейко голосом геркулесовского бюрократа. -- Уже третий чае ночи, я хочу спать, мне рано на службу идти.

-- Верно, верно, я и забыл! - воскликнул Остап. - Вам нельзя опаздывать на службу. Могут уволить без выходного пособия. Все-таки двухнедельный оклад -- двадцать три рубля! При вашей экономии можно прожить полгода.

-- Не ваше дело. Оставьте меня в покое. Слышите? Убирайтесь!

-- Но эта экономия вас погубит. Вам, конечно, небезопасно показать свои миллионы. Однако вы чересчур стараетесь. Вы подумали над тем, что с вами произойдет, если вы, наконец, сможете тратить деньги? Воздержание-вещь опасная! Знакомая мне учительница французского языка Эрнестина Иосифовна Пуанкаре никогда в жизни не пила вина. И что же! На одной вечеринке ее угостили рюмкой коньяку. Это ей так понравилось, что она выпила целую бутылку и тут же, за ужином, сошла с ума. И на свете стало меньше одной учительницей французского языка. То же может произойти и с вами.

-- Чего вы, черт возьми, хотите от меня добиться?

-- Того, чего хотел добиться друг моего детства Коля Остен-Бакен от подруги моего же детства, польской красавицы Инги Зайонц. Он добился любви. И я добиваюсь любви. Я хочу, чтобы вы, гражданин Корейко, меня полюбили и в знак своего расположения выдали мне один миллион рублей.

-- Вон! -- негромко сказал Корейко.

-- Ну вот, опять вы забыли, что я потомок янычаров.

С этими словами Остап поднялся с места. Теперь собеседники стояли друг против друга. У Корейко было штурмовое лицо, в глазах мелькали белые барашки. Великий комбинатор сердечно улыбался, показывая белые кукурузные зубы. Враги подошли близко к настольной лампочке, и на стену легли их исполинские тени.

-- Тысячу раз я вам повторял, - произнес Корейко, сдерживаясь, -- что никаких миллионов у меня нет и не было. Поняли? Поняли? Ну, и убирайтесь! Я на вас буду жаловаться.

-- Жаловаться на меня вы никогда не будете, - значительно сказал Остап, -- а уйти я могу, но не успею я выйти на вашу Малую Касательную улицу, как вы с плачем побежите за мной и будете лизать мои янычарские пятки, умоляя меня вернуться.

-- Почему же это я буду вас умолять?

-- Будете. Так надо, как любил выражаться мой друг Васисуалий Лоханкин, именно в этом сермяжная правда. Вот она!

Великий комбинатор положил на стол папку и, медленно развязывая ее ботиночные тесемки, продолжал:

-- Только давайте условимся. Никаких эксцессов! Вы не должны меня душить, не должны выбрасываться из окна и, самое главное, не умирайте от удара. Если вы вздумаете тут же скоропостижно скончаться, то поставите меня этим в глупое положение. Погибнет плод длительного добросовестного труда. В общем, давайте потолкуем. Уже не секрет, что вы меня не любите. Никогда я не добьюсь того, чего Коля Остен-Бакен добился от Инги Зайонц, подруги моего детства. Поэтому я не стану вздыхать напрасно, не стану хватать вас за талию. Считайте серенаду законченной. Утихли балалайки, гусли и позолоченные арфы. Я "пришел к вам как юридическое лицо к юридическому лицу. Вот пачка весом в три-четыре кило. Она продается и стоят миллион рублей, тот самый миллион, который вы из жадности не хотите мне подарить. Купите!

Корейко склонился над столом и прочел на папке: "Дело Александра Ивановича Корейко. Начато 25 июня 1930 г. Окончено 10 августа 1930 г. ".

-- Какая чепуха! - сказал он, разводя руками. - Что за несчастье такое! То вы приходили ко мне с какими-то деньгами, теперь дело выдумали. Просто смешно.

-- Ну что, состоится покупка? - настаивал великий комбинатор, -- Цена невысокая. За кило замечательнейших сведений из области подземной коммерции беру всего по триста тысяч.

-- Какие там еще сведения? -- грубо спросил Корейко, протягивая руку к папке.

-- Самые интересные, - ответил Остап, вежливо отводя его руку. -- Сведения о вашей второй и главной жизни, которая разительно отличается от вашей первой, сорокашестирублевой, геркулесовской. Первая ваша жизнь всем известна. От десяти до четырех вы за советскую власть. Но вот о вашей второй жизни, от четырех до десяти, знаю я один. Вы учли ситуацию?

Корейко не ответил. Тень лежала в ефрейторских складках его лица.

-- Нет, -- решительно сказал великий комбинатор, -- вы произошли не от обезьяны, как все граждане, а от коровы. Вы соображаете очень туго, совсем как парнокопытное млекопитающее. Это я говорю вам как специалист по рогам и копытам. Итак, еще раз. У вас, по моим сведениям, миллионов семь-восемь. Папка продается за миллион. Если вы ее не купите, я сейчас же отнесу ее в другое место. Там мне за нее ничего не дадут, ни копейки. Но вы погибнете. Это я говорю вам как юридическое лицо юридическому лицу. Я останусь таким же бедным поэтом и многоженцем, каким был, но до самой смерти меня будет тешить мысль, что я избавил общественность от великого сквалыжника.

-- Покажите дело, -- сказал Корейко задумчиво.

-- Не суетитесь, -- заметил Остап, раскрывая папку, -командовать парадом буду я. В свое время вы были извещены об этом по телеграфу. Так вот, парад наступил, и я, как вы можете заметить, им командую.

Александр Иванович взглянул на первую страницу дела и, увидев наклеенную на ней собственную фотографию, неприятно улыбнулся и сказал:

-- Что-то не пойму, чего вы от меня хотите? Посмотреть разве из любопытства.

-- Я тоже из любопытства, -- заявил великий комбинатор. -Ну что ж, давайте приступим, исходя из этого в конце концов невинного чувства. Господа присяжные заседатели, Александр Иванович Корейко родился... Впрочем, счастливое детство можно опустить. В то голубенькое время Саша еще не занимался коммерческим грабежом. Дальше идет розоватое отрочество. Пропустим еще страницу. А вот и юность, начало жизни. Здесь уже можно остановиться. Из любопытства. Страница шестая дела...

Остап перевернул страницу шестую и огласил содержание страниц седьмой, восьмой и далее, по двенадцатую включительно.

-- И вот, господа присяжные заседатели, перед вами только что прошли первые крупные делишки моего подзащитного, как то: торговля казенными медикаментами во время голода и тифа, а также работа по снабжению, которая привела к исчезновению железнодорожного маршрута с продовольствием, шедшего в голодающее Поволжье. Все эти факты, господа присяжные заседатели, интересуют нас с точки зрения чистого любопытства.

Остап говорил в скверной манере дореволюционного присяжного поверенного, который, ухватившись за какое-нибудь словечко, уже не выпускает его из зубов и тащит за собой в течение всех десяти дней большого процесса.

-- Нелишено также любопытства появление моего подзащитного в Москве в 1922 году...

Лицо Александра Ивановича сохраняло нейтральность, но его руки бесцельно шарили по столу, как у слепого.

-- Позвольте, господа присяжные заседатели, задать вам один вопрос. Конечно, из любопытства. Какой доход могут принести человеку две обыкновенные бочки, наполненные водопроводной водой? Двадцать рублей? Три рубля? Восемь копеек? Нет, господа присяжные заседатели! Александру Ивановичу они принесли четыреста тысяч золотых рублей ноль ноль копеек. Правда, бочки эти носили выразительное название: "Промысловая артель химических продуктов "Реванш". Однако пойдем дальше. Страницы сорок вторая-пятьдесят третья. Место действия-маленькая доверчивая республика. Синее небо, верблюды, оазисы и пижоны в золотых тюбетейках. Мой подзащитный помогает строить электростанцию. Подчеркиваю -- помогает. Посмотрите на его лицо, господа присяжные заседатели!..

Увлекшийся Остап повернулся к Александру Ивановичу и указал на него пальцем. Но эффектно описать рукой плавную дугу, как это делывали присяжные поверенные, ему не удалось. Подзащитный неожиданно захватил его руку на лету и молча стал ее выкручивать. В то же время г. подзащитный другой рукой вознамерился вцепиться в горло г. присяжного поверенного. С полминуты противники ломали друг друга, дрожа от напряжения. На Остапе расстегнулась рубашка, и в просвете мелькнула татуировка. Наполеон по-прежнему держал пивную кружку, но был так красен, словно бы успел основательно нализаться.

-- Не давите на мою психику! -- сказал Остап, оторвав от себя Корейко и переводя дыхание. -- Невозможно заниматься.

-- Негодяй! Негодяй! -- шептал Александр Иванович. -- Вот негодяй!

Он сел на пол, кривясь от боли, причиненной ему потомком янычаров.

-- Заседание продолжается! - молвил Остап как ни в чем не бывало. -- И, как видите, господа присяжные заседатели, лед тронулся. Подзащитный пытался меня убить. Конечно, из детского любопытства. Он просто хотел узнать, что находится у меня внутри. Спешу это любопытство удовлетворить. Там внутри -благородное и очень здоровое сердце, отличные легкие и печень без признака камней. Прошу занести этот факт в протокол. А теперь -- продолжим наши игры, как говорил редактор юмористического журнала, открывая очередное заседание и строго глядя на своих сотрудников.

Игры чрезвычайно не понравились Александру Ивановичу. Командировка, из которой Остап вернулся, дыша вином и барашком, оставила в деле обширные следы. Тут была копия заочного приговора, снятые на кальку планы благотворительного комбината,

выписки из "Счета прибылей и убытков", а также фотографии электрического ущелья и кинокоролей.

-- И наконец, господа присяжные заседатели, третий этан деятельности моего драчливого подзащитного-скромная конторская работа в "Геркулесе" для общества и усиленная торгово-подземная деятельность -- для души. Просто из любопытства отметим спекуляции валютой, мехами, камушками и прочими компактными предметами первой необходимости. И, наконец, остановимся на серии самовзрывающихся акционерных обществ под цветистыми нахально-кооперативными названиями: "Интенсивник", "Трудовой кедр", "Пилопомощь" и "Южный лесорубник". И всем этим вертел не господин Фунт, узник частного капитала, а мой друг подзащитный.

При этом великий комбинатор снова указал рукой на Корейко и описал ею давно задуманную эффектную дугу.

Затем Остап в напыщенных выражениях попросил у воображаемого суда разрешения задать подсудимому несколько вопросов и, подождав из приличия одну минуту, начал:

-- Не имел ли подсудимый каких-либо внеслужебных дел с геркулесовцем Берлагой? Не имел. Правильно! А с геркулесовцем Скумбриевичем? Тоже нет. Чудесно. А с геркулесовцем Полыхаевым? Миллионер-конторщик молчал.

-- Вопросов больше не имею. Ф-фу! Я устал и есть хочу. Скажите, Александр Иванович, нет ли у вас холодной котлеты за пазухой? Нету? Удивительная бедность, в особенности если принять во внимание величину суммы, которую вы при помощи Полыхаева выкачали из доброго "Геркулеса". Вот собственноручные объяснения Полыхаева, единственного геркулесовца, который знал, кто скрывается под видом сорокашестирублевого конторщика. Но ион по-настоящему не понимал, кто вы такой. Зато это знаю я. Да, господа присяжные заседатели, мой подзащитный грешен. Это доказано. Но я все-таки позволю себе просить о снисхождении, при том, однако, условии, что подзащитный купит у меня папку. Я кончил.

К концу речи великого комбинатора Александр Иванович успокоился. Заложив руки в карманы легких брюк, он подошел к окну. Молодой день в трамвайных бубенцах уже шумел то городу. За полисадом шли осоавиахимовцы, держа винтовки вкривь и вкось, будто несли мотыги. По оцинкованному карнизу, стуча красными вербными лапками и поминутно срываясь, прогуливались голуби. Александр Иванович, приучивший себя к экономии, потушил настольную лампу и сказал:

-- Так это вы посылали мне дурацкие телеграммы?

-- Я, -- ответил Остап. -- "Грузите апельсины бочках братья Карамазовы". Разве плохо?

-- Глуповато.

-- А нищий-полуидиот? - спросил Остап, чувствуя, что парад удался. -- Хорош?

-- Мальчишеская выходка! И книга о миллионерах -- тоже. А когда вы пришли в виде киевского надзирателя, я сразу понял, что вы мелкий жулик. К сожалению, я ошибся. Иначе черта с два вы бы меня нашли.

-- Да, вы ошиблись. И на старуху бывает проруха, как сказала польская красавица Инга Зайонц через месяц после свадьбы с другом моего детства Колей Остен-Бакеном.

-- Ну, ограбление -- это еще понятно, но гири! Почему вы украли у меня гири?

-- Какие гири? Никаких гирь я не крал.

-- Вам просто стыдно признаться. И вообще вы наделали массу глупостей.

-- Возможно, -- заметил Остап. -- Я не ангел. У меня есть недочеты. Однако я с вами заболтался. Меня ждут мулаты. Прикажете получить деньги?

-- Да, деньги! -- сказал Корейко. -- С деньгами заминка. Папка хорошая, слов нет, купить можно, но, подсчитывая мои доходы, вы совершенно упустили из виду расходы и прямые убытки. Миллион -- это несуразная цифра.

-- До свиданья, -- холодно молвил Остап, -- и, пожалуйста, побудьте дома полчаса. За вами приедут в чудной решетчатой карете.

-- Так дела не делают, -- сказал Корейко с купеческой улыбкой.

-- Может быть, -- вздохнул Остап, -- но я, знаете, не финансист. Я-свободный художник и холодный философ.

-- За что же вы хотите получить деньги? Я их заработал, а вы...

-- Я не только трудился. Я даже пострадал. После разговоров с Берлагой, Скумбриевичем и Полыхаевым я потерял веру в человечество. Разве это не стоит миллиона рублей, вера в человечество?

-- Стоит, стоит, -- успокоил Александр Иванович.

-- Значит, пойдем в закрома? - спросил Остап. - Кстати, где вы держите свою наличность? Надо полагать, не в сберкассе?

-- Пойдем! - ответил Корейко. - Там увидите,

-- Может быть, далеко? -- засуетился Остап. - Я могу машину.

Но миллионер от машины отказался и заявил, что идти недалеко и что вообще не нужно лишней помпы. Он учтиво пропустил Бендера вперед и вышел, захватив со стола небольшой пакетик, завернутый в газетную бумагу. Спускаясь с лестницы, Остап напевал: "Под небом знойной Аргентины... "

ГЛАВА XXIII. СЕРДЦЕ ШОФЕРА

На улице Остап взял Александра Ивановича под руку, и оба комбинатора быстро пошли по направлению к вокзалу.

-- А вы лучше, чем я думал, -- дружелюбно сказал Бендер. -- И правильно. С деньгами нужно расставаться легко, без стонов.

-- Для хорошего человека и миллиона не жалко, - ответил конторщик, к чему-то прислушиваясь.

Когда они повернули на улицу Меринга, над городом пронесся воющий звук сирены. Звук был длинный, волнистый и грустный. От такого звука в туманную ночь морякам становится как-то не по себе, хочется почему-то просить прибавки к жалованью по причине опасной службы. Сирена продолжала надрываться. К ней присоединились сухопутные гудки и другие сирены, более далекие и еще более грустные. Прохожие вдруг заторопились, будто бы их погнал ливень. При этом все ухмылялись и поглядывали на небо. Торговки семечками, жирные старухи, бежали, выпятив животы, и в их камышовых корзинках среди сыпучего товара подскакивали стеклянные стаканчики. Через улицу вкось промчался Адольф Николаевич Бомзе. Он благополучно успел проскочить в вертящуюся дверь "Геркулеса". Прогалопировал на разноцветных лошадках взвод конного резерва милиции. Промелькнул краснокрестный автомобиль. Улица внезапно очистилась. Остап заметил, что далеко впереди от бывшего кафе "Флорида" отделился табунчик пикейных жилетов. Размахивая газетами, канотье и панамскими шляпами, старики затрусили по мостовой. Но не успели они добраться до угла, как раздался оглушающий лопающийся пушечный выстрел, пикейные жилеты пригнули головы, остановились и сейчас же побежали обратно. Полы их чесучовых пиджаков раздувались.

Поведение пикейных жилетов рассмешило Остапа. Пока он любовался их удивительными жестами и прыжками, Александр Иванович успел развернуть захваченный из дому пакет.

-- Скабрезные старики! Опереточные комики! - сказал Остап, поворачиваясь к Корейко.

Но Корейко не было. Вместо него на великого комбинатора смотрела потрясающая харя со стеклянными водолазными очами и резиновым хоботом, в конце которого болтался жестяной цилиндр цвета хаки. Остап так удивился, что даже подпрыгнул.

-- Что это за шутки? - грозно сказал он, протягивая руку к противогазу. -- Гражданин подзащитный, призываю вас к порядку.

Но в эту минуту набежала группа людей в таких же противогазах, и среди десятка одинаковых резиновых харь уже нельзя было найти Корейко. Придерживая свою папку, Остап сразу же стал смотреть на ноги чудовищ, но едва ему показалось, что он

различил вдовьи брюки Александра Ивановича, как его взяли под руки и молодецкий голос сказал:

-- Товарищ! Вы отравлены!

-- Кто отравлен? -- закричал Остап, вырываясь. - Пустите!

-- Товарищ, вы отравлены газом! - радостно повторил санитар. -- Вы попали в отравленную зону. Видите, газовая бомба.

На мостовой действительно лежал ящичек, из которого поспешно выбирался густой дым. Подозрительные брюки были уже далеко. В последний раз они сверкнули между двух потоков дыма и пропали. Остап молча и яростно выдирался. Его держали уже шесть масок.

-- Кроме того, товарищ, вы ранены осколком в руку. Не сердитесь, товарищ! Будьте сознательны! Вы же знаете, что идут маневры. Сейчас мы вас перевяжем и отнесем в газоубежище.

Великий комбинатор никак не мог понять, что сопротивление бесполезно. Игрок, ухвативший на рассвете счастливую талию и удивлявший весь стол, неожиданно в десять минут спустил все забежавшему мимоходом из любопытства молодому человеку. И уже не сидит он, бледный и торжествующий, и уже не толкутся вокруг него марафоны, выклянчивая мелочь на счастье. Домой он пойдет пешком.

К Остапу подбежала комсомолка с красным крестом на переднике, Она вытащила из брезентовой сумки бинты и вату и, хмуря брови, чтобы не рассмеяться, обмотала руку великого комбинатора поверх рукава. Закончив акт милосердия, девушка засмеялась и убежала к следующему раненому, который покорно отдал ей свою ногу. Остапа потащили к носилкам. Там произошла новая схватка, во время которой раскачивались хоботы, а первый санитар-распорядитель громким лекторским голосом продолжал пробуждать в Остапе сознательность и другие гражданские доблести.

-- Братцы! - бормотал великий комбинатор, в то время как его пристегивали к носилкам ремнями. - Сообщите, братцы, моему покойному папе, турецкоподданному, что любимый сын его, бывший специалист по рогам и копытам, пал смертью храбрых на поле брани.

Последние слова потерпевшего на поле брани были:

-- Спите, орлы боевые! Соловей, соловей, пташечка...

После этого Остапа понесли, и он замолчал, устремив глаза в небо, где начиналась кутерьма. Катились плотные, как сердца, светлые клубки дыма. На большой высоте неровным углом шли прозрачные целлулоидные самолеты. От них расходилось звонкое дрожание, словно бы все они были связаны между собой железными нитями. В коротких промежутках между орудийными ударами продолжали выть сирены.

Остапу пришлось вытерпеть еще одно унижение. Его несли

мимо "Геркулеса". Из окон четырех этажей лесоучреждения выглядывали служащие. Весь финсчет стоял на подоконниках. Лапидус-младший пугал Кукушкинда, делая вид, что хочет столкнуть его вниз. Берлага сделал большие глаза и поклонился носилкам. В окне второго этажа на фоне пальм стояли, обнявшись, Полыхаев и Скумбриевич. Заметив связанного Остапа, они зашептались и быстро захлопнули окно.

Перед вывеской "Газоубежище э 34" носилки остановились, Остапу помогли подняться, и, так как он снова попытался вырваться, санитару-распорядителю пришлось снова воззвать к его сознательности.

Газоубежище расположилось в домовом клубе. Это был длинный и светлый полуподвал с ребристым потолком, к которому на проволоках были подвешены модели военных и почтовых самолетов. В глубине клуба помещалась маленькая сцена, на заднике которой были нарисованы два синих окна с луной и звездами и коричневая дверь. Под стеной с надписью: "Войны не хотим, но к отпору готовы" -- мыкались пикейные жилеты, захваченные всем табунчиком. По сцене расхаживал лектор в зеленом френче и, недовольно поглядывая на дверь, с шумом пропускавшую новые группы отравленных, с военной отчетливостью говорил:

-- По характеру действия боевые отравляющие вещества делятся на удушающие, слезоточивые, общеядовитые, нарывные, раздражающие и так далее. В числе слезоточивых отравляющих веществ можем отметить хлор-пикрин, бромистый бензол, бром-ацетон, хлор-ацетофенон...

Остап перевел мрачный взор с лектора на слушателей. Молодые люди смотрели оратору в рот или записывали лекцию а книжечку, или возились у щита с винтовочными частями. Во втором ряду одиноко сидела девушка спортивного 1вида, задумчиво глядя на театральную луну.

"Хорошая девушка, -- решил Остап, -- жалко, времени нет. О чем она думает? Уж наверно не о бромистом бензоле. Ай-яй-яй! Еще сегодня утром я мог прорваться с такой девушкой куда-нибудь в Океанию, на Фиджи или на какие-нибудь острова Жилтоварищества, или в Рио-де-Жанейро".

При мысли об утраченном Рио Остап заметался по убежищу.

Пикейные жилеты в числе сорока человек уже оправились от потрясения, подвинтили свои крахмальные воротнички и с жаром толковали о пан-Европе, о морской конференции трех держав и о гандизме.

-- Слышали? - говорил один жилет другому, - Ганди приехал в Данди.

-- Ганди-это голова! -- вздохнул тот. -- И Данди -- это голова.

Возник спор. Одни жилеты утверждали, что Данди -- это город и головою быть не может. Другие с сумасшедшим упорством доказывали противное. В общем, Все сошлись на том, что Черноморск будет объявлен вольным городом в ближайшие же дни.

Лектор снова сморщился, потому что дверь открылась и в помещение со стуком прибыли новые жильцы -- Балаганов и Паниковский. Газовая атака застигла их при возвращении из ночной экспедиции. После работы над гирями они были перепачканы, как шкодливые коты. При виде командора молочные братья потупились.

-- Вы что, на именинах у архиерея были? -- хмуро спросил Остап.

Он боялся расспросов о ходе дела Корейко, поэтому сердито соединил брови и перешел в нападение.

-- Ну, гуси-лебеди, что поделывали?

-- Ей-богу. -- сказал Балаганов, прикладывая руку к груди. -- Это все Паниковский затеял.

-- Паниковский! - строго сказал командор.

-- Честное, благородное слово! -- воскликнул нарушитель конвенции. -- Вы же знаете, Бендер, как я вас уважаю! Это балагановские штуки.

-- Шура! -- еще более строго молвил Остап.

-- И вы ему поверили! - с упреком сказал уполномоченный по копытам. -- Ну, как вы думаете, разве я без вашего разрешения взял бы эти гири?

-- Так это вы взяли гири? - закричал Остап. -- Зачем же?

-- Паниковский сказал, что они золотые. Остап посмотрел на Паниковского. Только сейчас он заметил, что под его пиджаком нет уже полтинничной манишки и оттуда на свет божий глядит голая грудь. Не говоря ни слова, великий комбинатор свалился на стул. Он затрясся, ловя руками воздух. Потом из его горла вырвались вулканические раскаты, из глаз выбежали слезы, и смех, в котором сказалось все утомление ночи, все разочарование в борьбе с Корейко, так жалко спародированной молочными братьями, -- ужасный смех раздался в газоубежище. Пикейные жилеты вздрогнули, а лектор еще громче и отчетливей заговорил о боевых отравляющих веществах.

Смех еще покалывал Остапа тысячью нарзанных иголочек, а он уже чувствовал себя освеженным и помолодевшим, как человек, прошедший все парикмахерские инстанции: и дружбу с бритвой, и знакомство с ножницами, и одеколонный дождик, и даже причесывание бровей специальной щеточкой. Лаковая океанская волна уже плеснула в его сердце, и на вопрос Балаганова о делах он ответил, что все идет превосходно, если не считать неожиданного бегства миллионера в неизвестном направлении.

Молочные братья не обратили на слова Остапа должного

внимания. Их радовало, что дело с гирями сошло так легко.

-- Смотрите, Бендер, - сказал уполномоченный по копытам, -- вон барышня сидит. Это с нею Корейко всегда гулял.

-- Значит, это и есть Зося Синицкая? -- с ударением произнес Остап. -- Вот уж действительно -- средь шумного бала, случайно...

Остап протолкался к сцене, вежливо остановил оратора и, узнав у него, что газовый плен продлится еще часа полтора-два, поблагодарил и присел тут же, у сцены, рядом с Зосей. Через некоторое время девушка уже не смотрела на размалеванное окно. Неприлично громко смеясь, она вырывала свой гребень из рук Остапа. Что касается великого комбинатора, то он, судя по движению его губ, говорил не останавливаясь.

В газоубежище притащили инженера Талмудовского. Он отбивался двумя чемоданами. Его румяный лоб был влажен от пота и блестел, как блин.

-- Ничего не могу сделать, товарищ! - говорил распорядитель. -- Маневры! Вы попали в отравленную зону.

-- Но ведь я ехал на извозчике! -- кипятился инженер. -На из-воз-чи-ке! Я спешу на вокзал в интересах службы. Ночью я опоздал на поезд. Что ж, и сейчас опаздывать?

-- Товарищ, будьте сознательны!

-- Почему же я должен быть сознательным, если я ехал на извозчике! -- негодовал Талмудовский.

Он так напирал на это обстоятельство, будто езда на извозчике делала седока неуязвимым и лишала хлор-пикрин, бром-ацетон и бромистый бензол их губительных отравляющих свойств. Неизвестно, сколько бы еще времени Талмудовский переругивался с осоавиахимовцами, если бы в газоубежище не вошел новый отравленный и, судя по замотанной в марлю голове, также и раненый гражданин. При виде нового гостя Талмудовский замолчал и проворно нырнул в толпу пикейных жилетов. Но человек в марле сразу же заметил корпусную фигуру инженера и направился прямо к нему.

-- Наконец-то я вас поймал, инженер Талмудовский! - сказал он зловеще, - На каком основании вы бросили завод?

Талмудовский повел во все стороны маленькими кабаньими глазками. Убедившись, что убежать некуда, он сел на свои чемоданы и закурил папиросу.

-- Приезжаю к нему в гостиницу, -- продолжал человек в марле громогласно, -- говорят: выбыл. Как это, спрашиваю, выбыл, ежели он только вчера прибыл и по контракту обязан работать год? Выбыл, говорят, с чемоданами в Казань. Уже думал -- все кончено, опять нам искать специалиста, но вот поймал; сидит, видите, покуривает. Вы летун, инженер Талмудовский1 Вы разрушаете производство!

Инженер спрыгнул с чемоданов и с криком: "Это вы разрушаете производство!"-схватил обличителя за талию, отвел его в угол и зажужжал на него, как большая муха. Вскоре из угла послышались обрывки фраз: "При таком окладе...", "Идите, поищите", "А командировочные?" Человек в марле с тоской смотрел на инженера.

Уже лектор закончил свои наставления, показав под конец, как нужно пользоваться противогазом, уже раскрылись двери газоубежища и пикейные жилеты, держась друг за друга, побежали к "Флориде", уже Талмудовский, отбросив своего преследователя, вырвался на волю, крича во все горло извозчика, а великий комбинатор все еще болтал с Зосей.

-- Какая фемина! -- ревниво сказал Паниковский, выходя с Балагановым на улицу. -- Ах, если бы гири были золотые! Честное, благородное слово, я бы на ней женился!

При напоминании о злополучных гирях Балаганов больно толкнул Паниковского локтем. Это было вполне своевременно. В дверях газоубежища показался Остап с феминой под руку. Он долго прощался с Зосей, томно глядя на нее в упор. Зося последний раз улыбнулась и ушла.

-- О чем вы с ней говорили? - подозрительно спросил Паниковский.

-- Так, ни о чем, печки-лавочки, - ответил Остап. - Ну, золотая рота, за дело! Надо найти подзащитного.

Паниковский был послан в "Геркулес", Балаганов-на квартиру Александра Ивановича. Сам Остап бросился на вокзалы. Но миллионер-конторщик исчез. В "Геркулесе" его марка не была снята с табельной доски, в квартиру он не возвратился, а за время газовой атаки с вокзалов отбыло восемь поездов дальнего следования. Но Остап и не ждал другого результата.

-- В конце концов, -- сказал он невесело, -- ничего страшного нет. Вот в Китае разыскать нужного человека трудновато: там живет четыреста миллионов населения. А у нас очень легко: всего лишь сто шестьдесят миллионов, в три раза легче, чем в Китае. Лишь бы были деньги. А они у нас есть.

Однако из банка Остап вышел, держа в руке тридцать четыре рубля.

-- Это все, что осталось от десяти тысяч, -- сказал он с неизъяснимой печалью, - а я думал, что на текущем счету есть еще тысяч шесть-семь... Как же это вышло? Все было так весело, мы заготовляли рога и копыта, жизнь была упоительна, земной шар вертелся специально для нас -- и вдруг... Понимаю! Накладные расходы! Аппарат съел все деньги.

И он посмотрел на молочных братьев с укоризной. Паниковский пожал плечами, как бы говоря: "Вы знаете, Бендер, как

я вас уважаю! Я всегда говорил, что вы осел! " Балаганов ошеломленно погладил свои кудри и спросил:

-- Что же мы будем делать?

-- Как что! - вскричал Остап. -- А контора по заготовке рогов и копыт? А инвентарь? За один чернильный прибор "Лицом к деревне" любое учреждение с радостью отдаст сто рублей! А пишущая машинка! А дыропробиватель, оленьи рога, столы, барьер, самовар! Все это можно продать-- Наконец, в запасе у нас есть золотой зуб Паниковского. Он, конечно, уступает по величине гирям, но все-таки это молекула золота, благородный металл.

У конторы друзья остановились. Из открытой двери неслись молодые львиные голоса вернувшихся из командировки студентов животноводческого техникума, сонное борматанье Фунта и еще какие-то незнакомые басы и баритоны явно агрономического тембра.

-- Это состав преступления! - кричали практиканты. - Мы и тогда еще удивлялись. За всю кампанию заготовлено только двенадцать кило несортовых рогов.

-- Вы пойдете под суд! -- загремели басы и баритоны. -Где начальник отделения? Где уполномоченный по копытам? Балаганов задрожал.

-- Контора умерла, -- шепнул Остап, -- и мы здесь больше не нужны. Мы пойдем по дороге, залитой солнцем, а Фунта поведут в дом из красного кирпича, к окнам которого по странному капризу архитектора привинчены толстые решетки.

Экс-начальник отделения не ошибся. Не успели поверженные ангелы отдалиться от конторы на три квартала, как услышали за собой треск извозчичьего экипажа. В экипаже ехал Фунт. Он совсем был бы похож на доброго дедушку, покатившего после долгих сборов к женатому внуку, если бы не милиционер, который, стоя на подножке, придерживал старика за колючую спину.

-- Фунт всегда сидел, -- услышали антилоповцы низкий глухой голос старика, когда экипаж проезжал мимо. -- Фунт сидел при Александре Втором "Освободителе", при Александре Третьем "Миротворце", при Николае Втором "Кровавом", при Александре Федоровиче Керенском...

И, считая царей и присяжных поверенных, Фунт загибал пальцы.

-- А теперь что мы будем делать? -- спросил Балаганов.

-- Прошу не забывать, что вы проживаете на одном отрезке времени с Остапом Бендером, -- грустно сказал великий комбинатор. - Прошу помнить, что у не-го есть замечательный саквояж, в котором находится все для добывания карманных денег. Идемте домой, к Лоханкину.

В Лимонном переулке их ждал новый удар..

-- Где же дом? -- воскликнул Остап. -- Ведь тут еще вчера вечером был дом?

Но дома не было, не было "Вороньей слободки". По обгорелым балкам ступал только страховой инспектор. Найдя на заднем дворе бидон из-под керосина, он понюхал его и с сомнением покачал головой.

-- Ну, а теперь же что? -- спросил Балаганов, испуганно улыбаясь.

Великий комбинатор не ответил. Он был подавлен утратой саквояжа. Сгорел волшебный мешок, в котором была индусская чалма, была афиша "Приехал жрец", был докторский халат, стетоскоп. Чего там только не было!

-- Вот, -- вымолвил, наконец, Остап, -- судьба играет человеком, а человек играет на трубе.

Они побрели по улицам, бледные, разочарованные, отупевшие от горя. Их толкали прохожие, по они даже не огрызались. Паниковский, который поднял плечи еще во время неудачи в банке, так и не опускал их. Балаганов теребил свои красные кудри и огорченно вздыхал. Бендер шел позади всех, опустив голову и машинально мурлыча: "Кончен, кончен день забав, стреляй, мой маленький зуав". В таком состоянии они притащились на постоялый двор. В глубине, под навесом, желтела "Антилопа". На трактирном крыльце сидел Козлевич. Сладостно отдуваясь, он втягивал из блюдечка горячий чай. У него было красное горшечное лицо. Он блаженствовал.

-- Адам! - сказал великий комбинатор, останавливаясь перед шофером. -- У нас ничего не осталось. Мы нищие, Адам! Примите нас! Мы погибаем.

Козлевич встал. Командор, униженный и бедный, стоял перед ним с непокрытой головой. Светлые польские глаза Адама Казимировича заблестели от слез.

Он сошел со ступенек и поочередно обнял всех антилоповцев.

-- Такси свободен! - сказал он, глотая слезы жалости. Прошу садиться.

-- Но, может быть, нам придется ехать далеко, очень далеко, - молвил Остап, - может быть, на край земли, а может быть, еще дальше. Подумайте!

-- Куда хотите! - ответил верный Козлевич. - Такси свободен!

Паниковский плакал, закрывая лицо кулачками н шепча:

-- Какое сердце! Честное, благородное слово! Какое сердце!

ГЛАВА XXIV. ПОГОДА БЛАГОПРИЯТСТВОВАЛА ЛЮБВИ

Обо всем, что великий комбинатор сделал в дни, последовавшие за переселением на постоялый двор, Паниковский отзывался с большим неодобрением.

-- Бендер безумствует! -- говорил он Балаганову. - Он нас совсем погубит!

И на самом деле, вместо того чтобы постараться как можно дольше растянуть последние тридцать четыре рубля, обратив их исключительно на закупку продовольствия, Остап отправился в цветочный магазин и купил за тридцать пять рублей большой, как клумба, шевелящийся букет роз. Недостающий рубль он взял у Балаганова. Между цветов он поместил записку: "Слышите ли вы, как бьется мое большое сердце? " Балаганову было приказано отнести цветы Зосе Синицкой.

-- Что вы делаете? - сказал Балаганов, взмахнув букетом. -- Зачем этот шик?

-- Нужно, Шура, нужно, - ответил Остап. - Ничего не поделаешь! У меня большое сердце. Как у теленка. И потом это все равно не деньги. Нужна идея.

Вслед за тем Остап уселся в "Антилопу" и попросил Козлевича вывезти его куда-нибудь за город.

-- Мне необходимо, -- сказал он, -- пофилософствовать в одиночестве обо всем происшедшем и сделать необходимые прогнозы в будущее.

Весь день верный Адам катал великого комбинатора по белым приморским дорогам, мимо домов отдыха и санаториев, где отдыхающие шлепали туфлями, поколачивали молотками крокетные шары или прыгали у волейбольных сеток. Телеграфная проволока издавала виолончельные звуки. Дачницы тащили в ковровых кошелках синие баклажаны и дыни. Молодые люди с носовыми платками на мокрых после купанья волосах дерзко заглядывали в глаза женщинам и отпускали любезности, полный набор которых имелся у каждого черноморца в возрасте до двадцати пяти лет. Если шли две дачницы, молодые черноморцы говорили им вслед: "Ах, какая хорошенькая та, которая с краю! " При этом они от души хохотали. Их смешило, что дачницы никак не смогут определить, к которой из них относится комплимент. Если же навстречу попадалась одна дачница, то остряки останавливались, якобы пораженные громом, и долго чмокали губами, изображая любовное томление. Молодая дачница краснела и перебегала через дорогу, роняя синие баклажаны, что вызывало у ловеласов гомерический смех.

Остап полулежал на жестких антилоповских подушках и мыслил. Сорвать деньги с Полыхаева или Скумбриевича не удалось --

геркулесовцы уехали в отпуск. Безумный бухгалтер Берлага был не в счет: от него нельзя было ждать хорошего удоя. А между тем планы Остапа и его большое сердце требовали пребывания в Черноморске, Срок этого пребывания он сейчас и сам затруднился бы определить.

Услышав знакомый замогильный голос, Остап взглянул на тротуар. За шпалерой тополей шествовала под руку немолодая уже чета. Супруги, видимо, шли на берег. Позади тащился Лоханкин. Он нес в руках дамский зонтик и корзинку, из которой торчал термос и свешивалась купальная простыня.

-- Варвара, - тянул он, - слушай, Варвара!

-- Чего тебе, горе мое? -- спросила Птибурдукова, не оборачиваясь.

-- Я обладать хочу тобой, Варвара!..

-- Нет, каков мерзавец! - заметил Птибурдуков, тоже не оборачиваясь.

И странная семья исчезла в антилоповской пыли.

Когда пыль упала на землю, Бендер увидел на фоне моря и цветочного партера большое стеклянное ателье.

Гипсовые львы с измаранными мордами сидели у подножья широкой лестницы. Из ателье бил беспокойный запах грушевой эссенции. Остап понюхал воздух и попросил Козлевича остановиться. Он вышел из машины и снова принялся втягивать ноздрями живительный запах эссенции.

-- Как же это я сразу не догадался! - пробормотал он, вертясь у подъезда.

Он устремил взор на вывеску: "1-я Черноморская кинофабрика", погладил лестничного льва по теплой гриве и, промолвив: "Голконда", быстро отправился назад, на постоялый двор.

Всю ночь он сидел у подоконника и писал при свете керосиновой лампочки. Ветер, забегавший в окно, перебирал исписанные листки. Перед сочинителем открывался не слишком привлекательный пейзаж. Деликатный месяц освещал не бог весть какие хоромы. Постоялый двор дышал, шевелился и хрипел во сне. Невидимые, в темных углах перестукивались лошади. Мелкие спекулянты спали на подводах, подложив под себя свой жалкий товар. Распутавшаяся лошадь бродила по двору, осторожно переступая через оглобли, волоча за собою недоуздок и суя морду в подводы в поисках ячменя. Подошла она и к окну сочинителя и, положив голову на подоконник, с печалью посмотрела на Остапа.

-- Иди, иди, лошадь, - заметил великий комбинатор, - не твоего это ума дело!

Перед рассветом, когда постоялый двор стал оживать и между подводами уже бродил мальчик с ведром воды, тоненько выкликая: "Кому кони напувать? ", Остап окончил свой труд, вынул из "дела

Корейко" чистый лист бумаги и вывел на нем заголовок:

"ШЕЯ"

Многометражный фильм

Сценарий О. Бендера

На 1-й Черноморской кинофабрике был тот ералаш, какой бывает только на конских ярмарках и именно в ту минуту, когда всем обществом ловят карманника.

В подъезде сидел комендант. У всех входящих он строго требовал пропуск, но если ему пропуска не давали, то он пускал и так. Люди в синих беретах сталкивались с людьми в рабочих комбинезонах, разбегались по многочисленным лестницам и немедленно по этим же лестницам бежали вниз. В вестибюле они описывали круг, на секунду останавливались, остолбенело глядя перед собой, и снова пускались наверх с такой прытью, будто бы их стегали сзади мокрым линьком. Стремглав проносились ассистенты, консультанты, эксперты, администраторы, режиссеры со своими адъютантшами, осветители, редакторы-монтажеры, пожилые сценаристки, заведующие запятыми и и хранители большой чугунной печати.

Остап, принявшийся было расхаживать по кинофабрике обычным своим шагом, вскоре заметил, что никак не может включиться в этот кружащийся мир. Никто не отвечал на его расспросы, никто не останавливался.

-- Надо будет примениться к особенностям противника, -сказал Остап.

Он тихонько побежал и сразу же почувствовал облегчение. Ему удалось даже перекинуться двумя словечками с какой-то адъютантшей. Тогда великий комбинатор побежал с возможной быстротой и вскоре заметил, что включился в темп. Теперь он бежал ноздря в ноздрю с заведующим литературной частью.

-- Сценарий! -- крикнул Остап.

-- Какой? -- спросил завлит, отбивая твердую рысь.

-- Хороший! -- ответил Остап, выдвигаясь на полкорпуса вперед.

-- Я вас спрашиваю, какой? Немой или звуковой?

-- Немой.

Легко выбрасывая ноги в толстых чулках, завлит обошел Остапа на повороте и крикнул:

-- Не надо!

-- То есть как-не надо? - спросил великий комбинатор, начиная тяжело скакать.

-- А так! Немого кино уже нет. Обратитесь к звуковикам.

Оба они на миг остановились, остолбенело посмотрели друг на друга и разбежались в разные стороны.

Через пять минут Бендер, размахивая рукописью, опять бежал

в подходящей компании, между двумя рысистыми консультантами.

-- Сценарий! - сообщил Остап, тяжело дыша. Консультанты, дружно перебирая рычагами, оборотились к Остапу:

-- Какой сценарий?

-- Звуковой.

-- Не надо, -- ответили консультанты, наддав ходу. Великий комбинатор опять сбился с ноги и позорно заскакал.

-- Как же это -- не надо?

-- Так вот и не надо. Звукового кино еще нет. В течение получаса добросовестной рыси Бендер уяснил себе щекотливое положение дел на 1-й Черноморской кинофабрике. Вся щекотливость заключалась в том, что немое кино уже не работало ввиду наступления эры звукового кино, а звуковое еще не работало по причине организационных неполадок, связанных с ликвидацией эры немого кино.

В разгаре рабочего дня, когда бег ассистентов, консультантов, экспертов, администраторов, режиссеров, адъютантш, осветителей, сценаристов и хранителей большой чугунной печати достиг резвости знаменитого в свое время "Крепыша", распространился слух, что где-то в какой-то комнате сидит человек, который в срочном порядке конструирует звуковое кино. Остап со всего ходу вскочил в большой кабинет и остановился, пораженный тишиной. За столом боком сидел маленький человек с бедуинской бородкой и в золотом пенсне со штурком. Нагнувшись, он с усилием стаскивал с ноги ботинок.

-- Здравствуйте, товарищ! -- громко сказал великий комбинатор.

Но человек не ответил. Он снял ботинок и принялся вытряхивать из него песок.

-- Здравствуйте! -- повторил Остап. -- Я принес сценарий!

Человек с бедуинской бородкой не спеша надел ботинок и молча стал его шнуровать. Закончив это дело, он повернулся к своим бумагам и, закрыв один глаз, начал выводить бисерные каракули.

-- Что же вы молчите? - заорал Бендер с такой силой, что на столе кинодеятеля звякнула телефонная трубка.

Только тогда кинодеятель поднял голову, посмотрел на Остапа и сказал:

-- Пожалуйста, говорите громче. Я не слышу.

-- Пишите ему записки, - посоветовал проносившийся мимо консультант в пестром жилете, -- он глухой.

Остап подсел к столу и написал на клочке бумаги: "Вы звуковик? "

-- Да, -- ответил глухой.

"Принес звуковой сценарий. Называется "Шея". народная трагедия в шести частях", -- быстро написал Остап.

Глухой посмотрел на записку сквозь золотое пенсне и сказал:

-- Прекрасно! Мы сейчас же втянем вас в работу. Нам нужны свежие силы.

"Рад содействовать. Как в смысле аванса? "-написал Бендер.

-- "Шея"-это как раз то, что нам нужно! -- сказал глухой. -- Посидите здесь, я сейчас приду. Только никуда не уходите. Я ровно через минуту.

Глухой захватил сценарий многометражного фильма "Шея" и выскользнул из комнаты.

-- Мы вас втянем в звуковую группу! - крикнул он, скрываясь за дверью. -- Через минуту я вернусь.

После этого Остап просидел в кабинете полтора часа, но глухой не возвращался. Только выйдя на лестницу и включившись в темп, Остап узнал, что глухой уже давно уехал в автомобиле и сегодня не вернется. И вообще никогда сюда не вернется, потому что его внезапно перебросили в Умань для ведения культработы среди ломовых извозчиков. Но ужаснее всего было то, что глухой увез сценарий многометражного фильма "Шея". Великий комбинатор выбрался из круга бегущих, опустился на скамью, припав к плечу сидевшего тут же швейцара.

-- Вот, например, я! - сказал вдруг швейцар, развивая, видимо, давно мучившую его мысль. - Сказал мне помреж Терентьев бороду отпустить. Будешь, говорит, Навуходоносора играть или Валтасара в фильме, вот названия не помню. Я и отрастил, смотри, какая бородища-патриаршая! А теперь что с ней делать, с бородой! Помреж говорит: не будет больше немого фильма, а в звуковом, говорит, тебе играть невозможно, голос у тебя неприятный. Вот и сижу с бородой, тьфу, как козел! Брить жалко, а носить стыдно. Так и живу.

-- А съемки у вас производятся? - спросил Бендер, постепенно приходя в сознание.

-- Какие могут быть съемки? -- важно ответил бородатый швейцар. - Летошний год сняли немой фильм из римской жизни. До сих пор отсудиться не могут по случаю уголовщины.

-- Почему же они все бегают? -- осведомился великий комбинатор, показывая на лестницу.

-- У нас не все бегают, - заметил швейцар, - вот товарищ Супругов не бегает. Деловой человек. Все думаю к нему насчет бороды сходить, как за бороду платить будут: по ведомости или ордер отдельный...

Услышав слово "ордер", Остап пошел к Супругову. Швейцар не соврал. Супругов не скакал по этажам, не носил альпийского берета, не носил даже заграничных приставских шаровар-гольф. На нем приятно отдыхал взор.

Великого комбинатора он встретил чрезвычайно сухо.

-- Я занят, - сказал он павлиньим голосом, - вам я могу уделить только две минуты.

-- Этого вполне достаточно, - начал Остап. - Мой сценарий "Шея"...

-- Короче, -- сказал Супругов.

-- Сценарий "Шея"...

-- Вы говорите толком, что вам нужно?

-- "Шея"...

-- Короче. Сколько вам следует?

-- У меня какой-то глухой...

-- Товарищ! Если вы сейчас же не скажете, сколько вам следует, то я попрошу вас выйти. Мне некогда.

-- Девятьсот рублей, - пробормотал великий комбинатор.

-- Триста! -- категорически заявил Супругов. -- Получите и уходите. И имейте в виду, вы украли у меня лишних полторы минуты.

Супругов размашистым почерком накатал записку в бухгалтерию, передал ее Остапу и ухватился за телефонную трубку.

Выйдя из бухгалтерии, Остап сунул деньги а карман и сказал:

-- Навуходоносор прав. Один здесь деловой человек-и тот Супругов.

Между тем беготня по лестницам, кружение, визг и гоготанье на 1-й Черноморской кинофабрике достигли предела. Адъютантши скалили зубы. Помрежи вели черного козла, восхищаясь его фотогеничностью. Консультанты, эксперты и хранители чугунной печати сшибались друг с другом и хрипло хохотали. Пронеслась курьерша с помелом. Великому комбинатору почудилось даже, что один из ассистентов-аспирантов в голубых панталонах взлетел над толпой и, обогнув люстру, уселся на карнизе.

И в ту же минуту раздался бой вестибюльных часов. "Бамм! " -- ударили часы.

Вопли и клекот потрясли стеклянное ателье. Ассистенты, консультанты, эксперты и редакторы-монтажеры катились вниз по лестницам. У выходных дверей началась свалка. "Бамм! Бамм! "-били часы.

Тишина выходила из углов. Исчезли хранители большой печати, заведующие запятыми, администраторы и адъютантши. Последний раз мелькнуло помело курьерши.

"Бамм! "-ударили часы в четвертый раз. В ателье уже никого не было. И только в дверях, зацепившись за медную ручку карманом пиджака, бился, жалобно визжал и рыл копытцами мраморный пол ассистент-аспирант в голубых панталонах. Служебный день завершился. С берега, из рыбачьего поселка, донеслось пенье петуха.

Когда антилоповская касса пополнилась киноденьгами, авторитет командора, несколько поблекший после бегства Корейко,

упрочился. Паниковскому была выдана небольшая сумма на кефир и обещаны золотые челюсти. Балаганову Остап купил пиджак и впридачу к нему скрипящий, как седло, кожаный бумажник. Хотя бумажник был пуст, Шура часто вынимал его и заглядывал внутрь. Козлевич получил пятьдесят рублей на закупку бензина.

Антилоповцы вели чистую, нравственную, почти что деревенскую жизнь. Они помогали заведующему постоялым двором наводить порядки и вошли в курс цен на ячмень и сметану. Паниковский иногда выходил во двор, озабоченно раскрывал рот ближайшей лошади, глядел в зубы и бормотал: "Добрый жеребец", хотя перед ним стояла добрая кобыла.

Один лишь командор пропадал по целым дням, а когда появлялся на постоялом дворе, бывал весел и рассеян. Он подсаживался к друзьям, которые пили чай в грязной стеклянной галерее, закладывал за колено сильную ногу в красном башмаке и дружелюбно говорил:

-- В самом ли деле прекрасна жизнь, Паниковский, или мне это только кажется?

-- Где это вы безумствуете? -- ревниво спрашивал нарушитель конвенции.

-- Старик! Эта девушка не про вас, - отвечал Остап.

При этом Балаганов сочувственно хохотал и разглядывал новый бумажник, а Козлевич усмехался в свои кондукторские усы. Он не раз уже катал командора и Зосю по Приморскому шоссе.

Погода благоприятствовала любви. Пикейные жилеты утверждали, что такого августа не было еще со времен порто-франко. Ночь показывала чистое телескопическое небо, а день подкатывал к городу освежающую морскую волну. Дворники у своих ворот торговали полосатыми монастырскими арбузами, и граждане надсаживались, сжимая арбузы с полюсов, и склоняя ухо, чтобы услышать желанный треск. По вечерам со спортивных полей возвращались потные счастливые футболисты. За ними, подымая пыль, бежали мальчики. Они показывали пальцами на знаменитого голкипера, а иногда даже подымали его на плечи и с уважением несли.

Однажды вечером командор предупредил экипаж "Антилопы", что назавтра предстоит большая увеселительная прогулка за город с раздачей гостинцев.

-- Ввиду того, что наш детский утренник посетит одна девушка, -- сказал Остап значительно, -- попросил бы господ вольноопределяющихся умыть лица. почиститься, а главное-не употреблять в поездке грубых выражений.

Паниковский очень взволновался, выпросил у командора три рубля, сбегал в баню и всю ночь потом чистился и скребся, как солдат

перед парадом. Он встал раньше всех и очень торопил Козлевича. Антилоповцы смотрели на Паниковского с удивлением. Он был гладко выбрит, припудрен так, что походил на отставного конферансье. Он поминутно обдергивал на себе пиджак и с трудом ворочал шеей в оскар-уайльдовском воротничке.

Во время прогулки Паниковский держался весьма чинно. Когда его знакомили с Зосей, он изящно согнул стан, но при этом так сконфузился, что даже пудра на его щеках покраснела. Сидя в автомобиле, он поджимал левую ногу, скрывая прорванный ботинок, из которого смотрел большой палец. Зося была в белом платье, обшитом красной ниткой. Антилоповцы ей очень понравились. Ее смешил грубый Шура Балаганов, который всю дорогу причесывался гребешком "Собинов". Иногда же он очищал нос пальцем, после чего обязательно вынимал носовой платок и томно им обмахивался. Адам Казимирович учил Зосю управлять "Антилопой", чем также завоевал ее расположение. Немного смущал ее Паниковский. Она думала, что он не разговаривает с ней из гордости. Но чаще всего она останавливала взгляд на медальном лице командора.

На заходе солнца Остап роздал обещанные гостинцы. Козлевич получил брелок в виде компаса, который очень подошел к его толстым серебряным часам. Балаганову был преподнесен "Чтец-декламатор" в дерматиновом переплете, а Паниковскому -розовый галстук с синими цветами.

-- А теперь, друзья мои, - сказал Бендер, когда "Антилопа" возвратилась в город, -- мы с Зосей Викторовной немного погуляем, а вам пора на постоялый двор, бай-бай.

Уж постоялый двор заснул и Балаганов с Козлевичем выводили носами арпеджио, а Паниковский с новым галстуком на шее бродил среди подвод, ломая руки в немой тоске.

-- Какая фемина! - шептал он. - Я люблю ее, как дочь!

Остап сидел с Зосей на ступеньках музея древностей. На площади, выложенной лавой, прогуливались молодые люди, любезничая и смеясь. За строем платанов светились окна международного клуба моряков. Иностранные матросы в мягких шляпах шагали по два и потри, обмениваясь непонятными короткими замечаниями.

-- Почему вы меня полюбили? -- спросила Зося, трогая Остапа за руку.

-- Вы нежная и удивительная, -- ответил командор, -- вы лучше всех на свете.

Долго и молча сидели они в черной тени музейных колонн, думая о своем маленьком счастье. Было тепло и темно, как между ладонями.

-- Помните, я рассказывала вам о Корейко? -- сказала вдруг

Зося. - О том, который делал мне предложение.

-- Да, -- сказал Остап рассеянно.

-- Он очень забавный человек, - продолжала Зося. -Помните, я вам рассказывала, как неожиданно он уехал?

-- Да, -- сказал Остап более внимательно, -- он очень забавный.

-- Представьте себе, сегодня я получила от него письмо, очень забавное...

-- Что? -- воскликнул влюбленный, поднимаясь с места.

-- Вы ревнуете? - лукаво спросила Зося.

-- М-м, немножко. Что же вам пишет этот пошляк?

-- Он вовсе не пошляк. Он просто очень несчастный и бедный человек. Садитесь, Остап. Почему вы встали? Серьезно, я его совсем не люблю. Он просит меня приехать к нему.

-- Куда, куда приехать? - закричал Остап. - Где он?

-- Нет, я вам не скажу. Вы ревнивец. Вы его еще убьете.

-- Ну что вы, Зося! - осторожно сказал командор. -- Просто любопытно узнать, где это люди устраиваются.

-- О, он очень далеко! Пишет, что нашел очень выгодную службу, здесь ему мало платили. Он теперь на постройке Восточной Магистрали,

-- В каком месте?

-- Честное слово, вы слишком любопытны! Нельзя быть таким Отелло!

-- Ей-богу, Зося, вы меня смешите. Разве я похож на старого глупого мавра? Просто хотелось бы узнать, в какой части Восточной Магистрали устраиваются люди.

-- Я скажу, если вы хотите. Он работает табельщиком в Северном укладочном городке, -- кротко сказала девушка, - но он только так называется-городок. На самом деле это поезд. Мне Александр Иванович очень интересно описал. Этот поезд укладывает рельсы. Понимаете? И по ним же движется. А навстречу ему, с юга, идет другой такой же городок. Скоро они встретятся. Тогда будет торжественная смычка. Все это в пустыне, он пишет, верблюды... Правда интересно?

-- Необыкновенно интересно, -- сказал великий комбинатор, бегая под колоннами. -- Знаете что, Зося, надо идти. Уже поздно. И холодно. И вообще идемте!

Он поднял Зосю со ступенек, вывел на площадь и здесь замялся.

-- Вы разве меня не проводите домой? - тревожно спросила девушка.

-- Что? - сказал Остап. - Ах, домой? Видите, я...

-- Хорошо, - сухо молвила Зося, - до свиданья. И не приходите больше ко мне. Слышите?

Но великий комбинатор уже ничего не слышал. Только пробежав квартал, он остановился.

-- Нежная и удивительная! -- пробормотал он. Остап повернул назад, вслед за любимой. Минуты две он несся под черными деревьями. Потом снова остановился, снял капитанскую фуражку и затоптался на месте.

-- Нет, это не Рио-де-Жанейро! - сказал он, наконец.

Он сделал еще два колеблющихся шага, опять остановился, нахлобучил фуражку и, уже не рассуждая, помчался на постоялый двор.

В ту же ночь из ворот постоялого двора, бледно светя фарами, выехала "Антилопа". Заспанный Козлевич с усилием поворачивал рулевое колесо. Балаганов успел заснуть в машине во время коротких сборов, Паниковский грустно поводил глазками, вздрагивая от ночной свежести. На его лице еще виднелись следы праздничной пудры.

-- Карнавал окончился! - крикнул командор, когда "Антилопа" со стуком проезжала под железнодорожным мостом. -Начинаются суровые будни.

А в комнате старого ребусника у букета засохших роз плакала нежная и удивительная.

ГЛАВА XXV. ТРИ ДОРОГИ

"Антилопе" было нехорошо. Она останавливалась даже на легких подъемах и безвольно катилась назад. В моторе слышались посторонние шумы и хрипенье, будто бы под желтым капотом автомобиля кого-то душили. Машина была перегружена. Кроме экипажа, она несла на себе большие запасы горючего. В бидонах и бутылях, которые заполняли все свободные места, булькал бензин. Козлевич покачивал головой, поддавал газу и сокрушенно смотрел на Остапа.

-- Адам, -- говорил командор, -- вы наш отец, мы ваши дети. Курс на восток! У вас есть прекрасный навигационный прибор-компас-брелок. Не сбейтесь с пути!

Антилоповцы катили уже третий день, но, кроме Остапа, никто толком не знал конечной цели нового путешествия. Паниковский тоскливо смотрел на лохматые кукурузные поля и несмело шепелявил:

-- Зачем мы опять едем? К чему это все? Так хорошо было в Черноморске.

И при воспоминании о чудной фемине он судорожно вздыхал. Кроме того, ему хотелось есть, а есть было нечего: деньги кончились.

-- Вперед! - ответил Остап. - Не нойте, старик. Вас ждут золотые

челюсти, толстенькая вдовушка и целый бассейн кефира. Балаганову я куплю матросский костюмчик и определю его в школу первой ступени. Там он научится читать и писать, что в его возрасте совершенно необходимо. А Козлевич, наш верный Адам, получит новую машину. Какую вы хотите, Адам Казимирович? "Студебеккер"? "Линкольн"? "Ройс"? "Испано-сюизу"?

-- "Изотта-фраскини". -- сказал Козлевич, зарумянившись.

-- Хорошо. Вы ее получите. Она будет называться "Антилопа Вторая" или "Дочь Антилопы", как вам будет угодно. А сейчас нечего унывать. Довольствием я вас обеспечу. Правда, сгорел мой саквояж, но остались несгораемые идеи. Если уж совсем плохо придется, мы остановимся в каком-нибудь счастливом городке и устроим там севильский бой быков. Паниковский будет пикадором. Одно это вызовет нездоровый интерес публики, а следовательно, огромный сбор.

Машина подвигалась по широкому шляху, отмеченному следами тракторных шпор. Шофер неожиданно затормозил.

-- Куда ехать? -- спросил он. -- Три дороги. Пассажиры вылезли из машины и, разминая ослабевшие ноги, прошли немного вперед. На распутье стоял наклонный каменный столб, на котором сидела толстая ворона. Сплющенное солнце садилось за кукурузные лохмы. Узкая тень Балаганова уходила к горизонту. Землю чуть тронула темная краска, и передовая звезда своевременно сигнализировала наступление ночи.

Три дороги лежали перед антилоповцами: асфальтовая, шоссейная и проселочная. Асфальт еще желтился от солнца, голубой пар стоял над шоссе, проселок был совсем темным и терялся - в поле сейчас же за столбом. Остап крикнул на ворону, которая очень испугалась, но не улетела, побродил в раздумье на перекрестке и сказал:

-- Объявляю конференцию русских богатырей открытой! Налицо имеются: Илья Муромец-Остап Бендер, Добрыня Никитич -Балаганов, и Алеша Попович -- всеми нами уважаемый Михаил Паниковский.

Козлевич, пользуясь остановкой, заполз под "Антилопу" с французским ключом, а потому в число богатырей включен не был.

-- Дорогой Добрыня, - распорядился Остап, - станьте, пожалуйста, справа! Мосье Попович, займите ваше место с левой стороны! Приложите ладони ко лбам и вглядывайтесь вперед.

-- Что это за шутки еще? -- возмутился Алеша Попович. -- Я голоден. Едем скорее куда-нибудь!

-- Стыдно, Алешенька, -- сказал Остап, -- станьте, как полагается древнему витязю. И раздумывайте. Смотрите, как Добрыня себя ведет. С него хоть сейчас можно былину писать. Итак, богатыри, по

какой дороге ехать? На какой из них валяются деньги, необходимые нам для текущих расходов? Я знаю, Козлевич двинулся бы по асфальту, шоферы любят хорошие дороги. Но Адам -- честный человек, он плохо разбирается в жизни. Витязям асфальт ни к чему. Он ведет, вероятно, в зерновой гигант. Мы потеряемся там в шуме машин. Нас еще придавит каким-нибудь "катерпиллером" или комбайном. Умереть под комбайном -- это скучно. Нет, богатыри, нам не ехать по асфальтовой дороге. Теперь -- шоссе. Козлевич, конечно, от него тоже не отказался бы. Но поверьте Илье Муромцу -- шоссе нам не годится. Пусть обвиняют нас в отсталости, но мы не поедем по этой дороге. Чутье подсказывает мне встречу с нетактичными колхозниками и прочими образцовыми гражданами. Кроме того, им не до нас. По их обобществленным угодьям бродят сейчас многочисленные литературные и музыкальные бригады, собирая материалы для агропоэм и огородных кантат. Остается проселок, граждане богатыри! Вот он -- древний сказочный путь, по которому двинется "Антилопа". Здесь русский дух! Здесь Русью пахнет! Здесь еще летает догорающая жар-птица, и людям нашей профессии перепадают золотые перышки. Здесь сидит еще на своих сундуках кулак Кащей, считавший себя бессмертным и теперь с ужасом убедившийся, что ему приходит конец. Но нам с вами, богатыри, от него кое-что перепадет, в особенности если мы представимся ему в качестве странствующих монахов. С точки зрения дорожной техники этот сказочный путь отвратителен. Но для нас другого пути нет. Адам! Мы едем!

Козлевич грустно вывел машину на проселок, где она немедленно принялась выписывать кренделя, крениться набок и высоко подкидывать пассажиров. Антилоповцы хватались друг за друга, сдавленно ругались и стукались коленями о твердые бидоны.

-- Я хочу есть! -- стонал Паниковский. -- Я хочу гуся! Зачем мы уехали из Черноморска?

Машина визжала, выдираясь из глубокой колеи и снова в нее проваливаясь.

-- Держитесь, Адам! -- кричал Бендер. -- Во что бы то ни стало держитесь! Пусть только "Антилопа" довезет нас до Восточной Магистрали, и мы наградим ее золотыми шинами с мечами и бантами!

Козлевич не слушал. От сумасшедших бросков руль вырывался из его рук. Паниковский продолжал томиться.

-- Бендер, -- захрипел он вдруг, -- вы знаете, как я вас уважаю, но вы ничего не донимаете! Вы не знаете, что такое гусь! Ах, как я люблю эту птицу! Это дивная жирная птица, честное, благородное слово. Гусь! Бендер! Крылышко! Шейка! Ножка! Вы знаете, Бендер, как я ловлю гуся? Я убиваю его, как тореадор, - одним ударом. Это

опера, когда я иду на гуся! "Кармен"!..

-- Знаем, - сказал командор, - видели в Арбатове. Второй раз не советую.

Паниковский замолчал, но уже через минуту, когда новый толчок машины бросил его на Бендера, снова раздался его горячечный шепот:

-- Бендер! Он гуляет по дороге. Гусь! Эта дивная птица гуляет, а я стою и делаю вид, что это меня не касается. Он подходит. Сейчас он будет на меня шипеть. Эти птицы думают, что они сильнее всех, и в этом их слабая сторона. Бендер! В этом их слабая сторона!.. Теперь нарушитель конвенции почти пел:

-- Он идет на меня и шипит, как граммофон. Но я не из робкого десятка, Бендер. Другой бы на моем месте убежал, а я стою и жду. Вот он подходит и протягивает шею, белую гусиную шею с желтым клювом. Он хочет меня укусить. Заметьте, Бендер, моральное преимущество на моей стороне. Не я на него нападаю, он на меня нападает. И тут, в порядке самозащиты, я его хвата...

Но Паниковский не успел закончить своей речи. Раздался ужасный тошнотворный треск, и антилоповцы в секунду очутились прямо на дороге в самых разнообразных позах. Ноги Балаганова торчали из канавы. На животе великого комбинатора лежал бидон с бензином. Паниковский стонал, легко придавленный рессорой. Козлевич поднялся на ноги и, шатаясь, сделал несколько шагов.

"Антилопы" не было. На дороге валялась безобразная груда обломков: поршни, подушки, рессоры. Медные кишочки блестели под луной. Развалившийся кузов съехал в канаву и лежал рядом с очнувшимся Балагановым. Цепь сползала в колею, как гадюка. В наступившей тишине послышался тонкий звон, и откудато с пригорка прикатилось колесо, видимо далеко закинутое ударом. Колесо описало дугу и мягко легло у ног Козлевича.

И только тогда шофер понял, что все кончилось. "Антилопа" погибла. Адам Казимирович сел на землю и охватил голову руками. Через несколько минут командор тронул его за плечо и сказал изменившимся голосом:

-- Адам, нужно идти.

Козлевич встал и сейчас же опустился на прежнее место.

-- Надо идти, -- повторил Остап. -- "Антилопа" была верная машина, но на свете есть еще много машин. Скоро вы сможете выбрать любую. Идем, нам нужно торопиться. Нужно где-нибудь переночевать, поесть, раздобыть денег на билеты. Ехать придется далеко. Идем, идем, Козлевич1 Жизнь прекрасна, невзирая на недочеты. Где Паниковский? Где этот гусекрад? Шура! Ведите Адама!

Козлевича потащили под руки. Он чувствовал себя кавалеристом, у которого по его недосмотру погибла лошадь. Ему

казалось, что теперь над ним будут смеяться все пешеходы.

После гибели "Антилопы" жизнь сразу затруднилась. Ночевать пришлось в поле.

Остап сразу же сердито заснул, заснули Балаганов с Козлевичем, а Паниковский всю ночь сидел у костра и дрожал.

Антилоповцы поднялись с рассветом, но добраться до ближайшей деревни смогли только к четырем часам дня. Вею дорогу Паниковский плелся позади. Он прихрамывал. От голода глаза его приобрели кошачий блеск, и он, не переставая, жаловался на судьбу и командора.

В деревне Остап приказал экипажу ждать на Третьей улице и никуда не отлучаться, а сам пошел на Первую, в сельсовет. Оттуда он вернулся довольно быстро.

-- Все устроено, -- сказал он повеселевшим голосом, -сейчас нас поставят на квартиру и дадут пообедать. После обеда мы будет нежиться на сене. Помните - молоко и сено? А вечером мы даем спектакль. Я его уже запродал за пятнадцать рублей. Деньги получены. Шура! Вам придется что-нибудь продекламировать из "Чтеца-декламатора", я буду показывать антирелигиозные карточные фокусы, а Паниковский... Где Паниковский? Куда он девался?

-- Он только что был здесь, -- сказал Козлевич. Но тут за плетнем, возле которого стояли антилоповцы, послышались гусиное гоготанье и бабий визг, пролетели белые перья, и на улицу выбежал Паниковский. Видно, рука изменила тореадору, и он в порядке самозащиты нанес птице неправильный удар. За ним гналась хозяйка, размахивая поленом.

-- Жалкая, ничтожная женщина! -- кричал Паниковский, устремляясь вон из деревни.

-- Что за трепло! -- воскликнул Остап, не скрывая досады. -- Этот негодяй сорвал нам спектакль. Бежим, покуда не отобрали пятнадцать рублей.

Между тем разгневанная хозяйка догнала Паниконского, изловчилась и огрела его поленом по хребту. Нарушитель конвенции свалился на землю, но сейчас же вскочил и помчался с неестественной быстротой. Свершив этот акт возмездия, хозяйка радостно повернула назад. Пробегая мимо антилоповцев, она погрозила им поленом.

-- Теперь наша артистическая карьера окончилась, - сказал Остап, скорым шагом выбираясь из деревни. -- Обед, отдых -- все пропало.

Паниковского они настигли только километра через три. Он лежал в придорожной канаве и громко жаловался. От усталости, страха и боли он побледнел, и многочисленные старческие румянцы

сошли с его лица. Он был так жалок, что командор отменил расправу, которую собирался над ним учинить.

-- Хлопнули Алешу Поповича да по могутной спинушке! -сказал Остап, проходя.

Все посмотрели на Паниковского с отвращением. И опять он потащился в конце колонны, стеная и лепеча:

-- Подождите меня, не спешите. Я старый, я больной, мне плохо!.. Гусь! Ножка! Шейка! Фемина!.. Жалкие, ничтожные люди!..

Но антилоповцы так привыкли к жалобам старика, что не обращали на них внимания. Голод гнал их вперед. Никогда еще им не было так тесно и неудобно на свете. Дорога тянулась бесконечно, и Паниковский отставал все больше и больше. Друзья уже спустились в неширокую желтую долину, а нарушитель конвенции все еще черно рисовался на гребне холма в зеленоватом сумеречном небе.

-- Старик стал невозможным, -- сказал голодный Бендер. -Придется его рассчитать. Идите, Шура, притащите этого симулянта!

Недовольный Балаганов отправился выполнять поручение. Пока он взбегал на холм, фигура Паниковского исчезла.

-- Что-то случилось, -- сказал Козлевич через несколько времени, глядя на гребень, с которого семафорил руками Балаганов. Шофер и командор поднялись вверх. Нарушитель конвенции лежал посреди дороги неподвижно, как кукла. Розовая лента галстука косо пересекала его грудь. Одна рука была подвернута под спину. Глаза дерзко смотрели в небо. Паниковский был мертв.

-- Паралич сердца, - сказал Остап, чтобы хоть что-нибудь сказать. -- Могу определить и без стетоскопа. Бедный старик!

Он отвернулся. Балаганов не мог отвести глаз от покойника. Внезапно он скривился и с трудом выговорил:

-- А я его побил за гири. И еще раньше с ним дрался.

Козлевич вспомнил о погибшей "Антилопе", с ужасом посмотрел на Паниковского и запел латинскую молитву.

-- Бросьте, Адам! -- сказал великий комбинатор. - Я знаю все, что вы намерены сделать. После псалма вы скажете: "Бог дал, бог и взял", потом: "Все под богом ходим", а потом еще что-нибудь лишенное смысла, вроде: "Ему теперь все-таки лучше, чем нам". Всего этого не нужно, Адам Казимирович. Перед нами простая задача: тело должно быть предано земле.

Было уже совсем темно, когда для нарушителя конвенции нашлось последнее пристанище. Это была естественная могила, вымытая дождями у основания каменной, перпендикулярно поставленной плиты. Давно, видно, стояла эта плита у дороги. Может быть, красовалась на ней некогда надпись: "Владъние помъщика отставного майора Георгія Афанасьевича Волкъ-Лисицкого", а может быть, был это просто межевой знак потемкинских времен, да это

было и неважно. Паниковского положили в яму, накопали палками земли и засыпали. Потом антилоповцы налегли плечами на расшатавшуюся от времени плиту и обрушили ее вниз. Теперь могила была готова. При спичечных вспышках великий комбинатор вывел на плите куском кирпича эпитафию:

Здесь лежит МИХАИЛ САМУЭЛЕВИЧ ПАНИКОВСКИЙ человек без паспорта

Остап снял свою капитанскую фуражку и сказал:

-- Я часто был несправедлив к покойному. Но был ли покойный нравственным человеком? Нет, он не был нравственным человеком. Это был бывший слепой, самозванец и гусекрад. Все свои силы он положил на то, чтобы жить за счет общества. Но общество не хотело, чтобы он жил за его счет. А вынести этого противоречия во взглядах Михаил Самуэлевич не мог, потому что имел вспыльчивый характер. И поэтому он умер. Все!

Козлевич и Балаганов остались недовольны надгробным словом Остапа. Они сочли бы более уместным, если бы великий комбинатор распространился о благодеяниях, оказанных покойным обществу, о помощи его бедным, о чуткой душе покойного, о его любви к детям, а также обо всем том, что приписывается любому покойнику. Балаганов даже подступил к могиле, чтоб высказать все это самому, но командор уже надел фуражку и удалялся быстрыми шагами.

Когда остатки армии антилоповцев пересекли долину и перевалили через новый холм, сейчас же за ним открылась маленькая железнодорожная станция.

-- А вот и цивилизация, - сказал Остап, - может быть, буфет, еда. Поспим на скамьях. Утром двинем на восток. Как вы полагаете?

Шофер и бортмеханик безмолвствовали.

-- Что ж вы молчите, как женихи?

-- Знаете, Бендер, - сказал, наконец, Балаганов, - я не поеду. Вы не обижайтесь, но я не верю. Я не знаю, куда нужно ехать. Мы там все пропадем. Я остаюсь.

-- Я то же хотел вам сказать, -- поддержал Козлевич.

-- Как хотите, -- заметил Остап с внезапной сухостью.

На станции буфета не было. Горела керосиновая лампа-молния. В пассажирском зале дремали на мешках две бабы. Весь железнодорожный персонал бродил по дощатому перрону, тревожно вглядываясь а предрассветную темноту за семафор.

-- Какой поезд? -- спросил Остап.

-- Литерный, -- нервно ответил начальник станции, поправляя красную фуражку с серебряными позументами. - Особого назначения. Задержан на две минуты. Разъезд пропуска не дает.

Раздался гул, задрожала проволока, из гула вылупились волчьи

глазки, и короткий блестящий поезд с размаху влетел на станцию. Засияли широкие стекла мягких вагонов, под самым носом антилоповцев пронеслись букеты и винные бутылки вагон-ресторана, на ходу соскочили проводники с фонарями, и перрон сразу наполнился веселым русским говором и иностранной речью. Вдоль вагонов висели хвойные дуги и лозунги: "Привет героям-строителям Восточной Магистрали! "

Литерный поезд с гостями шел на открытие дороги. Великий комбинатор исчез. Через полминуты он снова появился и зашептал:

-- Я еду! Как еду-не знаю, не знаю, но еду! Хотите со мной? Последний раз спрашиваю.

-- Нет, -- сказал Балаганов.

-- Не поеду, -- сказал Козлевич, -- не могу больше.

-- Что ж вы будете делать?

-- А что мне делать? -- ответил Шура. -- Пойду в дети лейтенанта Шмидта -- и все.

-- "Антилопу" думаю собрать, - жалобно молвил Адам Казимирович, -- пойду к ней, посмотрю, ремонт ей дам.

Остап хотел что-то сказать, но длинный свисток закрыл ему рот. Он притянул к себе Балаганова, погладил его по спине, расцеловался с Козлевичем, махнул рукой и побежал к поезду, вагоны которого уже сталкивались между собой от первого толчка паровоза. Но, не добежав, он повернул назад, сунул в руку Козлевича пятнадцать рублей, полученные за проданный спектакль, и вспрыгнул на подножку движущегося поезда.

Оглянувшись, он увидел в сиреневой мгле две маленькие фигурки, подымавшиеся по насыпи. Балаганов возвращался в беспокойный стан детей лейтенанта Шмидта. Козлевич брел к останкам "Антилопы".

* ЧАСТЬ ТРЕТЬЯ. ЧАСТНОЕ ЛИЦО *

ГЛАВА XXVI. ПАССАЖИР ЛИТЕРНОГО ПОЕЗДА

У асфальтовой пристани Рязанского вокзала в Москве стоял короткий литерный поезд. В нем было всего шесть вагонов: багажный, где против обыкновения помещался не багаж, а хранились на льду запасы пищи, вагон-ресторан, из которого выглядывал белый повар, и правительственный салон. Остальные три вагона были пассажирские, и на их диванах, покрытых суровыми полосатыми чехлами, надлежало разместиться делегации рабочих-ударников, а также иностранным и советским корреспондентам.

Поезд готовился выйти на смычку рельсов Восточной Магистрали.

Путешествие предстояло длительное. Ударники впихивали в вагонный тамбур дорожные корзины с болтающимися на железном пруте черными замочками. Советская пресса металась по перрону, размахивая лакированными фанерными саквояжами.

Иностранцы следили за носильщиками, переносившими их толстые кожаные чемоданы, кофры и картонки с цветными наклейками туристских бюро и пароходных компаний.

Пассажиры успели запастись книжкой "Восточная Магистраль", на обложке которой был изображен верблюд, нюхающий рельс. Книжка продавалась тут же, с багажной тележки. Автор книги, журналист Паламидов, уже несколько раз проходил мимо тележки, ревниво поглядывая на покупателей. Он считался зна-током Магистрали и ехал туда в третий раз.

Приближалось время отъезда, но прощальная сцена ничем не напоминала отхода обычного пассажирского поезда. Не было на перроне старух, никто не высовывал из окна младенца, дабы он бросил последний взгляд на своего дедушку. Разумеется, не было и дедушки, в тусклых глазах которого отражается обычно страх перед железнодорожными сквозняками. Разумеется, никто и не целовался. Делегацию рабочих-ударников доставили на вокзал профсоюзные деятели, не успевшие еще проработать вопроса о прощальных поцелуях. Московских корреспондентов провожали редакционные работники, привыкшие в таких случаях отделываться рукопожатиями. Иностранные же корреспонденты, в количестве тридцати человек, ехали на открытие Магистрали в полном составе, с женами и граммофонами, так что провожать их было некому.

Участники экспедиции в соответствии с моментом говорили громче обычного, беспричинно хватались за блокноты и порицали провожающих - за то, что те не едут вместе с ними в такое интересное путешествие. В особенности шумел журналист Лавуазьян. Он был молод душой, но в его кудрях, как луна в джунглях, светилась лысина.

-- Противно на вас смотреть! - кричал он провожающим. -Разве вы можете понять, что такое Восточная Магистраль!

Если бы руки горячего Лавуазьяна не были заняты большой пишущей машиной в клеенчатом кучерском чехле, то он, может быть, даже и побил бы когонибудь из друзей, так он был страстен и предан делу газетной информации. Ему уже сейчас хотелось послать в свою редакцию телеграмму-молнию, только не о чем было.

Прибывший на вокзал раньше всех сотрудник профсоюзного органа Ухудшанский неторопливо расхаживал вдоль поезда. Он нес с собой "Туркестанский край, полное географическое описание нашего отечества, настольная и дорожная книга для русских людей", сочинение Семенова-Тянь-Шаньского, изданное в 1903 году. Он

останавливался около групп отъезжающих и провожающих и с - некоторой сатирической нотой в голосе говорил:

-- Уезжаете? Ну, ну! Или:

-- Остаетесь? Ну, ну! Таким манером он прошел к голове поезда, долго, откинув голову назад, смотрел на паровоз и, наконец. сказал машинисту:

-- Работаете? Ну, ну!

Затем журналист Ухудшанский ушел в купе, развернул последний номер своего профоргана и отдался чтению собственной статьи под названием "Улучшить работу лавочных комиссий" с подзаголовком "Комиссии перестраиваются недостаточно". Статья заключала в себе отчет о каком-то заседании, и отношение автора к описываемому событию можно было бы определить одной фразой: "Заседаете? Ну, ну! " Ухудшанский читал до самого отъезда.

Один из провожающих, человек с розовым плюшевым носом и бархатными височками, произнес пророчество, страшно всех напугавшее.

-- Я знаю такие поездки, - заявил он, - сам ездил. Ваше будущее мне известно. Здесь вас человек сто. Ездить вы будете в общей сложности целый месяц. Двое из вас отстанут от поезда на маленькой глухой станции без денег и документов и догонят вас только через неделю, голодные и оборванные. У кого-нибудь обязательно украдут чемодан. Может быть, у Паламидова, или у Лавуазьяна, или у Навроцкого. И потерпевший будет ныть всю дорогу и выпрашивать у соседей кисточку для бритья. Кисточку он будет возвращать невымытой, а тазик потеряет. Один путешественник, конечно, умрет, и друзья покойного, вместо того чтобы ехать на смычку, вынуждены будут везти дорогой прах в Москву. Это очень скучно и противно-возить прах. Кроме того, в дороге начнется склока. Поверьте мне! Кто-нибудь, хотя бы тот же Паламидов или Ухудшанский, совершит антиобщественный поступок. И вы будете долго и тоскливо его судить, а он будет с визгом и стонами отмежевываться. Все мне известно. Едете вы сейчас в шляпах и кепках, а назад вернетесь в тюбетейках. Самый глупый из вас купит полный доспех бухарского еврея: бархатную шапку, отороченную шакалом, и толстое ватное одеяло, сшитое в виде халата. И, конечно же, все вы по вечерам будете петь в вагоне "Стеньку Разина", будете глупо реветь: "И за борт ее бросает в надлежащую волну". Мало того, даже иностранцы будут петь: "Вниз по матушке по Волге, сюр нотр мер Вольга, по нашей матери Волге".

Лавуазьян разгневался и замахнулся на пророка пишущей машинкой.

-- Вы нам завидуете! - сказал он. - Мы не будем петь.

-- Запоете, голубчики. Это неизбежно. Уж мне все известно.

-- Не будем петь.

-- Будете. И если вы честные люди, то немедленно напишите мне об этом открытку.

В это время раздался сдержанный крик. С крыши багажного вагона упал фоторепортер Меньшов. Он взобрался-- туда для того, чтобы заснять моменты отъезда. Несколько секунд Меньшов лежал на перроне, держа над головой аппарат. Потом он поднялся, озабоченно проверил затвор и снова полез на крышу.

-- Падаете? - спросил Ухудшанский, высовываясь из окна с газетой.

-- Какое это падение! - презрительно сказал фоторепортер. -- Вот если бы вы видели, как я падал со спирального спуска в Парке культуры и отдыха!

-- Ну, ну, -- заметил представитель профоргана и скрылся в окне.

Взобравшись на крышу и припав на одно колено, Меньшов продолжал работу. На него с выражением живейшего удовлетворения смотрел норвежский писатель, который уже разместил свои вещи в купе и вышел на перрон прогуляться. У писателя были светлые детские волосы и большой варяжский нос. Норвежец был так восхищен фото-молодечеством Меньшова, что почувствовал необходимость поделиться с кем-нибудь своими чувствами. Быстрыми шагами он подошел к старику ударнику с Трехгорки, приставил свой указательный палец к его груди и пронзительно воскликнул:

-- Вы!!

Затем он указал на собственную грудь и так же пронзительно вскричал:

-- Я!!

Исчерпав таким образом все имевшиеся в его распоряжении русские слова, писатель приветливо улыбнулся и побежал к своему вагону, так как прозвучал второй звонок. Ударник тоже побежал к себе. Мень-шов спустился на землю. Закивали головы, показались последние улыбки, пробежал фельетонист в пальто с черным бархатным воротником. Когда хвост поезда уже мотался на выходной стрелке, из буфетного зала выскочили два брата-корреспондента-Лев Рубашкин и Ян Скамейкин. В зубах у Скамейкина был зажат шницель по-венски. Братья, прыгая, как молодые собаки, промчались вдоль перрона, соскочили на запятнанную нефтью землю и только здесь, среди шпал, поняли, что за поездом им не угнаться.

А поезд, выбегая из строящейся Москвы, уже завел свою оглушительную песню. Он бил колесами, адски хохотал под мостами и, только оказавшись среди дачных лесов, немного поуспокоился и развил большую скорость. Ему предстояло описать на глобусе

порядочную кривую, предстояло переменить несколько климатических провинций, переместиться из центральной прохлады в горячую пустыню, миновать много больших и малых городов и перегнать московское время на четыре часа.

К вечеру первого дня в вагон советских корреспондентов явились два вестника капиталистического мира: представитель свободомыслящей австрийской газеты господин Гейнрих и американец Хирам Бурман. Они пришли знакомиться. Господин Гейнрих был невелик ростом. На мистере Хираме была мягкая шляпа с подкрученными полями. Оба говорили по-русски довольно чисто и правильно. Некоторое время все молча стояли в коридоре, с интересом разглядывая друг друга. Для разгона заговорили о Художественном театре. Гейнрих театр похвалил, а мистер Бурман уклончиво заметил, что в СССР его, как сиониста, больше всего интересует еврейский вопрос.

-- У нас такого вопроса уже нет, - сказал Паламидов.

-- Как же может не быть еврейского вопроса? - удивился Хирам.

-- Нету, Не существует.

Мистер Бурман взволновался. Всю жизнь он писал в своей газете статьи по еврейскому вопросу, и расстаться с этим вопросом ему было бы больно.

-- Но ведь в России есть евреи? - сказал он осторожно.

-- Есть, -- ответил Паламидов.

-- Значит, есть и вопрос?

-- Нет. Евреи есть, а вопроса нету. Электричество, скопившееся в вагонном коридоре, было несколько разряжено появлением Ухудшанского. Он шел к умывальнику с полотенцем на шее.

-- Разговариваете? - сказал он, покачиваясь от быстрого хода поезда. -- Ну, ну!

Когда он возвращался назад, чистый и бодрый, с каплями воды на висках, спор охватил уже весь коридор. Из купе вышли совжурналисты, из соседнего вагона явилось несколько ударников, пришли еще два иностранца-итальянский корреспондент с фашистским жетоном, изображающим дикторский пучок и топорик, и немецкий профессор-востоковед, ехавший на торжество по приглашению Бокса. Фронт спора был очень широк-от строительства социализма в СССР до входящих на Западе в моду мужских беретов. И по всем пунктам, каковы бы они ни были, возникали разногласия.

-- Спорите? Ну, ну, - сказал Ухудшанский, удаляясь в свое купе.

В общем шуме можно было различить только отдельные выкрики.

-- Раз так, - говорил господин Гейнрих, хватая путиловца Суворова за косоворотку, -- то почему вы тринадцать лет только болтаете? Почему вы не устраиваете мировой революции, о которой

вы столько говорите? Значит, не можете? Тогда перестаньте болтать!

-- А мы и не будем делать у вас революции! Сами сделаете.

-- Я? Нет, я не буду делать революции,

-- Ну, без вас сделают и вас не спросят. Мистер Хирам Бурман стоял, прислонившись к тисненому кожаному простенку, и безучастно глядел на спорящих. Еврейский вопрос провалился в какую-то дискуссионную трещину в самом же начале разговора, а другие темы не вызывали в его душе никаких эмоций. От группы, где немецкий профессор положительно отзывался о преимуществах советского брака перед церковным, отделился стихотворный фельетонист, подписывавшийся псевдонимом Гаргантюа. Он подошел к призадумавшемуся Хираму и стал что-то с жаром ему объяснять. Хирам принялся слушать, но скоро убедился, что ровно ничего не может разобрать. Между тем Гаргантюа поминутно поправлял что-нибудь в туалете Хирама, то подвязывая ему галстук, то снимая с него пушинку, то застегивая и снова расстегивая пуговицу, говорил довольно громко и, казалось, даже отчетливо. Но в его речи был какой-то неуловимый дефект, превращавший слова в труху. Беда усугублялась тем, что Гаргантюа любил поговорить и после каждой фразы требовал от собеседника подтверждения.

-- Ведь верно? - говорил он, ворочая головой, словно бы собирался своим большим хорошим носом клюнуть некий корм. -Ведь правильно?

Только эти слова и были понятны в речах Гаргантюа. Все остальное сливалось в чудный убедительный рокот. Мистер Бурман из вежливости соглашался и вскоре убежал. Все соглашались с Гаргантюа, и он считал себя человеком, способным убедить кого угодно и в чем угодно.

-- Вот видите, - сказал он Паламидову, - вы не умеете разговаривать с людьми. А я его убедил. Только что я ему доказал, и он со мною согласился, что никакого еврейского вопроса у нас уже не существует. Ведь верно? Ведь правильно?

Паламидов ничего не разобрал и, кивнув головой, стал вслушиваться в беседу, происходившую между немецким востоковедом и проводником вагона. Проводник давно порывался вступить в разговор и только сейчас нашел свободного слушателя по плечу. Узнав предварительно звание, а также имя и фамилию собеседника, проводник отставил веник в сторону и плавно начал:

-- Вы, наверно, не слыхали, гражданин профессор, в Средней Азии есть такое животное, называется верблюд. У него на спине две кочки имеются. И был у меня железнодорожник знакомый, вы, наверно, слыхали, товарищ Должностюк, багажный раздатчик. Сел он на этого верблюда между кочек и ударил его хлыстом. Верблюд был злой и стал его кочками давить, чуть было вовсе не задавил.

Должностюк, однако, успел соскочить. Боевой был парень, вы, наверно, слыхали? Тут верблюд ему весь китель оплевал, а китель только из прачечной...

Вечерняя беседа догорала. Столкновение двух миров окончилось благополучно. Ссоры как-то не вышло. Сосуществование в литерном поезде двух систем -- капиталистической и социалистической -- волей-неволей должно было продлиться около месяца. Враг мировой революции, господин Гейнрих, рассказал старый дорожный анекдот, после чего все пошли в ресторан ужинать, переходя из вагона в вагон по трясущимся железным щитам и жмуря глаза от сквозного ветра. В ресторане, однако, население поезда расселось порознь. Тут же, за ужином, состоялись смотрины. Заграница, представленная корреспондентами крупнейших газет и телеграфных агентств всего мира, чинно налегла на хлебное вино и с ужасной вежливостью посматривала на ударников в сапогах и на советских журналистов, которые по-домашнему явились в ночных туфлях и с одними запонками вместо галстуков.

Разные люди сидели в вагон-ресторане: и провинциал из Нью-Йорка мистер Бурман, и канадская девушка, прибывшая из-за океана только за час до отхода литерного поезда и поэтому еще очумело вертевшая головой над котлетой в длинной металлической тарелочке, и японский дипломат, и другой японец, помоложе, и господин Гейнрих, желтые глаза которого почему-то усмехались, и молодой английский дипломат с тонкой теннисной талией, и немец-востоковед, весьма терпеливо выслушавший рассказ проводника о существовании странного животного с двумя кочками на спине, и американский экономист, и чехословак, и поляк, и четыре американских корреспондента, в том числе пастор, пишущий в газете союза христианских молодых людей, и стопроцентная американка из старинной пионерской семьи с голландской фамилией, которая прославилась тем, что в прошлом году отстала в Минеральных Водах от поезда и в целях рекламы некоторое время скрывалась в станционном буфете (это событие вызвало в американской прессе большой переполох. Три дня печатались статьи под заманчивыми заголовками: "Девушка из старинной семьи в лапах диких кавказских горцев" и "Смерть или выкуп"), и многие другие. Одни относились ко всему советскому враждебно, другие надеялись в наикратчайший срок разгадать загадочные души азиатов, третьи же старались добросовестно уразуметь, что же в конце концов происходит в Стране Советов.

Советская сторона шумела за своими столиками, Ударники принесли с собою еду в бумажных пакетах и налегли на чай в подстаканниках из белого крупповского металла. Более состоятельные журналисты заказали шницеля, а Лавуазьян, которого

внезапно охватил припадок славянизма, решил-- не ударить лицом в грязь перед иностранцами и потребовал почки-соте. Почек он не съел, так как не любил их сызмальства, но тем не менее надулся гордостью и бросал на иноземцев вызывающие взгляды. И на советской стороне были разные люди. Был здесь сормовский рабочий, посланный в поездку общим собранием, и строитель со Сталинградского тракторного завода, десять лет назад лежавший в окопах против Врангеля на том самом поле, где теперь стоит тракторный гигант, и ткач из Серпухова, заинтересованный Восточной Магистралью, потому что она должна ускорить доставку хлопка в текстильные районы.

Сидели тут и металлисты из Ленинграда, и шахтеры из Донбасса, и машинист с Украины, и руководитель делегации в белой русской рубашке с большой бухарской звездой, полученной за борьбу с эмиром. Как бы удивился дипломат с теннисной талией, если бы узнал, что маленький вежливый стихотворец Гаргантюа восемь раз был в плену у разных гайдамацких атаманов и один раз даже был расстрелян махновцами, о чем не любил распространяться, так как сохранил неприятнейшие воспоминания, выбираясь с простреленным плечом из общей могилы.

Возможно, что и представитель христианских молодых людей схватился бы за сердце, выяснив, что веселый Паламидов был председателем армейского трибунала, а Лавуазьян в интересах газетной информации переоделся женщиной и проник на собрание баптисток, о чем и написал большую антирелигиозную корреспонденцию, что ни один из присутствующих советских граждан не крестил своих детей и что среди этих исчадий имеются даже четыре писателя. Разные люди сидели в вагон-ресторане. На второй день сбылись слова плюшевого пророка. Когда поезд, гремя и ухая, переходил Волгу по Сызранскому мосту, литерные пассажиры неприятными городскими голосами затянули песню о волжском богатыре. При этом они старались не смотреть друг другу в глаза. В соседнем вагоне иностранцы, коим не было точно известно, где и что полагается петь, с воодушевлением исполняли "Эй, полна, полна коробочка" с не менее странным припевом: "Эх, юхнем! " Открытки человеку с плюшевым носом никто не послал, было совестно. Один лишь Ухудшанский крепился. Он не пел вместе со всеми. Когда несенный разгул овладел поездом, один лишь он молчал, плотно сжимая зубы и делая вид, что читает "Полное географическое описание нашего отечества". Он был строго наказан. Музыкальный пароксизм случился с ним ночью, далеко за Самарой, В полночный час, когда необыкновенный поезд уже спал, из купе Ухудшанского послышался шатающийся голос: "Есть на Волге утес, диким мохом порос". Путешествие взяло свое.

А еще позже, когда заснул и Ухудшанский, дверь с площадки отворилась, на секунду послышался вольный гром колес, и в пустой блистающий коридор, озираясь, вошел Остап Бендер. Секунду он колебался, а потом сонно махнул рукой и раскрыл первую же дверь купе. При свете синей ночной лампочки спали Гаргантюа, Ухудшанский и фотограф Меньшов, Четвертый, верхний, диванчик был пуст. Великий комбинатор не стал раздумывать. Чувствуя слабость в ногах после тяжелых скитаний, невозвратимых утрат и двухчасового стояния на подножке вагона, он взобрался наверх. Оттуда ему представилось чудесное видение -- у окна, на столике, задрав ножки вверх, как оглобли, лежала белотелая вареная курица.

-- Я иду по неверному пути Паниковского, -- прошептал Остап.

С этими словами он поднял курицу к себе и съел ее без хлеба и соли. Косточки он засунул под твердый холщовый валик. Он заснул счастливый, под скрипение переборок, вдыхая неповторимый железнодорожный запах краски.

ГЛАВА XXVII. "ПОЗВОЛЬТЕ ВОЙТИ НАЕМНИКУ КАПИТАЛА"

Ночью Остапу приснилось грустное затушеванное лицо Зоси, а потом появился Паниковский. Нарушитель конвенции был в извозчичьей шляпе с пером и, ломая руки, говорил: "Бендер! Бендер! Вы не знаете, что такое курица! Это дивная, жирная птица, курица! " Остап не понимал и сердился: "Какая курица? Ведь ваша специальность-гусь! " Но Паниковский настаивал на своем: "Курица, курица, курица! "

Бендер проснулся. Низко над головой он увидел потолок, выгнутый, как крышка бабушкина сундука. У самого носа великого комбинатора шевелилась багажная сетка, В купе было очень светло. В полуспущенное окно рвался горячий воздух оренбургской степи.

-- Курица! - донеслось снизу. -- Куда же девалась моя курица? Кроме нас, в купе никого нет! Ведь верно? Позвольте, а это чьи ноги?

Остап закрыл глаза рукой и тут же с неудовольствием вспомнил, что так делывал и Паниковский, когда ему грозила беда. Отняв руку, великий комбинатор увидел головы, показавшиеся на уровне его полки.

-- Спите? Ну, ну, -- сказала первая голова.

-- Скажите, дорогой, - доброжелательно молвила вторая, -это вы съели мою курицу? Ведь верно? Ведь правильно?

Фоторепортер Меньшов сидел внизу, по локоть засунув обе руки в черный фотографический мешок. Он перезаряжал кассеты.

-- Да, - сдержанно сказал Остап, - я ее съел.

-- Вот спасибо! -- неожиданно воскликнул Гаргантюа. - А я уж и не знал, что с ней делать. Ведь жара, курица могла испортиться.

Правильно? Выбрасывать жалко! Ведь верно?

-- Разумеется, -- сказал Остап осторожно, -- я очень рад, что смог оказать вам эту маленькую услугу.

-- Вы от какой газеты? -- спросил фоторепортер, продолжая с томной улыбкой шарить в мешке. - Вы не в Москве сели?

-- Вы, я вижу, фотограф, -- сказал Остап, уклоняясь от прямого ответа, - знал я одного провинциального фотографа, который даже консервы открывал только при красном свете, боялся, что иначе они испортятся.

Меньшов засмеялся. Шутка нового пассажира пришлась ему по вкусу. И в это утро никто больше не задавал великому комбинатору скользкий вопросов. Он спрыгнул с дивана и, погладив свои щеки, на которых за три дня отросла разбойничья щетина, вопросительно посмотрел на доброго Гаргантюа. Стихотворный фельетонист распаковал чемодан, вынул оттуда бритвенный прибор и, протянув его Остапу, долго что-то объяснял, клюя невидимый корм и поминутно требуя подтверждения своим словам.

Покуда Остап брился, мылся и чистился, Меньшов, опоясанный фотографическими ремнями, распространил по всему вагону известие, что в их купе едет новый провинциальный корреспондент, догнавший ночью поезд на аэроплане и съевший курицу Гаргантюа. Рассказ о курице вызвал большое оживление. Почти все корреспонденты захватили с собой в дорогу домашнюю снедь: коржики, рубленые котлеты, батоны и крутые яйца. Эту снедь никто не ел. Корреспонденты предпочитали ходить в ресторан.

И не успел Бендер закончить свой туалет, как в купе явился тучный писатель в мягкой детской курточке. Он положил на стол перед Остапом двенадцать яиц и сказал:

-- Съешьте. Это яйца. Раз яйца существуют, то должен же кто-нибудь их есть?

Потом писатель выглянул в окно, посмотрел на бородавчатую степь и с горечью молвил:

-- Пустыня -- это бездарно! Но она существует. И с этим приходится считаться.

Он был философ. Выслушав благодарность Остапа, писатель потряс головой и пошел к себе дописывать рассказ. Будучи человеком пунктуальным, он твердо решил каждый день обязательно писать по рассказу, Это решение он выполнял с прилежностью первого ученика. По-видимому, он вдохновлялся мыслью, что раз бумага существует, то должен же на ней кто-нибудь писать.

Примеру философа последовали другие пассажиры. Навроцкий принес фаршированный перец в банке, Лавуазьян-котлеты с налипшими на них газетными строчками, Сапегин -- селедку и

коржики, а Днестров-стакан яблочного повидла. Приходили и другие, но Остап прекратил прием.

-- Не могу, не могу, друзья мои, -- говорил он, - сделай одному одолжение, как уже все наваливаются. Корреспонденты ему очень понравились. Остап готов был умилиться, но он так наелся, что был не в состоянии предаваться каким бы то ни было чувствам.

Он с трудом влез на свой диван и проспал почти весь день.

Шли третьи сутки пути. В ожидании событий литерный поезд томился. До Магистрали было еще далеко, ничего достопримечательного не случилось, и все же московские корреспонденты, иссушаемые вынужденным бездельем, подозрительно косились друг на Друга.

"Не узнал ли кто-нибудь чего-нибудь и не послал ли об этом молнию в свою редакцию? "

Наконец, Лавуазьян не сдержался и отправил телеграфное сообщение:

"Проехали Оренбург тчк трубы паровоза валит дым тчк настроение бодрое зпт делегатских вагонах разговоры только восточной магистрали тчк молнируйте инструкции аральское море лавуазьян".

Тайна вскоре раскрылась, и на следующей же станции у телеграфного окошечка образовалась очередь. Все послали краткие сообщения о бодром настроении и о трубе паровоза, из коей валит дым.

Для иностранцев широкое поле деятельности открылось тотчас за Оренбургом, когда они увидели первого верблюда, первую юрту и первого казаха в остроконечной меховой шапке и с кнутом в руке. На полустанке, где поезд случайно задержался, по меньшей мере двадцать фотоаппаратов нацелились на верблюжью морду. Началась экзотика, корабли пустыни, вольнолюбивые сыны степей и прочее романтическое тягло.

Американка из старинной семьи вышла из вагона в круглых очках с темными стеклами. От солнечного света ее защищал также зеленый зонтик. В таком виде ее долго снимал ручной кинокамерой "Аймо" седой американец. Сначала она стояла рядом с верблюдом, потом впереди него и, на. конец, на нем, уместившись между кочками, о которых так тепло рассказывал проводник. Маленький и злой Гейнрих шнырял в толпе и всем говорил:

-- Вы за ней присматривайте, а то она случайно застрянет на станции, и опять будет сенсация в американской прессе: "Отважная корреспондентка в лапах обезумевшего верблюда".

Японский дипломат стоял в двух шагах от казаха. Оба молча смотрели друг на друга. У них были совершенно одинаковые чуть сплющенные лица, жесткие усы, желтая лакированная кожа и глаза,

припухшие и неширокие. Они сошли бы за близнецов, если бы казах не был в бараньей шубе, подпоясанной ситцевым кушаком, а японец- в сером лондонском костюме, и если бы казах не начал читать лишь в прошлом году, а японец не кончил двадцать лет назад двух университетов-в Токио и Париже. Дипломат отошел на шаг, нагнул голову к зеркалке и щелкнул затвором. Казах засмеялся, сел на своего шершавого конька и двинулся в степь.

Но уже на следующей станции в романтическую повесть вошли новые элементы. За станционным зданием лежали красные циллиндрические бочки-железная тара для горючего, желтело новое деревянное здание, и перед ним, тяжело втиснувшись в землю гусеничными цепями, тянулась тракторная шеренга. На решетчатом штабеле шпал стояла девушка-трактористка в черных рабочих штанах и валенках. Тут советские корреспонденты взяли реванш. Держа фотоаппараты на уровне глаз, они стали подбираться к девушке. Впереди всех крался Меньшов.

В зубах он держал алюминиевую кассету и движениями своими напоминал стрелка, делающего перебежку в цепи. Но если верблюд фотографировался с полным сознанием своего права на известность, то трактористка оказалась скромнее. Снимков пять она перенесла спокойно, а потом покраснела и ушла. Фотографы перекинулись на тракторы. Кстати, на горизонте, позади машин, виднелась цепочка верблюдов. Все это -- тракторы и верблюды-отлично укладывалось в рамку кадра под названием "Старое и новое" или "Кто кого? ".

Остап проснулся перед заходом солнца. Поезд продолжал бежать в пустыне. По коридору бродил Лавуазьян, подбивая товарищей на издание специальной поездной газеты. Он даже придумал название: "На всех парах".

-- Ну, что это за название! - сказал Остап. - Вот я видел стенгазету одной пожарной команды, называлась она -- "Из огня да в полымя". Это было по существу.

-- Вы-профессионал пера! - закричал Лавуазьян. -Сознайтесь, что вам просто лень писать для рупора поездной общественности.

Великий комбинатор не отрицал того, что онпрофессионал пера. В случае надобности он мог бы без запинки объяснить, какой орган печати представляет он в этом поезде -"Черноморскую газету". Впрочем, в этом не было особенной нужды, потому что поезд был специальный и его не посещали сердитые контролеры с никелированными щипцами. Но Лавуазьян уже сидел со своей пишущей машиной в вагоне ударников, где его предложение вызвало суматоху. Уже старик с Трехгорки писал химическим карандашом заметку о необходимости устроить в поезде вечер обмена опытом и литературное чтение, уже искали карикатуриста и мобилизовали Навроцкого для собирания анкеты о том, какое предприятие из

числа представленных делегатами лучше выполнило промфинплан.

Вечером в купе Гаргантюа, Меньшова, Ухудшанского и Бендера собралось множество газетного народа. Сидели тесно, по шесть человек на диванчике. Сверху свешивались головы и ноги. Ощутительно свежая ночь остудила журналистов, страдавших весь день от жары, а длинные такты колес, не утихавшие уже три дня, располагали к дружбе. Говорили о Восточной Магистрали, вспоминали своих редакторов и секретарей, рассказывали о смешных газетных ляпсусах и всем скопом журили Ухудшанского за отсутствие в его характере журналистской жилки. Ухудшанский высоко поднимал голову и с превосходством отвечал:

-- Треплетесь? Ну, ну!

В разгаре веселья явился господин Гейнрих.

-- Позвольте войти наемнику капитала, - бойко сказал он.

Гейнрих устроился на коленях толстого писателя, отчего писатель крякнул и стоически подумал: "Раз у меня есть колени, то должен же кто-нибудь на них сидеть? Вот он и сидит".

-- Ну, как строится социализм? -- нахально спросил представитель свободомыслящей газеты.

Как-то так случилось, что со всеми поездными иностранцами обращались учтиво, добавляя к фамилиям; "мистер", "герр" или "синьор", а корреспондента свободомыслящей газеты называли просто Гейнрих, считали трепачом и не принимали всерьез. Поэтому на прямо поставленный вопрос Паламидов ответил:

-- Гейнрих! Напрасно вы хлопочете! Сейчас вы будете опять ругать советскую власть, это скучно и неинтересно. И потом мы это можем услышать от злой старушки из очереди.

-- Совсем не то, -- сказал Гейнрих, -- я хочу рассказать библейскую историю про Адама и Еву. Вы позволите?

-- Слушайте, Гейнрих, почему вы так хорошо говорите по-русски? - спросил Сапегин.

-- Научился в Одессе, когда в тысяча девятьсот восемнадцатом году с армией генерала фон Бельца оккупировал этот чудный город. Я состоял тогда в чине лейтенанта. Вы, наверно, слышали про фон Бельца?

-- Не только слышали, -- сказал Паламидов, -- но и видели. Ваш фон Бельц лежал в своем золотом кабинете во дворце командующего Одесским военным округом с простреленной головой. Он застрелился, узнав, что в вашем отечестве произошла революция,

При слове "революция" господин Гейнрих официально улыбнулся и сказал:

-- Генерал был верен присяге.

-- А вы почему не застрелились, Гейнрих? - спросили с верхней полки. -- Как у вас там вышло с присягой?

-- Ну, что, будете слушать библейскую историю? -раздраженно сказал представитель свободомыслящей газеты.

Однако его еще некоторое время пытали расспросами насчет присяги и только тогда, когда он совсем уже разобиделся и собрался уходить, согласились слушать историю.

РАССКАЗ ГОСПОДИНА ГЕЙНРИХА ОБ АДАМЕ И ЕВЕ

-- Был, господа, в Москве молодой человек, комсомолец. Звали его-Адам. И была в том же городе молодая девушка, комсомолка Ева. И вот эти молодые люди отправились однажды погулять в московский рай-в Парк культуры и отдыха. Не знаю, о чем они там беседовали. У нас обычно молодые люди беседуют о любви. Но ваши Адам и Ева были марксисты и, возможно, говорили о мировой революции. Во всяком случае, вышло так, что, прогуливаясь по бывшему Нескучному саду, они присели на траву под деревом, Не знаю, какое это было дерево. Может быть, это было древо познания добра и зла. Но марксисты, как вам известно, не любят мистики. Им, по всей вероятности, показалось, что это простая рябина. Продолжая беседовать, Ева сорвала с дерева ветку и подарила ее Адаму. Но тут показался человек, которого лишенные воображения молодые марксисты приняли за садового сторожа. А между тем это был, по всей вероятности, ангел с огненным мечом. Ругаясь и ворча, ангел повел Адама и Еву в контору на предмет составления протокола за повреждения, нанесенные садовому хозяйству. Это ничтожное бытовое происшествие отвлекло молодых людей от высокой политики, и Адам увидел, что перед ним стоит нежная Ева, а Ева заметила, что перед ней стоит мужественный Адам. И молодые люди полюбили друг друга. Через три года у них было уже два сына.

Дойдя до этого места, господин Гейнрих неожиданно умолк, запихивая в рукава мягкие полосатые манжеты.

-- Ну, и что же? -- спросил Лавуазьян.

-- А то, -- гордо сказал Гейнрих, -- что одного сына зовут Каин, а другого-Авель и что через известный срок Каин убьет Авеля, Авраам родит Исаака, Исаак родит Иакова, и вообще вся библейская история начнется сначала, и никакой марксизм этому помешать не сможет. Все повторяется. Будет и потоп, будет и Ной с тремя сыновьями, и Хам обидит Ноя, будет и Вавилонская башня, которая никогда не достроится, господа. И так далее. Ничего нового на свете не произойдет. Так что вы напрасно кипятились насчет новой жизни.

И Гейнрих удовлетворенно откинулся назад, придавив узкой селедочной спиной толстого добродушного писателя.

-- Все это было бы прекрасно, -- сказал Паламидов, - если бы. было подкреплено доказательствами. Но доказать вы ничего не можете. Вам просто хочется, чтобы было так. Запрещать вам верить в чудо нет надобности. Верьте, молитесь.

-- А у вас есть доказательства, что будет иначе? -воскликнул представитель свободомыслящей газеты.

-- Есть, - ответил Паламидов, - одно из них вы увидите послезавтра, на смычке Восточной Магистрали.

-- Ну-у, начинается! - заворчал Гейнрих. - Строительство! Заводы! Пятилетка! Что вы мне тычете в глаза свое железо? Важен дух! Все повторится! Будет и тридцатилетняя война, и столетняя война, и опять будут сжигать людей, которые посмеют сказать, что земля круглая. И опять обманут бедного Иакова, заставив его работать семь лет бесплатно и подсунув ему некрасивую близорукую жену Лию взамен полногрудой Рахили. Все, все повторится. И Вечный Жид попрежнему будет скитаться по земле...

-- Вечный Жид никогда больше не будет скитаться! -- сказал вдруг великий комбинатор, обводя собравшихся веселым взором.

-- И на это вы тоже можете представить доказательства в течение двух дней? -- возопил Гейнрих.

-- Хоть сейчас, - любезно ответил Остап. - Если общество позволит, я расскажу о том, что произошло с так называемым Вечным Жидом.

Общество охотно позволило. Все приготовились слушать рассказ нового пассажира, а Ухудшанский даже промолвил: "Рассказываете? Ну, ну". И великий комбинатор начал.

РАССКАЗ ОСТАПА БЕНДЕРА О ВЕЧНОМ ЖИДЕ

-- Не буду напоминать вам длинной и скучной истории Вечного еврея. Скажу только, что около двух тысяч лет этот пошлый старик шатался по всему миру, не прописываясь в гостиницах и надоедая гражданам своими жалобами на высокие железнодорожные тарифы, из-за которых ему приходилось ходить пешком. Его видели множество раз. Он присутствовал на историческом заседании, где Колумбу так и не удалось отчитаться в авансовых суммах, взятых на открытие Америки. Еще совсем молодым человеком он видел пожар Рима. Лет полтораста он прожил в Индии, необыкновенно поражая йогов своей живучестью и сварливым характером. Одним словом, старик мог бы порассказать много интересного, если бы к концу каждого столетия писал мемуары. Но Вечный Жид был неграмотен и к тому же имел дырявую память.

Не так давно старик проживал в прекрасном городе Рио-де-Жанейро, пил прохладительные напитки, глядел на океанские пароходы и разгуливал под пальмами в белых штанах. Штаны эти он купил по случаю восемьсот лет назад в Палестине у какого-то рыцаря, отвоевавшего гроб господень, и они были еще совсем как новые. И вдруг старик забеспокоился. Захотелось ему в Россию, на Днепр, Он бывал везде: и на Рейне, и на Ганге, и на Миссисипи, и на Ян-Цзы, и на Нигере, и на Волге. И не был он только на Днепре.

Захотелось ему, видите ли, бросить взгляд и на эту широкую реку.

Аккурат в 1919 году Вечный Жид в своих рыцарских брюках нелегально перешел румынскую границу. Стоит ли говорить о том, что на животе у него хранились восемь пар шелковых чулок и флакон парижских духов, которые одна кишиневская дама просила передать киевским родственникам. В то бурное время ношение контрабанды на животе называлось "носить в припарку". Этому делу старика живо обучили в Кишиневе. Когда Вечный Жид, выполнив поручение, стоял на берегу Днепра, свесив неопрятную зеленую бороду, к нему подошел человек с желто-голубыми лампасами и петлюровскими погонами и строго спросил:

-- Жид?

-- Жид, - ответил старик.

-- Ну, пойдем, - пригласил человек с лампасами. И повел его к куренному атаману.

-- Жида поймали, - доложил он, подталкивая старика коленом.

-- Жид? - спросил атаман с веселым удивлением.

-- Жид, -- ответил скиталец.

-- А вот поставьте его к стенке, - ласково сказал куренной.

-- Но ведь я же Вечный! - закричал старик. Две тысячи лет он нетерпеливо ждал смерти, а сейчас вдруг ему очень захотелось жить.

-- Молчи, жидовская морда! - радостно закричал губатый атаман. -- Рубай его, хлопцы-молодцы! И Вечного странника не стало.

-- Вот и все, -- заключил Остап.

-- Думаю, что вам, господин Гейнрих, как бывшему лейтенанту австрийской армии, известны повадки ваших друзей-петлюровцев? - сказал Паламидов.

Гейнрих ничего не ответил и сейчас же ушел. Сначала все думали, что он обиделся, но уже на другой день выяснилось, что из советского вагона корреспондент свободомыслящей газеты направился прямо к мистеру Хираму Бурману, которому и продал историю о Вечном Жиде за сорок долларов. И Хирам на первой же станции передал рассказ Остапа Бендера по телеграфу в свою газету.

ГЛАВА XXVIII. ПОТНЫЙ ВАЛ ВДОХНОВЕНЬЯ

На утро четвертого дня пути поезд взял на восток. Мимо снеговых цепей -- Гималайских отрогов, -- с грохотом перекатываясь через искусственные сооружения (мостики, трубы для пропуска весенних вод и др.), а также бросая трепетную тень на горные ручьи/литерный поезд проскочил городок под тополями и долго вертелся у самого бока большой снеговой горы. Не будучи в силах одолеть перевал сразу, литерный подскакивал к горе то справа, то слева, поворачивал назад, пыхтел, возвращался снова, терся о гору

пыльно-зелеными своими боками, всячески хитрил -- и выскочил, наконец, на волю. Исправно поработав колесами, поезд молодецки осадил на последней станции перед началом Восточной Магистрали.

В клубах удивительного солнечного света, на фоне алюминиевых гор, стоял паровоз цвета молодой травы. Это был подарок станционных рабочих новой железной дороге.

В течение довольно долгого времени по линии подарков к торжествам и годовщинам у нас не все обстояло благополучно. Обычно дарили или очень маленькую, величиной в кошку, модель паровоза, или, напротив того, зубило, превосходящее размерами телеграфный столб. Такое мучительное превращение маленьких предметов в большие и наоборот отнимало много времени и денег. Никчемные паровозики пылились на канцелярских шкафах, а титаническое зубило, перевезенное на двух фургонах, бессмысленно и дико ржавело во дворе юбилейного учреждения.

Но паровоз ОВ, ударно выпущенный из капитального ремонта, был совершенно нормальной величины, и по всему было видно, что зубило, которое, несомненно, употребляли при его ремонте, тоже было обыкновенного размера. Красивый подарок немедленно впрягли в поезд, и "овечка", как принято называть в полосе отчуждения паровозы серии ОВ, неся на своем передке плакат "Даешь смычку", покатил к южному истоку Магистрали-станции Горной.

Ровно два года назад здесь лег на землю первый черно-синий рельс, выпущенный уральским заводом. С тех пор из прокатных станов завода беспрерывно вылетали огненные полосы рельсов. Магистраль требовала их все больше и больше. Укладочные городки„ шедшие навстречу друг другу, в довершение всего устроили соревнование и взяли такой темп, что всем поставщикам материалов пришлось туго.

Вечер на станции Горной, освещенной розовыми и зелеными ракетами, был настолько хорош, что старожилы, если бы они здесь имелись, конечно, сказали бы, что такого вечера они не запомнят. К счастью, в Горной старожилов не было. Еще в 1928 году здесь не было не только что старожилов, но и домов, и станционных помещений, и рельсового пути, и деревянной триумфальной арки с хлопающими на ней лозунгами и флагами, неподалеку от которой остановился литерный поезд.

Пока под керосино-калильными фонарями шел митинг и все население столпилось у трибуны, фоторепортер Меньшов с двумя аппаратами, штативом и машинкой для магния кружил вокруг арки. Арка казалась фотографу подходящей, она получилась бы на снимке отлично. Но поезд, стоявший шагах в двадцати от нее, получился бы слишком маленьким. Если же снимать со стороны поезда, то

маленькой вышла бы арка. В таких случаях Магомет обычно шел к горе, прекрасно понимая, что гора к нему не пойдет. Но Меньшов сделал то, что - показалось ему самым простым. Он попросил подать поезд под арку таким же легким тоном, каким просят в трамвае немножко подвинуться. Кроме того, он настаивал, чтобы из трубы паровоза валил густой белый пар. Еще требовал он, чтобы машинист бесстрашно смотрел из окошечка вдаль, держа ладонь козырьком над глазами. Железнодорожники растерялись и, думая, что так именно и надо, просьбу удовлетворили. Поезд с лязгом подтянулся к арке, из трубы валил требуемый пар, и машинист, высунувшись в окошечко, сделал зверское лицо. Тогда Меньшов произвел такую вспышку магния, что задрожала земля и на сто километров вокруг залаяли собаки. Произведя снимок, фотограф сухо поблагодарил железнодорожный персонал и поспешно удалился в свое купе.

Поздно ночью литерный поезд шел уже по Восточной Магистрали. Когда население поезда укладывалось спать, в коридор вагона вышел фотограф Меньшов и, ни к кому не обращаясь, скорбно сказал:

-- Странный случай! Оказывается, эту проклятую арку я снимал на пустую кассету! Так что ничего не вышло.

-- Не беда, - с участием ответил ему Лавуазьян, - пустое дело. Попросите машиниста, и он живо даст задний ход. Всего лишь через три часа вы снова будете в Горной и повторите свой снимок. А смычку можно будет отложить надень.

-- Черта с два теперь снимешь! - печально молвил фоторепортер. -- У меня вышел весь магний, а то, конечно, пришлось бы вернуться.

Путешествие по Восточной Магистрали доставляло великому комбинатору много радости. Каждый час приближал его к Северному укладочному городку, где находился Корейко. Нравились Остапу и литерные пассажиры. Это были люди молодые, веселые, без бюрократической сумасшедшинки, так отличавшей его геркулесовских знакомых. Для полноты счастья не хватало денег. Подаренную провизию он съел, а для вагон-ресторана требовались наличные. Сперва Остап, когда новые друзья тащили его обедать, отговаривался отсутствием аппетита, но вскоре понял, что так жить нельзя. Некоторое время он присматривался к Ухудшанскому, который весь день проводил у окна в коридоре, глядя на телеграфные столбы и на птичек, слетавших с проволоки. При этом легкая сатирическая улыбка трогала губы Ухудшанского. Он закидывал голову и шептал птицам: "Порхаете? Ну, ну". Остап простер свое любопытство вплоть до того, что ознакомился даже со статьей Ухудшанского "Улучшить работу лавочных комиссий". После этого Бендер еще оглядел диковинного журналиста с ног до головы,

нехорошо улыбнулся и, почувствовав знакомое волнение стрелка-охотника, заперся в купе,

Оттуда он вышел только через три часа, держа с руках большой разграфленный, как ведомость, лист бумаги.

-- Пишете? - вяло спросил Ухудшанский.

-- Специально для вас, -- ответил великий комбинатор. Вы, я замечаю, все время терзаетесь муками творчества. Писать, конечно, очень трудно. Я, как старый передовик и ваш собрат по перу, могу это засвидетельствовать. Но я изобрел такую штуку, которая избавляет от необходимости ждать, покуда вас окатит потный вал вдохновения. Вот. Извольте посмотреть.

И Остап протянул Ухудшанскому лист, на котором было написано:

ТОРЖЕСТВЕННЫЙ КОМПЛЕКТ
НЕЗАМЕНИМОЕ ПОСОБИЕ ДЛЯ СОЧИНЕНИЯ ЮБИЛЕЙНЫХ СТАТЕЙ, ТАБЕЛЬНЫХ ФЕЛЬЕТОНОВ, А ТАКЖЕ ПАРАДНЫХ СТИХОТВОРЕНИЙ.
ОД И ТРОПАРЕЙ

Раздел I. Словарь

Существительные

1. Клики 11. Час

2. Трудящиеся 12. Враг

3. Заря 13. Поступь

4. Жизнь 14. Вал

5. Маяк 15. Пески

6. Ошибки 16. Скок

7. Стяг (флаг) 17. Конь

8. Ваал 18. Сердце

9. Молох 19. Прошлое

10. Прислужник

Прилагательные

1. Империалистический 5. Индустриальный

2. Капиталистический 6. Стальной

3. Исторический 7. Железный

4. Последний

Глаголы

1. Пылить 6. Вершить (ся)

2. Взметать (ся) 7. Петь

3. Выявлять 8. Клеветать

4. Рдеть 9. Скрежетать

5. Взвивать (ся) 10. Грозить

Художеств. эпитеты

1. Злобный 2. Зубовный

Прочие части речи

1. Девятый 4. Пускай!

2. Двенадцатый 5. Вперед!

3. Пусть!

(Междометия, предлоги, союзы, запятые, многоточия, восклицательные знаки и кавычки и т. п.)

Примеч. Запятые ставят перед "что", "который" и "если". Многоточия, восклиц. знаки и кавычки-где только возможно.

Раздел II. Творческая часть (Составляется исключительно из слов раздела 1-го)

1. ПЕРЕДОВАЯ СТАТЬЯ

Девятый вал

Восточная Магистраль -- это железный конь, который, взметая стальным скоком пески прошлого, вершит поступь истории, выявляя очередной зубовный скрежет клевещущего врага, на которого уже взметается девятый вал, грозящий двенадцатым часом, последним часом для прислужников империалистического Молоха, этого капиталистического Ваала, но, невзирая на ошибки, пусть рдеют, а равно и взвиваются стяги у маяка индустриализации, пылающего под клики трудящихся, коими под пение сердец выявляется заря новой жизни: вперед!

2. ХУДОЖЕСТВ. ОЧЕРК-ФЕЛЬЕТОН

ПУСТЬ!..

-- Вперед!

Он пылает под клики трудящихся...

Он выявляет зарю новой жизни...

-- Маяк!

Индустриализации!

Пусть отдельные ошибки. Пусть. Но зато как рдеют... как несутся... как взвиваются... эти стяги! Эти флаги!..

-- Пусть -- Ваал капитализма! Пусть -- Молох империализма! Пусть!

Но на прислужников уже взметается:

-- Последний вал!

-- Девятый час!

-- Двенадцатый Ваал!

Пусть клевещут. Пусть скрежещут. Пусть выявляется злобный зубовный враг!

Вершится историческая поступь. Пески прошлого взметаются скоком стали.

Это-"железный" "конь"!..

Это:

-- Восточная!

-- Магистраль!

"Поют сердца"...

3. ХУДОЖЕСТВ. СТИХОТВОРЕНИЕ

А) Тринадцатый Ваал
Поют сердца под грохот дней,
Дрожит зарей маяк.
Пускай индустрии огней
Трепещет злобный враг.
Железный конь несет вперед
Исторьи скок взметать,
Семью трудящихся несет
Ошибки выявлять.
Взвивается последний час.
Зардел девятый вал,
Двенадцатый вершится час
Тебе, Молох-Ваал!
Б) Восточный вариант
Цветет урюк под грохот дней,
Дрожит зарей кишлак.
А средь арыков и аллей
Идет гулять ишак.
Азиатский орнамент
1. УРЮК (абрикосы)
2. АРЫК (канал)
3. ИШАК (осел)
4. ПЛОВ (пища)
5. БАЙ (нехороший человек)
6. БАСМАЧ (нехороший человек)
7. ШАКАЛ (животное)
8. КИШЛАК (деревня)
9. ПИАЛА (чашка)
10. МЕДРЕСЕ (духовное училище)
11. ИЧИГИ (обувь)
12. ШАЙТАН (черт)
13. АРБА (телега)
14. ШАЙТАН-АРБА (Средне-Азиатская ж. д.)
15. ТВОЯ-МОЯ НЕ ПОНИМАЙ \
16. МАЛА-МАЛА / выражения
Добавление

При помощи материалов раздела 1-го по методам раздела 2-го сочиняются также: романы, повести, поэмы в прозе, рассказы, бытовые зарисовки, художеств, репортаж, хроника, эпопея, пьесы, политобозрения, игра в политфанты, радиооратории и т. д.

Когда Ухудшанский ознакомился с содержанием документа, глаза его, доселе мутные, оживились. Ему, пробавлявшемуся до сих пор отчетами о заседаниях, внезапно открылись сверкающие стилистические высоты.

-- И за все-двадцать пять тугриков, двадцать пять монгольских рублей, -- нетерпеливо сказал великий комбинатор, томимый голодом.

-- У меня нет монгольских, -- молвил сотрудник профоргана, не выпуская из рук "Торжественного комплекта".

Остап согласился взять обыкновенными рублями, пригласил Гаргантюа, которого называл уже "кум и благодетель", и вместе с ним отправился в вагон-ресторан. Ему принесли блистающий льдом и ртутью графин водки, салат и большую, тяжелую, как подкова, котлету. После водки, которая произвела в его голове легкое кружение, великий комбинатор таинственно сообщил куму и благодетелю, что в Северном укладочном городке он надеется разыскать человечка, который должен ему небольшую сумму. Тогда он созовет всех корреспондентов на пир. На это Гаргантюа ответил длинной убедительной речью, в которой, по обыкновению, нельзя было разобрать ни слова. Остап подозвал буфетчика, расспросил, везет ли тот шампанское, и сколько бутылок везет, и что еще имеется из деликатесов, и в каких количествах имеется, и что все эти сведения ему нужны потому, что дня через два он намерен дать банкет своим собратьям по перу. Буфетчик заявил, что сделано будет все, что возможно.

-- Согласно законов гостеприимства, - добавил он почему-то.

По мере приближения к месту смычки кочевников становилось все больше. Они спускались с холмов наперерез поезду, в шапках, похожих на китайские пагоды. Литерный, грохоча, с головой уходил в скалистые порфировые выемки, прошел новый трехпролетный мост, последняя ферма которого была надвинута только вчера, и принялся осиливать знаменитый Хрустальный перевал. Знаменитым сделали его строители Магистрали, выполнившие все подрывные и укладочные работы в три месяца вместо восьми, намеченных по плану.

Поезд постепенно обрастал бытом. Иностранцы, выехавшие из Москвы в твердых, словно бы сделанных из аптекарского фаянса воротничках, в тяжелых шелковых галстуках и суконных костюмах, стали распоясываться. Одолевала жара. Первым изменил форму одежды один из американцев. Стыдливо посмеиваясь, он вышел из своего вагона в странном наряде. На нем были желтые толстые башмаки, чулки и брюки-гольф, роговые очки и русская косоворотка хлебозаготовительного образца, вышитая крестиками. И чем жарче становилось, тем меньше иностранцев оставалось верными идее европейского костюма. Косоворотки, апашки, гейши, сорочки-фантази, толстовки, лжетолстовки и полутолстовки, одесские сандалии и тапочки полностью преобразили работников прессы капиталистического мира. Они приобрели разительное сходство со

старинными советскими служащими, и их мучительно хотелось чистить, выпытывать, что они делали до 1917 года, не бюрократы ли они, не головотяпы ли и благополучны ли по родственникам.

Прилежная "овечка", увешанная флагами и гирляндами, поздней ночью втянула литерный поезд на станцию Гремящий Ключ, место смычки. Кинооператоры жгли римские свечи. В их резком белом свете стоял начальник строительства, взволнованно глядя на поезд. В вагонах не было огней. Все спали. И только правительственный салон светился большими квадратными окнами. Дверь его быстро открылась, и на низкую землю спрыгнул член правительства.

Начальник Магистрали сделал шаг вперед, взял под козырек и произнес рапорт, которого ждала вся страна. Восточная Магистраль, соединившая прямым путем Сибирь и Среднюю Азию, была закончена на год раньше срока.

Когда формальность была выполнена, рапорт отдан и принят, два немолодых и несентиментальных человека поцеловались.

Все корреспонденты, и советские и иностранные, и Лавуазьян, в нетерпении пославший телеграмму о дыме, шедшем из паровозной трубы, и канадская девушка, сломя голову примчавшаяся из-за океана, - все спали. Один только Паламидов метался по свежей насыпи, разыскивая телеграф. Он рассчитал, что если молнию послать немедленно, то она появится еще в утреннем номере. И в черной пустыне он нашел наспех сколоченную избушку телеграфа.

"Блеске звезд", -- писал он, сердясь на карандаш, - отдан рапорт окончании магистрали тчк присутствовал историческом поцелуе начальника магистрали членом правительства паламидов".

Первую часть телеграммы редакция поместила, а поцелуй выкинула. Редактор сказал, что члену правительства неприлично целоваться.

ГЛАВА XXIX. ГРЕМЯЩИЙ КЛЮЧ

Солнце встало над холмистой пустыней в 5 часов 02 минуты 46 секунд. Остап поднялся на минуту позже. Фоторепортер Меньшов уже обвешивал себя сумками и ремнями. Кепку он надел задом наперед, чтобы козырек не мешал смотреть в видоискатель. Фотографу предстоял большой день. Остап тоже надеялся на большой день и, даже не умывшись, выпрыгнул из вагона. Желтую папку он захватил с собой.

Прибывшие поезда с гостями из Москвы, Сибири и Средней Азии образовали улицы и переулки. Со всех сторон составы подступали к трибуне, сипели паровозы, белый пар задерживался на длинном полотняном лозунге: "Магистраль-первое детище

пятилетки".

Еще все спали и прохладный ветер стучал флагами на пустой трибуне, когда Остап увидел, что чистый горизонт сильно пересеченной местности внезапно омрачился разрывами пыли. Со всех сторон выдвигались из-за холмов остроконечные шапки. Тысячи всадников, сидя в деревянных седлах и понукая волосатых лошадок, торопились к деревянной стреле, находившейся в той самой точке, которая была принята два года назад как место будущей смычки.

Кочевники ехали целыми аулами. Отцы семейства двигались верхом, верхами, по-мужски, ехали жены, ребята по трое двигались на собственных лошадках, и даже злые тещи и те посылали вперед своих верных коней, ударяя их каблуками под живот. Конные группы вертелись в пыли, носились по полю с красными знаменами, вытягивались на стременах и, повернувшись боком, любопытно озирали чудеса. Чудес было много-поезда, рельсы, молодцеватые фигуры кинооператоров, решетчатая столовая, неожиданно выросшая на голом месте, и радиорепродукторы, из которых несся свежий голос "раз, два, три, четыре, пять, шесть", - проверялась готовность радиоустановки. Два укладочных городка, два строительных предприятия на колесах, с материальными складами, столовыми, канцеляриями, банями и жильем для рабочих, стояли друг против друга, перед трибуной, отделенные только двадцатью метрами шпал, еще не прошитых рельсами. В этом месте ляжет последний рельс и будет забит последний костыль. В голове Южного городка висел плакат: "Даешь Север! ", в голове Северного "Даешь Юг!".

Рабочие обоих городков смешались в одну кучу. Они увиделись впервые, хотя знали и помнили друг о друге с самого начала постройки, когда их разделяли полторы тысячи километров пустыни, скал, озер и рек. Соревнование в работе ускорило свидание на год. Последний месяц рельсы укладывали бегом. И Север и Юг стремились опередить друг друга и первыми войти в Гремящий Ключ. Победил Север. Теперь начальники обоих городков, один в графитной толстовке, а другой в белой косоворотке, мирно беседовали у стрелы, причем на лице начальника Севера против воли время от времени появлялась змеиная улыбка. Он спешил ее согнать и хвалил Юг, но улыбка снова подымала его выцветшие на солнце усы.

Остап побежал к вагонам Северного городка, однако городок был пуст. Все его жители ушли к трибуне, перед которой уже сидели музыканты. Обжигая губы о горячие металлические мундштуки, они играли увертюру.

Советские журналисты заняли левое крыло трибуны. Лавуазьян, свесившись вниз, умолял Меньшова заснять его при

исполнении служебных обязанностей. Но Меньшову было не до того. Он снимал ударников Магистрали группами и в одиночку, заставляя костыльщиков размахивать молотами, а грабарей-опираться на лопаты. На правом крыле сидели иностранцы. У входов на трибуну красноармейцы проверяли пригласительные билеты. У Остапа билета не было. Комендант поезда выдавал их по списку, где представитель "Черноморской газеты" О. Бендер не значился. Напрасно Гаргантюа манил великого комбинатора наверх, крича: "Ведь верно? Ведь правильно? "-Остап отрицательно мотал головой, водя глазами на трибуну, на которой тесно уместились герои и гости.

В первом ряду спокойно сидел табельщик Северного укладочного городка Александр Корейко. Для защиты от солнца голова его была прикрыта газетной треуголкой. Он чуть выдвинул ухо, чтобы получше слышать первого оратора, который (уже пробирался к микрофону.

-- Александр Иванович! -- крикнул Остап, сложив руки трубой.

Корейко посмотрел вниз и поднялся. Музыканты заиграли "Интернационал", но богатый табельщик выслушал гимн невнимательно. Вздорная фигура великого комбинатора, бегавшего по площадке, очищенной для последних рельсов, сразу же лишила его душевного спокойствия. Он посмотрел через головы толпы, соображая, куда бы (убежать. Но вокруг была пустыня.

Пятнадцать тысяч всадников непрестанно шатались взад и вперед, десятки раз переходили вброд холодную речку и только к началу митинга расположились в конном строю позади трибуны. А некоторые, застенчивые и гордые, так и промаячили весь день на вершинах холмов, не решаясь подъехать ближе к гудящему и ревущему митингу.

Строители Магистрали праздновали свою победу шумно, весело, с криками, музыкой и подбрасыванием на воздух любимцев и героев. На полотно со звоном полетели рельсы. В минуту они были уложены, и рабочие-укладчики, забившие миллионы костылей, уступили право на последние удары своим руководителям.

-- Согласно законов гостеприимства, - сказал буфетчик, сидя с поварами на крыше вагона-ресторана. Инженер-краснознаменец сдвинул на затылок большую фетровую шляпу, схватил молот с длинной ручкой и, сделав плачущее лицо, ударил прямо по земле. Дружелюбный смех костыльщиков, среди которых были силачи, забивающие костыль одним ударом, сопутствовал этой операции. Однако мягкие удары о землю вскоре стали перемежаться звоном, свидетельствовавшим, что молот иногда приходит в соприкосновение с костылем. Размахивали молотами секретарь крайкома, члены правительства, начальник Севера и Юга и гости. Самый последний костыль в каких-нибудь полчаса заколотил в

шпалу начальник строительства,

Начались речи. Они произносились по два раза-на казахском и русском языках.

-- Товарищи, -- медленно сказал костыльщик-ударник, стараясь не смотреть на орден Красного Знамени, только что приколотый к его рубашке, - что сделано, то сделано, и говорить тут много не надо. А от всего нашего укладочного коллектива просьба правительству-немедленно отправить нас на новую стройку. Мы хорошо сработались вместе и последние месяцы укладывали по пяти километров рельсов в день. Обязуемся эту норму удержать и повысить. И да здравствует наша мировая революция! Я еще хотел сказать. товарищи, что шпалы поступали с большим браком, приходилось отбрасывать. Это дело надо поставить на высоту.

Корреспонденты уже не могли пожаловаться на отсутствие событий. Записывались речи. Инженеров хватали за талию и требовали от них сведений с точными цифровыми данными. Стало жарко, пыльно и деловито. Митинг в пустыне задымился, как огромный костер. Лавуазьян, нацарапав десять строчек, бежал на телеграф, отправлял молнию и снова принимался записывать. Ухудшанский ничего не записывал и телеграммы не посылал. В кармане у него лежал "Торжественный комплект", который давал возможность в пять минут составить прекрасную корреспонденцию с азиатским орнаментом. Будущее Ухудшанского было обеспечено, И поэтому он с более высокой, чем обычно, сатирической нотой в голосе говорил собратьям:

-- Стараетесь? Ну, ну!

Неожиданно в ложе советских журналистов появились отставшие в Москве Лев Рубашкин и Ян Скамейкин. Их взял с собой самолет, прилетевший на смычку рано утром. Он спустился в десяти километрах от Гремящего Ключа, за далеким холмом, на естественном аэродроме, и братья-корреспонденты только сейчас добрались оттуда пешим порядком. Еле поздоровавшись, Лев Рубашкин и Ян Скамейкин выхватили из карманов блокноты и принялись наверстывать (упущенное время.

Фотоаппараты иностранцев щелкали беспрерывно. Глотки высохли от речей и солнца. Собравшиеся все чаще поглядывали вниз, на холодную речку, на столовую, где полосатые тени навеса лежали на длиннейших банкетных столах, уставленных зелеными нарзанными бутылками. Рядом расположились киоски, куда но временам бегали пить участники митинга. Корейко мучился от жажды, но крепился под своей детской треуголкой. Великий комбинатор издали дразнил его, поднимая над головой бутылку лимонада и желтую папку с ботиночными тесемками.

На стол, рядом с графином и микрофоном, поставили девочку-

пионерку.

-- Ну, девочка, - весело сказал начальник строительства, скажи нам, что ты думаешь о Восточной Магистрали?

Не удивительно было бы, если бы девочка внезапно топнула ножкой и начала: "Товарищи! Позвольте мне подвести итоги тем достижениям, кои... "-- и так далее, потому что встречаются у нас примерные дети, которые с печальной старательностью произносят двухчасовые речи. Однако пионерка Гремящего Ключа своими слабыми ручонками сразу ухватила быка за рога и тонким смешным голосом закричала:

-- Да здравствует пятилетка!

Паламидов подошел к иностранному профессоруэкономисту, желая получить у него интервью.

-- Я восхищен, -- сказал профессор, -- все строительство, которое я видел в СССР, грандиозно. Я не сомневаюсь в том, что пятилетка будет выполнена. Я об этом буду писать.

Об этом через полгода он действительно выпустил книгу, в которой на двухстах страницах доказывал, что пятилетка будет выполнена в намеченные сроки и что СССР станет одной из самых мощных индустриальных стран. А на двухсот первой странице профессор заявил, что именно по этой причине Страну Советов нужно как можно скорее уничтожить, иначе она принесет естественную гибель капиталистическому обществу. Профессор оказался более деловым человеком, чем болтливый Гейнрих.

Из-за холма поднялся белый самолет. Во все стороны врассыпную кинулись казахи. Большая тень самолета бросилась через трибуну и, выгибаясь, побежала в пустыню. Казахи, крича и поднимая кнуты, погнались за тенью. Кинооператоры встревоженно завертели свои машинки. Стало еще более сутолочно и пыльно. Митинг окончился.

-- Вот что, товарищи, - говорил Паламидов, поспешая вместе с братьями по перу в столовую, - давайте условимся -- пошлых вещей не писать.

-- Пошлость отвратительна! - поддержал Лавуазьян. - Она ужасна.

И по дороге в столовую корреспонденты единогласно решили не писать об Узун-Кулаке, что значит Длинное Ухо, что в свою очередь значит-степной телеграф. Об этом писали все, кто только ни был на Востоке, и об этом больше невозможно читать. Не писать очерков под названием "Легенда озера Иссык-Куль". Довольно пошлостей в восточном вкусе!

На опустевшей трибуне, среди окурков, разорванных записок и нанесенного из пустыни песка, сидел один только Корейко. Он никак не решался сойти вниз.

-- Сойдите, Александр Иванович! -- кричал Остап. Пожалейте себя! Глоток холодного нарзана! А? Не хотите? Ну, хоть меня пожалейте! Я хочу есть! Ведь я все равно не уйду! Может быть, вы хотите, чтобы я спел вам серенаду Шуберта "Легкою стопой ты приди, друг мой"? Я могу!

Но Корейко не стал дожидаться. Ему и без серенады было ясно, что деньги придется отдать. Пригнувшись и останавливаясь на каждой ступеньке, он стал спускаться вниз.

-- На вас треугольная шляпа? -- резвился Остап. -А где же серый походный пиджак? Вы не поверите, как я скучал без вас. Ну, здравствуйте, здравствуйте! Может, почеломкаемся? Или пойдем прямо в закрома, в пещеру Лейхтвейса, где вы храните свои тугрики!

-- Сперва обедать, -- сказал Корейко, язык которого высох от жажды и царапался, как рашпиль.

-- Можно и пообедать. Только на этот раз без шалопайства. Впрочем, шансов у вас никаких. За холмами залегли мои молодцы, - соврал Остап на всякий случай.

И, вспомнив о молодцах, он погрустнел. Обед для строителей и гостей был дан в евразийском роде. Казахи расположились на коврах, поджав ноги, как это делают на Востоке все, а на Западе только портные. Казахи ели плов из белых мисочек, запивали его лимонадом. Европейцы засели за столы.

Много трудов, забот и волнений перенесли строители Магистрали за два года работы. Но и не мало беспокойства причинила им организация парадного обеда в центре пустыни. Долго обсуждалось меню, азиатское и европейское. Вызвал продолжительную дискуссию вопрос о спиртных напитках. На несколько дней управление строительством стало походить на Соединенные Штаты перед выборами президента. Сторонники сухой и мокрой проблемы вступили в единоборство. Наконец, ячейка высказалась против спиртного. Тогда всплыло новое обстоятельство- иностранцы, дипломаты, москвичи! Как их накормить поизящнее? Всетаки они у себя там в Лондонах и Нью-Йорках привыкли к разным кулинарным эксцессам. И вот из Ташкента выписали старого специалиста Ивана Осиповича. Когда-то он был метрдотелем в Москве у известного Мартьяныча и теперь доживал свои дни заведующим нарпитовской столовой у Куриного базара.

-- Так вы смотрите, Иван Осипович, - говорили ему. в управлении, -- не подкачайте. Иностранцы будут. Нужно как-нибудь повиднее все сделать, пофасонистее.

-- Верьте слову, - бормотал старик со слезами на глазах, -- каких людей кормил! Принца Вюртембергского кормил! Мне и денег платить не нужно. Как же мне напоследок жизни людей не покормить? Покормлю вот -- и умру!

Иван Осипович страшно разволновался. Узнав об окончательном отказе от спиртного, он чуть не заболел, но оставить Европу без обеда не решился. Представленную им смету сильно урезали, и старик, шепча себе под нос: "Накормлю и умру"-добавил шестьдесят рублей из своих сбережений. В день обеда Иван Осипович пришел в нафталиновом фраке. Покуда шел митинг, он нервничал, поглядывал на солнце и покрикивал на кочевников, которые просто из любопытства пытались въехать в столовую верхом. Старик замахивался на них салфеткой и дребезжал:

-- Отойди, Мамай, не видишь, что делается! Ах, господи! Соус пикан перестоится. И консоме с пашотом не готово!

На столе уже стояла закуска. Все было сервировано чрезвычайно красиво и с большим умением. Торчком стояли твердые салфетки, на стеклянных тарелочках во льду лежало масло, скрученное в бутоны, селедки держали во рту серсо из дука или маслины, были цветы, и даже обыкновенный серый хлеб выглядел весьма презентабельно.

Наконец, гости явились за стол. Все были запылены, красны от жары и очень голодны. Никто не походил на принца Вюртембергского. Иван Осипович вдруг почувствовал приближение беды.

-- Прошу у гостей извинения, - сказал он искательно, -еще пять минуточек, и начнем обедать! Личная у меня к вам просьба -- не трогайте ничего на столе до обеда, чтоб все было, как полагается.

На минуту он убежал в кухню, светски пританцовывая, а когда вернулся назад, неся на блюде какую-то парадную рыбу, то увидел страшную сцену разграбления стола. Это до такой степени не походило на разработанный Иваном Осиповичем церемониал принятия пищи, что он остановился. Англичанин с теннисной талией беззаботно ел хлеб с маслом, а Гейнрих, перегнувшись через стол, вытаскивал пальцами маслину из селедочного рта. На столе все смешалось. Гости, удовлетворявшие первый голод, весело обменивались впечатлениями.

-- Это что такое? - спросил старик упавшим голосом.

-- Где же суп, папаша? - закричал Гейнрих с набитым ртом.

Иван Осипович ничего не ответил. Он только махнул салфеткой и пошел прочь. Дальнейшие заботы он бросил на своих подчиненных.

Когда комбинаторы пробились к столу, толстый человек с висячим, как банан, носом произносил первую застольную речь. К своему крайнему удивлению, Остап узнал в нем инженера Талмудовского.

-- Да! Мы герои! - восклицал Талмудовский, протягивая вперед стакан с нарзаном. -- Привет нам, строителям Магистрали! Но каковы условия нашей работы, граждане! Скажу, например, про оклад

жалованья. Не спорю, на Магистрали оклад лучше, чем в других местах, но вот культурные удобства! Театра нет! Пустыня! Канализации никакой!.. Нет, я так работать не могу!

-- Кто это такой! -- спрашивали друг у друга строители. -Вы не знаете?

Между тем Талмудовский уже вытащил из-под стола чемоданы.

-- Плевал я на договор! - кричал он, направляясь к выходу. - Что? Подъемные назад? Только судом, только судом!

И даже толкая обедающих чемоданами, он вместо "пардон" свирепо кричал: "Только судом! ".

Поздно ночью он уже катил в моторной дрезине, присоединившись к дорожным мастерам, ехавшим по делу к южному истоку Магистрали. Талмудовский сидел верхом на чемоданах и разъяснял мастерам причины, по которым честный специалист не может работать в этой дыре. С ними ехал домой метрдотель Иван Осипович. В горе он не успел даже снять фрака. Он был сильно пьян.

-- Варвары! - кричал он, высовываясь на бреющий ветер и грозя кулаком в сторону Гремящего Ключа. -- Всю сервировку к свиньям собачьим!.. Антон Павловича кормил, принца Вюртембергского!.. Приеду домой и умру! Вспомнят тогда Ивана Осиповича. Сервируй, скажут, банкетный стол на восемьдесят четыре персоны, к свиньям собачьим. А ведь некому будет! Нет Ивана Осиповича Трикартова! Скончался! Отбыл в лучший мир, иде же несть ни болезни, ни печали, ни воздыхания, но жизнь бесконечная... Ве-е-ечная па-ммять!

И покуда старик отпевал самого себя, хвосты его фрака трещали на ветру, как вымпелы!

Остап, не дав Корейко доесть компота, поднял его из-за стола и потащил рассчитываться. По приставной лестничке комбинаторы взобрались в товарный вагон, где помещалась канцелярия Северной укладки и стояла складная полотняная кровать табельщика. Здесь они заперлись.

После обеда, когда литерные пассажиры отдыхали, набираясь сил для участия в вечернем гулянье, фельетонист Гаргантюа поймал братьев-корреспондентов за недозволенным занятием. Лев Рубашкин и Ян Скамейкин несли на телеграф две бумажки. На одной из них было краткое сообщение:

"Срочная москва степной телеграф тире узун-кулак квч длинное ухо зпт разнес аулам весть состоявшейся смычке магистрали рубашкин".

Вторая бумажка была исписана сверху донизу. Вот что в ней содержалось:

ЛЕГЕНДА ОЗЕРА ИССЫК-КУЛЬ

Старый каракалпак Ухум Бухеев рассказал мне эту легенду, овеянную дыханием веков. Двести тысяч четыреста восемьдесят

пять лун тому назад молодая, быстроногая, как джейран (горный баран), жена хана красавица Сумбурун горячо полюбила молодого нукера Ай-Булака. Велико было горе старого хана, когда он узнал об измене горячо любимой жены. Старик двенадцать лун возносил молитвы, а потом со слезами на глазах запечатал красавицу в бочку и, привязав к ней слиток чистого золота весом в семь джасасын (18 кило), бросил драгоценную ношу в горное озеро. С тех пор озеро и получило свое имя -- Иссык-Куль, что значит "Сердце красавицы склонно к измене"...

Ян Скамейкин-Сарматский (Поршень)

-- Ведь верно? -- спрашивал Гаргантюа, показывая выхваченные у братьев бумажки. - Ведь правильно?

-- Конечно, возмутительно! - отвечал Паламидов. -- Как вы смели написать легенду после всего, что было говорено? По-вашему, Иссык-Куль переводится как "Сердце красавицы склонно к измене и перемене"? Ой ли! Не наврал ли вам липовый кара-калпак Ухум Бухеев? Не звучит ли это название таким образом: "Не бросайте молодых красавиц в озеро, а бросайте в озеро легковерных корреспондентов, поддающихся губительному влиянию экзотики"?

Писатель в детской курточке покраснел. В его записной книжке уже значились и Узун-Кулак и две душистые легенды, уснащенные восточным орнаментом.

-- А по-моему, -- сказал он, -- в этом нет ничего страшного. Раз Узун-Кулак существует, должен же кто-нибудь о нем писать?

-- Но ведь уже тысячу раз писали! - сказал Лавуазьян.

-- Узун-Кулак существует, - вздохнул писатель, - и с этим приходится считаться.

ГЛАВА XXX. АЛЕКСАНДР ИБН-ИВАНОВИЧ

В нагретом и темном товарном вагоне воздух был плотный и устойчивый, как в старом ботинке. Пахло кожей и ногами. Корейко зажег кондукторский фонарь и полез под кровать. Остап задумчиво смотрел на него, сидя на пустом ящике из-под макарон. Оба комбинатора были утомлены борьбой и отнеслись к событию, которого Корейко чрезвычайно опасался, а Бендер ждал всю жизнь, с каким-то казенным спокойствием. Могло бы показаться даже, что дело происходит в кооперативном магазине: покупатель спрашивает головной убор, а продавец лениво выбрасывает на прилавок лохматую кепку булыжного цвета. Ему все равно-возьмет покупатель кепку или не возьмет. Да и сам покупатель не очень-то горячится, спрашивая только для успокоения совести: "Может, другие есть? "-на что обычно следует ответ: "Берите, берите, а то и этого не будет". И оба смотрят друг на друга с полнейшим равнодушием. Корейко долго

возился под кроватью, как видно, отстегивая крышку чемодана и копаясь в нем наугад.

-- Эй, там, на шхуне! -- устало крикнул Остап. - . Какое счастье, что вы не курите! Просить папиросу у такого скряги, как вы, было бы просто мучительно. Вы никогда не протянули бы портсигара, боясь, что у вас вместо одной папиросы заберут несколько, а долго копались. бы-в кармане, с трудом приоткрывая коробку и вытаскивая оттуда жалкую, согнутую папироску. Вы нехороший человек. Ну, что вам стоит вытащить весь чемодан!

-- Еще чего! -- буркнул Корейко, задыхаясь под кроватью.

Сравнение со скрягой-курильщиком было ему неприятно. Как раз в эту минуту он вытягивал из чемодана толстенькие пачки. Никелированный язычок замка царапал его оголенные до локтя руки. Для удобства он лег на спину и продолжал работать, как шахтер в забое. Из тюфяка в глаза миллионера сыпалась полова и прочая соломенная дрянь, какой-то порошок и хлебные усики. "Ах, как плохо, - думал Александр Иванович, - плохо и страшно! Вдруг он сейчас меня задушит и заберет все деньги? Очень просто. Разрежет на части н отправит малой скоростью в разные города. А голову заквасит в бочке с капустой".

Корейко прошибло погребной сыростью. В страхе он выглянул из-под кровати. Бендер дремал на своем ящике, клоня голову к железнодорожному фонарю.

"А может, его... малой скоростью, - подумал Александр Иванович, продолжая вытягивать пачки и ужасаясь, - в разные города? Строго конфиденциально. А? ".

Он снова выглянул. Великий комбинатор вытянулся и отчаянно, как дог, зевнул. Потом он взял кондукторский фонарь и принялся им размахивать, выкликая;

-- Станция Хацепетовка! Выходите, гражданин! Приехали! Кстати, совсем забыл вам сказать: может быть, вы собираетесь меня зарезать? Так знайте -- я против. И потом меня уже один раз убивали. Был такой взбалмошный старик, из хорошей семьи, бывший предводитель дворянства, он же регистратор загса, Киса Воробьянинов. Мы с ним на паях искали счастья на сумму в сто пятьдесят тысяч рублей. И вот перед самым размежеванием добытой суммы глупый предводитель полоснул меня бритвой по шее. Ах, как это было пошло, Корейко! Пошло и больно! Хирурги елееле спасли мою молодую жизнь, за что я им глубоко признателен.

Наконец, Корейко вылез из-под кровати, пододвинув к ногам Остапа пачки с деньгами. Каждая пачка была аккуратно заклеена в белую бумагу и перевязана шпагатом.

-- Девяносто девять пачек, -- сказал Корейко грустно, -по десять тысяч в каждой. Бумажками по двадцать пять червонцев. Можете не

проверять, у меня -- как в банке.

-- А где же сотая пачка? -- спросил Остап с энтузиазмом.

-- Десять тысяч я вычел. В счет ограбления на морском берегу.

-- Ну, это уже свинство. Деньги истрачены на вас же. Не занимайтесь формалистикой.

Корейко, вздыхая, выдал недостающие деньги, взамен чего получил свое жизнеописание в желтой папке с ботиночными тесемками. Жизнеописание он тут же сжег в железной печке, труба которой выходила сквозь крышу вагона. Остап в это время взял на выдержку одну из пачек, сорвал обертку и, убедившись, что Корейко не обманул, сунул ее в карман. без билета и без денег. Он ничего не мог сказать в свое -- Где мексиканские доллары, турецкие лиры, где фунты, рупии, пезеты, центавосы, румынские леи, где лимитрофные латы и злотые? Дайте хоть часть валютой!

-- Берите, берите что есть, -- отвечал Корейко, сидя перед печкой и глядя на корчащиеся в огне документы, - берите, а то и этого скоро не будет. Валюты не держу.

-- Вот я и миллионер! - воскликнул Остап с веселым удивлением. - Сбылись мечты идиота!

Остап вдруг опечалился. Его поразила обыденность обстановки, ему показалось странным, что мир не переменился сию же секунду и что ничего, решительно ничего не произошло вокруг. И хотя он знал, что никаких таинственных пещер, бочонков с золотом и лампочек Аладдина в наше суровое время не полагается, все же ему стало чего-то жалко. Стало ему немного скучно, как Роальду Амундсену, когда он, проносясь в дирижабле "Норге" над Северным полюсом, к которому пробирался всю жизнь, без воодушевления сказал своим спутникам: "Ну, вот мы и прилетели". Внизу был битый лед, трещины, холод, пустота. Тайна раскрыта, цель достигнута, делать больше нечего, и надо менять профессию. Но печаль минутна, потому что впереди слава, почет и уважение-звучат хоры, стоят шпалерами гимназистки в белых пелеринах, . плачут старушки матери полярных исследователей, съеденных товарищами по экспедиции, исполняются национальные гимны, стреляют ракеты, и старый король прижимает исследователя к своим колючим орденам и звездам.

Минутная слабость прошла, Остап побросал пачки в мешочек, любезно предложенный Александром Ивановичем, взял его под мышку и откатил тяжелую дверь товарного вагона.

Праздник кончался. Ракеты золотыми удочками закидывались в небо, вылавливая оттуда красных и зеленых рыбок, холодный огонь брызгал в глаза, вертелись пиротехнические солнца. За хижиной телеграфа на деревянной сцене шел спектакль для кочевников. Некоторые из них сидели на скамьях, другие же

смотрели на представление с высоты своих седел. Часто ржали лошади. Литерный поезд был освещен от хвоста до головы.

-- Да! -- воскликнул Остап. -- Банкет в вагон-ресторане! Я и забыл! Какая радость! Идемте, Корейко, я вас угощаю, я всех угощаю! Согласно законов гостеприимства! Коньяк с лимончиком, клецки из дичи, фрикандо с шампиньонами, старое венгерское, новое венгерское, шампанское вино!..

-- Фрикандо, фрикандо, - сказал Корейко злобно, - а потом посадят. Я не хочу себя афишировать!

-- Я обещаю вам райский ужин на белой скатерти, -настаивал Остап. -- Идемте, идемте! И вообще бросьте отшельничество, спешите выпить вашу долю спиртных напитков, съесть ваши двадцать тысяч котлет. Не то налетят посторонние лица и сожрут вашу порцию. Я устрою вас в литерный поезд, там я свой человек, -- и уже завтра мы будем в сравнительно культурном центре. А там с нашими миллионами... Александр Иванович!..

Великому комбинатору хотелось сейчас всех облагодетельствовать, хотелось, чтобы всем было весело. Темное лицо Корейко тяготило его. И он принялся убеждать Александра Ивановича. Он был согласен с тем, что афишировать себя не следует, но к чему морить себя голодом? Остап и сам толком не разбирал, зачем ему понадобился веселый табельщик, но, раз начав, он не мог уже остановиться. Под конец он стал даже угрожать:

-- Будете вот сидеть на своем чемодане, а в один погожий денек явится к вам костлявая -- и косой по шее. А? Представляете себе аттракцион? Спешите, Александр Иванович, котлеты еще на столе. Не будьте твердолобым.

После потери миллиона Корейко стал мягче и восприимчивей.

-- Может, в самом деле проветриться? -- сказал он неуверенно. -- Прокатиться в центр? Но, конечно, без шика, без этого гусарства.

-- Какое уж тут гусарство! Просто два врача-общественника едут в Москву, чтобы посетить Художественный театр и собственными глазами взглянуть на мумию в Музее изящных искусств. Берите чемодан.

Миллионеры пошли к поезду. Остап небрежно помахивал своим мешком, как кадилом. Александр Иванович улыбался глупейшим образом. Литерные пассажиры прогуливались, стараясь держаться поближе к вагонам, потому что уже прицепляли паровоз. В темноте мерцали белые штаны корреспондентов.

В купе на верхней койке Остапа лежал под простыней незнакомый ему человек и читал газету.

-- Ну, слезайте, - дружелюбно сказал Остап, - пришел хозяин.

-- Это мое место, товарищ, - заметил незнакомец. -- Я Лев Рубашкин.

-- Знаете, Лев Рубашкин, не пробуждайте во мне зверя, уходите отсюда.

Великого комбинатора толкал на борьбу недоумевающий взгляд Александра Ивановича.

-- Вот еще новости, -- сказал корреспондент заносчиво. -Кто вы такой?

-- Не ваше собачье дело! Говорят вам -- слезайте, и слезайте!

-- Всякий пьяный, - визгливо начал Рубашкин, - будет здесь хулиганничать...

Остап молча схватил корреспондента за голую ногу. На крики Рубашкина сбежался весь вагон. Корейко на всякий случай убрался на площадку.

-- Дерётесь? -- спросил Ухудшанский. -- Ну, ну. Остапа, который уже успел хлопнуть Рубашкина мешком по голове, держали за руки Гаргантюа и толстый писатель в детской курточке.

-- Пусть он покажет билет! - надрывался великий комбинатор. -- Пусть покажет плацкарту!

Рубашкин, совершенно голый, прыгал с полки на полку и требовал коменданта. Оторвавшийся от действительности Остап тоже настаивал на вызове начальства. Скандал завершился большой неприятностью. Рубашкин предъявил и билет и плацкарту, после чего трагическим голосом потребовал того же от Бендера.

-- А я не покажу из принципа! -- заявил великий комбинатор, поспешно покидая место происшествия. - У меня такие принципы!

-- Заяц! - завизжал Лев Рубашкин, выскочивший в коридор нагишом. - Обращаю ваше внимание, товарищ комендант, здесь ехал заяц!

-- Где заяц? - провозгласил комендант, в глазах которого появился гончий блеск.

Александр Иванович, пугливо притаившийся за выступом трибуны, вглядывался в темноту, но ничего не мог различить. Возле поезда возились фигуры, прыгали папиросные огни и слышались голоса: "Потрудитесь предъявить! "-"А я вам говорю, что из принципа! "-"Хулиганство! "-"Ведь верно? Ведь правильно? "-"Должен же кто-нибудь ехать без билета? " Стукнули буферные тарелки, над самой землей, шипя, пробежал тормозной воздух, и светлые окна вагонов сдвинулись с места. Остап еще хорохорился, но мимо него уже ехали полосатые диваны, багажные сетки, проводники с фонарями, букеты и потолочные пропеллеры вагон-ресторана. Уезжал банкет с шампанским вином, со старым и новым венгерским. Из рук вырвались клецки из дичи и унеслись в ночь. Фрикандо, нежное фрикандо, о котором так горячо повествовал Остап, покинуло Гремящий Ключ. Александр Иванович приблизился.

-- Я этого так не оставлю, - ворчал Остап. -- Бросили в пустыне

корреспондента советской прессы! Я подыму на ноги всю общественность. Корейко! Мы выезжаем первым же курьерским поездом! Закупим все места в международном вагоне!

-- Что вы, -- сказал Корейко, -- какой уж там курьерский! Отсюда никакие поезда не ходят. По плану эксплуатация начнется только через два месяца.

Остап поднял голову. Он увидел черное абиссинское небо, дикие звезды и все понял. Но робкое напоминание Корейко о банкете придало ему новые силы.

-- За холмом стоит самолет, - сказал Бендер, - тот, который прилетел на торжество. Он уйдет только на рассвете. Мы успеем.

Для того чтобы успеть, миллионеры двинулись широким дромадерским шагом. Ноги их разъезжались в песке, горели костры кочевников, тащить чемодан и мешок было не то чтобы тяжело, но крайне противно. Покуда они карабкались на холм со стороны Гремящего Ключа, с противной стороны на холм в треске пропеллеров надвигался рассвет. Вниз с холма Бендер и Корейко уже бежали, боясь, что самолет улетит без них.

Под высокими, как крыша, рифлеными крыльями самолета ходили маленькие механики в кожаных пальто. Три пропеллера слабо вертелись, вентилируя пустыню. На квадратных окнах пассажирской кабины болтались занавески с плюшевыми шариками. Пилот прислонился спиной к алюминиевой ступеньке и ел пирожок, запивая его нарзаном из бутылки.

-- Мы пассажиры, -- крикнул Остап, задыхаясь, - два билета первого класса!

Ему никто не ответил. Пилот бросил бутылку и стал надевать перчатки с раструбами.

-- Есть места? -- повторил Остап, хватая пилота за руку.

-- Пассажиров не принимаем, -- сказал пилот, берясь за лестничный поручень. - Это-специальный рейс.

-- Я покупаю самолет! - поспешно сказал великий комбинатор. -- Заверните в бумажку.

-- С дороги! -- крикнул механик, подымаясь вслед за пилотом.

Пропеллеры исчезли в быстром вращении. Дрожа и переваливаясь, самолет стал разворачиваться против ветра. Воздушные вихри вытолкнули миллионеров назад, к холму. С Остапа слетела капитанская фуражка и покатилась в сторону Индии с такой быстротой, что ее прибытия в Калькутту следовало бы ожидать не позже, чем через три часа. Так бы она и вкатилась на главную улицу Калькутты, вызывая своим загадочным появлением внимание кругов, близких к Интеллидженс-Сервис, если бы самолет не улетел и буря не улеглась. В воздухе самолет блеснул ребрами и сгинул в солнечном свете. Остап сбегал за фуражкой, которая повисла на

кустике саксаула, и молвил:

-- Транспорт отбился от рук. С железной дорогой мы поссорились. Воздушные пути сообщения для нас закрыты. Пешком? Четыреста километров. Это не воодушевляет. Остается одно -принять ислам и передвигаться на верблюдах.

Насчет ислама Корейко промолчал, но мысль о верблюдах ему понравилась. Заманчивый вид вагон-ресторана и самолета утвердил его в желании совершить развлекательную поездку врача-общественника, конечно без гусарства, но и не без некоторой лихости.

Аулы, прибывшие на смычку, еще не снялись, и верблюдов удалось купить неподалеку от Гремящего Ключа. Корабли пустыни обошлись по сто восемьдесят рублей за штуку.

-- Как дешево! - шепнул Остап. - Давайте купим пятьдесят верблюдов. Или сто!

-- Это гусарство, -- хмуро сказал Александр Иванович. -Что с ними делать? Хватит и двух.

Казахи с криками усадили путешественников между горбами, помогли привязать чемодан, мешок и провизию на дорогу-бурдюк с кумысом и двух баранов. Верблюды поднялись сперва на задние ноги, отчего миллионеры низко поклонились, а потом на передние ноги и зашагали вдоль полотна Восточной Магистрали. Бараны, привязанные веревочками, трусили позади, время от времени катя шарики и блея душераздирающим образом.

-- Эй, шейх Корейко! -- крикнул Остап. -- Александр Ибн-Иванович! Прекрасна ли жизнь?

Шейх ничего не ответил. Ему попался ледащий верблюд, и он яростно лупил его по плешивому заду саксауловой палкой.

ГЛАВА XXXI. БАГДАД

Семь дней верблюды тащили через пустыню новоявленных шейхов. В начале путешествия Остап веселился от души. Все его потешало: и барахтающийся между верблюжьими кочками Александр Ибн-Иванович, и ледащий корабль пустыни, старавшийся увернуться от своих обязанностей, и мешок с миллионом, ударами которого великий комбинатор иногда подбадривал непокорных баранов. Себя Остап называл полковником Лоуренсом.

-- Я -- эмир-динамит! -- кричал он, покачиваясь на высоком хребте. -- Если через два дня мы не получим приличной пищи, я взбунтую какие-либо племена. Честное слово! Назначу себя уполномоченным пророка и объявлю священную войну, джихад. Например, Дании. Зачем датчане замучили своего принца Гамлета? При современной политической обстановке даже Лига наций

удовлетворится таким поводом к войне. Ей-богу, куплю у англичан на миллион винтовок, - они любят продавать огнестрельное оружие племенам, -- и маршмарш в Данию. Германия пропустит - в счет репараций. Представляете себе вторжение племен в Копенгаген? Впереди всех я на белом верблюде. Ах! Паниковского нет! Ему бы датского гуся!..

Но через несколько дней, когда от баранов остались только веревочки, а кумыс был весь выпит, даже эмир-динамит погрустнел и только меланхолически бормотал:

-- В песчаных степях аравийской земли три гордые пальмы зачем-то росли.

Оба шейха сильно похудели, оборвались, поросли бородками и стали похожи на дервишей из небогатого прихода.

-- Еще немного терпения, Ибн-Корейко, -- и мы приедем в городок, не уступающий Багдаду. Плоские кровли, туземные оркестры, ресторанчики в восточном вкусе, сладкие вина, легендарные девицы и сорок тысяч вертелов с шашлыками карскими, турецкими, татарскими, месопотамскими и одесскими. И, наконец, железная дорога.

На восьмой день путники подъехали к древнему кладбищу. До самого горизонта окаменевшими волнами протянулись ряды полуциркульных гробниц. Покойников здесь не зарывали. Их клали на землю, обстраивая каменными колпаками. Над пепельным городом мертвых сверкало страшное солнце. Древний Восток лежал в своих горячих гробах.

Комбинаторы стегнули верблюдов и вскоре въехали в оазис. Далеко вокруг озаряли город зеленые факелы тополей, отражавшиеся в залитых водой квадратных рисовых полях. Одиноко стояли карагачи, точно воспроизводящие форму гигантского глобуса на деревянной ножке. Стали попадаться ослики, несшие на себе толстых седоков в халатах и вязанки клевера.

Корейко и Бендер ехали мимо лавочек, торгующих зеленым табаком в порошке и вонючим коническим мылом, похожим на головки шрапнелей. Ремесленники с белыми кисейными бородами возились над медными листами, свертывая их в тазы и узкогорлые кувшины. Сапожники сушили на солнце маленькие кожи, выкрашенные чернилами. Темно-синие, желтые и голубые изразцы мечетей блестели жидким стеклянным светом.

Остаток дня и ночь миллионеры тяжело и бесчувственно проспали в гостинице, а утром выкупались в белых ваннах, побрились и вышли в город. Безоблачное настроение шейхов портила необходимость тащить с собою чемодан и мешок.

-- Я считаю первейшей своей обязанностью, -- сказал Бендер хвастливо, -- познакомить вас с волшебным погребком. Он

называется "Под луной". Я тут был лет пять тому назад, читал лекции о борьбе с абортами. Какой погребок! Полутьма, прохлада, хозяин из Тифлиса, местный оркестр, холодная водка, танцовщицы с бубнами и кимвалами. Закатимся туда на весь день. Могут же быть у врачей-общественников свои миниатюрные слабости? Я угощаю. Золотой теленок отвечает за все.

И великий комбинатор тряхнул своим мешком. Однако погребка "Под луной" уже не было. К удивлению Остапа, не были даже той улицы, на которой звучали его бубны и кимвалы. Здесь шла прямая европейская улица, которая обстраивалась сразу вовсю длину. Стояли заборы, висела алебастровая пыль, и грузовики раскаляли и без того горячий воздух. Посмотрев минутку на фасады из серого кирпича с длинными лежачими окнами, Остап толкнул Корейко и, промолвив: "Есть еще местечко, содержит один из Баку", повел его на другой конец города. Но на местечке не было уже стихотворной вывески, сочиненной лично духанщиком из Баку:

УВАЖАЙ СЕБЯ,

УВАЖАЙ НАС,

УВАЖАЙ КАВКАЗ,

ПОСЕТИ НАС.

Вместо того глазам шейхов предстал картонный плакат с арабскими и русскими буквами:

ГОРОДСКОЙ МУЗЕЙ ИЗЯЩНЫХ ИСКУССТВ

-- Войдем, -- печально сказал Остап, -- там по крайней мере прохладно. И потом посещение музея входит в программу путешествующих врачей-общественников!

Они вступили в большую, выбеленную мелом комнату, опустили на пол свои миллионы и долго отирали горячие лбы рукавами. В музее было только восемь экспонатов: зуб мамонта, подаренный молодому музею городом Ташкентом, картина маслом "Стычка с басмачами", два эмирских халата, золотая рыбка в аквариуме, витрина с засушенной саранчой, фарфоровая статуэтка фабрики Кузнецова и, наконец, макет обелиска, который город собирался поста1вить на главной площади. Тут же, у подножия проекта, лежал большой жестяной венок с лентами. Его привезла недавно специальная делегация из соседней республики, но так как обелиска еще не было (ассигнованные на него средства ушли на постройку бани, которая оказалась гораздо нужнее), делегация, произнеся соответствующие речи, возложила венок на проект.

К посетителям тотчас же подошел юноша в ковровой бухарской тюбетейке на бритой голове и, волнуясь, как автор, спросил:

-- Ваши впечатления, товарищи?

-- Ничего себе, -- сказал Остап. Молодой человек заведовал музеем и без промедления стал говорить о затруднениях, которые

переживает его детище. Кредиты недостаточны. Ташкент отделался одним зубом, а своих ценностей, художественных и исторических, некому собирать. Не присылают специалиста.

-- Мне бы триста рублей! - вскричал заведующий. -- Я бы здесь Лувр сделал!

-- Скажите, вы хорошо знаете город? -- спросил Остап, мигнув Александру Ивановичу, -- Не могли бы вы указать нам некоторые достопримечательности? Я знал ваш город, но он как-то переменился.

Заведующий очень обрадовался. Крича, что все покажет лично, он запер музей на замок и повел миллионеров на ту же улицу, где они полчаса назад искали погребок "Под луной".

-- Проспект имени Социализма! - сказал он, с удовольствием втягивая в себя алебастровую пыль. -- Ах! Какой чудный воздух! Что здесь будет через год! Асфальт! Автобус! Институт по ирригации! Тропический институт! Ну, если Ташкент на этот раз не даст научных сил... Вы знаете, у них есть столько костей мамонта, а мне они прислали только один зуб, в то время как в нашей республике такая тяга к естествознанию.

-- Вот как? -- заметил Корейко, с укором глядя на Остапа.

-- И вы знаете, -- зашептал энтузиаст, -- я подозреваю, что это не зуб мамонта. Они подсунули слоновый!

-- А как у вас с такими... с кабачками в азиатском роде, знаете, с тимпанами и флейтами? -- нетерпеливо спросил великий комбинатор.

-- Изжили, - равнодушно ответил юноша, - давно уже надо было истребить эту заразу, рассадник эпидемий. Весною как раз последний вертеп придушили. Назывался "Под луной".

-- Придушили? -- ахнул Корейко.

-- Честное слово! Но зато открыта фабрика-кухня. Европейский стол. Тарелки моются и сушатся при помощи электричества. Кривая желудочных заболеваний резко пошла вниз.

-- Что делается! - воскликнул великий комбинатор, закрывая лицо руками.

-- Вы еще ничего не видели, -- сказал заведующий музеем, застенчиво смеясь, -- Едем на фабрику-кухню обедать.

Они уселись в линейку под полотняным навесом с фестонами, обшитыми синей каймой, и поехали. По пути любезный проводник поминутно заставлял миллионеров высовываться из-под балдахина и показывал им здания уже возведенные, здания возводящиеся и места, где они еще только будут возводиться. Корейко смотрел на Остапа злыми глазами. Остап отворачивался и говорил:

-- Какой чудный туземный базарчик! Багдад!

-- Семнадцатого числа начнем сносить, -- сказал молодой

человек, - здесь будет больница и коопцентр.

-- И вам не жалко этой экзотики? Ведь Багдад!

-- Очень красиво! -- вздохнул Корейко.

Молодой человек рассердился:

-- Это для вас красиво, для приезжих, а нам тут жить приходится.

В большом зале фабрики-кухни, среди кафельных стен, под ленточными мухоморами, свисавшими с потолка, путешественники ели перловый суп и маленькие коричневые биточки. Остап осведомился насчет вина, но получил восторженный ответ, что недавно недалеко от города открыт источник минеральной воды, превосходящей своими вкусовыми данными прославленный нарзан. В доказательство была потребована бутылка новой воды и распита при гробовом молчании.

-- А как кривая проституции? - с надеждой спросил Александр Ибн-Иванович.

-- Резко пошла на снижение, - ответил неумолимый молодой человек.

-- Ай, что делается! - сказал Остап с фальшивым смехом.

Но он действительно не знал, что делается. Когда встали из-за стола, выяснилось, что молодой человек успел заплатить за всех. Он ни за что не соглашался взять деньги у миллионеров, уверяя, что послезавтра все равно получит жалованье, а до этого времени какнибудь обернется.

-- Ну, а веселье? Как город веселится? -- уже без экстаза спрашивал Остап. -- Тимпаны, кимвалы?

-- Разве вы не знаете! -- удивился заведующий музеем. -На прошлой неделе у нас открылась городская филармония. Большой симфонический квартет имени Бебеля и Паганини. Едем сейчас же. Как это я упустил из виду!

После того, что он заплатил за обед, отказаться от посещения филармонии было-невозможно из этических соображений. Выйдя оттуда, Александр Ибн-Иванович сказал дворницким-голосом:

-- Городская фисгармония! Великий комбинатор покраснел. По дороге в гостиницу молодой человек неожиданно остановит возницу, высадил миллионеров, взял их за руки и, подымаясь от распиравшего его восторга на Цыпочки, подвел к маленькому камню, отгороженному решеточкой.

-- Здесь будет стоять обелиск! -- сказал он значительно. -- Колонна марксизма!

Прощаясь, молодой человек просил приезжать почаще. Добродушный Остап пообещал обязательно приехать, потому что никогда не проводил такого радостного дня, как сегодня.

-- Я--на вокзал, -- сказал Корейко, оставшись наедине с

Бендером.

-- Поедем в другой город кутить? -- спросил Остап. -- В Ташкенте можно весело провести дня три.

-- С меня хватит, -- ответил Александр Иванович, - я поеду на вокзал сдавать чемодан на хранение, буду здесь служить где-нибудь в конторщиках. Подожду капитализма. Тогда и повеселюсь.

-- Ну и ждите, - сказал Остап довольно грубо, - а я поеду. Сегодняшний день -- это досадное недоразумение, перегибы на местах. Золотой теленочек в нашей стране еще имеет кое-какую власть!

На вокзальной площади они увидели толпу литерных корреспондентов, которые после смычки совершали экскурсионную поездку по Средней Азии. Они окружали Ухудшанского. Обладатель торжественного комплекта самодовольно поворачивался во все стороны, показывая свои приобретения. На нем была бархатная шапка, отороченная шакальим хвостом, и халат, скроенный из ватного одеяла.

Предсказания плюшевого пророка продолжали исполняться.

ГЛАВА XXXII. ВРАТА ВЕЛИКИХ ВОЗМОЖНОСТЕЙ

В тот печальный и светлый осенний день, когда в московских скверах садовники срезают цветы и раздают их детям, главный сын лейтенанта Шмидта Шура Балаганов спал на скамье в пассажирском зале Рязанского вокзала. Он лежал, положив голову на деревянный бортик. Мятая кепка была надвинута на нос. По всему было видно, что бортмеханик "Антилопы" и уполномоченный по копытам несчастлив и нищ. К его небритой щеке прилипла раздробленная яичная скорлупа. Парусиновые туфли потеряли форму и цвет и напоминали скорее молдаванские постолы. Ласточки летали под высоким потолком двухсветного зала.

За большими немытыми окнами виднелись блокировка, семафоры и прочие предметы, нужные в железнодорожном хозяйстве. Побежали носильщики, и вскоре через зал потянулось население прибывшего поезда. Последним с перрона вошел пассажир в чистой одежде. Под расстегнутым легким макинтошем виднелся костюм в мельчайшую калейдоскопическую клетку. Брюки спускались водопадом на лаковые туфли. Заграничный вид пассажира дополняла мягкая шляпа, чуть скошенная на лоб. Услугами носильщика он не воспользовался и нес чемодан сам. Пассажир лениво шел по опустевшему залу и, несомненно, очутился бы в вестибюле, если б внезапно не заметил плачевной фигуры Балаганова. Он сощурился, подошел поближе и некоторое время разглядывал спящего. Потом осторожно, двумя пальцами в перчатке

приподнял кепку с лица бортмеханика и улыбнулся,

-- Вставайте, граф, вас зовут из подземелья! - сказал он, расталкивая Балаганова.

Шура сел, потер лицо рукою и только тогда признал пассажира.

-- Командор! - закричал он.

-- Нет, нет, -- заметил Бендер, защищаясь ладонью, -- не обнимайте меня. Я теперь гордый.

Балаганов завертелся вокруг командора. Он не узнавал его. Переменился не только костюм. Остап похудел, в глазах появилась рассеянность, лицо было покрыто колониальным загаром.

-- Забурел, забурел! - радостно вскрикнул Балаганов. -Вот забурел!

-- Да, я забурел, -- сообщил Бендер с достоинством. Посмотрите на брюки. Европа-"А"! А это видели? Безымянный палец моей левой руки унизан брильянтовым перстнем. Четыре карата. Ну, каковы ваши достижения? Все еще в сыновьях?

-- Да так, -- замялся Шура, -- больше по мелочам. В буфете Остап потребовал белого вина и бисквитов для себя и пива с бутербродами для бортмеханика.

-- Скажите, Шура, честно, сколько вам нужно денег для счастья? -- спросил Остап. -- Только подсчитайте все.

-- Сто рублей, - ответил Балаганов, с сожалением отрываясь от хлеба с колбасой.

-- Да нет, вы меня не поняли. Не на сегодняшний день, а вообще. Для счастья. Ясно? Чтобы вам было хорошо на свете.

Балаганов долго думал, несмело улыбаясь, и, наконец, объявил, что для полного счастья ему нужно шесть тысяч четыреста рублей и что с этой суммой ему будет на свете очень хорошо.

-- Ладно, - сказал Остап, получите пятьдесят тысяч.

Он расстегнул на коленях квадратный саквояж и сунул Балаганову пять белых пачек, перевязанных шпагатом. У бортмеханика сразу же пропал аппетит. Он перестал есть, запрятал деньги в карманы и уже не вынимал оттуда рук,

-- Неужели тарелочка? -- спрашивал он восхищенно.

-- Да, да, тарелочка, -- ответил Остап равнодушно. -- С голубой каемкой. Подзащитный принес в зубах. Долго махал хвостом, прежде чем я согласился взять. Теперь я командую парадом! Чувствую себя отлично.

Последние слова он произнес нетвердо. Парад, надо сказать правду, не ладился, и великий комбинатор лгал, утверждая, что чувствует себя отлично. Справедливее было бы сказать, что он ощущает некую неловкость, в чем, однако, не хочет сознаться даже самому себе.

С тех пор как он расстался с Александром Ивановичем у камеры

хранения ручного багажа, куда подпольный миллионер сдал свой чемоданишко, прошел месяц.

В первом же городе, в который Остап въехал с чувствами завоевателя, он не смог достать номера в гостинице.

-- Я заплачу сколько угодно! -- высокомерно сказал великий комбинатор.

-- Ничего не выйдет, гражданин, -- отвечал портье, -конгресс почвоведов приехал в полном составе осматривать опытную станцию. Забронировано за представителями науки.

И вежливое лицо портье выразило почтение перед конгрессом. Остапу захотелось закричать, что он главный, что его нужно уважать и почитать, что у него в мешке миллион, но он почел за благо воздержаться и вышел на улицу в крайнем раздражении.

Весь день он ездил по городу на извозчике. В лучшем ресторане он полтора часа томился в ожидании, покуда почвоведы, обедавшие всем конгрессом, не встанут из-за стола. В театре в этот день давался спектакль для почвоведов, и билеты вольным гражданам не продавались. К тому же Остапа не пустили бы в зрительный зал с мешком в руках, а девать его было некуда. Чтобы не ночевать в интересах науки на улице, миллионер в тот же вечер уехал, отоспавшись в международном вагоне.

Утром Бендер сошел в большом волжском городе. С деревьев, вертясь винтом, слетали желтые прозрачные листья. Волга дышала ветром. Номеров не было ни в одной гостинице.

-- Разве что через месяц, -- с сомнением говорили отельные заведующие с бородками, и без бородок, и усатые, и просто бритые, - покуда на электроцентрали не смонтируют третий агрегат, и не надейтесь. Все под специалистов отдано. И потом -- окружной съезд комсомола. Ничего не можем поделать.

Пока великий комбинатор торчал у высоких конторок портье, по гостиничным лестницам торопились инженеры, техники, иностранные специалисты и комсомольцы. - делегаты съезда.

И снова Остап провел день на извозчике, с нетерпением дожидаясь курьерского поезда, где можно умыться, отдохнуть и почитать газетку.

Великий комбинатор провел пятнадцать ночей в разных поездах, переезжая из города в город, потому что номеров нигде не было. В одном месте воздвигали домну, в другом -холодильник, в третьем -- цинковый завод. Все было переполнено деловыми людьми. В четвертом месте Остапу поперек дороги стал пионерский слет, и в номере, где миллионер мог бы нескучно провести вечер с подругой, галдели дети. В дороге он обжился, завел чемодан для миллиона, дорожные вещи и экипировался. Уже Остап замышлял долгие и покойное путешествие во Владивосток, рассчитав, что

поездка в оба конца займет три недели, когда вдруг почувствовал, что если сейчас же не осядет на землю, то умрет от какой-нибудь загадочной железнодорожной болезни. И он сделал то, что делывал всегда, когда был счастливым обладателем пустых карманов. Он стал выдавать себя за другого, телеграфируя вперед, что едет инженер, или врач-общественник, или тенор, или писатель. К его удивлению, для всех людей, приезжавших по делу, номера находились, и Остап немножко отошел после поездной качки. Один раз для получения номера ему пришлось даже выдать себя за сына лейтенанта Шмидта. После этого эпизода великий комбинатор предался невеселым размышлениям.

"И это путь миллионера! - думал он с огорчением. -- Где уважение? Где почет? Где слава? Где власть? "

Даже Европа -- "А", которой Остап хвастался перед Балагановым, -- костюм, туфли и шляпа -- были куплены в комиссионном магазине и при всей своей превосходной доброте имели изъян-это были вещи не свои, не родные, с чужого плеча. Их уже кто-то носил, может быть час, минуту, но все-таки таскал кто-то чужой. Обидно было и то, что правительство не обращает никакого внимания на бедственное положение миллионеров и распределяет жизненные блага в плановом порядке. И вообще было плохо. Начальник станции не брал под козырек, что в былые времена проделывал перед любым купчиной с капиталишком в пятьдесят тысяч, отцы города не приезжали в гостиницу представляться, пресса не торопилась брать интервью и вместо фотографий миллионеров печатала портреты каких-то ударников, зарабатывающих сто двадцать рублей в месяц.

Остап каждый день считал свой миллион, и все был миллион без какой-то мелочи. Он прилагал все усилия, обедал несколько раз в день, пил коллекционные вина, раздавал непомерные чаевые, купил перстень, японскую вазу и шубу на хорьках. Шубу и вазу пришлось подарить номерному, потому что Остап не любил возиться в дороге с громоздкими вещами. Кроме того, в случае надобности он мог накупить еще множество шуб и ваз. За месяц, однако, истрачено было только шесть тысяч.

Нет! Парад решительно не удавался, хотя все было на месте. Вовремя были высланы линейные, к указанному сроку прибыли части, играл оркестр. Но полки смотрели не на него, не ему кричали "ура", не для него махал руками капельмейстер. Однако Остап не сдавался. Он крепко надеялся на Москву.

-- А как Рио-де-Жанейро, -- возбужденно спросил Балаганов. -- Поедем?

-- Ну его к черту! -- с неожиданной злостью сказал Остап. -- Все это выдумка, нет никакого Рио-деЖанейро, и Америки нет, и Европы

нет, ничего нет. И вообще последний город-это Шепетовка, о которую разбиваются волны Атлантического океана.

-- Ну и дела! -- вздохнул Балаганов.

-- Мне один доктор все объяснил, -- продолжал Остап, -заграница -- это миф о загробной жизни. Кто туда попадает, тот не возвращается.

-- Прямо цирк! - воскликнул Шура, ничего не поняв. -- Ух, как я теперь заживу! Бедный Паниковский! Он, конечно, нарушил конвенцию, но бог с ним! Вот радовался бы старик!

-- Предлагаю почтить память покойного вставанием, -сказал Бендер.

Молочные братья поднялись и минуту простояли молча, глядя вниз, на переломленные бисквиты и недоеденный бутерброд. Тягостное молчание прервал Балаганов.

-- Знаете что с Козлевичем? - сказал он. - Прямо цирк! Он все-таки собрал "Антилопу" и работает в Черноморске. Письмо прислал. Вот... Бортмеханик вынул из кепки письмо. "Здравствуйте, Шура, - писал водитель "Антилопы", -- как живете? Все ли вы еще сын л. Ш.? Мне живется хорошо, только нету денег, а машина после ремонта что-то капризничает и работает только один час в день. Все время ее чиню, прямо сил никаких нет. Пассажиры обижаются. Может, вы, дорогой Шура, пришлете мне маслопроводный шланг, хоть не новый. Здесь на базаре положительно нельзя достать. Поищите на Смоленском рынке, там, где продают старые замки и ключи. А если вам плохо, то приезжайте, какнибудь перебьемся. Я стою на углу улицы Меринга, на бирже. Где теперь О. Б.? Ваш с уважением Адам Козлевич. Забыл написать. Ко мне на биржу приходили ксендзы, Кушаковский и Морошек. Был скандал. А. К. ".

-- Побегу теперь искать шланг, -- озабоченно сказал Балаганов.

-- Не надо, - ответил Остап, - я ему новую машину куплю. Едем в "Гранд-Отель", я забронировал номер по телеграфу для дирижера симфонического оркестра. А вас надо приодеть, умыть, дать вам капитальный ремонт. Перед вами, Шура, открываются врата великих возможностей.

Они вышли на Каланчевскую площадь. Такси не было. На извозчике Остап ехать отказался.

-- Это карета прошлого, -- сказал он брезгливо, - в ней далеко не уедешь. Кроме того, там, в подкладке, живут маленькие мыши.

Пришлось сесть в трамвай. Вагон был переполнен. Это был один из тех зараженных ссорою вагонов, которые часто циркулируют по столице. Склоку в них начинает какая-нибудь мстительная старушка в утренние часы предслужебной давки. Постепенно в ссору втягиваются все пассажиры вагона, даже те, которые попали туда через полчаса после начала инцидента. Уже злая старушка давно

сошла, утеряна уже и причина спора, а крики и взаимные оскорбления продолжаются, и в перебранку вступают все новые кадры пассажиров. И в таком вагоне до поздней ночи не затихает ругань.

Волнующиеся пассажиры быстро оттеснили Балаганова от Остапа, и вскоре молочные братья болтались в разных концах вагона, стиснутые грудями и корзинами. Остап висел на ремне, с трудом выдирая чемодан, который все время уносило течением.

Внезапно, покрывая обычную трамвайную брань, со стороны, где колыхался Балаганов, послышался женский вой:

-- Украли! Держите! Да вот же он стоит!

Все повернули головы. К месту происшествия, задыхаясь от любопытства, стали пробиваться любители. Остап увидел ошеломленное лицо Балаганова. Бортмеханик еще и сам не понимал, что случилось, а его уже держали за руку, в которой крепко была зажата грошовая дамская сумочка с мелкой бронзовой цепочкой.

-- Бандит! - кричала женщина. - Только отвернулась, а он...

Обладатель пятидесяти тысяч украл сумочку, в которой были черепаховая пудреница, профсоюзная книжка и один рубль семьдесят копеек денег. Вагон остановился. Любители потащили Балаганова к выходу. Проходя мимо Остапа, Шура горестно шептал:

-- Что ж это такое? Ведь я машинально.

-- Я тебе покажу машинально! -- сказал любитель в пенсне и с портфелем, с удовольствием ударяя бортмеханика по шее.

В окно Остап увидел, как к группе скорым шагом подошел милиционер и повел преступника по мостовой.

Великий комбинатор отвернулся.

ГЛАВА XXXIII. ИНДИЙСКИЙ ГОСТЬ

В четырехугольном замкнутом дворе "Гранд-Отеля" слышались кухонные стуки, шипение пара и крики: "Два чайных комплекта в шестнадцатый! ", а в белых коридорах было ясно и тихо, как в распределительном зале электростанции. В ста пятидесяти номерах спал конгресс почвоведов, вернувшись из поездки, тридцать номеров было отведено для заграничных коммерсантов, которые выясняли наболевший вопрос, можно ли в конце концов прибыльно торговать с Советским Союзом, лучший апартамент из четырех комнат занимал знаменитый индусский поэт и философ, а в маленьком номере, отведенном дирижеру симфонического оркестра, спал Остап Бендер.

Он лежал на плюшевом одеяле, одетый, прижимая к груди чемодан с миллионом. За ночь великий комбинатор вдохнул в себя весь кислород, содержащийся в комнате, и оставшиеся в ней химические элементы можно было назвать азотом только из

вежливости. Пахло скисшим вином, адскими котлетами и еше чемто непередаваемо гадким. Остап застонал и повернулся. Чемодан свалился на пол. Остап быстро открыл глаза.

-- Что ж это было? -- пробормотал он, гримасничая. -Гусарство в ресторанном зале! И даже, кажется, какое-то кавалергардство! Фу! Держал себя как купец второй гильдии! Боже мой, не обидел ли я присутствующих? Там какой-то дурак кричал: "Почвоведы, встаньте! "-а потом плакал и клялся, что в душе он сам почвовед. Конечно, это был я! Да, но по какому это поводу?..

И он вспомнил, что вчера, решив начать подобающую жизнь, он постановил выстроить себе особняк в мавританском стиле. Утро он провел в грандиозных мечтах. Он представлял себе дом с минаретами, швейцара с лицом памятника, малую гостиную, бильярдную и какой-то конференц-зал. В земельном отделе Совета великому комбинатору разъяснили, что участок получить можно. Но уже в строительной конторе все рухнуло. Упал швейцар, гремя каменной мордой, зашатался золотой конференц-зал и развалились минареты.

-- Вы частное лицо? - спросили миллионера в конторе.

-- Да, - ответил Остап, - резко выраженная индивидуальность.

-- К сожалению, строим только для коллективов и организаций.

-- - Кооперативных, общественных и хозяйственных? спросил Бендер с горечью.

-- Да, для них.

-- А я?

-- А вы стройте сами.

-- Да, но где-же я возьму камни, шпингалеты? Наконец, плинтусы?

-- Добудьте-- как-нибудь. Хотя это трудно. Контингенты уже распределены по заявкам промышленности и кооперации.

По всей вероятности, это и было причиной безобразного ночного гусарства.

Остап лежа вынул записную книжечку и стал подсчитывать расходы со времени получения миллиона. На первой страничке была памятная запись:

Верблюд.. 180 р.

Баран 30 р.

Кумыс 1 р. 75 к.

-----------Итого -- 211 р. 75 к.

Дальнейшее было не лучше. Шуба, соус, железнодорожный билет, опять соус, опять билет, три чалмы, купленные на черный день, извозчики, ваза и всякая чепуха. Если не считать пятидесяти тысяч Балаганова, которые не принесли ему счастья, миллион был на месте.

"Не дают делать капитальных вложений! -- возмущался Остап. -- Не дают! Может, зажить интеллектуальной жизнью, как мой друг Лоханкин? В конце концов материальные ценности я уже накопил, надо прикапливать помаленьку ценности духовные. Надо немедленно выяснить, в чем заключается смысл жизни".

Он вспомнил, что в гостиничном вестибюле весь день толкутся девушки, стремящиеся поговорить с приезжим индусским философом о душе.

"Пойду к индусу, -- решил он, -- узнаю, наконец, в чем дело. Это, правда, пижонство, но другого выхода нет".

Не разлучаясь с чемоданом, Бендер, как был, в смятом костюме, спустился в бельэтаж и постучал в дверь комнаты великого человека. Ему открыл переводчик.

-- Философ принимает? -- спросил Остап.

-- Это смотря кого, -- ответил переводчик вежливо. -- Вы частное лицо?

-- Нет, нет, -- испуганно сказал великий комбинатор, -- я от одной кооперативной организации.

-- Вы с группой? Вас сколько человек? А то~, знаете, учителю трудно принимать всех отдельных лиц. Он предпочитает беседовать...

-- С коллективом? -- подхватил Остап. -- Меня как раз коллектив уполномочил разрешить один важный принципиальный вопрос насчет смысла жизни.

Переводчик ушел и через пять минут вернулся. Он отдернул портьеру и пышно сказал:

-- Пусть войдет кооперативная организация, желающая узнать, в чем смысл жизни.

На кресле с высокой и неудобной резной спинкой сидел великий философ и поэт в коричневой бархатной: рясе и в таком же колпаке. Лицо у него было смуглое и нежное, а глаза черные, как у подпоручика. Борода, белая и широкая, словно фрачная манишка, закрывала грудь. Стенографистка сидела у его ног. Два переводчика, индус и англичанин, разместились по бокам.

При виде Остапа с чемоданом философ заерзал на кресле и что-то встревоженно зашептал переводчику. Стенографистка стала спешно записывать, а переводчик обратился к великому комбинатору:

-- Учитель желает узнать, не содержатся ли в чемодане пришельца песни и саги и не собирается ли пришелец прочесть их вслух, так как учителю прочли уже много песен и саг и он больше не может их слушать.

-- Скажите учителю, что саг нету, -- почтительно ответил Остап.

Черноглазый старец еще больше обеспокоился и, оживленно говоря, стал со страхом показывать на чемодан пальцем.

-- Учитель спрашивает, -- начал переводчик, -- не собирается ли пришелец поселиться у него в номере, потому что к нему на прием еще никогда не приходили с чемоданом.

И только после того, как Остап успокоил переводчика, а переводчик философа, напряжение прошло и началась беседа.

-- Прежде чем ответить на ваш вопрос о смысле жизни, -сказал переводчик, -- учитель желает сказать несколько слов о народном образовании в Индии.

-- Передайте учителю, -- сообщил Остап, -- что проблема народного образования волнует меня с детства.

Философ закрыл глаза и принялся неторопливо говорить. Первый час он говорил по-английски, а второй час-по-бенгальски. Иногда он начинал петь тихим приятным голосом, а один раз даже встал и, приподняв рясу, сделал несколько танцевальных движений, изображавших, как видно, игры школьников в Пенджабе. Затем он сел и снова закрыл глаза, а Остап долго слушал перевод. Сперва Остап вежливо кивал головой, потом сонно смотрел в окно и, наконец, начал развлекаться -- перебирал в кармане мелочь, любовался перстнем и даже довольно явственно подмигнул хорошенькой стенографистке, после чего она еще быстрее зачиркала карандашом.

-- А как все-таки будет со смыслом жизни? -- спросил миллионер, улучив минуту.

-- Учитель желает прежде, -- объяснил переводчик, -познакомить пришельца с обширными материалами, которые он собрал при ознакомлении с постановкой дела народного образования в СССР.

-- Передайте его благородию, -- ответил Остап, - что пришелец не возражает.

И машина снова пришла в движение. Учитель говорил, пел пионерские песни, показывал стенгазету, которую ему поднесли дети сто сорок шестой трудовой школы, и один раз даже всплакнул. Переводчики бубнили в два голоса, стенографистка писала, а Остап рассеянно чистил ногти.

Наконец, Остап громко закашлял.

-- Знаете, -- сказал он, -- переводить больше не нужно. Я стал ка-то понимать по-бенгальски. Вот когда будет насчет смысла жизни, тогда и переведите.

Когда философу подтвердили настойчивое желание Остапа, черноглазый старец заволновался.

-- Учитель говорит, -- заявил переводчик, -- что он сам приехал в вашу великую страну, чтобы узнать, в чем смысл жизни. Только там, где народное образование поставлено на такую высоту, как у вас, жизнь становится осмысленной. Коллектив...

-- До свиданья, -- быстро сказал великий комбинатор,

-передайте учителю, что пришелец просит разрешения немедленно уйти.

Но филосов уже пел нежным голосом "Марш Буденного", которому он выучился у советских детей. И Остап удалился без разрешения.

-- Кришна! -- кричал великий комбинатор, бегая по своему номеру. -- Вишну! Что делается на свете? Где сермяжная правда? А может быть, я дурак и ничего не понимаю, и жизнь прошла глупо, бессистемно? Настоящий индус, видите ли, все знает про нашу обширную страну, а я, как оперный индийский гость, долблю все одно и то же: "Не счесть алмазов пламенных в лабазах каменных". До чего же гадко!

В этот день Остап обедал без водки и в первый раз оставил чемодан в номере. Потом он смирно сидел на подоконнике, с интересом рассматривая обыкновенных прохожих, которые прыгали в автобус, как белки.

Ночью великий комбинатор вдруг проснулся и сел на кровати. Было тихо, и только из ресторана через замочную скважину пробирался меланхолический бостон.

-- Как же я забыл! -- сказал он сердито. Потом он засмеялся, зажег свет и быстро написал телеграмму:

"Черноморск. Зосе Синицкой. Связи ошибкой жизни готов лететь Черноморск крыльях любви, молнируйте ответ Москва Грандотель Бендер".

Он позвонил и потребовал, чтобы телеграмма была отправлена немедленно молнией.

Зося не ответила. Не было ответа и на другие телеграммы, составленные в том же отчаянном и лирическом, роде.

ГЛАВА XXXIV. ДРУЖБА С ЮНОСТЬЮ

Поезд шел в Черноморск.. Первый пассажир снял пиджак, повесил его на медную завитушку багажника, потом стащил ботинки, пОочередно поднося толстые ножки почти к самому лицу, и надел туфли с языками.

-- Слышали вы историю про одного воронежского землемера, который оказался родственником японского микадо? -- спросил он, заранее улыбаясь.

Второй и третий пассажиры придвинулись поближе. Четвертый пассажир уже лежал на верхнем диване, под колючим малиновым одеялом, недовольно глядя в иллюстрированный журнал.

-- Неужели не слышали? Одно время об этом много говорили. Это был обыкновенный землемер -- жена, одна комната, сто двадцать

рублей жалованья. Фамилия Бигусов. Обыкновенный, ну, совершенно незамечательный человек, даже, если хотите знать, между нами говоря, хам. Приходит он однажды со службы, а у него в комнате сидит японец, в таком, между нами говоря, отличном костюме, в очках и, если хотите знать, в ботинках из змеиной кожи, последняя новость. "Ваша фамилия -- Бигусов? " -спрашивает японец. "Да", -- говорит Бигусов. "А имя-отчество"? -- "Такое-то", - отвечает. "Правильно, - говорит японец, -- в таком случае не будете ли вы любезны снять толстовку, -- мне нужно осмотреть ваше голое туловище". -- "Пожалуйста", -говорит. Ну, между нами говоря, если хотите знать, японец туловище даже не рассматривал, а сразу кинулся к родимому пятну. Было у Бигусова такое пятно на боку. Посмотрел на него японец через увеличительное стекло, побледнел и говорит: "Поздравляю вас, гражданин Бигусов, и позвольте вам вручить посылку и пакет". Жена, конечно, открыла посылку. А там, если хотите знать, лежит в стружках японский обоюдоострый меч. "Почему же мне меч? " -- спросил землемер. "А вы, говорит, прочтите письмо. Там все написано. Вы самурай". Тут Бигусов тоже побледнел. Воронеж, если хотите знать, не особенно большой центр. Между нами говоря, какое там может быть отношение к самураям? Самое отрицательное. Ну, делать нечего. Бигусов берется за письмо, вскрывает четырнадцать восковых печатей и читает его. Что же вы думаете? Оказалось, что ровно тридцать шесть лет тому назад проезжал через Воронежскую губернию один японский полупринц-инкогнито. Ну, конечно, между нами говоря, спутался его высочество с одной воронежской девушкой, прижил ребенка инкогнито. И даже хотел жениться, только микадо запретил шифрованной телеграммой. Полупринцу пришлось уехать, а ребенок остался незаконный. Это и был Бигусов. И вот по прошествии стольких лет полупринц стал умирать, а тут, как назло, законных детей нету, некому передать наследство, и к тому же угасает знаменитый род, что для японца хуже всего. Ну, пришлось вспомнить про Бигусова. Вот привалило человеку счастье! Сейчас, говорят, он уже в Японии. Старик умер. А Бигусов теперь принц, родственник микадо и к тому же еще, между нами говоря, получил наличными миллион иен. Миллион! Такому дураку!

-- Дали бы мне миллион рублей! -- сказал второй пассажир, суча ногами. -- Я бы им показал, что делать с миллионом!

В пролете между верхними диванами появилась голова четвертого пассажира. Он внимательно поглядел на человека, точно знавшего, что можно сделать с миллионом, и, ничего не сказавши, снова закрылся журналом.

-- Да, -- сказал третий пассажир, распечатывая железнодорожный пакетик с двумя индивидуальными сухарями, -бывают различные факты в области денежного обращения. У одной

московской девицы в Варшаве умер дядя и оставил ей миллионное наследство, а она даже не знала. Но там, за границей, пронюхали, и уже через месяц в Москве появился довольно приличный иностранец. Этот голубчик решил жениться на девушке, пока она не проведала про наследство. А у нее в Москве был жених, тоже довольно красивый молодой человек из Палаты мер и весов. Она его. очень любила и, естественно, не хотела выходить замуж за другого. А тот, иностранец, прямо с ума сходил, посылал ей букеты, конфеты и фильдеперсовые чулки. Оказывается, иностранный голубчик приехал не сам от себя, а от акционерного общества, которое образовалось специально для эксплуатации дядиного наследства. У них даже был основной капитал в восемнадцать тысяч злотых. Этот их уполномоченный должен был во что бы то ни стало жениться на девушке и вывезти ее за границу! Очень романтическая история! Представляете себе положение уполномоченного! Такая ответственность! Ведь он взял аванс и не может его оправдать из-за этого советского жениха. А там, в Варшаве, кошмар! Акционеры ждут, волнуются, акции падают. В общем, все кончилось крахом. Девушка вышла замуж за своего, советского. Так она ничего и не узнала.

-- Вот дура! - сказал второй пассажир. - Дали бы мне этот миллион!

И в ажитации он даже вырвал из рук соседа сухарик и нервно съел его.

Обитатель верхнего дивана придирчиво закашлял. Видимо, разговоры мешали ему заснуть.

Внизу стали говорить тише. Теперь пассажиры сидели тесно, голова к голове, и, задыхаясь, шептали:

-- Недавно международное общество Красного Креста давало объявление в газетах о том, что разыскиваются наследники американского солдата Гарри Ковальчука, погибшего в тысяча девятьсот восемнадцатом году на войне. Наследство-миллион! То есть было меньше миллиона, но наросли проценты... И вот в глухой деревушке на Волыни...

На верхнем диване металось малиновое одеяло. Бендеру было скверно. Ему надоели вагоны, верхние и нижние диваны, весь трясущийся мир путешествий. Он легко дал бы полмиллиона, чтобы заснуть, но шепот внизу не прекращался:

-- ... Понимаете, в один жакт явилась старушка и говорит: "Я, говорит, у себя в подвале нашла горшочек, не знаю, что в горшочке, уж будьте добры, посмотрите сами". Посмотрело правление жакта в этот горшочек, а там золотые индийские рупии, миллион рупий...

-- Вот дура! Нашла кому рассказывать! Дали бы мне этот миллион, уж я бы...

-- Между нами говоря, если хотите знать, -- деньги -- это все.

-- А в одной пещере под Можайском...

Сверху послышался стон, звучный полновесный стон гибнущего индивидуума.

Рассказчики на миг смутились, но очарованье неожиданных богатств, льющихся из карманов японских принцев, варшавских родственников или американских солдат, было так велико, что они снова стали хватать друг друга за колени, бормоча:

-- И вот когда вскрыли мощи, там, между нами говоря, нашли на миллион...

Утром, еще затопленный сном, Остап услышал звук отстегиваемой шторы и голос:

-- Миллион! Понимаете, целый миллион... Это было слишком. Великий комбинатор гневно заглянул вниз. Но вчерашних пассажиров уже не было. Они сошли на рассвете в Харькове, оставив после себя смятые постели, просаленный листок арифметической бумаги, котлетные и хлебные крошки, а также веревочку. Стоящий у окна новый пассажир равнодушно посмотрел на Остапа и продолжал, обращаясь к двум своим спутникам:

-- Миллион тонн чугуна. К концу года. Комиссия нашла, что объединение может это дать. И что самое смешное -- Харьков утвердил!

Остап не нашел в этом заявлении ничего смешного. Однако новые пассажиры разом принялись хохотать. При этом на всех троих заскрипели резиновые пальто, которых они еще не успели снять.

-- Как же Бубешко, Иван Николаевич? -- спросил самый молодой из пассажиров с азартом. -- Наверное, землю носом роет?

-- Уж не роет. Оказался в дурацком положении. Но что было! Сначала он полез в драку... вы знаете, Иван Николаевич, -характер... Восемьсот двадцать пять тысяч тонн и ни на одну тонну больше. Тут началось серьезное дело. Преуменьшение возможностей.., Факт! Равнение на узкие места -- факт! Надо было человеку сразу же полностью сознаться в своей ошибке. Так нет! Амбиция! Подумаешь, -- благородное дворянство. Сознаться -- и все. А он начал по частям. Решил авторитет сохранить. И вот началась музыка, достоевщина: "С одной стороны, признаю, но, с другой стороны, подчеркиваю". А что там подчеркивать, что за бесхребетное виляние! Пришлось нашему Бубешко писать второе письмо. Пассажиры снова засмеялись.

-- Но и там он о своем оппортунизме не сказал ни слова. И пошел писать. Каждый день письмо. Хотят для него специальный отдел завести: "Поправки и отмежевки". И ведь сам знает, что зашился, хочет выкарабкаться, но такое сам нагромоздил, что не может. И последний раз до того дошел, что даже написал: "Так, мол, и так... ошибку признаю, а настоящее письмо считаю недостаточным".

Остап уже давно пошел умываться, а новые пассажиры все еще

досмеивались. Когда он вернулся, купе было подметено, диваны опущены, и проводник удалялся, прижимая подбородком охапку простынь и одеял. Молодые люди, не боявшиеся сквозняков, открыли окно и в купе, словно морская волна, запертая в ящик, прыгал и валялся осенний ветер.

Остап забросил на сетку чемодан с миллионом и уселся внизу, дружелюбно поглядывая на новых соседей, которые как-то особенно рьяно вживались в быт международного вагона, -- часто смотрелись в дверное зеркало, подпрыгивали на диване, испытывая упругость его пружин и федерканта, одобряли качество красной полированной обшивки и нажимали кнопки. Время от времени один из них исчезал на несколько минут и по возвращении шептался с товарищами. Наконец, в дверях появилась девушка в бобриковом мужском пальто и гимнастических туфлях, с тесемками, обвивавшимися вокруг щиколоток на древнегреческий манер.

-- Товарищи! -- сказала она решительно. -- Это свинство. Мы тоже хотим ехать в роскоши. На первой же станции мы должны обменяться. Попутчики Бендера угрожающе загалдели.

-- Нечего, нечего. Все имеют такие же права, как и вы, -продолжала девушка. -- Мы уже бросили жребий. Вышло Тарасову, Паровицкому и мне. Выметайтесь в третий класс.

Из возникшего шума Остап понял, что в поезде с летней заводской практики возвращалась в Черноморск большая группа студентов политехникума. В жестком вагоне на всех не хватило мест, и три билета пришлось купить в международный, с раскладкой разницы на всю компанию.

В результате девушка осталась в купе, а трое первенцев удалились с запоздалым достоинством. На их места тотчас же явились Тарасов и Паровицкий. Немедля они принялись подпрыгивать на диванах и нажимать кнопки. Девушка хлопотливо прыгала вместе с ними. Не прошло и получаса, как в купе ввалилась первая тройка. Ее пригнала назад тоска по утраченному великолепию. За нею с конфузливыми улыбками показались еще двое, а потом еще один, усатый. Усатому была очередь ехать в роскоши только на второй день, и он не мог вытерпеть. Его появление вызвало особенно возбужденные крики, на которые не замедлил появиться проводник.

-- Что же это, граждане, -- сказал он казенным голосом, -целая шайка-лейка собралась. Уходите, которые из жесткого вагона. А то пойду к главному. Шайка-лейка оторопела.

-- Это гости, -- сказала девушка запечалившись, - они пришли только посидеть.

-- В правилах воспрещается, -- заявил проводник, -уходите.

Усатый попятился к выходу, но тут в конфликт вмешался

великий комбинатор.

-- Что же это вы, папаша, -- сказал он проводнику, -пассажиров не надо линчевать без особой необходимости. Зачем так точно придерживаться буквы закона? Надо быть гостеприимным. Знаете, как на Востоке!. Пойдемте, я вам сейчас все растолкую.

Поговорив с Остапом в коридоре, проводник настолько проникся духом Востока, что, не помышляя уже об изгнании шайки-лейки, принес ей девять стаканов чая в тяжелых подстаканниках и весь запас индивидуальных сухарей. Он даже не взял денег.

-- По восточному обычаю, -- сказал Остап обществу, -согласно законов гостеприимства, как говорил некий работник кулинарного сектора.

Услуга была оказана с такой легкостью и простотой, что ее нельзя было не принять. Трещали разрываемые сухарные пакетики, Остап по-хозяйски раздавал чай и вскоре подружился со всеми восемью студентами и одной студенткой.

-- Меня давно интересовала проблема всеобщего, равного и тайного обучения, -- болтал он радостно, - недавно я даже беседовал по этому поводу с индусским философом-любителем. Человек крайней учености. Поэтому, что бы он ни сказал, его слова сейчас же записываются на граммофонную пластинку. А так как старик любит поговорить, -- есть за ним такой грешок, -- то пластинок скопилось восемьсот вагонов, и теперь из них уже делают пуговицы.

Начав с этой вольной импровизации, великий комбинатор взял в руки сухарик.

-- Этому сухарику, -- сказал он, -- один шаг до точильного камня. И этот шаг уже сделан.

Дружба, подогреваемая шутками подобного рода, развивалась очень быстро, и вскоре вся шайка-лейка под управлением Остапа уже распевала частушку:

У Петра Великого
близких нету никого.
Только лошадь и змея,
Вот и вся его семья.

К вечеру Остап знал всех по имени и с некоторыми был уже на "ты". Но многого из того, что говорили молодые люди, он не понимал. Вдруг он показался себе ужасно старым. Перед ним сидела юность, немножко грубая, прямолинейная, какая-то обидно нехитрая. Он был другим в свои двадцать лет. Он признался себе, что в свои двадцать лет он был гораздо разностороннее и хуже. Он тогда не смеялся, а только. посмеивался. А эти смеялись вовсю.

"Чему так радуется эта толстомордая юность? -- подумал он с внезапным раздражением. -- Честное слово, я начинаю завидовать".

Хотя Остап был, несомненно, центром внимания всего купе и

речь его лилась без запинки, хотя окружающие и относились к нему наилучшим образом, но не было здесь ни балагановского обожания, ни трусливого подчинения Паниковского, ни преданной любви Козлевича. В студентах чувствовалось превосходство зрителя перед конферансье. Зритель слушает гражданина во фраке, иногда смеется, лениво аплодирует ему, но в конце концов уходит домой, и нет ему больше никакого дела до конферансье. А конферансье после спектакля приходит в артистический клуб, грустно сидит над котлетой и жалуется собрату по Рабису-опереточному комику, что публика его не понимает, а правительство не ценит. Комик пьет водку и тоже жалуется, что его не понимают. А чего там не понимать? Остроты стары, и приемы стары, а переучиваться поздно. Все, кажется, ясно

История с Бубешко, преуменьшившим планы, была рассказана вторично, на этот раз специально для Остапа. Он ходил со своими новыми друзьями в жесткий вагон убеждать студентку Лиду Писаревскую прийти к ним в гости и при этом так краснобайствовал, что застенчивая Лида пришла и приняла участие в общем гаме. Внезапное доверие разрослось до того, что к вечеру, прогуливаясь по перрону большой узловой станции с девушкой в мужском пальто, великий комбинатор подвел ее почти к самому выходному семафору и здесь, неожиданно для себя, излил ей свою душу в довольно пошлых выражениях.

-- Понимаете, - втолковывал он, - светила луна, королева ландшафта. Мы сидели на ступеньках музея древностей, и вот я почувствовал, что я ее люблю. Но мне пришлось в этот же вечер уехать, так что дело расстроилось. Она, кажется, обиделась. Даже наверное обиделась.

-- Вас послали в командировку? -- спросила девушка.

-- М-да. Как бы командировка. То есть не совсем командировка, но срочное дело. Теперь я страдаю. Величественно и глупо страдаю.

-- Это не страшно, - сказала девушка, - переключите избыток своей энергии на выполнение какого-нибудь трудового процесса. Пилите дрова, например. Теперь есть такое течение.

Остап пообещал переключиться и, хотя не представлял себе, как он заменит Зосю пилкой дров, все же почувствовал большое облегчение. Они вернулись в вагон с таинственным видом и потом несколько раз выходили в коридор пошептаться о неразделенной любви и о новых течениях в этой области.

В купе Остап по-прежнему выбивался из сил, чтобы понравиться компании. И он достиг того, что студенты стали считать его своим. А грубиян Паровицкий изо всей силы ударил Остапа по плечу и воскликнул:

-- Поступай к нам в политехникум. Ей-богу! Получишь

стипендию семьдесят пять рублей. Будешь жить, как бог. У нас -столовая, каждый день мясо. Потом на Урал поедем на практику.

-- Я уже окончил один гуманитарный вуз, - торопливо молвил великий комбинатор.

-- А что ты теперь делаешь? -- спросил Паровицкий.

-- Да так, по финансовой линии.

-- Служишь в банке?

Остап внезапно сатирически посмотрел на студента и внезапно сказал:

-- Нет, не служу. Я миллионер. Конечно, это заявление ни к чему не обязывало Остапа и все можно было бы обратить в шутку, но Паровицкий засмеялся с такой надсадой, что великому комбинатору стало обидно. Его охватило желание поразить спутников, вызвать у них еще большее восхищение.

-- Сколько же у вас миллионов? -- спросила девушка в гимнастических туфлях, подбивая его на веселый ответ.

-- Один, -- сказал Остап, бледный от гордости.

-- Что-то мало, -- заявил усатый.

-- Мало, мало! -- закричали все.

-- Мне достаточно, - сказал Бендер торжественно, С этими словами он взял свой чемодан, щелкнул никелированными застежками и высыпал на диван все его содержимое. Бумажные плитки легли расползающейся горкой. Остап перегнул одну из них, и обертка лопнула с карточным треском.

-- В каждой пачке по десять тысяч. Вам мало? Миллион без какой-то мелочи. Все на месте. Подписи, паркетная сетка и водяные знаки.

При общем молчании Остап сгреб деньги обратно в чемодан и забросил его на багажник жестом, который показался Остапу царственным. Он снова сел на диван, отвалился на спинку, широко расставил ноги и посмотрел на шайку-лейку.

-- Как видите, гуманитарные науки тоже приносят плоды, -сказал миллионер, приглашая студентов повеселиться вместе с ним.

Студенты молчали, разглядывая различные кнопки и крючки на орнаментированных стенках купе.

-- Живу, как бог, -- продолжал Остап, -- или как полубог, что в конце концов одно и то же.

Немножко подождав, великий комбинатор беспокойно задвигался и воскликнул в самом дружеском тоне:

-- Что ж вы, черти, приуныли?

-- Ну, я пошел, -- сказал усатый, подумав, -- пойду к себе, посмотрю, как и чего. И он выскочил из купе.

-- Удивительная вещь, замечательная вещь, - заметил Остап, -- еще сегодня утром мы не были даже знакомы, а сейчас чувствуем

себя так, будто знаем друг друга десять лет. Что это, флюиды действуют?

-- Сколько мы должны за чай? -- спросил Паровицкий. -Сколько мы выпили, товарищи? Девять стаканов или десять? Надо узнать у проводника. Сейчас я приду.

За ним снялись еще четыре человека, увлекаемые желанием помочь Паровицкому в его расчетах с проводником.

-- Может, споем что-нибудь? -- предложил Остап. -Что-нибудь железное. Например, "Сергей поп, Сергей поп! " Хотите? У меня дивный волжский бас.

И, не дожидаясь ответа, великий комбинатор поспешно запел: "Вдоль да по речке, вдоль да по Казанке сизый селезень плывет". Когда пришло время подхватить припев, Остап по-капельмейстерски взмахнул руками и топнул ногой, но грозного хорового крика не последовало. Одна лишь Лида Писаревская по застенчивости пискнула: "Сергей поп, Сергей поп1", но тут же осеклась и выбежала.

Дружба гибла на глазах. Скоро в купе осталась только добрая и отзывчивая девушка в гимнастических туфлях.

-- Куда это все убежали? -- спросил Бендер.

-- В самом деле, -- прошептала девушка, -- надо узнать.

Она проворно бросилась к двери, но несчатный миллионер схватил ее за руку.

-- Я пошутил, -- забормотал он, -- я трудящийся. Я дирижер симфонического оркестра!.. Я сын лейтенанта Шмидта!.. Мой папа турецко-подданный. Верьте мне!..

-- Пустите! -- шептала девушка. Великий комбинатор остался один. Купе тряслось и скрипело. Ложечки поворачивались в пустых стаканах, и все чайное стадо потихоньку сползало на край столика. В дверях показался проводник, прижимая подбородком стопку одеял и простынь.

ГЛАВА XXXV. ЕГО ЛЮБИЛИ ДОМАШНИЕ ХОЗЯЙКИ, ДОМАШНИЕ РАБОТНИЦЫ, ВДОВЫ И ДАЖЕ ОДНА ЖЕНЩИНА-ЗУБНОЙ ТЕХНИК

В Черноморске гремели крыши и по улицам гуляли сквозняки. Силою неожиданно напавшего на город северо-восточного ветра нежное бабье лето было загнано к мусорным ящикам, желобам и выступам домов. Там оно помирало среди обугленных кленовых листьев и разорванных трамвайных билетов. Холодные хризантемы тонули в мисках цветочниц. Хлопали зеленые ставни закрытых квасных будок. Голуби говорили "умру, умру". Воробьи согревались, клюя горячий навоз. Черноморцы брели против ветра, опустив головы, как быки. Хуже всех пришлось пикейным жилетам. Ветер срывал с них канотье и панамские шляпы и катил их по паркетной

мостовой вниз, к бульвару. Старики бежали за ними, задыхаясь и негодуя. Тротуарные вихри мчали самих преследователей так сильно, что они иной раз перегоняли свои головные уборы и приходили в себя только приткнувшись к мокрым ногам бронзовой фигуры екатерининского вельможи, стоявшего посреди площади.

"Антилопа" на своей стоянке издавала корабельные скрипы. Если раньше машина Козлевича вызывала веселое недоумение, то сейчас она внушала жалость: левое заднее крыло было подвязано канатом, порядочная часть ветрового стекла была заменена фанерой, и вместо утерянной при катастрофе резиновой груши с "матчишем" висел на веревочке никелированный председательский колокольчик. Даже рулевое колесо, на котором покоились честные руки Адама Казимировича, несколько свернулось в сторону. На тротуаре, рядом с "Антилопой", стоял великий комбинатор. Облокотившись о борт машины, он говорил:

-- Я обманул вас, Адам. Я не могу подарить вам ни "изотта-фраскини", ни "линкольна", ни "бьюика", ни даже "форда". Я не могу купить новой машины. Государство не считает меня покупателем. Я частное лицо. Единственно, что можно было бы приобрести по объявлению в газете, -- это такую же рухлядь, как наша "Антилопа".

-- Почему же, -- возразил Козлевич, -- мой "лорендитрих" -- добрая машина. Вот если бы еще подержанный маслопроводный шланг, не нужно мне тогда никаких "бьюиков".

-- Шланг я вам привез, -- сказал Остап, -- вот он. И это единственное, дорогой Адам, чем я могу помочь вам по части механизации транспорта.

Козлевич очень обрадовался шлангу, долго вертел его в руках и тут же стал прилаживать. Остап толкнул колокольчик, который издал заседательский звон, и горячо начал:

-- Вы знаете, Адам, новость -- на каждого гражданина давит столб воздуха силою в двести четырнадцать кило!

-- Нет, - сказал Козлевич, - а что?

-- Как что! Это научно-медицинский факт. И мне это стало с недавнего времени тяжело. Вы только подумайте! Двести четырнадцать кило! Давят круглые сутки, в особенности по ночам. Я плохо сплю. Что?

-- Ничего, я слушаю, -- ласково ответил Козлевич.

-- Мне очень плохо, Адам. У меня слишком большое сердце.

Водитель "Антилопы" хмыкнул. Остап продолжал болтать:

-- Вчера на улице ко мне подошла старуха и предложила купить вечную иглу для примуса. Вы знаете, Адам, я не купил. Мне не нужна вечная игла, я не хочу жить вечно. Я хочу умереть. У меня налицо все пошлые признаки влюбленности: отсутствие аппетита, бессонница и маниакальное стремление сочинять стихи. Слушайте, что я накропал

вчера ночью при колеблющемся свете электрической лампы: "Я помню чудное мгновенье, передо мной явилась ты, как мимолетное виденье, как гений чистой красоты". Правда, хорошо? Талантливо? И только на рассвете, когда дописаны были последние строки, я вспомнил, что этот стих уже написал А. Пушкин. Такой удар со стороны классика! А?

-- Нет, нет, продолжайте, -- сказал Козлевич сочувственно.

-- Так вот и живу, -- продолжал Остап с дрожью в голосе. -- Тело мое прописано в гостинице "Каир", а душа манкирует, ей даже в Рио-де-Жанейро не хочется. А тут еще атмосферный столб душит.

-- А вы у нее были? -- спросил прямолинейный Козлевич. -У Зоси Викторовны?

-- Не пойду, -- сказал Остап, -- по причине гордой застенчивости. Во мне проснулись янычары. Я этой негодяйке послал из Москвы на триста пятьдесят рублей телеграмм и не получил ответа даже на полтинник. Это я-то, которого любили домашние хозяйки, домашние работницы, вдовы и даже одна женщина -- зубной техник. Нет, Адам, я туда не пойду. До свидания!

Великий комбинатор отправился в гостиницу, вытащил из-под кровати чемодан с миллионом, который валялся рядом со стоптанными башмаками. Некоторое время он смотрел на него довольно тупо, потом взял его за ручку и выбрался на улицу. Ветер схватил Остапа за плечи и потащил к Приморскому бульвару, Здесь было пустынно, никто не сидел на белых скамейках, изрезанных за лето любовными надписями. На внешний рейд, огибая маяк, выходил низкий грузовик с толстыми прямыми мачтами.

-- Довольно, -- сказал Остап, -- золотой теленок не про меня. Пусть берет кто хочет. Пусть миллионерствует на просторе!

Он оглянулся и, видя, что вокруг никого нет, бросил чемодан на гравий.

-- Пожалуйста, -- промолвил он, обращаясь к черным кленам, и расшаркался.

Он пошел по аллее не оглядываясь. Сначала он шел медленно, шагом гуляющего, потом заложил руки в карманы, потому что они вдруг стали ему мешать, и усилил ход, чтобы победить колебания. Он заставил себя повернуть за угол и даже запеть песенку, но уже через минуту побежал назад. Чемодан лежал на прежнем месте. Однако с противоположной стороны к нему, нагибаясь и вытягивая руки, подходил гражданин средних лет и весьма обыкновенной наружности.

-- Ты куда?! - закричал Остап еще издали. - Я тебе покажу хватать чужие чемоданы! На секунду оставить нельзя! Безобразие!

Гражданин недовольно пожал плечами и отступил. А Бендер снова потащился с золотым теленком в руках.

"Что ж теперь делать? -- размышлял он. -- Как распорядиться проклятым кушем, который обогащает меня только моральными муками? Сжечь его, что ли? "

На этой мысли великий комбинатор остановился с удовольствием.

"Как раз в моем номере есть камин. Сжечь его в камине! Это величественно! Поступок Клеопатры! В огонь! Пачка за пачкой! Чего мне с ними возиться? Хотя нет, глупо. Жечь деньги -пижонство! Гусарство! А что я могу на них сделать, кроме нэпманского жранья? Дурацкое положение! Музейный заведующий собирается за триста рублей Лувр учинить, любой коллектив каких-нибудь водников или кооперативная корпорация драмписателей за миллион может выстроить полунебоскреб с плоской крышей для лекций на свежем воздухе. А Остап Бендер, потомок янычаров, ни черта не может сделать! Вот навалился класс-гегемон на миллионера-одиночку! "

Размышляя о том, как поступить с миллионом, великий комбинатор бегал по аллеям, садился на цементный парапет и сердито смотрел на качающийся за волнорезом пароход.

"Нет, от пожара придется отказаться. Жечь деньги-трусливо и не грациозно. Нужно придумать какой-нибудь эффектный жест. Основать разве стипендию имени Балаганова для учащихся заочного радиотехникума? Купить пятьдесят тысяч серебряных ложечек, отлить из них конную статую Паниковского и установить на могиле? Инкрустировать "Антилопу" перламутром? А может быть... "

Великий комбинатор соскочил с парапета, озаренный новой мыслью. Не медля ни минуты, он покинул бульвар и, стойко выдерживая натиск фронтальных и боковых ветров, пошел на почтамт.

Там по его просьбе чемодан зашили в рогожку и накрест перевязали бечевой. Получилась простецкая с виду посылка, какие почтамт принимает ежедневно тысячами и в каких граждане отправляют своим родственникам свиное сало, варенье или яблоки.

Остап взял химический карандаш и, возбужденно махнув им в воздухе, написал:

ЦЕННАЯ

Народному комиссару финансов. Москва.

И посылка, брошенная рукой дюжего почтовика, рухнула на груду овальных тючков, торбочек и ящиков. Засовывая в карман квитанцию, Остап увидел, что его миллион вместе с прочим грузом уже увозит на тележке в соседний зал ленивый старичок с белыми молниями в петлицах.

-- Заседание продолжается, -- сказал великий комбинатор, -- на этот раз без участия депутата сумасшедших аграриев О. Бендера.

Он долго еще стоял под аркой почтамта, то одобряя свой

поступок, то сожалея о нем. Ветер забрался под макинтош Остапа. Ему стало холодно, и он с огорчением вспомнил, что так и не купил второй шубы.

Прямо перед ним на секунду остановилась девушка. Задрав голову, она посмотрела на блестящий циферблат почтамтских часов и пошла дальше. На ней было шершавое пальтецо короче платья и синий берет с детским помпоном. Правой рукой она придерживала сдуваемую ветром полу пальто. Сердце командора качнулось еще прежде, чем он узнал Зосю, и он зашагал за ней по мокрым тротуарным плитам, невольно держась на некоторой дистанции. Иногда девушку заслоняли прохожие, и тогда Остап сходил на мостовую, вглядываясь в Зосю сбоку и обдумывая тезисы предстоящего объяснения.

На углу Зося остановилась перед галантерейным киоском и стала осматривать коричневые мужские носки, качавшиеся на веревочке. Остап принялся патрулировать неподалеку.

У самой обочины тротуара жарко разговаривали два человека с портфелями. Оба были в демисезонных пальто, из-под которых виднелись белые летние брюки.

-- Вы вовремя ушли из "Геркулеса", Иван Павлович, говорил один, прижимая к груди портфель, - там сейчас разгром, чистят, как звери.

-- Весь город говорит, -- вздохнул другой.

-- Вчера чистили Скумбриевича, -- сладострастно сказал первый, -- пробиться нельзя было. Сначала все шло очень культурно. Скумбриевич так рассказал свою биографию, что ему все аплодировали. "Я, говорит, родился между молотом и наковальней". Этим он хотел подчеркнуть, что его родители были кузнецы. А потом из публики кто-то спросил: "Скажите, вы не помните, был такой торговый дом "Скумбриевич и сын. Скобяные товары"? Вы не тот Скумбриевич? "

И тут этот дурак возьми и скажи: "Я не Скумбриевич, я сын". Представляете, что теперь с ним будет? Первая категория обеспечена.

-- Да, товарищ Вайнторг, такие строгости. А сегодня кого чистят?

-- Сегодня большой день! Сегодня Берлага, тот самый, который спасался в сумасшедшем доме. Потом сам Полыхаев и эта гадюка Серна Михайловна, его морганатическая жена. Она в "Геркулесе" никому дышать не давала. Приду сегодня часа за два до начала, а то не протолкаешься. Кроме того, Бомзе...

Зося пошла вперед, и Остап так и не узнал, что случилось с Адольфом Николаевичем Бомзе. Это, однако, нисколько его не взволновало. Начальная фраза разговора была уже готова. Командор

быстро нагнал девушку.

-- Зося, -- сказал он, -- я приехал, и отмахнуться от этого факта невозможно.

Фраза эта была произнесена с ужасающей развязностью. Девушка отшатнулась, и великий комбинатор понял, что взял фальшивый тон. Он переменил интонацию, он говорил быстро и много, жаловался на обстоятельства, сказал о том, что молодость прошла совсем не так, как воображалось в младенческие годы, что жизнь оказалась грубой и низкой, словно басовый ключ.

-- Вы знаете, Зося, - сказал он, наконец, -- на каждого человека, даже партийного, давит атмосферный столб весом в двести четырнадцать кило. Вы этого не замечали?

Зося не ответила.

В это время они проходили мимо кино "Капиталий". Остап быстро посмотрел наискось, в сторону, где летом помещалась учрежденная им контора, и издал тихий возглас. Через все здание тянулась широкая вывеска:

ГОСОБЪЕДИНЕНИЕ РОГА И КОПЫТА

Во всех окнах были видны пишущие машинки и портреты государственных деятелей. У входа с победной улыбкой стоял молодец-курьер, не чета Паниковскому. В открытые ворота с дощечкой "Базисный склад" въезжали трехтонные грузовики, нагруженные доверху кондиционными рогами и копытами. По всему было видно, что детище Остапа свернуло на правильный путь.

-- Вот навалился класс-гегемон, -- сказал Остап печально, - даже мою легкомысленную идею-и ту использовал для своих целей. А меня оттерли, Зося. Слышите, меня оттерли. Я несчастен.

-- Печальный влюбленный, -- произнесла Зося, впервые поворачиваясь к Остапу.

-- Да, -- ответил Остап, -- я типичный Евгений Онегин, он же рыцарь, лишенный наследства советской властью.

-- Ну, какой там рыцарь!

-- Не сердитесь, Зося, Примите во внимание атмосферный столб. Мне кажется даже, что он давит на меня значительно сильнее, чем на других граждан. Это от любви к вам. И, кроме того, я не член профсоюза. От этого тоже.

-- Кроме того, еще потому, что вы врете больше других граждан,

-- Это не ложь. Это закон физики. А может быть, действительно никакого столба нет и это одна моя фантазия?

Зося остановилась и стала стягивать с руки перчатку серочулочного цвета.

-- Мне тридцать три года, -- поспешно сказал Остап, -возраст Иисуса Христа. А что я сделал до сих пор? Учения я не создал, учеников разбазарил, мертвого Паниковского не воскресил, и только

вы...

-- Ну, до свиданья, -- сказала Зося, -- мне в столовку.

-- Я тоже буду обедать, -- заявил великий комбинатор, взглянув на вывеску: "Учебно-показательный пищевой комбинат ФЗУ при Черноморской Государственной академии пространственных искусств", -- съем какие-нибудь дежурно-показательные щи при этой академии. Может быть, полегчает.

-- Здесь только для членов профсоюза, -- предупредила Зося.

-- Тогда я так посижу.

Они спустились вниз по трем ступенькам. В глубине учебно-показательного комбината под зеленой кровлей пальмы сидел черноглазый молодой человек и с достоинством смотрел в обеденную карточку.

-- Перикл! еще издали закричала Зося. - Я тебе купила носки с двойной пяткой. Познакомьтесь. Это Фемиди.

-- Фемиди, -- сказал молодой человек, сердечно пожимая руку Остапа.

-- Бендер-Задунайский, -- грубо ответил великий комбинатор, сразу сообразив, что опоздал на праздник любви и что носки с двойной пяткой-это не просто продукция какой-то кооперативной артели лжеинвалидов, а некий символ счастливого брака, узаконенного загсом.

-- Как! Разве вы еще и Задунайский? - весело спросила Зося.

-- Да, Задунайский. Ведь вы тоже уже не только Синицкая? Судя по носкам...

-- Я -- Синицкая-Фемиди.

-- Уже двадцать семь дней, - заметил молодой человек, потирая руки.

-- Мне нравится ваш муж, -- сказал рыцарь, лишенный наследства.

-- Мне самой нравится, -- ответила Зося запальчиво.

Пока молодые супруги ели флотский борщ, высоко подымая ложки и переглядываясь, Остап недовольно косился на культплакаты, развешанные по стенам. На одном было написано: "Не отвлекайся во время еды разговорами. Это мешает правильному выделению желудочного сока". Другой был составлен в стихах: "Фруктовые воды несут нам углеводы". Делать больше было нечего. Надо было уходить, но мешала неизвестно откуда подоспевшая застенчивость.

-- В этом флотском борще, -- с натугой сказал Остап, -плавают обломки кораблекрушения. Супруги Фемиди добродушно засмеялись.

-- А вы собственно по какой линии работаете? -- спросил молодого человека Остап.

-- А я собственно секретарь изоколлектива железнодорожных художников, -- ответил Фемиди. Великий комбинатор стал медленно подниматься.

-- Ах, представитель коллектива! Этого можно было ожидать! Однако не буду отвлекать вас разговорами. Это помешает вам правильно выделять желудочный сок, столь необходимый для здоровья.

Он ушел, не попрощавшись, срезая углы столиков, двигаясь к выходу по прямой.

-- Увели девушку! -- пробормотал он на улице. - Прямо из стойла увели. Фемиди! Немезиди! Представитель коллектива Фемиди увел у единоличника-миллионера...

И тут с потрясающей ясностью и чистотой Бендер вспомнил, что никакого миллиона у него не имеется. Додумывал он эту мысль уже на бегу, разгребая руками прохожих, как пловец воду в состязании на побитие мирового рекорда.

-- Тоже, апостол Павел нашелся, -- шептал он, перепрыгивая через клумбы городского сада. -- Бессребреник, с-сукин сын! Менонит проклятый, адвентист седьмого дня! Дурак! Если они уже отправили посылку -- повешусь! Убивать надо таких толстовцев!

Поскользнувшись два раза на кафельном полу почтамта, великий комбинатор подбежал к окошечку. Здесь стояла небольшая, суровая и молчаливая очередь. Остап сгоряча просунул было в окошечко голову, но гражданин, стоявший в очереди первым, нервно поднял острые локти и несколько потеснил пришельца назад. Второй гражданин, как заводной, тоже поднял локти, и великий комбинатор оказался еще немного дальше от заветного окошка. И в полном молчании локти поднимались и раздвигались до тех пор, покуда дерзкий не очутился на законном месте -- в самом хвосте.

-- Мне только... -- начал Остап. Но он не продолжал. Это было бесполезно. Очередь, серая, каменная, была несокрушима, как греческая фаланга. Каждый знал свое место и готов был умереть за свои маленькие права.

Только через сорок пять минут Остап вложил голову в почтовое окошко и азартно потребовал обратно свою посылку. Служащий равнодушно возвратил квитанцию Остапу.

-- Товарищ, мы посылок обратно не выдаем.

-- Как! Уже отправили? -- спросил великий комбинатор колеблющимся голосом. -- Я только час тому назад сдал!

-- Товарищ, мы посылок обратно не выдаем, -- повторил почтовый работник.

-- Но ведь это моя посылка, -- сказал Остап ласково, -понимаете, моя. Я ее отправил, я ее хочу взять назад. Понимаете, забыл вложить банку варенья. Из райских яблочек. Очень вас прошу. Дядя страшно

обидится. Понимаете…

-- Товарищ, мы обратно посылок не выдаем.

Остап оглянулся, ища помощи. Сзади стояла очередь, молчаливая и суровая, знающая все правила, в том числе и то, что посылки обратно не выдаются.

-- Вложить баночку, -- пролепетал Остап, -- райские яблочки.

-- Товарищ, баночку отправьте отдельной посылкой, сказал служащий, смягчаясь. -- Ничего вашему дяде не сделается.

-- Вы не знаете моего дяди! - горячо сказал Остап. -- И потом я бедный студент, у меня нет денег. Прошу вас как общественника.

-- Вот видите, товарищ, -- сказал служащий плачущим голосом, -- где ее теперь искать! Там три тонны посылок лежит.

Но тут великий комбинатор принялся молоть такую жалостливую чепуху, что работник связи ушел в другой зал искать посылку бедного студента. Молчаливая доселе очередь сразу подняла крик. Великого комбинатора всячески поносили за незнание почтовых законов, а одна гражданка в гневе даже ущипнула его.

-- Больше никогда этого не делайте, -- строго сказал почтовик, выкидывая Бендеру его чемоданчик.

-- Никогда не сделаю! -- заявил командор. -- Честное студенческое слово!

От ветра стучали крыши, качались фонари, тени двигались по земле, и дождь пересекал проекционные лучи автомобильных прожекторов.

-- Довольно психологических эксцессов, -- радостно сказал Бендер, -- довольно переживаний и самокопания. Пора начать трудовую буржуазную жизнь. В Рио-де-Жанейро! Куплю плантацию и выпишу в качестве обезьяны Балаганова. Пусть срывает для меня бананы!

ГЛАВА XXXVI. КАВАЛЕР ОРДЕНА ЗОЛОТОГО РУНА

Странный человек шел ночью в приднестровских плавнях. Он был огромен и бесформенно толст. На нем плотно сидел брезентовый балахон с поднятым капюшоном. Мимо камышовых делянок, под раскоряченными фруктовыми деревьями странный человек двигался на цыпочках, как в спальне. Иногда он останавливался и вздыхал. Тогда внутри балахона слышалось бряканье, какое издают сталкивающиеся друг с другом металлические предметы. И каждый раз после этого в воздухе повисал тонкий, чрезвычайно деликатный звон. Один раз странный человек зацепился за мокрый корень и упал на живот. Тут раздался такой громкий звук, будто свалился на паркет рыцарский доспех. И долго еще странный человек не вставал с земли, всматриваясь в темноту.

Шумела мартовская ночь. С деревьев сыпались и шлепались оземь полновесные аптекарские капли.

-- Проклятое блюдо! -- прошептал человек. Он поднялся и до самого Днестра дошел без приключений. Человек приподнял полы, сполз с берега и, теряя равновесие на раскисшем льду, побежал в Румынию.

Великий комбинатор готовился всю зиму. Он покупал североамериканские доллары с портретами президентов в белых буклях, золотые часы и портсигары, обручальные кольца, брильянты и другие драгоценные штуки.

Сейчас он нес на себе семнадцать массивных портсигаров с монограммами, орлом и гравированными надписями:

"Директору Русско-Карпатского банка и благодетелю Евсею Рудольфовичу Полуфабриканту в день его серебряной свадьбы от признательных сослуживцев".

"Тайному советнику М. И. Святотацкому по окончании сенаторской ревизии от чинов Черноморского градоначальства".

Но тяжелее всех был портсигар с посвящением: "Г-ну приставу Алексвевского участка от благодарных евреев купеческого звания". Под надписью помещалось пылающее эмалевое сердце, пробитое стрелой, что, конечно, должно было символизировать любовь евреев купеческого звания к господину приставу.

По карманам были рассованы бубличные связки обручальных колец, перстней и браслеток. На спине в три ряда висели на крепких веревочках двадцать пар золотых часов. Некоторые из них раздражающе тикали, и Бендеру казалось, что у него по спине ползают насекомые. Среди них были и дарственные экземпляры, о чем свидетельствовала надпись на крышке: "Любимому сыну Сереженьке Кастраки в день сдачи экзаменов на аттестат зрелости". Над словом "зрелости" булавкой было выцарапано слово "половой". Сделано это было, по-видимому, приятелями молодого Кастраки, такими же двоечниками, как и он сам. Остап долго не хотел покупать эти неприличные часы, но в конце концов приобрел, так как твердо решил вложить в драгоценности весь миллион.

Вообще зима прошла в больших трудах. Брильянтов великий комбинатор достал только на четыреста тысяч; валюты, в том числе каких-то сомнительных польских и балканских денег, удалось достать только на пятьдесят тысяч. На остальную сумму пришлось накупить тяжестей. Особенно трудно было передвигаться с золотым блюдом на животе. Блюдо было большое и овальное, как щит африканского вождя, и весило двадцать фунтов. Мощная выя командора сгибалась под тяжестью архиерейского наперсного креста с надписью "Во имя отца и сына и святого духа", который был приобретен у бывшего иподиакона кафедрального собора

гражданина Самообложенского. Поверх креста на замечательной ленте висел орден Золотого Руна -- литой барашек.

Орден этот Остап выторговал у диковинного старика, который, может быть, был даже великим князем, а может и камердинером великого князя. Старик непомерно дорожился, указывая на то, что такой орден есть только у нескольких человек в мире, да и то большей частью коронованных особ.

-- Золотое Руно, -- бормотал старик, -- дается за высшую доблесть!

-- А у меня как раз высшая, -- отвечал Остап, - к тому же я покупаю барашка лишь постольку, поскольку это золотой лом.

Но командор кривил душой. Орден ему сразу понравился, и он решил оставить его у себя навсегда в качестве ордена Золотого Теленка.

Подгоняемый страхом и ожиданием гремящего винтовочного выстрела, Бендер добежал до середины реки и остановился. Давило золото -- блюдо, крест, браслеты. Спина чесалась под развешанными на ней часами. Полы балахона намокли и весили несколько пудов. Остап со стоном сорвал балахон, бросил его на лед и устремился дальше. Теперь обнаружилась шуба, великая, почти необыкновенная шуба, едва ли не самое ценное в туалете Остапа. Он строил ее четыре месяца, строил, как дом, изготовлял чертежи, свозил материалы. Шуба была двойная -- подбита уникальными чернобурыми лисами, а крыта неподдельным котиком. Воротник был шит из соболей. Удивительная это была шуба! Супершуба с шиншилловыми карманами, которые были набиты медалями за спасение утопающих, нательными крестиками и золотыми мостами, последним достижением зубоврачебной техники. На голове великого комбинатора возвышалась шапка. Не шапка, а бобровая тиара.

Весь этот чудесный груз должен был обеспечить командору легкую, безалаберную жизнь на берегу теплого океана, в воображаемом городе детства, среди балконных пальм и фикусов Рио-де-Жанейро.

В три часа ночи строптивый потомок янычаров ступил на чужой заграничный берег. Тут тоже было тихо, темно, здесь тоже была весна, и с веток рвались капли. Великий комбинатор рассмеялся.

-- Теперь несколько формальностей с отзывчивыми румынскими боярами -- и путь свободен. Я думаю, что две-три медали за спасение утопающих скрасят их серую пограничную жизнь.

Он обернулся к советской стороне и, протянув в тающую мглу толстую котиковую руку, промолвил:

-- Все надо делать по форме. Форма номер пятьпрощание с

родиной. Ну что ж, адье, великая страна. Я не люблю быть первым учеником и получать отметки за внимание, прилежание и поведение. Я частное лицо и не обязан интересоваться силосными ямами, траншеями и башнями. Меня как-то мало интересует проблема социалистической переделки человека в ангела и вкладчика сберкассы. Наоборот. Интересуют меня наболевшие вопросы бережного отношения к личности одиноких миллионеров...

Тут прощание с отечеством по форме номер пять было прервано появлением нескольких вооруженных фигур, в которых Бендер признал румынских пограничников. Великий комбинатор с достоинством поклонился и внятно произнес специально заученную фразу:

-- Траяску Романиа Маре!

Он ласково заглянул в лица пограничников, едва видные в полутьме. Ему показалось, что пограничники улыбаются.

-- Да здравствует великая Румыния! -- повторил Остап по-русски. -- Я старый профессор, бежавший из московской Чека! Ей-богу, еле вырвался! Приветствую в вашем лице...

Один из пограничников приблизился к Остапу вплотную и молча снял с него меховую тиару. Остап потянулся за своим головным убором, но пограничник так же молча отпихнул его руку назад.

-- Но! -- сказал командор добродушно. -- Но, но! Без рук! Я на вас буду жаловаться в Сфатул-Церий, в Большой Хурулдан!

В это время другой пограничник проворно, с ловкостью опытного любовника, стал расстегивать на Остапе его великую, почти невероятную сверхшубу. Командор рванулся. При этом движении откуда-то из кармана вылетел и покатился по земле большой дамский браслет.

-- Бранзулетка! -- взвизгнул погран-офицер в коротком пальто с собачьим воротником и большими металлическими пуговицами на выпуклом заду.

-- Бранзулетка! -- закричали остальные, бросаясь на Остапа.

Запутавшись в шубе, великий командор упал и тут же почувствовал, что у него из штанов вытаскивают драгоценное блюдо. Когда он поднялся, то увидел, что офицер с бесчеловечной улыбкой взвешивает блюдо на руках. Остап вцепился в свою собственность и вырвал ее из рук офицера, после чего сейчас же получил ослепляющий удар в лицо. События развертывались с военной быстротой. Великому комбинатору мешала шуба, и он некоторое время бился с врагами на коленях, меча в них медалями за спасение утопающих. Потом он почувствовал вдруг неизъяснимое облегчение, позволившее ему нанести противнику ряд сокрушительных ударов. Оказалось, что с него успели сорвать стотысячную шубу.

-- Ах, такое отношение! -- пронзительно запел Остап, дико озираясь.

Был момент, когда он стоял, прислонившись к дереву, и обрушивал сверкающее блюдо на головы нападающих. Был момент, когда у него с шеи рвали орден Золотого Руна и командор по-лошадиному мотал головой. Был также момент, когда он, высоко подняв архиерейский крест с надписью "Во имя отца и святаго духа", истерически выкрикивал:

-- Эксплуататоры трудового народа! Пауки! Приспешники капитала! Гады!

При этом изо рта у него бежали розовые слюни. Остап боролся за свой миллион, как гладиатор. Он сбрасывал с себя врагов и подымался с земли, глядя вперед помраченным взором.

Он опомнился на льду, с расквашенной мордой, с одним сапогом на ноге, без шубы, без портсигаров, украшенных надписями, без коллекций часов, без блюда, без валюты, без креста и брильянтов, без миллиона. На высоком берегу стоял офицер с собачьим воротником и смотрел вниз, на Остапа.

-- Сигуранца проклятая! -- закричал Остап, поднимая босую ногу. -- Паразиты!

Офицер медленно вытащил пистолет и оттянул назад ствол. Великий комбинатор понял, что интервью окончилось. Сгибаясь, он заковылял назад, к советскому берегу.

Белый папиросный туман поднимался от реки. Разжав руку, Бендер увидел на ладони плоскую медную пуговицу, завиток чьих-то твердых черных волос и чудом сохранившийся в битве орден Золотого Руна. Великий комбинатор тупо посмотрел на трофеи и остатки своего богатства и продолжал двигаться дальше, скользя в ледяных ямках и кривясь от боли.

Долгий и сильный пушечной полноты удар вызвал колебания ледяной поверхности. Напропалую дул теплый ветер. Бендер посмотрел под ноги и увидел на льду большую зеленую трещину. Ледяное плато, на котором он находился, качнулось и углом стало лезть под воду.

-- Лед тронулся! -- в ужасе закричал великий комбинатор. -- Лед тронулся, господа присяжные заседатели!

Он запрыгал по раздвигающимся льдинам, изо всех сил торопясь в страну, с которой так высокомерно прощался час тому назад. Туман поднимался важно и медлительно, открывая голую плавню.

Через десять минут на советский берег вышел странный человек без шапки и в одном сапоге. Ни к кому не обращаясь, он громко сказал:

-- Не надо оваций! Графа Монте-Кристо из меня не вышло.

Придется переквалифицироваться в управдомы.

Also available from JiaHu Books:

Русланъ и Людмила — А. С. Пушкин - 9781909669000

Евгеній Онѣгинъ — А. С. Пушкин — 9781909669017

Пиковая дама, Медный всадник, Цыганы — А. С. Пушкин — 9781784350116

Капитанская дочка — А. С. Пушкин — 9781784350260

Борис Годунов — А. С. Пушкин - 9781784350291

Анна Каренина — Л. Н. Толстой — 9781909669154

Дядя Ваня — А. П. Чехов — 9781784350000

Три сестры — А. П. Чехов — 9781784350017

Вишнёвый сад — А. П. Чехов - 9781909669819

Чайка — А. П. Чехов — 9781909669642

Дуэль — А. П. Чехов — 9781784350024

Иванов — А. П. Чехов — 9781784350093

Шутки - А. П. Чехов — 9781784350109

Рудин — И. С. Тургенев — 9781784350222

Записки охотника - И. С. Тургенев — 9781784350390

Нахлебник - И. С. Тургенев — 9781784350246

Отцы и дети — И. С. Тургенев - 978178435123

Ася — И. С. Тургенев — 9781784350079

Первая любовь — И. С. Тургенев — 9781784350086

Вешние воды — И. С. Тургенев — 9781784350253

Мать — Максим Горький — 9781909669628

Конармия — Исаак Бабель — 9781784350062

Человек-амфибия — А. Беляев - 9781784350369

Рассказ о семи повешенных и другие повести — Л. Н. Андреев — 9781909669659

Леди Макбет Мценского уезда и Запечатленный ангел - Н. С. Лесков - 9781909669666

Очарованный странник — Н. С. Лесков — 9781909669727

Некуда — Н. С. Лесков -9781909669673

Мы - Евгений Замятин- 9781909669758

Санин — М. П. Арцыбашев — 9781909669949

Мастер и Маргарита — М.А. Булгаков - 9781909669895

Собачье сердце — М.А. Булгаков — 9781909669536

Записки юного врача — М.А. Булгаков — 9781909669680

Роковые яйца — М.А. Булгаков — 9781909669840

Горе от ума — А. С. Грибоедов - 9781784350376

Евгений Онегин (Либретто) — 9781909669741

Пиковая Дама (Либретто) — 9781909669918

Борис Годунов (Либретто) — 9781909669376

Раскіданае гняздо/Тутэйшыя - Янка Купала – 9781909669901

Чорна рада — Пантелеймон Куліш – 9781909669529

www.ingramcontent.com/pod-product-compliance
Lightning Source LLC
Chambersburg PA
CBHW030119180626
46812CB00002B/477